英雄なんか
Absence of the Hero
どこにもいない

Uncollected Stories And Essays, Volume 2 1946-1992

未収録+未公開作品集

チャールズ・ブコウスキー

中川五郎 訳

Charles Bukowski

青土社

英雄なんかどこにもいない　目次

序文

デイヴィッド・ステファン・カロン

チャールズ・ブコウスキーは一九四四年から一九四八年にかけて連作短編小説を六編、「長ったらしい断り状が引き起こした出来事の顛末」（一九四四年、『ストーリー』）、「カッセルダウンからの二十台の戦車」（一九四六年、『ポートフォリオⅢ』、そして第四部は『マトリックス』に発表）、「理由の背後にある理由」（一九四六年）、「ラブ、ラブ、ラブ」（一九四六年から四七年）、「抑えきれない執筆欲」（一九四七年）、そして「音楽なしではいられない」（一九四八年）を執筆した。[1]「理由の背後にある理由」は――最初に本に登場することになったブコウスキーの絵、コミカルな感じでフライを捕球しようとする野球選手が描かれているものが挿絵として使われているが、不気味なまでに不穏な雰囲気に満ち溢れている。主人公のチェラスキーは混乱していて、得体知れずで、押し黙り、内向的だ。彼はゲームの中で自らに与えられた役割を演じることに何の理由も見つけ出すことができず、それは人生のゲームと同じように、ばかげたものでしかないからだ。ブコウスキーは妙な感じで気づかされた何の関係もない些細なことに強い関心を示し、早くから身につけていた見事なまでに巧みな小説の書き方を披露している。観衆の「口から突き出されているものに火がついている」、ジャミソンの「赤く焼けた首に太い血管」、「緑のスカートで、緑のスカートのひだが影のようになって上下に揺れている」スタンド席の若い女性がリズミカルに、詩的に閃かせるエロティックな謎。

世界を「外側」として体験し、栗の木の身の毛もよだつような本質に気分が悪くなって吐き気に襲われるジャン・ポール・サルトルの『嘔吐』（一九三八年）の中のロカンタンのように、チェラスキーもまた「違和感」を抱いていて、「いろんなことがしっくりこない」、「太陽はどこか具合が悪いように思え、フェンスの緑色はあまりにも緑色すぎて、空はあまりにも高すぎ」、小鳥が一羽奇妙な動きをしていて「すごいスピードで空中をあてもなく上へ下へと飛んでい」る、誰もが無関心な宇宙の中で孤立している。「理由の背後にある理由」というタイトルは、わたしたちが自分たちの体験を説明しようとしてでっち上げる理由の背後を塞ぎ、遮る、計り知れない謎の存在を仄めかしている。どんな意味があろうとも、それらは不合理なことこの上ないので、黙って見過ごすのに越したことはないのだ。大衆が「わけのわからない了解のもと寄りかかりあってひとつになってい」る時に、敗者は誰かと詩人に問うのは一個人だ。そこは何物も誰であれ繋がることのできない孤高で神秘的な場所だ。ブコウスキーが最も気に入っている小説のひとつがカーソン・マッカラーズの『心は孤独な狩人』だったということをここでわたしたちは思い出すべきだ。(2)「抑えきれない執筆欲」は自分の文学誌のアシスタントを探している編集者／作家に関する話だ。この作品も不可解で異様な気配が漂っていて、奇妙なほどに不安な雰囲気の中、調和することなく不快感を与えることを承知でわざと難解な言葉が選ばれている。「領主／suzerain」、「抜け目のなさそうな／diacritic」「指導者のいない／acephalous」、「コブウシ／zebu」、「特徴のある／argute」。タイトルはユベナリスの『諷刺詩集 7』から採られていて、「作家ならではの救い難い渇望」とでも訳せるだろうか、それはまさにブコウスキー自身のことを正確に言い当てていて、彼こそは骨身を惜しまず働き、休むことなく作品を発表し続ける多作の作家であり、アメリカ合衆国のほとんどすべての文学誌に（そしてヨーロッパの幾つかにも）詩や短編小説、エッセイを絶えず寄稿し続けていたのだ。[3] 実のところ、作家自身が広めている作り話に反して、彼は一九四八年以降、何ひとつ書かなかったと主張する悪名高き「一〇年間ずっと飲んだくれていた」時期に沈黙など守っていなかった。実際の話、彼は一九五三年から一九五六年の間に『ポエトリー（シカゴ）』に何編もの詩を寄稿し、一九五一年に『マトリックス』に「The Look」という詩を、一九五六年に『ネイキッド・イアー』に「Lay Over」という詩を、一九五六年に『キホーテ』に「These Things」と「You Smoke a Cigarette」という詩を、一九五七年に『キホーテ』に「Poem for Personnel Managers」と「As the Sparrow」という詩を、そして一九五七年にウォレス・バーマンの『Semina 2』に「Mine」という詩をそれぞれ発表していた。[4]

「ラブ、ラブ、ラブ」での主人公は「チャック」で、「理由の背後にある理由」では「チェラスキー」だったが、「ハンク」という名前の語り手が初めて登場した作品として「戦闘機を八〇機撃墜しても」（一九五七年）は注目に値する。ブコウスキーの文学作品の中での自らの分身の名前は、最終的にはヘンリー（「ハンク」）・チナスキー（彼の洗礼名のヘンリー・チャールズ・ブコウスキー・ジュニアから採られている）に落ち着くことになる。この短編小説は「長ったらしい断り状が引き起こした出来事の顛末」に通じる、よりムラっ気のある調子に戻っていて、D・H・ロレンスの伝記を拠り所として話が作り上げられている。友人たちや妻のフリーダ・フォン・リヒトホーフェン、そして彼女と血族関係にある「ザ・レッド・バロン」ことマンフレッド・フォン・リヒトホーフェンと共に彼がラナニムのコロニーを作り上げよう試みるも失敗したこと。ザ・レッド・バロンへの言及はブコウスキーの文学との出会いへとわたしたちを引き戻してくれる。子供の頃に彼が最初に書いた物語のひとつは、ドイツの第一次世界大戦時の戦闘機操縦士についてのものだった。[5] リチャード・アルディントン、ホメロス、シェイクスピア、トウェイン、スティーヴンソン、ハックスリー、孔子、そしてベートーヴェンの全員が、酒を飲み女遊びをする楽しい一夜のダシにされている。Wein, Weib, und Gesang ——ワイン、女たち、そして歌、もしくはアルコール、セックス、そして詩／音楽——それらが聖三位一体としてブコウスキーの取り憑かれた主題になっている。彼がそのうちのどれかひとつについて物語っていれば、残りの二つも当然物語られることになるのだ。

ブコウスキーの限度を逸脱した性的な著作は「レイピストの物語」から始まる。その作品は一九五七年の『ハーレクイン』に掲載されたが、ブコウスキーはまずは一九五二年に『ストーリー』に投稿していて、ウラジミール・ナボコフの『ロリータ』（一九五五年）に三年先行していた[6]。

精神分析的観点から鑑みれば、強姦に関する一連の小説は（一九七〇年の「淫魔／The Fiend」は後に書かれた一例だ）ブコウスキーが暴力的な父親に手を出されることによって味わった自らの恐怖に満ちた子供時代を再生していることは明らかだ。彼の未発表のエッセイ「ああ、解放よ、自由よ、月の百合よ！」では、児童虐待の犠牲者に対する彼の思いやりと共に動物虐待に対する彼の感受性の鋭さが明らかにされている。後に「スケベ親父の手記」の何編ものコラムで、とんでもなく際どいエロチックなテーマに挑戦し続け、一九七〇年にプロの作家としての活動を開始するためロサンジェルス郵便局を退職した時、自分の作品をアダルト・マガジン業界に首尾よく売り込むべく、ますます性的で暴力的な話を意識して書き始めた。

ブコウスキーは小説と詩とを交互に書き続けたが、彼がエッセイを書く時は、ほとんどたいていの場合、文学的な論争を引き起こすことを目論んでいた。彼は自分自身がアメリカの詩壇のさまざまな「流派《スクール》」とは無縁の孤高の創作者であるということを明確に打ち出すことにとりわけかまけているようにしばしば思えた。写象主義者、告白派、客観主義者、ブラック・マウンテン、ディープ・イメージ、ニューヨーク、ビートといったさまざまな「流派」とは。「宣言」の中で彼は、生涯にわたってのお馴染みの標的となった「大学教授の詩人たち」を狙い撃ちして強く非難する。エッセイはおそらくは彼の同時代の上流ぶった文芸批評のパロディで（「疾病論／nosography」、「どんなことにでも難癖をつけたがる偉そうな意見／censorious dictum」、「自ら学んでさまざまなことを発見できる／heuristic」、「臀部に脂肪が蓄積してしまった／steatopygous」、「秘儀の司祭／hierophants」——といった語彙は——明らかに常軌を逸している）、彼は『ケニヨン・レビュー』や『シウォーニーレビュー』に登場していたそうした文章を楽しみながら読んでいたのだ。甘やかされた象牙の塔の若者たちに対抗して“pathei mathos”すなわち悩み苦しむことによって初めて知恵や閃きや想像力が生まれるというアイスキュロスの格言に従って自分は生きたのだということを、ブコウスキーは懸命になってわたしたちに思い起こさせようとしている。「自分の女たちを殴る男」の中で彼は断言している。「神々はわたしによくしてくれた。わたしをアンダーグラウンドな存在のままにさせ続けてくれたのだ。神々のおかげでわたしは現実の人生を生きられた。と畜場や工場での仕事を終えて部屋に戻り、不本意な詩を書くのは、わたしにとっては困難極まることだった。しかも不本意な詩を書く者は山ほどいる。わたしも今でもたまにはそんな詩を書いてしまう。厳しい人生を生きているからこそ厳しい一行が生み出されるのであり、厳しい一行、すなわち真実の一行は余計な装飾などをまったく必要とはしないのだ」ブコウスキーの詩に関するこれ以上に簡潔な声明文はどこを探しても見つからないだろう。

　作家の生活について書かれた別のエッセイ「恐怖の館」の中で、彼は「マンションや海辺の一軒家で——ヴェニスかサンタ・モニカに決まっているが、テレビ・セットや中身がいっぱい入った冷蔵庫に囲まれて快適な暮らしをしていて、日中はひなたぼっこをしながら悲劇の主人公のような気分になり、こうしたわたしの男友だち（?）どもは、夜になると、おそらくはワインのボトルを開け、クレソンのサンドイッチをかじり、それからどこかの誰かに向けて自分たちの赤貧さや偉大さをけばけばしい文体で綴り始める」詩人たちに対して、とても皮肉に満ちた観察をしている。ロマンティックな比喩表現と言えるが、ブコウスキーにとって多くの詩人たちは、Also Sprach Zarathustra、「書かれたものすべての中でわたしが愛するのは人がその血を流して書いたものだけだ」というニーチェの強烈な警句にまったく敬意を払うことのない温和でおとなしいレポーターとしか思えなかったのだ。[7] そして彼はシャルル・ペギーの次のような発言に共鳴することだろう、「Un mot n'est pas le meme dans un ecrivain et dans un autre. L'un se L'arrache du ventre. L'autre le tire de la poche de son pardesssus」「同じ言葉でも作家によってそれはまったく違うものになる。ある作家は自らのはらわたを引き裂いてその言葉を発する。別の作家は自分のオーバーコートのポケットからその言葉をひょいと引っ張り出す」

ブコウスキーが書くことの主題はとても頻繁な割合で書くというまさにそのことになっている。真に生きた人生と密接に関連づけて書くという行為を定義づけようとする彼の不断の努力、独創力や詩に関する彼のさまざまな理論、ほかの作家たちへの彼の賞賛、そして編集者たちとの彼の繋がり。一九七二年に『ザ・ワームウッド・レヴュー』に掲載された彼のエッセイ「ジ・アウトサイダー」は、ジョン・エドガーとジプシー・ルー・ウェブに彼が感謝を捧げているものだ。マーヴィン・マローンの『ワームウッド・レヴュー』、ダグラス・ブラゼックの『Ole』、そしてドイツのカール・ワイズナーの『Klactovedsedsteen』――これらがすべて中心となってブコウスキーの読者層をゆっくりと広げて行き、やがては彼を世界的に有名な存在へと押しやることになったのだ。[8] それでもすべての中で最も重要なのはジョン・マーティンのブラック・スパロウ・プレスだろう。ブコウスキーによっていくつも書かれたマーティンの横顔の描写のひとつが一九八一年の短編小説「イースト・ハリウッド——新しいパリ」に登場している。そしてブコウスキー自身も二冊のリトル・マガジンを編集していた。最初の妻のバーバラ・フライと一緒に手懸けた『ハーレクイン』、そしてその後の短期間に終わった、ニーリ・チェルコフスキーと一緒に手懸けた『ラフ・リタラリー・アンド・マン・ザ・ハンピング・ガンズ』だ。

確かに、ブコウスキーは寄稿者及び編集者の両方でアンダーグラウンド出版に深く関わることで、五〇年代、六〇年代、七〇年代を通じて続けられていた言論の自由を求める論争の最前線へと送り込まれることになった。早い時期には一九五七年、ウォレス・バーマンがロサンジェルス警察風俗犯罪取締班の手入れを受けた[9]。一九六六年には自分の雑誌の『アース』や『アース・ローズ』にブコウスキーの作品を掲載したスティーブ・リッチモンドがサンタ・モニカにある自分の書店から出版物を没収された[10]。「謄写版印刷革命」の活動家、d・a・レヴィは『大衆の天賦の才／The Genius of the Crowd』というブコウスキーの詩を出版し、その詩は警察に押収された。「レヴィはジム・ローウェル（三〇年以上にわたって新しい詩を喜んで迎え入れる場所となった偉大なるアスフォデル・ブックショップの経営者）と共に、クリーブランドで猥褻な出版物を頒布販売したというかどで逮捕されて収監された[11]。一九六八年九月にジョン・ブライアンがブコウスキーに『ルネッサンス２』の編集を依頼した時、彼はジャック・ミシュランの「スキニー・ダイナマイト／Skinny Dynamite」という〝おまんこ好きな赤毛のニューヨーク娘〟が主人公の短編小説を掲載することを強く要求し、それがもとでブライアンは逮捕されることになった[12]。

このようにアンダーグラウンドの産物として、そして言論の自由の主張者として、ブコウスキーはいつどんな時でもカウンターカルチャーの理想に共鳴し続けていた。そして彼の反戦を主張するエッセイ「平和の押し売り」（一九六二年）を読めばよくわかるように、六〇年代の初め、ブコウスキーは表向きにはタフガイで人間嫌いだという仮面を被って自らの本質であるところの優しさを覆い隠してはいたが、その思いを平和主義や愛に重ね合わせていた。だとすれば、ブコウスキーがビートの作家たちと深い繋がりを持てていたかもしれないということは、まったく驚くにはあたらない。ビート系の人たちと彼が実際にはどんなふうに付き合っていたのかということに関しては文学史の研究者たちの間でちょっとした論争の的となっているが、彼はビート系の作家たちの作品を熱心に読んでいて、そうした人たちと一緒に登場している出版物も数多くあった。『ジ・アウトサイダー』、『エヴァーグリーン・レビュー』、『ビアティチュード』、『トランスアトランティック・レビュー』、『シティ・ライツ・アンソロジー』、『Klactovedsedsteen』、『Acid : Neue Amerikanische Szene』、『アンマズルド・オックス』、『El Corno Emplumado』、『セミーナ』、『ハース』、『ワイルド・ドッグ』、『ネイキッド・イアー』、そして『バスタード・エンジェル』などなど。そして六〇年代が進んで行くにつれ、ビートのサークルに属する重要な作家たちで、ブコウスキーの作品を高く評価する者たちの数がどんどんと増えて行った。ケネス・レックスロスは一九六四年七月五日の『ニューヨーク・タイムス』紙に、ブコウスキーの『我が心、その掌中に／It Catches My Heart in Its Hand』を強く支持する論評文を書いた。(13)

ブコウスキーはハロルド・ノースと文通をしていて、彼への賞賛として書かれた「ベテラン」は、一九六六年、ダグラス・ブラゼック編集の重要な「謄写版印刷革命」の出版物『Ole』に掲載された。この二人の詩人は一九六九年一月にノースがカリフォルニアのヴェニスに引っ越してきた時に出会っている。[14] ブコウスキーは一九六七年に『Ole』でアレン・ギンズバーグの『虚ろな鏡／Empty Mirror』の論評文を執筆し、一九六八年の初めにはニール・キャサディ（ジャック・ケルアックの『路上』で「ディーン・モリアーティ」として描かれている）と出会っていて、自らのコラム「スケベ親父の手記」の中の一編で彼を登場させた。[15] 一九六九年にブコウスキーは、ノースとフィリップ・ラマンティアと一緒に『ペンギン・ポエッツ13』に収録された。シティ・ライツは一九七二年に『Erections, Ejaculations and Other Tales of Ordinary Madness』（日本では『町でいちばんの美女』、『ありきたりの狂気の物語』の二冊に分けられて出版された）を出版し、一九七二年九月にはローレンス・ファーリンゲティがスポンサーとなって、ブコウスキーはシティ・ライツ・ポエッツ・シアターでサンフランシスコで最初の詩の朗読会を行い、一九六九年にエセックス・ハウスから最初に出版された単行本の『スケベ親父の手記』も一九七二年にシティ・ライツから再発売された。[16] そして一九七四年一一月、ブコウスキーはファーリンゲティ、スナイダー、ギンズバーグと一緒に、サンタ・クルツ・ポエトリー・フェスティバルで詩の朗読を行なった。[17]

このようにブコウスキーが書くものは、彼自身の乱暴で、エネルギッシュで、自伝的な声からのみ力を得ているのではなく、六〇年代のカウンターカルチャーの鮮烈な記録だという事実もまた、大いなる力の源となっている。例えば、「詩を書くのは若い娘たちと一緒にベッドに行けるから」の中では、グレゴリー・コーソが愛情を込めて描写されている。一九七三年の「スケベ親父の手記」のコラムでは、ジャック・ミシュランが快活な「デューク」となり、一九六七年に自殺したd・a・レヴィは、二編のエッセイ、「The Deliberate Mashing of the Sun」とケント州立大学の文芸誌『The Serif』に掲載された論文の主題となっていた。リロイ・ジョーンズ（アミリ・バラカ）もまた「スケベ親父の手記」のあるコラムで取り上げられ、ロバート・クリーリーは『リテラリー・タイムス』に掲載されたエッセイ「仲間を吟味する」の中で物笑いの種にされている。ということは、ブコウスキーの経歴は——彼自身があちこちで否定し、否認しているのに反して——明らかにいろんなかたちでビートとは切っても切り離せないほど強く結びついていた。

ビートと相通じる一つの共通分野は、「自発的に自然に文章を綴って行く」という自らのスタイルをブコウスキーがどんどん発展させて行ったということで、それは通常は「下品で悪趣味」だとして無視され、避けられ、却下される人間のからだや想像力に関するあらゆることを描くという方向に向かうほかはなかった。「英雄なんかどこにもいない」の中でブコウスキーは潜在意識の深みの中から痙攣を起こしているかのように激しく揺れ動く模様で不意に浮かび上がってくる暴力的で、猥褻で糞便趣味で、魅惑的で、グロテスクなイメージを必死で書き留めようと奮闘していた。そこでは言葉がページの上に手当たり次第にとんでもない勢いで投げつけられているように思えたが、それにもかかわらず生き生きとしたパターンの中に見事に収まっていた。彼は時の流れの中で意識が崩壊するその瞬間をつかみ取ろうとでもするかのように、時間の経過までをも——「午前三時二四分」と——日記のような形式で書き留め、関連性のないばらばらの認識を記録して行く。物語はブコウスキーの大文字や小文字を行ごとに交互に使っていくやり方、突然でむらのある行間の取り方、大文字で書かれた文節の列挙などを——それらすべてはあたかも彼が言葉で絵を描く試みに挑戦しているかのようだが——例証して説明している。彼は句読法、タイプ・サイズの変化、省略、風変わりな綴り方、そして反復を用いて実験的な散文を書くことに頻繁に挑戦した——彼の文章の中にはすべてが小文字で書かれているものもあって、その散文は印刷されたe・e・カミングスの詩の遊び心に通じるものがある。

こうした見た目で文章を強調するやり方は——しばしば彼は自分の短編小説や詩、手紙に漫画や絵を添えていて、実際の話、彼の初期の短編小説は言葉とイラストが組み合わされていた――ブコウスキーが文章そのものをひとつのイメージにしようとしょっちゅう奮闘していたことを証明している。四〇年代中頃から後半にかけて、いくつもの手書きの短編小説で取り憑かれたように文章とイメージとを結びつけていた彼は、現在の〝グラフィック・フィクション〟に対する熱狂を予測していたかのように、まさに時代の先を行っていたのだ。[18]「イースト・ハリウッド――新しいパリ」を読むと、ブコウスキーがかなりの時間を絵やデッサンを描くことに割いていたことに気づかされ、数多くある彼の作品のデラックス版にはオリジナルの美術作品が添付されていた。「英雄なんかどこにもいない」の文章でも、ブコウスキーがある種の〝アクション作家〟であったことが明らかにされている。ジャクソン・ポロックが「無作為に」、しかし的確にキャンバスの上に絵の具をぶちまけ、自発的で自由奔放な創作活動を行ったのと同じような視覚的とも言えるやり方で、彼は言葉にパフォーマンスをさせようとし、言葉に本来の意味を演じさせようとしたのだ。

ブコウスキーは峻烈でコミカルで抒情詩的でもあるリアリズム、したたかさを引き出そうとしていたのだろうが、その奥にあったのは日々襲いかかる恐怖に対する決してすり減ることのない感受性と写真やドキュメンタリーのように正確な迫真性だった。「スケベ親父の手記」のさまざまなコラムで、彼は都会暮らしの単調で退屈な現実を記録する。ロサンジェルスの運転手、ナチとマルクス主義者の対決、酔っ払いの女家主や家主と一緒に過ごす愉快な夜の時間。彼はしばしばウィリアム・カーロス・ウィリアムの「ちょっと言ってみただけ／This Is just to say」と同じような文章を書き、自分の目の前で起こっていることを何のコメントも付け加えることなく正確に伝えようとしている。彼は作家と受け取る側との間に立ちはだかるあらゆる障壁を取り去り、読者に直接語りかける。そして彼は傷つきやすい、あるいは傷ついた自分自身を、皮肉を振りまくことで鍛え上げ、破壊的で、嘲笑的で、不敬極まりない、鋭敏な観察力を発揮して、強固な存在へと作り変えて行ったのだ。時を経るにつれてブコウスキーの文章はより磨き抜かれたものとなって行き、その語り口も熟達の域へと近づいて行った。「戸棚の中の猫」では、読者を鷲掴みにして、一気に物語の中に引き込んでしまおうと、何の前置きもなしにいきなり核心に入る法外なオープニング・シーンで彼は書き始めている。この短編小説はさまざまなことが起こる宇宙の中で途方に暮れている、コミカルで自嘲気味の救い難い人物として、彼が自らの分身をどんなふうに作品に投影しているのか、それがよくわかる見事な一例となっている。

ストラヴィンスキー、マーラー、ヘミングウェイ、カミュの『異邦人』、マックスウェル・ボーデンハイム、そしてベルリオーズが露骨な性行為の場面の中でいきなり登場し、コミカルで酔いどれた上での自己卑下は、ブコウスキーが文章を書く上で頻繁に用いる典型的な表現テクニックのひとつだ。このように突然文化的な人物の名前を引っ張り出して来て驚かせることで、知的で教養のある「ハイブロウ」と無知で無教養な「ローブロウ」の文化とがコミカルな効果と共に「同等」に並べられ、それはわたしたちの不運で哀れなアンチヒーローは確かにピエロかもしれないが、見た目の印象よりもずっと賢いのだということをそっと伝える、書き手から読者へのある種の「目配せ」でもあるのだ。そこでブコウスキーもまた馬鹿者を演じることでわたしたちを楽しませようとしている。彼はわたしたちの実存に関して教えてくれるが、その顔はわけ知りの微笑みを浮かべている。彼の登場人物たちは成長もしなければ、直感的に真実を把握することもないし、悟りを開くこともない。むしろ『金剛般若経』の中でブッダが言っているように、「何ひとつ欠けていなくてこれ以上のものはないという悟りからわたしが得たものは何一つとしてなかった、だからこそまさにその理由から、何ひとつ欠けていなくてこれ以上のものはないという悟りと呼ばれるのだ」

　どんどん有名になって行くにつれ、ブコウスキーはアメリカのいたるところでポエトリー・リーディングを行うようになり始めた。カリフォルニア（ロサンジェルス、サンタ・クルツ、サン・フランシスコ）、ニュー・メキシコ、ワシントン、ユタ、イリノイ、ニューヨーク、そしてウィスコンシン、それにカナダのヴァンクーヴァーやドイツのハンブルグでも。彼はバーナード・ピヴォがホストを務めるパリの有名なテレビのトーク番組『アポストロフィ』に乱暴などたばた出演もした。そしていつものように、詩や短編小説やエッセイ、そして長編小説で旅の中での日々を彼が時間を追って記録し始めると、生き方そのものが生活の糧となっていった。彼は「文学的なやり手の商売人（ハスラー）」となり、自分自身を皮肉り、詩を詩ではなくしたり、理想化したり美化する世界から切り離したりしている。彼はお高くとまっていたポエトリー・リーディングをワインの川がとうとう流れ、バッカス神の巫女のメナードたちが狂喜して恍惚状態になるディオニュソスの神を讃える儀式へと変えてしまうのだ。[19]

　六〇年代のセクシャル・レボルーションと自らの性欲と淫らに直接的に対峙するブコウスキー自身とは見事に重なり合っていた。ひどい痤瘡と折檻に苦しんだ子供時代のせいで、ブコウスキーは「ふつう《ノーマル》」の思春期を過ごすことがまったくできず、一九七〇年から一九七七年までは、南カルフォルニアのティーンエイジャーとして自分が体験できなかったことを何とかして取り戻し、挽回しようと躍起となって過ごした。例えば、「ザ・ビッグ・ドープ・リーディング」で確かめることができるのは、皮肉や自己諷刺をさまざまなレベルで駆使しつつ、勢いが止まらず、絶頂を味わっているブコウスキー自身の姿だ。作品のタイトルは二つの意味をかけている。「ドープ」とは、マリファナの意味だが、「ビッグ・ドープ」となると道化師としての詩人という意味が出てくる。ブコウスキーが何食わぬ顔で自己諷刺をして読者をいちばん面白がらせるのは、チナスキーが最もよく知られているブコウスキーの二つの警句を引き合いに出してくる箇所だ――「天才とは……深遠なことをシンプルなやり方で言える能力ということだ」と「真実よりももっと大切なのは忍耐だ」――これらは熱心なブコウスキー信奉者たちの仲間うちのジョークとなっている。この作品の中にはブコウスキーがエロチックな文章や自分自身のこと、それに性的な／ロマンティックな「関係」のややこしい状況をたちどころにパロディにしている、さまざまな受け止め方ができる場面もある（「関係」というような心理学者がよく使うはやりの言葉が彼はアレルギーになるほど大嫌いだったはずだ）。ブコウスキーはからかうために「意味」や「関係」といった言葉をふざけて頻繁に使い、禅的なそのやり方は「性的な関係などない」というジャック・ラカンの金言のような警句を思い起こさせる。彼は自分をどこまでも曝け出し、自分の傷つきやすさや傷そのものまでをも見せつけ、子供時代に失っていたものを愛を通じて取り戻そうとしているが、それでも同時に愛やセックスを通じて救いを懸命に見つけ出そうとする試みをからかってもいる。[20] とはいえ、ブコウスキーはもちろんのこと正真正銘ロマンチックでもあり、「スケベ親父の手記」の一九七四年六月二八日のコラムで恋に落ちたことを告白してしまっている、「あたりを歩き回れば、太陽がわたしの中で輝いているかのようだった」。そして彼のお気に入りの詩人の一人、e・e・カミングスがこう書いたように、「愛がないことは天国のない地獄で家庭のない家――日の光を浴びるのは愛する者たちだけ[21]」

精神的苦痛をかわそうとするブコウスキーの「防御手段」は、もちろんのこと笑いだ。笑わせるタイミングを決して外さない感覚を身につけているウィットとどこまでも突き進む容赦のないエネルギーとが彼の書くものの原動力となっている、度を越した突飛さということで彼が愛してやまないルネッサンス時代の同志たちはフランソワ・ラブレーとジョヴァンニ・ボッカチオだった。[22] 彼は冷笑的になることもでき、それは時代精神と完全に一致していた。六〇年代や七〇年代のカウンターカルチャーの大きな特色となるのがブラック・ユーモアだった。

「誰がヴァージニア・ウルフを恐れるのか」(一九六六年)、「カッコーの巣の上で」(一九七五年)、そして「イレイザーヘッド」(一九七八年)は——ユーモアと狂気とが密接にして微妙な対位形式で描かれていて——彼のお気に入りの映画に含まれていた。[23] そのことはブコウスキーが書くものにも言えて、絶望と抒情との間でうまく釣り合いが取られ、溌剌としたパワーと共に前に向かって進んで行くので、ニヒリズムに陥ることからはいつでもほとんど免れられている。ブコウスキーのいくつかの作品で挿絵を描いているロバート・クラムの優れた才能への称賛も、彼にとっては苦痛、笑い、そしてまるでドイツ表現主義者のような感情の極限状態の間には、ネクサス、すなわち深い繋がりが存在するということを証明している。

五〇歳で郵便局に辞表を提出した後、ブコウスキーは自分がどんな仕事でもこなせるプロの作家であるということを積極的に喧伝し、自分の持っている筋書きをさまざまな異なる文脈の中に投げ込んで組み立て直すことで、極限まで数多くの原稿を書いて書いて書きまくった。彼は自分の気に入っている話を短編小説や長編小説の中で繰り返し使うだけでなく、人物を変えて小説や詩の中に登場させることとすらした。「Fooling Marie」は、両方の形式で登場している。さらに、『ポスト・オフィス』、『勝手に生きろ!』、『詩人と女たち』のある箇所は、すべてそもそもは『L・A・フリー・プレス』の「スケベ親父の手記」のコラムで別々の話として書かれていたものだ。『詩人と女たち』の第三〇章はそもそもは二回に分けて短編で書かれていて、短編小説と長編小説のヴァージョンを読み比べてみると、彼がどれほどたくさん変更したり書き換えたりしているのかがよくわかる。この場合で言えば、彼が短編小説を長編小説に変えていく段階で、多くの素晴らしいフレーズがカットされて編集室の床の上に捨てられたままになっている。この創作技法は完全に道理にかなっていた、というのもブコウスキーの長編小説はいつでもエピソードの積み重ねで、さまざまな短い部分が縒り合わされて構成されていたからだ。彼の長編小説は、そういう意味では、短い話が繋がってできているものだとも言え、それゆえある部分を切り取ってそれぞれに異なる短編小説に書き換え、それらを雑誌に投稿するということも彼はやってのけることができたのだ。そのほかにもとんでもない多作に見える特別な状況があった。ブコウスキーの作品はユナイテッド・プレス・シンジケート（ＵＰＳ）の取り決めのもと、数多くのアンダーグラウンドの出版社を通じて出回っていて、その組織に属するあらゆるメンバーが出回った作品を再掲載することができたのだ。[24]

これまで示唆してきたように、六〇年代と七〇年代の検閲の制限条件が緩和されていったこと、そして自らのイマジネーションのより暗い分野をとことん探究したいという欲求と、おそらくはその両方の理由から、ブコウスキーは暴力を直接的に描写することで、より劇的な試みに挑み始める。[25]『ワイルド・バンチ』（一九六九年）、『イージー・ライダー』（一九六九年）、『時計じかけのオレンジ』（一九七一年）といった映画が「バーベキュー・ソース添えのキリスト」のような短編小説の土台となり、その作品の中でブコウスキーは実際の新聞記事をもとにして自分の物語を作り上げている。[26]もっと後の「侵入者」（一九八六年）のような短編小説で、ブコウスキーはありふれた日々の暮らしの中に突然襲いかかる恐怖を丁寧に描いている。ありふれた狂気の物語だ。この短編小説は、彼が以前に「狂った生きもの／Animal Crackers in My Soup」といった短編小説の中で、野生で原始的なものの前でなすすべもない人間の姿をこの世の終わりを予言するかのように描いていたことを思い起こさせる。

ブコウスキーの晩年の自分の猫たちについての一連の愛らしい詩は、彼らは自分のスタイルや姿勢を守り続け、見せかけなどまったくしない生き物で、それらの特質は人間にはまったく欠けているということを明らかにしている。そしてブコウスキーがいちばん最後に書いたエッセイの中の一編で、彼はたいていの人間がうんと若いうちから自分たちの中に潜む魔法の力を失ってしまっていると断言している。「詩人ごっこ」の中で、彼はまたしても詩人の人生について思いを巡らせている。「詩とは人がどんなところで暮らしていたのか、どんな生き方をしたのか、その中から生まれ、それが人に詩を書かせるのだ。ほとんどの人間はすでに五歳の時に死へと向かう過程に足を踏み入れていて、一年一年歳月が過ぎて行くごとに、ありきたりで何もかも骨抜きにされてしまうような生き方は自分はしたくない、何とかして現状を打破し、そこから抜け出すチャンスを窺おうという当初の思いを持ち続けられる人間の割合はどんどん少なくなって行く」。ブコウスキーにとって人生を詩的に生きるということは実際の話ほんとうに生きるならそうするしかなかったのだ。

注

（1）「Aftermath of a Lengthy Rejection Slip／長ったらしい断り状が引き起こしたこした出来事の余波」、「Twenty Tanks from Kasseldown／カッセルダウンからの二十台の戦車」、そして「Hard Without Music／音楽なしではいられない」は、Charles Bukowski, *Portions from a Wine-Stained Notebook : Uncollected Stories and Essays, 1944-1990*, ed. and with an introduction by David Stephen Calonne, San Francisco : City Lights, 2008（邦訳『ワインの染みがついたノートからの断片　未収録＋未公開作品集』青土社、二〇一六年）で読むことができる。初期の短編小説群はそ

のスタイルやアプローチだけではなく、生涯にわたってブコウスキーの心を奪い続けた主要なテーマ、ロマンチックなものやエロチックなものの探求、疎外感、厄介な家族の歴史、アルコールとの出会い、作家になることを目指しての苦闘、そしてクラシック音楽への深い愛、それらがほとんど取り上げられているということでも注目に値する。

（2）"Carson McCullers" in *The Night Torn Mad With Footsteps*, Santa Rosa: Black Sparrow Press, 2001, p. 35 を参照。

（3）Juvenal, Satires VII, 11. 50-52 : "Nam si discedas, laqueo tenet ambitiosi/consuetudo mali, tenet insanabile multos/scribendi cacoethes et aegro in corde senescit." "You can't escape [you're caught up in the noose of bad ambitious habit] ; there are so many possessed by an incurable endemic writer's itch that becomes a sick obsession." Juvenal, *The Sixteen Satires*, trans. Peter Green, London : Penguin Books, 1998, p. 56.（ユウェナーリス『ローマ諷刺詩集』岩波文庫）

文学的想像力と異常なまでの執筆欲に関しては、Alice W. Flaherty, *The Midnight Disease : The Drive to Write, Writer's Block and the Creative Brain*. New York : Houghton Mifflin, 2004. を参照。

（4）ブコウスキーとさまざまなリトル・マガジンに関しては、Abel Debritto, *Who' s Big in the "Littles" : A Critical Study of the Impact of the Little Magazines and Small Press Publications on the Career of Charles Bukowski from 1940 to 1969*. Ph.D. thesis, Universitat Autònoma de Barcelona, 2009. を参照。

（5）Charles Bukowski, *Ham on Rye*. Santa Barbara : Black Sparrow Press, 1982, Chap. 34, p. 146（邦訳、チャールズ・ブコウスキー『くそったれ！　少年時代』河出書房新社、一九九五年）文庫版、三四章、二〇六頁

（6）Debritto, *Who's Big in the Littles*, p. 118. デブリットは一九四五年から一九五五年にかけてブコウスキーがバーネットとずっと文通をしていた事実も明らかにし、彼が一〇年間ずっと飲んだくれて文学の世界から完全に身を引いていたという神話を一掃している。

（7）Friedrich Nietzsche, *Thus Spoke Zarathustra*. Harmondsworth : Penguin, 1983.p. 40.（ニーチェ『ツァラトゥストラはこう言った』岩波文庫、上巻六二頁）

（8）カール・ワイズナーの翻訳がブコウスキーのドイツやヨーロッパでの成功に直接的に貢献している。ブコウスキーのドイツやカール・ワイズナーとの繋がりに関しては、以下を参照。Jay Dougherty's interview with Bukowski, "Charles Bukowski and the Outlaw Spirit" in Charles Bukowski, *Sunlight Here I Am : Interviews & Encounters1963-1993*, ed. and with an Introduction by David Stephen Calonne. Northville : Sundog Press, 2003, pp. 231-235. ブコウスキーのドイツでの評価に関しては以下を参照。Horst Schmidt, *The Germans Love Me For Some Reason : Charles Bukowski und Deutschland*. Augsburg : Maro Verlag, 2006.

（9）Maurice Berger, "Libraries Full of Tears : The Beats and the Law," in Lisa Phillips, *Beat Culture and the New*

America 1950-1965. Paris/New York : Whitney Museum of American Art/Flammarion, 1995, pp. 122-137.

（10） 以下を参照。Barry Miles, *Charles Bukowski.* London : Virgin, 2005, pp. 152-153 と Howard Sounes, *Charles Bukowski : Locked in the Arms of a Crazy Life,* New York : Grove Press, 1998, pp. 83-84.（邦訳『ブコウスキー伝　飲んで愛して書いて』河出書房新社、二〇〇〇年、一四六―一四八頁）

（11） Steven Clay, Rodney Phillips, and Jerome Rothenberg, *A Secret Location on the Lower East Side : Adventures in Writing 1969-1980.* New York : Granary Books, 1998, p. 48. d.a. レヴィに関しては、*d.a. levy do the mimeograph revolution,* eds. Larry Smith and Ingrid Swanberg, Huron, Ohio, Bottom Dog Press, 2007. を参照。ローウェルを支持するブコウスキーのエッセイは、*Portions from a Wine-Stained Notebook,* pp. 61-62.（邦訳「ワインの染みがついたノートからの断片」一二一―一二三頁）

アンダーグラウンドに関しては以下を参照。Jean-Francois Bizot, *20 Trips from the Counter-culture : Graphics and Stories from the Underground Press Syndicate.* London : Thames and Hudson, 2006 ; Diane Kruchkow and Curt Johnson, eds., *Green Isle in the Sea : An Informal History of the Alternative Press, 1960-85.* Highland Park : December Press, 1986 ; Roger Lewis, *Outlaws of America : The Underground Press and its Context : Notes on a Cultural Revolution.* Harmondsworth : Penguin, 1972.

（12） Jack Micheline, *Sixty Seven Poems for Downtrodden Saints.* San Francisco : FMSBW, 1999. Miles, p. 160 ; Sounes, p. 93.（邦訳『ブコウスキー伝』一六二頁）ブコウスキーについて語る〃ミシュラン, *San Francisco Beat : Talking with the Poets,* ed. David Meltzer, pp. 226-227. San Francisco : City Lights, 2001.

（13） Kenneth Rexroth, "There's Poetry in a Ragged Hitch-hiker," The New York Times, July 5, 1964. レクスロスへのブコウスキーの言及、*Screams from the Balcony : Selected Letters 1960-1970,* ed. Seamus Cooney. Santa Rosa : Black Sparrow Press, 1993, p. 165, p. 330.

ブコウスキーとビートについては、Jean-François Duval, Buk et Les Beats : Essai Sur La Beat Generation. Paris : Editions Michalon, 1998. 英語版, trans. Alison Ardron, Bukowski and the Beats. Northville : Sun Dog Press, 2002. を参照。

（14） ハロルド・ノースのブコウスキーへの言及は、*Memoirs of a Bastard Angel : A Fifty-Year Literary and Erotic Odyssey.* New York : Thunder's Mouth Press, 1989, pp.420-422, 424-426 と "Laughter in Hell," in *Drinking with Bukowski : Recollections of the Poet Laureate of Skid Row,* ed. Daniel Weizman, New York : Thunder's Mouth Press, 2000, pp.91-96. を参照。

（15） ニール・キャサディとのオープン・シティでの出会いやメキシコでのキャサディの死についてのブコウスキーの

素晴らしい回想文は以下のアンソロジーに収録されている。Ann Charters, *The Portable Beat Reader*. New York : Penguin 1992, pp. 438-444 ; David Kherdian, *Beat Voices : An Anthology of Beat Poetry*. New York : Henry Holt, 1995, pp. 120-123; そして Jeffrey H. Weinberg, ed. *Writers Outside the Margin*. Sudbury : Water Row Press, 1986, pp. 94-96. チャーターズはブコウスキーの「スケベ親父の手記」の別のコラムも以下の中に収録している。*The Portable Sixties Reader*, New York : Penguin, 2003, pp. 436-439.

(16) ブコウスキーとファーリンゲティに関しては、Lawrence Ferlinghetti and Nancy J. Peters, *Literary San Francisco : A Pictorial History from Its Beginnings to the Present Day*. San Francisco : City Lights Books and Harper and Row, 1980, p. 210,p. 221 ; を参照。Barry Silesky, *Ferlinghetti : The Artist in His Time*. New York : Warner Books, 1990, pp. 177-178; も同様に参照。ブコウスキーの詩 "The Bard of San Francisco" は、ファーリンゲティへの賛辞。onthebus Issue 14, Vol. VI, No. 2, 1997, pp. 30-32, を参照。*Betting on the Muse : Poems & Stories*. Santa Rosa : Black Sparrow Press, 1996, pp. 233-235. に収録されている。

(17) Sounes, pp. 140-141（邦訳『ブコウスキー伝』二四二—二四三頁）を参照。

(18) Debritto, p. 214, 330. を参照。

(19) ブコウスキーはこう述べていた。「わたしは金のためにポエトリー・リーディングをやっている。ただ生き延びて行くためだけに。自分としてはやりたくはないが、この一月九日に辞職して、いわゆる『文学でせっせと金を稼ごうとする奴』の仲間入りをしたんだ。以前ならやろうとしなかったいろんなことをわたしは今やっている。ちっともやりたくないんだけどね」*Sunlight Here I Am*, p. 47. を参照。

(20) トラウマとなっている自らのさまざまな傷の部位へと強迫観念に取り憑かれたように戻って行くブコウスキーは、潜在意識についてのラカンの概念を思い起こさせる。「潜在意識とはエゴによって抑え込まれなければならない激しい衝動がずっと残ったまま存在している状態ではなく、トラウマを負っている真実が大声をあげる部位のことである」と、スラヴォイ・ジジェクは明らかにしている。そこでラカンが伝えようとしていることは、「*Wo es war, soll ich werden*（もともとあったものにわたしはなろうとしている）」というフロイトの有名な言葉の彼なりの解釈だ。「エゴはイド（本能的衝動の源泉）を克服すべき」ではなく『わたしは自らの真実の場所に敢えて接近すべきである』。『そこ』でわたしを待ち受けているものは、自ら身元を明らかにしなければならない深い真実ではなく、共に生きることを学ばなければならない耐えがたい真実である」"Slavoj Žižek, *How to Read Lacan*. New York : W.W. Norton, 2007, p. 3.（『ラカンはこう読め！』紀伊國屋書店、二〇〇八年）。ブコウスキーは耐えがたい真実と共に生きるためにしばしばユーモアを活用した。

（21） e.e. cummings, *A Selection of Poems.* New York : Harcourt, Brace and World, 1965, p. 155.

（22） ラブレーに関してはブコウスキーの "he died April 9, 1553" を参照。in *The Night Torn Mad with Footsteps* : New Poems. Santa Rosa : Black Sparrow Press, 2001, pp. 218-19. に収録。

そして一九八一年のインタビューで彼は次のように説明していた。『詩人と女たち』は『デカメロン』やボッカチオに多大な影響を受けている。セックスは途方もなくばかげたことで、自分の手に負えるものなど誰一人としていないという彼の考え方が好きだった。彼にとってセックスはセックスで、愛とはそれほど関係がなかった。愛はもっとおかしくて、もっと途方もなくばかげている。とんでもない男だ！ 彼はとことん愛を笑いものにしていたのだ。あんなものを書けたとは彼はきっと五〇〇〇回ほどは焼き殺されるほどの苦しみを味わったに違いない。あるいはもしかして彼は単に同性愛者だったということなのかもしれない。よくわからないな。だから愛というのは絶対に終わってしまうから途方もなくばかげていて、セックスというのはそれほど長くは続かないから途方もなくばかげているんだよ」。*Sunlight Here I Am*, p. 179.

（23） ブコウスキーのお気に入りの映画に関しては以下を参照。For Sunlight, p. 230.

ブラック・ユーモアに関しては、Morris Dickstein, *Gates of Eden : American Culture in the Sixties*, New York : Basic Books, 1977, "Black Humor and History : The Early Sixties."

（24） ユナイテッド・プレス・シンジケート（the UPS）に関しては、Bizot, pp. 6, 226-227. を参照。

（25） ブコウスキーと暴力についての見事な研究。Alexandre Thiltges, *Bukowski ou Les Contes de la Violence Ordinaire.* Paris : L'Harmattan, 2006.

Thiltges の研究論文は、残念なことにまだ英語には翻訳されていない。これまでに発表されたブコウスキー研究の論文の中で最も優れた個別の作品。

（26） ブコウスキーはこの物語をキャンディッド・プレスの代表カート・ジョンソン（Curt Johnson）に提出した。以下はブコウスキーが一九七〇年一二月三日に彼に宛てて書いた手紙だ。「あなたたちのおかげでカーブをかけることができてとても嬉しい。貰った四五ドルの小切手はいずれにしてもバウンドしなかったが、わたしのオンボロの六二年型のコメットがまた走れるようにと修理代に使ってしまったことを許してほしい、それでわたしはまたつまらないポエトリー・リーディングに出かけることができ、そこでわたしは半分酔っ払って、新たにまた金を稼げるというわけだ。今はハイドンを聞いている。わたしはおかしくならなければだめだ。小説を書くことを楽しんではいるが。どこかで、確かテキサスだと思うが、人食いたちが捕まったという記事を新聞で読んだ、そして一人の女が連行される時、指先についた肉を少しずつ齧って食べてきれいにしていたということだ——話はそれをもとにした」未公表の手紙、Brown University Library.

英雄なんかどこにもいない　未収録＋未公開作品集

理由の背後にある理由

チェラスキー、中堅手、打率二割八分五厘（二四六打数七〇安打）は少し……ほんの少しだけ……自分はこの場にはそぐわないという感じがしていた。何だか自分が場違いのように思えるそんな日が続いていた。いろんなことがしっくりこない。ちょうど今この時みたいに、太陽はどこか具合が悪いように思え、フェンスの緑色はあまりにも緑色すぎて、空はあまりにも高すぎ、自分のグローブのレザーはあまりにも……レザーレザーしている。

彼は二、三歩前に進み、何もかもすべて振るい落としてやろうかとでもいうように、拳をグローブに打ちつけた。彼は頭痛がしているのか、それともどこか調子が悪かったのか？　今にも叫び出すか、誰かに飛びかかるか、あるいは絶対にしてはいけないことをしてしまうような、それがあり得る状態になっていた。

チェラスキーはちょっと恐ろしくなって、ドノヴァン、左翼手、打率二割九分六厘（二三〇打数六八安打）に目をやったが、彼はやたらと気分が良さそうだった。ドノヴァンをかっかさせてやろうと、その様子をじっくりと観察してみた。とても黒ずんだ顔で、彼が太鼓腹をしていることにチェラスキーは初めて気づいた。醜く膨らんでいるというのに、まったく気にしていない。ドノヴァンはやたらと太い脚をしていて、まるで木のようで、チェラスキーはますますひどい気分になって、また正面に目を向けた。

いったいどこがおかしいんだ？

バッターが打った球は外野フライで……ドノヴァンの方に飛んで来る。ドノヴァンが数歩前に進み、両腕をゆっくりと動かして、捕球した。太陽と大空を背景にして長い弧を描いてゆっくりと飛んで来る球をチェラスキーはずっと目で追いかけていた。楽しくてたまらないはずなのに、あらゆるものと切り離され、どこか無縁なものになっていた。次の打者は易々と内野のシングル・ヒット。一人がアウト。一人が塁上に。今は何イニングだ？　振り返ってスコアボードを見ると、観衆の姿が目に入った。彼は観衆に焦点を合わすことができない。何かを着て、動いたり、声をあげたりしているただの塊にしか見えない。

彼らはどうなってほしかったのか？

その思いがまた彼の頭の中を駆け巡った。彼らはどうなることを望んでいたのか？

突然彼は恐怖に襲われたが、そのわけはまったくわからなかった。息遣いが荒くなり、口の中が唾でいっぱいになる。めまいがして、自分が宙に浮いてしまっているように思えた。

そばにはドノヴァンがいて……立っている。彼は今一度観衆に目をやり、ひとかたまりであると同時にばらばらでもある、すべての人たち、あらゆるすべてのものを見やった。メガネ、ネクタイ、スカートをはいた女たち、ズボンを履いた男たち。口紅や……口から突き出されているものに火がついている……タバコだ。それらあらゆるすべてのものがわけのわからない了解のもと寄りかかりあってひとつになっていた。

すると飛んで来た……彼に向かって……外野フライが。簡単に取れるやつだ。彼は余計なことばかり考えていた。ボールを真剣に観察しているうち、突然空中で動きを止めてしまったように思えた。打球は空中に静止し、観衆は叫び、太陽は輝き、空は真っ青。そしてドノヴァンの目が彼のことをじっと見つめている、そしてドノヴァンの目がじっと見つめている。ドノヴァンは彼を敵視していたのか？ドノヴァンは実際のところいったい何を望んでいたのか？

ボールが彼のグローブの中に飛び込んで来た。グローブの中に入って、彼は強い手応えを感じ、ちゃんと捕球できて嬉しくなった。彼は二塁に向かってボールを投げ、ランナーを一塁に足止めさせた。見事な投球で、チェラスキーはびっくりした。ボールは投げられるべき場所にまさにきちんと投げられたかのようだった。彼の恐怖心が少しは消え去った。彼はうまくやれるようになっていた。

次の打者はショートから一塁にボールが投げられてアウトで、チェラスキーはダッグアウトまでの長い距離を小走りし始めた。走るのは気分がいい。何人かの相手側の選手とすれ違ったが、誰もが彼のことを無視した。そのことが少し気に障り、ドノヴァンの頑丈な首筋を見ながらダッグアウトの中に入る時も、その嫌な感じは彼の頭の片隅に残っていた。ダッグアウトの中に入ってみると、チェラスキーは何だか自分が裸にされたような、あるいは傷つけられたような、そんな気持ちに襲われ、何ともないふりを無理にでもしようと、ハルに歩み寄り、彼に向かってにんまりと笑ってみた。

「俺にキスしてほしいのかい？　忘れさせてやれるぜ」、と彼はハルに向かって言った。

ハルは打率一割八分九厘で、大学生の若造のジャミソンに代わってベンチをずっと温め続けていた。ハルがチェラスキーを見上げた。相手が何者かまったくわかっていない表情だ。ハルは返事すらしなかった。彼は立ち上がって飲用水の冷却器へと向かった。チェラスキーはベンチを後にして、手すりの方に素早く移動した。

コーペンソンがシングル・ヒット。ドノヴァンの打球はダブル・プレーとなって、彼は両脚を高く上げ、どういうわけかあらゆる色が入っているストッキングを見せびらかせて、一塁ベースのラインを速足で戻ってきた。

　チェラスキーが本塁ベースに歩み寄った。アンパイアにキャッチャー、ピッチャーに野手たち、そして観衆がいた。何もかもが待っている、何もかもが待ち受けている。場外では、恐らく、一人の男が銀行強盗をしている。あるいは、満席の路面電車が角を曲がっている。しかしこの場は違っていた。すべてがしつらえられ、期待されて……あんな風ではなく、場外とは別世界だった。路面電車に、銀行強盗。ここは……違っていた、熱狂の中、強く求められている。

　彼が一球目を空振りすると、観衆が叫んだ。キャッチャーが大声で何か叫んで返球した。小鳥が一羽、すごいスピードで空中をあてもなく上へ下へと飛んでいた。チェラスキーは唾を吐いて地面のくぼみをじっと見つめた。地面はやたらと乾いていた。ワン・ボール。

　次の球は彼のお気に入りの外角だった。彼が自然とバットを素早く、思いきり振ると、観衆が叫び声をあげた。センターの頭上を超える長打だった。その球が旗ざおのそばの壁に当たって跳ね返るのをチェラスキーはじっと見守った。観衆の叫び声はこれ以上はないというほど大きくなった。チェラスキーが今シーズンで聞いた中でいちばん大きな歓声だった。それからデッキの上にいたジャミソンが彼に向かって叫び出した。

「走れ！　走れ！　走れ！」彼が怒鳴った。

　チェラスキーは振り返ってジャミソンを見た。彼の目はとんでもなく大きく見開かれ、二つの閃光のように、何かが熱くもえたぎっているようになっていた。彼の顔は醜く歪み、唇が捲れあがっていて、チェラスキーは彼の赤く焼けた首に太い血管が浮かび上がっているのもしっかりと見届けた。

「走れ！　走れ！　走れ！」ジャミソンが怒鳴った。

スタンドからクッションが一枚飛んできた。すぐにも別のクッションが。観衆の叫び声があまりにも大きいので、ジャミソンの声は完全にかき消されてしまっている。恐らくはさっきと同じ小鳥がまた舞い戻ってきて、前よりも速いスピードで上へ下へと飛んでいる。センターはすでにボールを掴んでいた。けたたましい歓声はもはや耐えきれないほど大きくなっている。クッションがぶつかり、観衆を見ようとチェラスキーが振り返った。見れば大勢の観衆がぴょんぴょん飛び跳ねて、腕を振っている。クッション、帽子、壜、あらゆるものが飛んで来る。一瞬チェラスキーの目が緑のスカートをはいた若い女性の姿を捉えた。彼女の顔、ブラウスやコートまでは確かめることができなかった。彼が見たのは緑のスカートで、緑のスカートのひだが影のようになって上下に揺れている。するとまた別のクッションが彼に当たった。傷つき、切れて、生温かい。一瞬彼は怒りに襲われた。

二塁手の投げた球を一塁手が受けてアウトになった。野次はどこまでもけたたましいものになって、息もできないような状態になる。ジャミソンがチェラスキーの腕を掴んで、彼をバッターボックスから引っ張り出した。ジャミソンの顔は赤と白の斑らになり、皮膚の上に皮膚がいくつも重ねられたかのように分厚く見えてしまうことにチェラスキーは気づいた。

ざわめきが収まらない中、チェラスキーはダッグアウトに歩いて戻った。縁にタオルがかけられた、水の入ったバケツが彼の目にとまった。ダッグアウトの中に入ると、誰かがベンチの上をいらだたしげに滑らせて手を引っ込め、誰かが脚を組んだ。

すぐにもチェラスキーはマネージャーのヘイスティングスの前に立っていた。彼はヘイスティングスと目を合わさなかった。彼のシャツのVネックの下のあたりをただ見つめていた。

それから彼が顔を上げた。ヘイスティングスが何か言おうとしたが、一言も言葉を発することができなかった。

チェラスキーは素早く向きを変えるとロッカー・ルームへと続く通路を走り去った。部屋に入ると、彼は緑色のロッカー全体を見つめて、しばしその場に立ち尽くした。

外では観衆がまだ叫んでいて、何人かのレポーターたちがいったい何が起こったのかを聞こうとチェラスキーを追いかけていた。

ラブ、ラブ、ラブ

LOVE, LOVE, LOVE

ぼくの父が風呂に入っている音が聞こえる。バシャバシャとすごい音をさせて、水を溢れさせ、バスタブの縁に両肘を載せる。

「わたしが一日中入れ歯を入れっぱなしだったことに気づいたかい、ママ?」

「あら、気づかなかったわ」

「まるで自分の歯みたいだよ、一生ずっと」

「すぐにもナッツやいろんなものを食べられるようになりますよ」

「ナッツだって、へヘッ!」

ぼくの父は車庫までの私道を歩いては、立ち止まり、前かがみになり、まだ家の中にいる母に話しかける。

「この人参、まだ大丈夫だぞ」

「そうよ。ねえ、何なの……その袖……」

「何だって?」

「ほら、袖が破けているわ。腕の下。腕の下を見てごらんなさい……」

ぼくはベッドの上のメモを見つける。封筒の裏に父が太字のインクでなぐり書きしている。

ハーフ・ボトルのウイスキー	二・〇〇
フル・ボトルのウイスキー二本	三・六五
ハーフ・ボトルのジン	一・九〇
ジンジャーエール二本	〇・三〇
ランドリーと清掃	三・二五
下着	八・二五
ドレスシャツ一着	四・〇〇
食事付きの部屋	一〇・〇〇
合計	三三・三五

ぼくの父が廊下を歩く。履いているレザーのスリッパがフロアに当たって音を立てる。バスルームに入る。「うわーっ、床が水浸しじゃないか？　おまえが床を水浸しにしたのか？」父が母に尋ねる。

「水って何のことですか？」

父がドアを開けてぼくの部屋の中に入って来る。「床を水浸しにしたのはおまえか？」

「ああ」と、ぼくは答える。「両手で水を掬って、ばらまいたんだ」

父が怒鳴り出す……

兄のジョージが自分の戦争体験を語る。「落下傘兵たちに非常呼集がかけられ、俺は思ったよ、何てこった、ジャップたちが攻めて来るんだって。それでな、俺は考えたよ、俺は携帯食糧を持っているし、四五口径の拳銃もあるし、ダムダム弾もある。ステイトサイドウォッカのボトルだってある、そこで思ったよ、俺は準備万端なんだって。これから飛行場に行って、C－47の輸送機でここから向かってやる……」

兄のジョージは一晩中行方不明になって、朝になってぼくに電話をかけてくる。「チャック。チャック。俺はめちゃくちゃやられちゃったよ。目の上にでっかい傷跡が。目の周りには黒いあざ。全身血まみれだ。俺のコートも台無しになっちまった。ピンを刺して口の中じゅう傷だらけになっている男と一緒に酔っ払ってしまったんだ。痛みなんてコントロール次第なんだってよ。気を失ってしまって、何が起こったのかまったく覚えちゃいない。ハリウッドにいるんだ。今日はいつなんだ?」

ジョージ以外のみんなが夕食の席に着いている。ぼくの母はぶかぶかの室内用ガウンを着て座っていて、ポテトを口の中に放り込む。

「チャッキー、おまえのほっぺは痩せすぎよ。もっとほっぺに肉をつけて、顎から垂れ下がるようにしてあげるからね。おまえの見た目ときたら情けないかぎりよ。もともといいからだつきをしているのに」

「そのとおりだ」と、父が言う。

「ここまで逞しくなったのに」と、母が言う。「お酒を飲むのさえやめてくれたらねえ……どうしてお皿ばっかりじっと見つめているの?　どうしてみんなの顔を見ないの?　わたしを見てよ……もう少しポテトはいかが?」

「いらない」

「もっとお肉は?」

「いらない」

「もっとセロリは？」

「いらない」

「もっとコーヒーはいかが？」

「いらない」

「もっと豆は？」

「いらない」

「パンはどうかしら？」

「いらない、**いらない！**　くそくらえだ、何かほしいものがあったら、自分から言うから！」

「おまえはいったい何が気にくわないというんだ？」と、父が怒鳴りつける。父はナプキンをテーブルの端に投げつけ、ガタンと大きな音をたてて椅子を引き、パタパタとスリッパの音を鳴らして居間へと駆け込む。

「チャッキー」と、母が言う。「おまえがどれほどわたしたちを傷つけているのかわからないのね。父さんはおまえを愛しているのよ。こっちにおいで。さあ、ジョージの飲み物を飲みなさい。おまえは二五歳よ。時間はまだまだいっぱいあるわ。父さんがおまえに車の運転を教えたがっているわ。いやだっておまえは言うのね。図書館のカードもほしがらないし、ただの映画だって見たがらない。ただお酒を飲んで、飲んで、飲むだけ、そしてその目はお皿に釘付け。いくらかお金は残っているの？」

「ないよ」

「いったいどうするつもり？」

「チャッキー、答えなさい、おまえの母さんなのよ」

抑えきれない執筆欲

タイプライターの音が聞こえたのでわたしは呼び鈴を鳴らした。男がドアに近づいて来た。

「あなたのタイプライターの音が聞こえたので」とわたしは言った。

とんでもない巨漢で、骨はがっちりとして、背が高く、横幅もあるのに、どこか防御を固めているようなところがあった。わたしは彼の顔を一瞥したが、さしたる印象は何も抱かなかった。短い口ひげを生やしていたが、手入れはされていなくて、毛があちこちにばらばらな感じで飛び出している。大きな額はぺったんこで、頭は卵のような形をしていた。極端なおちょぼ口のすぐ右側から傷跡が伸びていて、どこにでもあるような平凡な目をしていた。

彼が書くものはほとんどが人気のある様式の類語反復《トートロジー》だったが、抽象概念を振り回すこともたまにはあり、そんなことをする人間はほかにはいなかったので、彼の作品には澄明で新鮮な響きが確実に与えられ、その響きはわたしからすれば実験的な誇張が気に障り、ちょっと挑戦的になりすぎていると思えるようなものでもあった。しかしいったい何というやつなのだ、彼はうまくやろうと努力していた。

大きな両肩と頭の後についてわたしは小さな家の中に入って行った。居間は暗く、彼についで奥の部屋に向かう時、カウチの前を通り過ぎると、そこには赤毛の女性が寝そべっていた。彼の妻に違いないと思ったが、彼はわたしに紹介することもなくどんどん先に進んで行った。わたしはその女性に微笑みかけ、こんにちわと挨拶した。彼女も微笑み返し、こんにちわと言った。暗闇の中から浮かび上がった彼女の瞳は、愉快でたまらないという感じで、わたしはたちまちのうちに彼女のことが気に入った。

わたしたちはまだまだ先へと進み、スイングドアを抜けてキッチンへと入った。彼は大きな手でやたらと小さい黄色いテーブルを指し示す。

「そこに座っておくれ。コーヒーを淹れるから」

照明はあまりにも明るすぎて居心地が悪く、ぴしっとしたスーツに清潔なシャツを着て、ピカピカに磨かれたぴったりの靴を履いてはいるが、自分の正体がすっかり見抜かれてしまうような気がした。彼は喉元の開いたシャツを着て、よれよれのグレーのズボンを穿いていた。テーブルの上には紙が差し込まれたタイプライターが置かれていて、その紙はとても黒い小さな字で途中までタイプが打たれている。傍にはほかの紙が積み上げられていて、嵩のある白いボウルの中にプリッツェルが山盛りになっていた。自分はハムのディナーに招待されていたのにと思わずにはいられなかったが、そうではないことで救われた気分に少なからずなっていた。

キッチンの奥の壁には扉がなくて何段かの棚がある手作りの戸棚のようなものがあった。そこには文学ジャーナリズムの中で流通し、論争も巻き起こしたりしているさまざまな文芸誌がぎっしりと詰まっていた。雑誌のサイズに合わせてきちんと並べられ、疑うべくもなく発売順に並べられている。キッチンのこの棚や、その他のことをヒントにして、わたしはこの小さな家の領主《スーゼレイン》がどんな人物なのか容易に想像することができた。

コーヒーを淹れる用意が整い、彼はわたしの向かい側、タイプライターのそばに座った。半分儀式のように差し込まれた紙を一瞬見遣り、彼の目が大きく、まさに真ん丸になった。読み返して何かが閃いたのだ。それから卵のような形の頭が上がる。

「プリッツェルをどうぞ」と、彼が言った。

わたしは嵩のある白いボールに手を伸ばしながら、彼が分析的な観察を始めようとしていることに気づき、好きなだけしてもらうことにした。わたしはプリッツェルを手に取るとまた座って半分だけ齧った。

「もっと若いのかと思っていたよ」と、彼が言った。

「二五歳です」と、わたしは答えた。「でもつらい人生を生きて来ました」

「それでも、見た目は想像していたとおりだ。どんな見た目をしているのかわたしはいつだって言い当てることができるんだ」

彼が何を言いたいのかわたしにはわかっていた。教養があるところを露骨に見せつけず、尖ったところがあってピリピリしている。わたしは立ち上がって、コートを脱ぎ、それを椅子の上に投げ出し、ネクタイを緩めた。ワイシャツも脱げばよかったが、下着のシャツを着ていなかった。わたしは座って、もう一本プリッツェルに手を伸ばした。コーヒーの湯が沸騰し始めた。

「えーと、バスルームはどこですか?」と、わたしは尋ねた。彼が方角を指し示したので、わたしはそこに向かった。小屋のような小さな家にしてはびっくりするほど広いバスルームで……恐らくは設計したのはロシア人か指導者のいないアイルランド人かで……わたしはよからぬことを考えないようにして中に入って行った。物音がしたので、わたしはあたりを見回した。ドアが少しだけ開かれ、そこからタオルを持った大きな手が突き出されていた。わたしはその手からタオルを受け取った。「ありがとう」と、わたしは言った。返事はなかった。大きな手が引っ込み、ドアが閉まった。

わたしが戻ると、すでにコーヒーが入っていて、寝室へ行こうと彼が誘った。わたしたちはそれぞれカップを手にして、コーヒーがこぼれないように用心深く歩いた。寝室の中にコーヒー・テーブルがなかったので、デスクのあるところに向かった。彼は腰の高さで受け皿を持ったまま、カップを持ち上げ、卵形の頭と生え揃っていない黄色の口ひげを少し傾けて、コーヒーを啜った。そしてカップをデスクの上に置くと、部屋から出て行ってしまった。

壁中いたるところに新聞や雑誌の切り抜きや写真が貼られていた。床の上には木の箱が置かれていて、その中には住所が書かれ、切手に消印が押され、金属製のクリップがひん曲がっている空っぽの茶封筒がぎっしり詰まっていた。机の上にはペーパーバックが一冊。表紙は大したことのない鉛筆画で、「K———M———短編小説集」というタイトルが付けられている。わたしはタイプ書きされたページを親指でパラパラと捲り、すぐにもその本を投げ捨てた。わたしはその部屋の中で、暗殺すべきかどうか自分が吟味されているような、息苦しさを覚えていた。

フォースコア・プリッツェルが入った嵩のある白いボウルを持って彼は戻ってくると、それをわたしの前に差し出した。わたしは彼の期待に応え、それからコーヒーを啜った。彼は部屋の真ん中に立っていた。

「誰だかわかるよね？」壁に貼られている雑誌の切り抜きの誰かの写真を彼は指し示していた。わたしは切り抜きをじっくり見ようとデスクの前を離れた。

女性の写真で、太縁の眼鏡をかけ、抜け目のなさそうな特徴のある顔をしていた。上級の代数の教師のようだ。

「誰ですか?」

「下に書かれている名前を読んで」

マーサ・フォーリーと書かれている。

わたしはデスクの前に戻り、そこに座ってもう一本プリッツェルを食べた。

「わたしは今年はちゃんとやれなかったんだ」と、彼が言った。「けれども来年はうまくやれると思うよ。幸運なことに彼女は今年本を出すことができたんだ……引っ越しして……彼女がなくしてしまったものがいくつかある。わたしは彼女に雑誌を二冊余分に送らなくちゃならなかった……きみの小説が掲載されているやつだよ。彼女が送ってきた手紙がある。読みたいかい?」

「いや、いいです……ねえ、酒でも飲みませんか」

「わたしは酒は飲まない」と、彼が答えた。

「ビールも?」

小部屋の中でがさごそと音が聞こえ、回転椅子をぐるっと動かして見てみると、よれよれのグレーのズボンに覆われた臀部を動かし、彼は屈み込んで何かを探していた。もしかしてワインのボトルでは?

わたしは立ち上がって窓辺に向かった。芝一本生えてない裏庭は夥しい量のがらくたに取り囲まれていた。確かに、とにもかくにも彼はひとりぼっちだ。裏庭に置かれているのは、タイヤが一個、焼却炉、缶が入った箱。月明かりで確認できたのはそれだけだったが、それで十分だった。

小部屋から出てきた彼は紙製の靴箱を手にしていた。わたしのそばに立って、蓋を開けた。初めて、彼はわたしに微笑みかけ、厳粛さの鎧をとうとう脱ぎ去ってくれたので、わたしはほっとして嬉しい気持ちになった。微笑みを浮かべた彼の顔はとても誠実そうに思えた。おちょぼ口が大きくなり、傷跡がほんの少しだけ顎の中に隠れた。

「いろんな手紙だよ」と、彼が言った。

わたしは靴箱の中を覗き込んだ。彼は一通を引っ張り出し、続けて二通目も取り出した。『アクセント』、『サークル』、そうしたリトル・マガジンからのやつだ。ほら、うまくいかなかったものばかり。彼らは自分たちのことをきみに書いてくるよ」

わたしはそれに対してあれこれとコメントし、彼は靴箱の蓋を閉じて、それをまた小部屋の中に戻した。小部屋から出て来た時の彼はまた顰めっ面になっていた。わたしは嵩のある白いボウルが置かれたデスクの前に戻っていた。黙ったままその場に一瞬立ち尽くしている彼は、巨大で、コブウシのように見えた。

「もう決めたんだ」と、彼が言った。「共同編集者としてきみは使えないって。こんなことは信じられないだろうけど――信じてもらえそうもないけど――神がわたしに語りかけてくる時があるんだ、そして昨日の夜わたしは未来が見えたんだ、きみはやりっこないだろうって告げられたんだよ」

それを聞いてわたしはすぐにも立ち去ったが、彼は路面電車が走っているところまで三キロちょっと、車で送って行くと言い張り、バスはこの時間では多分もう走っていないし、走っていたとしても一時間間隔だと教えてくれた。

車を取りに彼がガレージへと向かい、わたしは恐らくは彼の妻と思える赤毛の女性と一緒にポーチに立っていた。

「彼はほんとうに素敵な人ですね」と、わたしは言った。

彼女は腕を組み、嬉しくてたまらなそうな、とても素敵な笑顔を浮かべて立っていた。その時はわたしは今日が日曜の夜だということを思い出し、彼女が何時間もほったらかしにされていたことに気づいた。

「結婚してほとんど二五年になるの」

「そうなんですか？」

「こんなふうに執筆活動を始める前はうまくいっていたのにね」

車寄せの道を一台の車がバックで入って来た……一九二八年型ぐらいだ。分厚い鋼鉄のボディで、怪獣の目のような巨大なヘッドライト、死ぬことを拒んでいる偉大な鋼鉄の怪獣だ。

彼が車のドアを開けて、わたしの方を見た。赤毛の女性が小さな家のドアを開けた。

「さよなら」と、わたしは言った。

「さよなら」と、彼女が答えた。

彼は路面電車の始発駅に向かって車を走らせ、わたしたちはシャーウッド・アンダースンについて語り合った。到着し、握手を交わし、別れの言葉を交わし合って、彼がドアの取っ手の操作をしてくれた。わたしは車から降りた。怪獣が一度だけ妙な声をあげ、ほとんどを止まりそうになったが、やがて夜の中へと突き進んで行った……

わたしは今別の街にいるが、彼はわたしに手紙を寄越していた。短いもので、小さな黄色い紙にタイプで書かれていた。抽象主義の作風を彼はやめたそうだ。彼が言うには自分の役目はもう終わったとのことだ。ニューヨークとロンドンには彼のエージェントがいる。自分の芸術活動に専念するために雑誌もやめたとも彼は書いている。

そんな人間になるなんて俺は思ってもみなかった。

そして今も自分がそんな人間だとは思えない。あるいはもしかして思っているのかもしれない。ほかのやつらがどう思っているのか俺にはわからない。自分がどう思うかわかるだけだ。

要するに、やつらのことは時たま新聞で読んでいた、それだけのことだ。

たとえ一瞬でもいいから、俺は考えてみることにしよう、いったいぜんたいどういうわけであんなことができるというのか？　あたりをうろつき回ればいろんなことが起こってしまうのだ。

しかし俺は自分自身の身の上にそんなことが起こるとは考えすらしなかった。

恐らくはこういうことなのだろう。一人の男としてあたりをちょっと歩き回ったとたん、突如としてレイピストだ、女に襲いかかる男だ、強姦魔だと告発され、いたるところでみんなが新聞を開いて、自分のことが書かれた記事を読んでいる。

そしてこんなふうに考えるやつが出てくる、いったいぜんたいあんなことができる男が（今回は俺のことだ）どうしてこの世にいるのか？

ちょっと歩き回ればいろんなことがただではすまない。

レイピストというのはズボンのポケットにエロ写真をいっぱい突っ込み、あたりを走り回って窓の中を覗き見する、そんな男だと誰もがきっと思っているのだろう。そしてちょっとしたチャンスがあれば、いつでも待機してその時をじっと窺い、それから強姦する。

俺だってそう思っていた。

今、俺にわかるのは自分のことだけだ。

そうだな、こんなことをあれこれ言っていても、どうして自分がこんな窮地に追い込まれてしまったのか何の説明にもなっていない。

きっかけは何だったのか正確にはわからない。どんなことが起こって自分が何をしたのかリストにして書き込んでみても、まったく要領を得ない。それをもとにして法廷で尋問が行われ、それに答えていくだけだ。それは正しいやり方じゃない。人をどんどん間違った方向に追い詰めて行く。尋問に対する答えばかりがどんどん増えていき、結局はヘマをしてしまう。それはあまりにも当然な成り行きだと言える。

何てことだ、やつらは一人の男を法廷の席にきちんと座らせ、そいつはもし可能であれば、自分の都合のいい時に何もかもすべてを説明しなければならないことになるのだ。

俺と同じようにみんなもわかりきっていることだと思うが、裁判官とかその場所の雰囲気とか、堅苦しいったらありゃしない。その場に一、二分――それじゃ長すぎる、恐らく三〇秒でも座っていれば――自分の靴紐が足の上のどこで結ばれていて、シャツの襟がどんな風に自分の首を絞めつけているのかはっきりと感じ取ることができる。

ちゃんと息ができなくなり、やたらと緊張して不安に襲われてしまう。

それはどうしてだ？

司法など何ら解決にならないとわかっているからだ。紙を手にして整然と歩き回る二人の男の姿がたぶん目にとまるかもしれない。彼らもまた緊張している。裁判官ですら緊張しないようにと努めて連日役目を果たしているものの、やはり緊張して不安になっている。

何とかして微笑みを浮かべ、ちょっとした冗談を言おうと努力してみる者すらいる、とりわけほとんど関心を持たれていないような目立たない公判では。まさに俺の場合がほとんど関心を持たれていない目立たないものだとしても、それこそがいちばん哀れで気の毒なことだと俺は思ってしまう。そう、数えきれないほど何度も自分が法廷に送り込まれていることを俺は認めなければならない。

だがたいていの場合は酔っ払いか浮浪者取り締まりに引っかかってのことだ。

でも聞いてくれ、俺が今直面しているのは何一つ弁明できないことだ、わからないのかい？

酔っ払っていたのか？――わかった、有罪。

浮浪者だったのか？――これもまた、わかった、有罪。

どうして酔っ払っていたのか、どうして浮浪者だったのかなどとその理由をいちいち聞かれたりはしない。人はありとあらゆる理由で酔っ払いになるし、人はありとあらゆる理由で浮浪者になる。そうなること自体が〝有罪〟なんてことはありえない。

茶色の髪をしているから、八本の指と二本の親指があるから有罪にされるのとほとんど変わりはしない。

よし、わかった、みんなは俺がレイピストだと言う。

女に襲いかかる男。

強姦魔。

実際の話、俺は二件のレイプ、子どもへの淫らな行為、破壊と侵入、そのほかのありとあらゆることで立件された。

そうだな……やつらの言うとおり……最初から説明し始めることにしよう。

このとんでもないことすべてはこんなふうに始まった。俺は地下貯蔵室にいてウェイバー夫人（レイプしたとして俺が不当にも告発されているその当事者の女性が彼女だ）が持っていってもいいと言ってくれたダンボールを手にしていた。

それをどこに持っていけばはした金になるのか、あるいはちょっとだけワインが飲めるようになるのか俺にはわかっていた――いずれにしてもわずかなものだが。

以前に路地を歩いていた時、地下貯蔵室のドアが開いていて、俺はそのダンボールを見つけていた。その後、ウェイバー夫人（彼女こそが俺が強姦したとして告発されている当事者の女性だ）を見かけた時、地下貯蔵室に置かれている未使用のダンボールをもらえないかと俺は彼女に頼んでみた。

彼女は答えた、「いいわよ、ジェリー・ボーイ（日やとい労働者）、いつでもほしい時にどうぞ。わたしはかまわないわよ。ほったらかしにしておいても何の得にもならないもの」

ウェイバー夫人は少しもためらうことなく、そんなふうに返事してくれた。

かなり厚かましいのを覚悟で俺は彼女に頼まなければならなかった。というのも、俺はいつも酔っ払ってやたらとピリピリしていたし、近所のどや暮らしで荒みきっていた。まったくのひとりぼっちで、余計なことばかり考えていた。あれこれ考えすぎて頭がはちきれそうになり、一息つくことなどとてもじゃないができなかった。自分がとんでもなくけがらわしいように思え、着ているものも古くてボロボロだった。

何年か前に味わっていたような気分はとっくにどこかに消え去っていた。まだ三二歳なのに、仲間外れにされて追放されたけだもののような気持ちだった。

ちくしょう、清潔な青いセーターを着て、幾何学や代数、経済学や市政学の教科書、そんなものをいろいろと抱えて高校に通っていたのは、それほど遠い昔のことではないように思えるのに。

考えてみるにそうすれば少しは役に立つのではないかとも思って、俺はウェイバー夫人にダンボールをほしいと頼んだのだ。彼女は大柄な女性で、清潔感に溢れ、出るべきところだけが出ている大きな女性だった。毎日違う目にも鮮やかな色のドレスを着ていて、俺は彼女を見ると石鹸の泡や柔らかくてひんやりとしたものを思い浮かべた。

俺は自分が結婚していた時のことを、アパートを転々とし、工場から工場へと不愉快極まりない仕事をあれこれしていた、ケイとの四年間のことを考えた。

あの手の工場が俺をめちゃくちゃへこませて、夜になると酒に手を出すようになり——最初は時々だったのが、しばらくすると四六時中になってしまった。

次から次へと職を失い、やがてはケイとも別れ、ウェイバー夫人にダンボールをほしいと頼んだ時、俺はそんなことをあれこれと考えていた。

いつどんな時でも自分が飲んだくれで浮浪者だったわけではない。

ウェイバー夫人が立ち去って行く時、彼女のふくらはぎに目をやったら、ナイロンが太陽の光に優しく包まれていた。彼女の腕や髪の毛を見ると、思わず歌い出さずにはいられなくなってしまう。

誤解しないでほしい。俺は自分がどんなことで告発されているのかわかっている。しかし俺は正直そのものだし、告発されているこのレイプの件では無実だとも考えていて、自分が混乱しつつあるのはわかっているが、何とかはっきりさせようとも努力していて、俺が何をほんとうに言いたいのかきっとわかってもらえるはずだ。どんなことであれ俺は見落としたくはない。

レイピスト、みんなは俺をそう呼ぶ。

ウェイバー夫人が家の中に入った後で、俺は汚れが染みついた自分の両手をじっと見下ろした。

近所の人間はペナペナの掘っ立て小屋暮らしの俺を見慣れていたし、少しは俺に同情してくれていたし、俺と一緒に楽しく時間を過ごしてくれることさえあった。

しかし俺は無害な存在だった。

今も無害な存在だ。

俺はレイピストなんかじゃない、聖書だろうがお望みのものどんなものにでも誓って。

俺はウェイバー夫人に決して触れようとはしなかった——彼女は俺にとってはあまりにも気高い存在で、まったく異なる生き物で、そんな考えは彼女にとっても俺にとってもほかの誰にとっても思い浮かべることすらできないことだった。

そんなことはありえない話だった……

さてと、別の日のこと俺はあたりをぶらついていて地下貯蔵室のドアが開いていることに気づいた。俺は少し二日酔いで手持ちの酒もなかったので、そうか、何か気が紛れるようなことをやれば、自分を覆い尽くすこの悲哀から逃れられるかもしれないと考えた。その日もまたここのところしょっちゅう続いている今にも雨が降りそうで降って来ないそんな曇った日で、今にも降らないかと待っているうちにほとんど気がおかしくなってしまい、それでもいつになっても雨は降らず、「雨よ、さあ、さあ、降っておくれ」と心の中で言い続けているのに決して降ってはくれないのだ。今にも降りそうな状態がずっと続いている。

俺は中に降りて行き、電灯を見つけた。カチッとひねると電灯が点き、そこは地下貯蔵室特有の嫌な臭いがこもっていた。その臭いをかぐとどうしても濡れた麻袋や蜘蛛のことを、もっと言えばどこかの泥の中に埋まった人間の腕のことを思い浮かべてしまい、その人間の腕は服の袖に包まれていて、泥の中から引き抜いてみると夥しい数のゴキブリがその腕の上を這い回り、それぞれ一方向に向かって小走りしてすれ違い、時折一、二匹のゴキブリがコンステレーション（一群）の中から弾き飛ばされる。

コンステレーション（一群）！

俺がそんな言葉を知っていたとは思ってもいなかっただろう！　だから、俺はどこにでもいるような浮浪者ではないんだ。ぶどう酒にすっかりやられてしまっただけなんだ。

さてと、いずれにしても、ダンボールはやたらと濡れていて、これじゃ一銭にもならないと俺は思ったものの、このどうしようもないものを処分すればもしかしてウェイバー夫人がいくらか支払ってくれるかもしれないとも考え、そこから全部引っ張り出すことにした。

けれども俺は蜘蛛を恐れていた。いつでも蜘蛛が怖くてたまらなかった。俺のおかしなところだ。俺はいつでも蜘蛛を恐れ、蜘蛛を憎悪していた。巣に蝿を捕まえた蜘蛛を見ると、蜘蛛は素早く動いていて、狂気に満ちた邪悪で陰険な存在のごとく巣を張り続け、その動きときたら――ちゃんと説明することなど俺には絶対に無理だ。まいった、話が逸れてしまった。俺はレイプで告発されているのだ。俺は一〇歳の女の子をレイプしたと告発され、その母親をレイプしたと告発されているのに、こうして蜘蛛の話なんかしてしまっている。

すべてはあの地下貯蔵室でダンボールと共に始まったのだ。俺を信じてくれればいいだけの話だ。地下貯蔵室の中にウェイバー夫人の小さな娘が俺と一緒にいるとは知らなかった。彼女が話しかけてくるまで気づかなかった。彼女に話しかけられて、俺は恐ろしさのあまりノミみたいに空中に飛び上がってしまった。

「こんな地下貯蔵室の中でいったい何をしているんだ?」と、俺はすぐにも彼女にたずねた。赤いドレスを着て、白いブルマーを穿いていることは暗くてもわかった。さっきも言ったように、彼女は九歳か一〇歳だった。母親とよく似ていた。清潔でぽっちゃりしていて、本物のお嬢さん、アップルダンプリング〔りんごを練り粉の衣に包んで蒸しただんご〕だ。しかし俺は彼女の母親を怖れるのとまったく同じように彼女のことも怖れていたが、自分が大人っぽい振る舞いをしなくなってしまうことをもっと怖れてもいて、小さな女の子のことなど俺はまるでわからなかったので、彼女をちょっとかついでやろうと、大人のような振る舞いをしようとしてしまった、とそういうことなのだ。

彼女は俺の質問には答えなかった。赤いドレスと白いブルマー姿でその場に座って、俺をじっと見ているだけだ。子供ってそんなものじゃないだろうか。そのうち俺はイライラし始めた。大人のやり方じゃ通じない。

「聞いたんだよ」と、俺は繰り返した。「こんなところでいったい何をしているんだ!」

「何も」

「何もだって? 蜘蛛が怖くないのかい?」

「怖くないわ! わたしの方が大きいもん」

そうか、俺はそんなふうには考えもしなかった。みんなはこんなふうにしょっちゅう俺をばかみたいな気持ちにさせる。自分では分別があると思うことを何か言ったとすると、みんなは俺の発言に分別のかけらもないと思わせるようなことを何か言い、それで俺はもう何も言えなくなってしまう。

俺はこの女の子にもまともに答えられなかったので、外に引き出せるようにと、屈み込んで階段のところにダンボールを積み重ね始めた。とはいえ、俺と小さの女の子が二人っきりで地下貯蔵室の中に閉じ込められてしまう状態になるので、ダンボールを階段いっぱいにぎっしりと積み重ねたくはなかった。蜘蛛とかそのほかいろんなことがあったので、俺はそんな状態にはしたくなかっただけなのだ。

「素敵な人なのにめちゃくちゃ汚いわ。からだを洗う場所がないの?」

言っておくが、それで俺はちょっとおかしな気持ちになってしまった。長い間で誰かが俺にそんなことを言ってくれたのは初めてのことだった。そんなことを言ってくれる誰かがいるなんて、ほんとうに俺は気分が舞い上がってしまった。

もちろん、俺は自分なりの見方だが自分がいい男だといつも思っていて、小さな女の子もそんなふうに見てくれたのだ。

「からだを洗う場所がどこにもないんだよ。ペナペナの掘っ立て小屋暮らしなんだ」と、俺は女の子に言った。

「わたしたちのおうちを使えばいいじゃない?」

「みんなそんなことはしないいんだよ、お嬢ちゃん。誰もが自分の場所を使い、俺の場所には水がないんだよ」

「でもわたしがあなたにおうちを使わせてあげる。二階に水道があるから。石鹸もね。緑の石鹸、ピンクの石鹸、白い石鹸、タオルにからだを洗うタオル……何もかもあるわ」

「そうかい、とてもとてもありがとう、お嬢ちゃん、でも俺はきみの申し出に甘えるわけにはいかないんだ。それに、きみの母さんもきっと気に入らないよ」

「母さんは街に出かけちゃったわ」

「ということは、まったくのひとりっきりっていうことかい、お嬢ちゃん?」と、俺は尋ねた。

俺はお嬢ちゃんと呼んではいたが、彼女はすでに若い娘のようだった。短いドレスにまっさらの白いブルマー姿、白くてきれいな脚をしている若い娘。彼女は母親そっくりだった。

「母さんはいつ頃帰って来るの?」

「出かけたばかりよ」

「いつもはどれぐらい街にいるの?」

「いつも一日中いるわ」

「ほんとうにひとりっきりなのかい?」

「もちろんのろんよ」

「そうか、それはいいや、でも俺はきみの母さんの家の中に入ったりしちゃいけないんだ」

「でもわかりっこないわよ。それにあなたはあまりにも汚いから、かわいそうに思えて仕方がないの、おじさん」

「俺のことを絶対に言いつけたりしないよね、どんなことがあっても」

「どんなことがあっても」

「約束するかい? 名誉にかけて」

「約束するわ。名誉にかけて」

「優しくて素敵なお嬢ちゃんだ」と、俺は彼女に言った。「ほんとうにいいお嬢ちゃんだ……」

そこで俺たちは二人で二階に上がり、俺はバスルームに入ってシャツを脱いで、洗面器に熱い湯を注ぎ込んだ。またタイルにお目にかかれることになるなんて何とも奇妙な感じだ。逞しさと健康を取り戻した気分にさせてくれる。

俺がこうしたことを二度と味わえない理由なんてどこにもないはずだ。ほしいものを手に入れられない理由なんてどこにもないはずだ。多分俺にとってはやたらとついている日だったのだ。

俺は「幸せな日々よここに再び《ハッピー・デイズ・アー・ヒア・アゲイン》」という歌を歌い始めた。洗面器の湯から湯気が立ち上り、大きな手が俺の汚れをすっかり拭い去ってくれ、虐げられた俺の人生をすっかり洗い流してくれるかのように、俺は自分の顔を湯気に覆われるがままにまかせた。俺はまだ三二歳だ。

俺のことを美男子だと思ってくれる者すらいるのだ。

「ねえ、どうしてバスタブに入らないの？」と、女の子が俺に尋ねた。

「バスタブだって？」

「そうよ！　みんな入るわよ！　さあ、バスタブに入りなさいよ！」

「そうかい、わかったよ」と、俺は答えた。「入るに決まっているじゃないか」

俺はバスタブの栓をして湯を流し入れ、たまるまでの間に、靴を脱ぎ、まだ着ていたものも全部脱ぎ去った。俺はその場に立って温かくてきれいな湯を見下ろした。俺にとってはやたらとついている日だ。

「うわぁ！」と、女の子が叫んだ。「芋虫よ、芋虫がくっついている！」

何だと、自分がとんでもなく不潔で汚いことはわかっていたが、芋虫がついていたことなどこれまで一度もなかったし、そんなものがついている気配も俺はまったく感じなかった。

「嘘だ、そんなものついていないぞ」と、俺は答えた。

「ほんとよ！　わたしには見えるわ！」

絶対にそうだと決めつけている口ぶりだ。俺は少し恐ろしくなった。「それならどこについているんだい？」

「真ん前に！　ほら、あなたのからだの真ん前に！」

「ああ」と、俺は答えた。

「こいつは芋虫じゃないよ」と、俺は言った。

「じゃあ何なの？」

「いつも一緒につけてバスルームに入るものさ」

それ以上説明する必要はなかった。彼女もその先はもう何も聞かず、その場に立って俺をじっと見つめていた。

俺はタブの中に入って、湯に浸かった。とても気持ちがいい。今日は俺にとってはやたらとついている日なのだ。確かに、そうだった。いい意味で俺はとても愉快な気分になっていた。俺がリラックスし始めたちょうどその時、女の子がまた叫び声をあげた。

彼女はすぐに悲鳴を上げる、そんな女の子だった。

そして俺はこのことははっきりさせておきたい。俺が家の中にいたとわかっている時、女の子がしょっちゅう悲鳴をあげていたと後になって近所のやつらは言い張った。

当然のことだが、彼らはその時俺が家の中にいるなんて知らなかったのだ。

しかし後になって彼らはその女の子の悲鳴は俺に淫らなことをされている間ずっとあげていた悲鳴だと関連づけ、そう思い込んでしまった。

そこで、ほんとうは何が起こったのか俺が教えてやる、だからやつらの言うことには耳を傾けないように。

女の子の母親に触れられない以上に俺は彼女に触れることなどとうていできなかったし、それは信じてもらうしかない。彼女は母親そっくりで、とても短いスカートとまっさらの白いブルマーを身に着けた、ただの小さなお嬢ちゃんにしかすぎなかった。

ちょうどその時、女の子がまた叫び声をあげ、わかってもらえると思うが、俺は彼女に何かをしたりしていたわけではなかった。バスタブの中に寝転んでいるというのにいったい何ができるというのか？　はっきり言って、俺はただきれいになりたいだけだった。子供なんてまったく興味がない。メキシコではまだうんと幼い頃からやり始めると知ってはいるけれど。気温が高いからね。

「ねえ、どうしたんだ？」と、俺は女の子に尋ねた。「叫んだりしちゃだめだよ。叫んだりしたら近所の人たちに気づかれて、ここに俺と二人っきりでいることがばれてしまうじゃないか。そんなことになってほしくないだろう、そうじゃないのかい？」

女の子がまた叫び声をあげた。「芋虫が溺れちゃうわ！」彼女が叫ぶ。「芋虫が溺れちゃうわ！」

「お願いだからどこか別の部屋に行っておくれよ、そして叫ぶのをやめておくれ。ゆっくり浸からせておくれよ」俺は女の子に伝えた。「それに、そうしろって言ったのはきみじゃないか」

（女の子に対する俺の話し方から、彼女とは絶対に関わり合いになりたくないと俺が思っていることはわかってもら

えるはずだ)

「でも芋虫が溺れちゃう」

「そんなことないよ、溺れないよ」と、俺は彼女に請け合った。「この芋虫は水が好きなんだ」

「違うわ、そんなことないわ！　水が好きな芋虫なんていない、こんなに熱いお湯なんて。芋虫を殺しちゃうわよ！」

「俺の言うことを信じておくれったら」と、俺は言った。「どんなことがあろうと俺はこの芋虫を殺したりはしないよ」

女の子は俺の言っていることが信じられなかったのだろう。

彼女は泣きだした。

とんでもなく大きな声で泣き叫び始めた（後になって近所のやつらが聞いたと引き合いに出したのは、この時の声も含まれているに違いない）。

俺も近所のやつらのことが気になりだした。俺は潔白だったものの、この場に踏み込まれたりしたら厄介なことになるのはわかっていた——そこで、俺は捨て鉢になって何が何でも彼女を黙らせようとした。

「ほら」と、俺は呼びかけた。「こいつは溺れたりしないよ。湯の中から出しておいたままにしてやるからね。いいかい？」

女の子は近寄ってじっと見つめ、ついには静かになった。からだを洗うのに片手しか使えないというのはちょっとばかげていたが、やってみるだけのことはあった。

「いいわ」と、彼女が言った。「じゃああなたが両手でからだを洗えるようわたしがこの子を水の中から出しておいてあげるから」

「何もしなくていいよ！」と、俺は言った。

女の子が後ずさりし、握りしめた拳を両脇にぴったりとくっつけ、また大声で泣き叫び始めた。

俺は怖くなった。もう耐えられそうもない。俺は近所のやつらのことをずっと考え続けていた。

「わかったよ」と、俺は言った。

そこで女の子に芋虫を湯の外へと掴み上げてもらい、俺は両手を使ってからだを洗い始めた。少し洗いづらくて気まずくもあったが、何年もの間で初めてのことで、女の子もずっと静かにし続けていたので、そこまでするのはあながち無駄なことだは言えなかった。きっと俺にとってはやたらとついていた日だったのだろう。

俺が再び穏やかな気分になりかけたとたん、女の子がまた叫び声をあげた。

「ねえ、この子動いてるわ！」

「芋虫だから動くさ」と、俺は答えた。

俺はからだを洗い続けた。

「わたしこの芋虫を洗ってあげる」と、女の子が言って、余分にあった石鹸を握りしめ、ゴシゴシ擦り始めた。

女の子の言うことなど聞かなければよかったと俺は思い始めた。何もかもすべてはこの女の子が俺のことを素敵な人と呼んでくれたりしたことから始まったのだ。街の中にいて、日差しを避けられるデパートの通路を行ったり来たりし、いろんなものを手に取ったり買ったりしながらうろつき回っている彼女の母親のことを俺は思い浮かべた。俺はけだもののような存在、のけ者にされ追放されたけだもののような存在だった。俺には何の権利もなかった。ウェイバー夫人一家は俺にとっては雲の上の存在だ。それでも俺は彼女に心を寄せずにはいられなかった。

「ねえ、大きくなってるわ！」と、女の子が叫んだ。「とんでもなく大きくなってる！」

俺はからだについた石鹸を洗い流し、栓を抜いて、バスタブから出た。俺がタオルで自分のからだを拭き始め、女の子も芋虫を拭いて乾かしていると、勘弁しておくれよ、ちょうどその時ウェイバー夫人がバスルームに入って来た。彼女が入ってくる物音に俺はまったく気がつかなかった。

当然ながら、そんな俺の姿を彼女が見るのは初めてのことだった。そして俺には説明などしている時間がなかった。

彼女はそこに立ちつくしたまま、娘があげていたのと同じように悲鳴をあげ始め、まだましだったのは——というか、もっとひどかったのは、ずっと大きな悲鳴で、あまりのすごさに俺は背筋がぞくぞくしっぱなしだった。

俺は彼女に駆け寄って、事情を説明しながら、静かにさせようと彼女の口を手で塞いだ。彼女の新しいドレスの生地の感触が俺の肌に直接伝わる。奇妙な感じだった。何か別のけだものに触れているような感じがした。

しかしその生地に包まれているのはウェイバー夫人で、俺は恐怖に震え上がってしまった。自分の口を塞ぎ続けようとしている俺の手を彼女は噛み、また悲鳴をあげ始めた。

俺は彼女をぶっ叩くしかなかった。彼女は床に崩れ落ちた。

床の上に倒れ込み、床は濡れて湯気に覆われていたので、ウェイバー夫人の新しいドレスはぐしゃぐしゃになってしまい俺は申し訳ない気持ちでいっぱいになった。彼女のストッキングがどこまで巻き上げられていて、どこからが素肌なのか、俺ははっきりと確かめることができた。

俺は彼女を助け起こそうとしたが、またしても女の子が叫び始めた。俺は女の子に駆け寄り、彼女をしっかりと抱え込んで静かにさせようとした。

するとまたウェイバー夫人が悲鳴をあげる。こうなると、俺にできることはと言えば、大急ぎであっちに行ったりこっちに来たり、抱え込んだかと思うとぶっ叩き、また抱え込んで今度はぶっ叩き、自分が何をやっているのかまるでわけがわからなくなってしまった。

そして今、俺はこのとんでもない拘置所の中にいて、ダンボールは結局手に入れられずじまい。とんでもないことに巻き込まれてしまいワインをちょびっとだけ飲むことすら結局できなかった。

俺は二件のレイプ、子どもへの淫らな行為、破壊と侵入、そのほかの何もかもで立件されてしまった。

二人ともレイプされたと医者は主張している。多分そうなのだろう。

俺は自分が何をやっていたのかまるでわかっちゃいなかった、彼女たちを静かにさせ、叫ぶのをやめさせようとしていただけだ。

俺に言わせりゃ無罪だ。俺のせいじゃなかった。ダンボールも手に入れられなかったし、ほんの少し飲むことすらできなかった。どうして俺のせいじゃなかったのかちゃんと証明しただろう。俺を信じてくれるかい？　それとも信じちゃくれないのかい？

俺は清潔なブルーのセーターを着た高校時代の自分のことを今も考え続けている。ジミーという名前の友だちがいた。ホームルームの時間に講堂で高校のオーケストラの演奏を聴いたりすることもあった。その後でオーケストラが演奏した曲を一緒に歌ってあたりをうろついたりした。「アヴェ・

マリア」、「ウェン・ザ・ディープ・パープル・フォールズ・オーバー・スリーピー・ガーデン」、「ゴッド・ブレス・アメリカ」といった歌だ。

俺を信じちゃくれないのかい？　誰か俺を信じてくれるやつはいないのかい？

若かった頃、わたしは友人のボールディと一緒に酒を飲みがら、よく彼にリチャード・アルディントン選詩集を読み聞かせていた。わたしにしてみれば、わたしの安宿の部屋の眩しい電灯の下で、ワインを飲みながらアルディントンの詩の数々を歌うように読むことは、(この詩人に対して)最大限の敬意を表する行為だった。ボールディはわたしの熱意に心を動かされることはなかった――それにわたしだってちゃんと理解できていなかった。アルディントンは明晰な詩人だった。明瞭で、感情に訴え、先進的だった。もっと偉大だと評価を受けている詩人たちよりもずっとわたしは彼に影響を受けたと思うが、わたしの友人のボールディはR・Aを賞賛もしなければ、切り捨てもしなかった。彼は酒神のバッカスと一緒にただ座り込んで酒を飲むだけだった。

彼が賞賛するのはアルディントンではなく(何とかしてその素晴らしさを分からせようとしていたのだが)、このわたしだった。「なんてこった」と、彼は翌日言うのだった。「ハンクは昨日の夜めちゃくちゃ酔っ払っていたぞ！　あのいつもの詩集を引っ張り出してきたんだ。あいつを読ませたら右に出るやつはいないからな！　ハンクのように詩を読めるやつなんて俺は誰一人として知らないよ！」

ボールディはある日のこと掃除婦のヘレンにもそんなことを口走ってしまった。

何気ない感じだったからか、わたしもつい声をかけてしまった。「ちょっと一杯どうだい、ヘレン？」

彼女は返事をしなかった。このあたりには最低の人間しかいない。ちゃんと返事をしてくれるのを期待しているのに何も言ってくれなかったりするのだ。

彼女はわたしが並々と注いだ酒をドレッサーの上からひったくった。

「あたしは部屋を掃除しなくちゃいけないのよ」と、彼女が言った。

それからわたしも一杯引っ掛けた。「アルディントンはロレンスを知っていたんだ」と、わたしは言った。「D・H・ロレンス。そんなやつがいたんだ。あのくそったれ野郎は見事に言葉を紡ぎ出すことができたんだ！」

「そうだ」と、ボールディが答えた。「ロレンスだ」

「炭鉱の出身で」と、わたしは続けた。「リヒトホーフェンの娘と結婚したんだ。ほら、八〇機の戦闘機を撃墜した男だよ。それとももしかしてその男は彼女の兄弟だったのかな。ロレンスは正確に言えば炭鉱の出身じゃなかったけどね。彼の父親がそうだったんだ」

「もうちょっとこいつをお代わりできるかしら、ねえ？」と、掃除婦が要求した。

わたしは彼女にお代わりを注いでやった。

「これは何て飲み物なの？　随分変わった味だけど」

「ポルトだよ」

「ポルトですって？」

「そうだよ」と、わたしは答えた。「前はマスカテルをよく飲んでいたけど、それで俺はボロボロになっちゃったんだ。酸化防止剤がいっぱい入っていたからね」

彼女はグラスの酒を飲み干した。「ねえ、あんたたちはいい子よ。あんたたちと一緒に飲むのなら大丈夫。あんたたちはみんなとは違うわ」

それを聞いてわたしはとても気分が良くなり、ちょっとしたお祝い気分で、自分のためにお代わりを並々と注いで、ボールディにも並々と注ぎ、ヘレンにも並々と注いた。

「このロレンスとアルディントンは仲良しでよく一緒につるんでいたんだよ」と、わたしは続けた。その時ドアを激しく叩く音がした。まるでベートーベンのクライマックスのようだ。「ハンク！ハンク！」

「お入りよ、ルー」

元囚人で坑夫をやっていたこともある男だ。ボトル持参だった。ポルトだ。願ったり叶ったりだ。

「座れよ、ルー。八〇機を撃墜したやつが身内にいる男の話をちょうどしていたところなんだ」

「先客がいるみたいだな、ハンク」

「そうだよ、ルー」

「じゃあ、こいつをみんなで飲もうじゃないか」

「じゃんじゃん注いでおくれよ、ルー！」

「あたしは本気で部屋を掃除しなくちゃ、でもあんたたちいい子ばかりだね」

「亭主は何をしているんだい、奥さん？」

「ああ、亭主なら商船に乗って遠くに行っちゃってて、帰って来たって使い物にならない。女がいっぱいいて、もう満足なんかさせちゃくれないの」

「でも俺がいるじゃないか、ヘレン」と、ルーが彼女の膝に手を置きながら言った。「もしおまえと俺が——」彼はからだを前に傾け、最後の言葉を彼女にそっと耳打ちした。もちろん、大声でちゃんと言うに越したことはなかった。

「このくそったれ野郎、どうしてこの子たちみたいにいい子にしていられないの？　この子たちはそんなこと言わないわよ！　どうしてもっと行儀よくなれないの？」

「でも俺はいい子だぜ、ベイビー。俺のことをちゃんと知ってから言いな！　俺様を味わってみるがいいさ！」

「頼むから、ルー」と、わたしは大声をあげた。「ズボンのボタンを外さないでおくれ！」（当時のわたしは繊細だったのだ）。「今は文学的論議をしているんだよ」

その場にいた全員がひとまず落ち着きを取り戻し、それからわたしは立ち上がってみんなのグラスを満杯にしていった。

「ある時ロレンスが共同体を作りたいと考えたことがあったんだ、自分の友だちだけが参加できるコロニーだよ。わかるだろう。どこかで新世界を切り拓く。俺としてはとてもいい考えだと思ったよ。もしも俺がその場にいたら、すぐにも彼と一緒に新天地を求めて出かけ、それはすごく名誉なことだって考えただろうな。だけどまわりの連中はみんな彼に反対したんだよ。彼は一人ずつ聞いて回ったんだ。『わたしと一緒にこの島に行くか行かないかどうする？』そして誰もが賛成しなかったんだ。アルディントン以外はね。違うな、多分ハクスリーだったかもしれないな。いずれにしてもロレンスは何もかもがいやになって、酒に溺れて病気になり、すべてがだめになってしまったんだ」

「その島はどこにあったんだ？」と、元囚人が聞いた。「もしかして食べるものが何もなかったかもしれないじゃないか。それに多分女たちも連れて行けなかったんじゃないかな。わかりっこないよな。そのロレンスってやつにはちょっと胡散臭いところがあったのかもな」

「違う、そんなことはないよ」と、わたしは言った。「とても真面目だったんだ。新世界を切り拓くために新たな場所に移住しようとしたんだ」

「食べ物はどうなっていたんだい？　女はどうだったんだい？」

「何もかも用意されていたよ」と、わたしは答えた。「何もかもすべてがあらかじめ計画済みだったんだ」

「それなのに誰も行こうとしなかったのかい？」

「行かなかったんだ」

元囚人は掃除婦の方を向いて、膝に手を乗せた。「ヘレン、俺と一緒に島に行くかい？　一生忘れられないいい思いをさせてやるぜ」

「ルー」と、わたしは言った。「脱線させないでおくれよ」

「そのとおりよ、ハンク、このくそったれ野郎にちょっかい出させないで！　みんなと楽しく飲むためにあたしはここにいるのよ」

「落ち着けよ、ルー」

「わかったよ、ハンク、了解だ」

「ハンク」と、ボールディが話を元に戻した。「あらゆる時代の中で最も偉大な作家は誰だと思う？」

「シェイクスピア」と、元囚人が答えた。

「ロバート・ルイス・スティヴンソンかマーク・トウェインだと思うわ」と、掃除婦が言った。

「どう思う、ハンク？」

「そうだな、よくわからないなあ、ボールディ」

「シェイクスピアさ、疑う余地はない」と、元囚人がグラスを飲み干しながら持論にこだわり続けた。

「シェイキー老に敵うものは誰もいないさ、誰一人として！」

「シェイクスピアは酒場での乱闘で命を落としたという説もあるよ」と、わたしは暴露した。

「すごいな！　シェイキーこそ本物の男だ！」

「ねえ」と、掃除婦がわたしに頼み込む。「ポルトをもう少しいただけないかしら？」

「何か歌おうぜ！」と、ボールディが提案した。「ジプシー・ソング、知ってるだろう。『歌えジプシー、笑えジプシー、愛せるうちに愛せよ』この歌が好きなんだ」

「だめだよ」と、わたしは言った。「ジプシー・ソングはだめだっていろんな理由を持ち出して注意してきただろう」

「手をどけなさいよ、このくそったれ野郎！」

「ルー」と、わたしは叫んだ。「それ以上やったらここから追い出すからな！」

「おまえは半人前の男じゃないか！」

「俺はおまえに警告しているんだぞ、ルー」

「俺は坑夫をしていたんだ。鶴嘴を持っている男と喧嘩したこともあるんだぜ。最初の一撃で俺は左腕をやられてしまったけど、そのくそったれ野郎を殺してやろうと片手だけで向かって行ったんだ！　さあやれよ。おまえから殴ってこいよ！　先に手を出せよ！　さあ、やりな、ハンク！　俺はおまえが好きだぜ、ハンク！　おまえは男だ、本物の男だ！　さあ、一戦交えようぜ！　おまえと俺と一対一でやろうぜ、ハンク！」

「落ち着けよ、ルー。俺はおまえをここから追い出したくないんだ」

「もしかして詩を読んだ方がいいんじゃない」と、掃除婦が提案した。

「ロレンスってやつだけど、いったい何を書いているんだ?」と、ボールディが尋ねた。

「そうだな、彼はいろんなことを探究したよ。俺たちみんなと同じように人間の精神的な部分をできるかぎり汚れないままにしておこうとしたんだ。多くの時間彼はセックスについてあれこれと思いを巡らせ続けていたんだ」

「そうじゃないやつなんているのかい?」と、元囚人が立ち上がった。「俺たちゃみんなそうだろう、そうじゃないのか、なあ、ベイビー」彼は立ったまま掃除婦を見下ろし、からだを左右に揺らした。「そうじゃないのかい、ベイビー? はぁ? そうじゃないのかい?」

「いいこと、ルー、この子たちは文学の話をしているのよ。もっと品良くなれないの?」と、掃除婦が頼み込んだ。

「このロレンスって野郎は俺にとっちゃ屁でもないね! どうしてみんなと一緒に島へ行きたがったのかよくわかるし、みんなが一緒に行きたがらなかったのもよくわかるぜ! だってみんなこのロレンスって野郎は気が狂っているんじゃないかって思っていたんだ、そういうことさ! やつの目を見ればわかったのさ、やつを見ただけで何もかもバレバレだったんだ!……みんなを引き連れて新世界を切り拓きたいだって! **新天地に移住かよ!** こいつが戦闘機を八〇機も撃墜したからって、おかしいって疑われない理由にはならないさ!」

「違うよ、違うんだ、ルー」と、わたしは言った。「それはロレンスじゃない。マンフレッド・フォン・リヒトホーフェン男爵のことだよ」

「そうかい、そいつはロレンスよりもっとひどいやつだったのかもな! 戦闘機を一機撃墜するたびに、そいつはきっと自分の――」

「おまえが言いたいのは」と、わたしはルーに最後まで言わせなかった。「勝利とはすなわち性的魅力に溢れた女をものにするのと同じだってことかい？」

「俺が何を言いたいのかわかっているくせに！」と、彼が歯を剥いて怒鳴りつけた。

「よしと、みんな今宵はいい夜だったな」と、わたしは言った。「これでもうお開きだ」

「みんなもう出て行かなくちゃってことかい？」と、元囚人が尋ねた。

「要するに俺が言ったのはそういうことだ」と、わたしは答えた。

「そうかい、そんなまぬけ野郎のことなんかくそ食らえだ！　俺はこれからバーに繰り出して、とことん飲んでやる！　一緒に来るかい、可愛いベイビー？」彼はいやらしい目つきで掃除婦を見つめた。

「いいえ、結構よ、ルイス」

「わかったよ、このアマめ！」

ドアがバタンと大きな音を立てて閉まった。

「もしかしてホメロスかもな」と、わたしが言った。

「ホメロスがどうしたって？」と、ボールディが聞き返す。

「一番偉大なのはホメロスだ」

「また明日の夜会えるよな、ハンク？」

「ああ、ボールディ」

「孔子はどうだい？」

「いいね。彼もまさにそんな存在だ、ぴったりだ……」

「もう一杯だけ、いい子だからお願い」と、掃除婦が言った。

「いいとも、ヘレン」

「あんたって最高にきれいな手をしているわ、バイオリニストみたいな」

「どうってことないよ。まったく大したことないよ」

「カレッジに行ったんでしょ、そうじゃないの？」

「ああ、でもカレッジは人を決して知的な存在にはしてくれない。ただ教育するだけさ」

「短編小説や詩とかそんなものを書くの？」

「ああ、そうだね」

「出版されたものは何かあるの？」

「まだだよ、ヘレン。まだまだ発展途上なんだ」

「発展途上って？」

「そうだよ、作家ってのは発展していく過程を経なければならないんだ」

「まずは戦闘機か何かを撃ち墜とさなくちゃならないってこと？」

「そういうことじゃないよ。でもそいつは大いに役には立つだろうな」

「あたしのことを小説にしてくれる、いつかそのうち？」

「たぶんね。たぶん書くと思うよ」

「ほら、あたしってピッツバーグ生まれなの。父親は医者だったけど、あまりにも飲んだくれだったから免許を取り上げられてしまったわ――」

翌朝わたしがベッドで寝返りを打とうとすると、わたしの自由な動きはとてもがっちりとした生きた人間の塊に阻まれてしまった。掃除婦だ。

「おはよう、可愛い坊や！」

「ああ……こんちわ、ヘレン」

「あんたはとんでもなく酔っ払ってしまったわよ、ハンキィ。あたしが自分の生い立ちを話し始めたとたん、あんたはどんどん注ぎ始めて」

「それからどうなったんだい？」

「憶えてないなんて言わせないわよ、可愛い坊や」

わたしはベッドから飛び出して、服を着始めた。

「どこへ行くの？　可愛い坊や」

「バーだよ。どこかのバーに行くんだ」

「帰ってくるんでしょう、可愛い坊や？」

「少なくとも三、四日は帰って来ないよ」

わたしは加速してドアへと向かい、ドアを開けると――

「あんたはちゃんとわかっているわ、そうよね、可愛い坊や？」

「何を？」

「誰が最高の作家なのか知っているわよね？」

「ホメロスって言ったけど、そんなことあまり真剣に考えたことがないんだ」

「あんたよ、可愛い坊や、あんたはもうこれ以上発展しなくてもいいから！　ホメロスってやつには会ったことがないけど、**あんた**の足元にも及ばないってことはよくわかるわ、可愛い坊や！」

　わたしはドアを閉め、元囚人の友人に慰めてもらおうとバーに向かった。彼ならちゃんと扱える。ホメロスとヘレン、ヘレンとホメロス、そして必要とされる発展ってやつも。しかもD・H・ロレンスまでも一緒くたにして。

宣言――わたしたち自身の批評を求めて

Manifesto: A Call For Our Own Critics

詩についての疾病論からどんなことにでも難癖をつけたがる偉そうな意見まで、詩の原則や規則、そして起源について、洗練されているかどうか、もしくは文体の体裁ばかりにこれでもかといわんばかりにこだわって文章を書き上げ、自らを操る人形師となってしまっているある特定の大学の一派による評論や批評に対する反乱行為――こうした輩たち、そして彼らの中途半端な同志と彼らの凝り固まった縄張りが、最もひどくて卑俗なのにお高くとまった詩への固定観念を作り上げている。選ばれた自分たちの小さな世界の中だけで寛容になり、お互いに媚びて評価し合うことに魅了されながら、彼らは自分たちの歴史を築き上げ、それを記録し、議論し合う。

ちっぽけな自分たちのアイビー・リーグの世界のまわりにブラインドをぴったりと降ろすことで大学の批評家たちは多くのものを失い、代わりに管理して指図することや威厳を振りかざすことを手に入れている。そこからはじき出されてしまったわたしたちのような者、下層民やビリヤード場や裏通りでうろつくのらくら者たちは、ただただ欲求不満を募らせ、疎外された思いを喧嘩腰でまくし立てるだけだ。自ら学んでさまざまなことを発見できる、そんな力を誰もが身につけられると説き聞かせるために、恐らくは声明、意思表示……熟成に向けた計画……が必要なのかもしれない。詩人がたった一人で大学の連中に立ち向かうのは大変なことだ。もしもアメリカ文学の世界に少しは関わっているわたしたちも、いつか近い将来まともに相手にされるようなことになるのだとしたら、恐らくはわたしたちもまた自分たち自身の歴史を創り出し、自分たち自身の神々を選ばなければならないのかもしれない。

　わたしたちの側の作家たちは自らの浮世離れした意思がどんなものか熟知しなければならないし、大学のキャンパスの集団を追放しなければならない——そしてわたしたち自身の居場所を見つけ、正当に評価させるのだ。わたしたちの作品の多くは極めて汚いという印象を与えるだけではなく、むしろとんでもなくみすぼらしいものとして読まれてしまう（読者として読んでもとんでもなくみすぼらしいし、作家として読んでもとんでもなくみすぼらしい）。とんでもない排他性に支配されていたりいろんなものがより混在した表現とは無縁なところが、わたしたちにとっては救いの要素になっている。それでもこの卓越したものは、わたしたちの作家にとって、自らの批評によって体系づけられ、枠組みや数的な統合、文化的な差し込みを与えられて、形になっていくと同時に型にはまらないものにもならなければならない。それは承認や制限を意味するのではなく、混在した声を変質させてよりはっきりと目に見えるかたちにするということなのだ。新たな文化の鮮烈で斬新な空気、強力な磁石のように強い魅力と意味と希望、わたしたちのエネルギーの厳密な正確さ——こうしたことは、これまでどんな意味においても、一緒くたにして利用されたり認識されたりすることはなかった。それは彼ら……彫りの深い、大学の椅子に座り続けて臀部に脂肪が蓄積してしまった、五、六人の老人たちが、やがてはわたしたちの詩的宇宙の秘儀の司祭となる時まで。

平和の押し売り

Peace, Baby, Is Hard Sell

親愛なるジョン・ブライアン

……いいかな、戦争についてということでは、詩のかたちできみに渡せるようなものは何もないんだ、というのも自分がどんな風に砲弾を躱したのかということについては（第二次世界大戦）、他の雑誌に書いてしまっていて、バナナの葉っぱでマリファナを巻いたりカーオイルを使ってリーゼントを固めたり、あれこれとやったところなので、わたしのちんぽこは今ふにゃふにゃのままでぶら下がっている。同じことを同じやり方で詩に綴り続けるなら、それは同じことを同じようにただ繰り返すだけで、それは――まったく意味のないことだ。

けれども、このテーマでわたしはきみに少しはたわごとを言うことができる（ひっそりとした困難な状況の中で睾丸だけがぶらぶら揺れ動いているなんてめったにありえないことだ）。きみならどんなふうに始める？　木っ端微塵になって何かまったく違うことのために死ぬなんてきっととてつもなくつらいことだろうな……どの世紀でも、どの五〇年間でも、どの二〇年間でも。人間が作るロボットの方が人間よりも賢くなってしまい、結局は彼らが人間に取って代わるとわたしはどこかで読んだ。ただの形状にしかすぎない。だがやらなきゃならないことはといえば、雨に濡れたり稲妻に打たれたりしないようにして、自分たちが身につけているパーツを取り替えるだけ……歯痛や痔、あるいはおまんこをすることについてあれこれ思い悩むこともない。何かやることを探してあたりをうろつき回ったり、食べることであれこれ考えなければならないこともないし、家賃を払うほど愚かでもないのでやることもあまりない、酔っ払いを収容するトラ箱を作ったとしても、そこがちゃんと楽しめるほど賢いときている。しかしこうしたベイビーたちが、苦痛や憐れみ、思いやりや去って行ったり腕の中に飛び込んで来たりする恋人の意味とも縁がなければ、悲しむこともできないベイビーたちが、戦争を回避できるほど知的だったとしたら、いったいどうなるのだろう？　わたしはこんなふうに考えてみたい——こうしたわたしたちの過去のブリキの亡霊たちが最後まで残った不治の病いまで克服してしまえるのではないかと。しかしわたしはどうしてなのかはわからない——わたしはブリキの大集団がぶつかり合う場面をただ思い描くだけ……電気仕掛けの目が潰れ……美しい銀色の脳みそが彼らの銅の花々の中にばらまかれ……くそっ、どこがおかしい？　いったいどこが間違っている？

　さてと、わたしは自分がどうしてこんな光景を思い描き、戦争をやめさせるのがどうしてこんなにも難しいのか今からきちんときみに説明してみることにしよう。これは主にコインの錆びた面に、主張を撤回したストア学派の側にいることで、まずくしか作用せず、これまでもいつだってそうで、というのも平和に関して感情的になるのはとんでもなく難しく、あるいは信心深くなること、もしくはセクシャルになること、はたまた旗を振って騒ぎたてること、あるいはどんなことであれそれらもまた然りだ。きみは言葉を供給する。わたしはもううんざりだ。つまり、神父さんよ、平和とは日曜日の鐘と同じように贖罪の場所にしかすぎないのだ。やつらは平和についての国歌を作らないし、若い娘たちは平和のために人々の前でストリップをしたりすることはないし、人々はこれまで決して見ようとしなかった国家や水や丘や日没や娼婦たちを見ることはなく、喋ることのない町の言葉で酔っ払うことはないし、失うものが何もないからと市長の妻を震え上がらせることもない。それどころか戦争は芸術を生み出す。戦争がなかったら、ヘミングウェイはでぶで放屁ばかりするマタドール（主役の闘牛士）に仕える、ワインで酔っ払って赤い目をしたピカドール（馬に乗って槍で牛を刺して弱らせる役の闘牛士）になっていたことだろう。戦争は彼に西欧のいかれたコウモリたちの根性についてのちょっとしたおとぎ話を引き立てるための黄金の門を与えたのだ。サリカ法典は平和のように思える。平和とは、ベイビー、しつこくて強力な売り込みだ。どうして、どうして、どうして。どうして、くそっ、どうしてだ？？？？　サポーターをちゃんと着けな、そしたら教えてやるから。人々は平和とはどんなことなのかわからない、というのも人々は（たいていの人々は）いわゆる平和だと呼ばれる時代に平和を味わったことなど一度もないからだ。自分でしっかりと思い描いて見るがいい。例えばガキ、子供だ。子供はそれなりの状況になると、あちこち歩き回れるようになり、みんなは子供の脳みそがまだ柔らかいうちに学校に押し込んで、洗脳し始める──自分の国こそが国だと教え込むのだ。その子供がメキシコに住んでいるのだとしたら、メキシコがその国だ。豆はなかなか受け入れがたいが、やがてはもっとマシなものにも出会える。その子供がブラジルに住んでいるとしたら、オーケー、ブラジルだ、みんなはその子にいったい何を教え込むと思う。バーミューダでは？　やつらも仕事が必要なのだ。ドイツはドイツそのもの。ロシアはロシアでしかない。世界のイデオロギーにも関わらず……ロシアは先頭になることを意味し、あとはみんなビリにつく……要するにみんながわかっているのは、他国の産業の財政をコントロールすることによって……すなわちやつらを自分たちのために働かせることによって、わたしたちはやつらに自由を与えるのだ。とはいえこの話はしばらく後回しにしよう。パンク小僧のことに話を戻そう。釘を深く打ち付けてみても、気がつけばあいつはいったいどこへ行ってしまったのかと、バーで鏡を見てヨダレを垂らしていることになってしまう。次には、教会が彼の小さくて柔らかい尻をひっ掴み、天上の人のことをあれこれと教え込む。友よ、これはとんでもなくゾッとさせられることなのだ。わたしたちのほとんどがそんな体験をしなければならない……テーブルの下の内密の部分では確実に……しかしテーブルの上ではわたしたちは自分たちのカードを広げ、絶対の信頼を装う。さてと、それからだ、この子供、このガキ、赤ん坊野郎、ボローニャ・ソーセージをぶら下げた小さな肉の塊は、開かれた安定期の中にすでに送り出されていて、そこでみんなから寄ってたかって引き摺り回され、いいようにされて混乱してしまい、ひとかけらのチャンスもなく……彼は、はっきり言って、平和とはまったく無縁の場所へと追い込まれてしまう。彼の忠誠心は正当に認められ、彼の精神は行くべき場所へとまっしぐらに向かうレールの上をひた走る（目と目の間のバラクーダを撃ち殺すことはできても、そいつは地獄とはいった何のことでどこが地獄なのかわかっていないから地獄に落ちてはくれない。一方、わたしたちは安泰至極だ。見事なまでに。くそくらえ）。

　わたしは朝の三時五五分にベッドに横たわって、表紙が緑の罫線入りのエンパイア・ワイア・グロ・ノート（定価四九セント）に鉛筆でこの文章を書き込み、きみに伝えようとしている——タバコは切らしてしまったので、ベッドのそばの古びた椅子の上のティーカップの中で山盛りになっている短いタバコの吸いさしの一本に火をつけ、無血の憐れみを正典と認めて賛美し崇めるのは難しいとわたしはきみに伝えようとしている。どうして平和は売り込むことがこんなにも大変なのかわたしはきみに伝えようとしている、そしてそのわけは要するに月明かりの中を走り回っているネズミやウサギたちのほとんどが平和とは何たるかわかっていないからなのだ!!

　もしもきみがまだ眠っていないのなら、話をまたわたしたちのくそガキのことに戻そう。みんなは子供に数学を教える。みんなは子供にワシントンはデラウェア川を渡ったと教える。いいことだ、疑問の余地はない。みんなはトイレを男子と女子に分けた。やつらは子供がまだ幼すぎてちゃんと理解できないというのに、ブラームスやシューベルト、それにあの鋼鉄の拳のようなベートーベンで子供の頭を殴りつけ、子供は無防備な自分たちの肉体や精神にそうした強烈なパンチを浴びせられたことだけはちゃんと覚えていて、やがて大きくなると反抗してジャズに走る。反抗してジャズに走るのは、よその国に行ったり、異なる神のもとに走るよりもずっと簡単なことだ。より安全で、より金がかからなくて、自分のすべてを賭ける必要もまったくない。やつらはこのことを知っている。すべて計画されたことだ。やつらが子供たちを進んでジャズに向かわせる。もしもやつらがわたしたちのクソガキにジャズを最初に聞かせていたとしたら、やがて彼らは大きくなってベートーベンに走り、とんでもなく厄介なことを、大いなる危険をその手に抱え込んでしまうことだろう。ベイビー、やつらは自分たちが何をやっているのかわかっているのだ。平和のようなものはこれまでになかった。今ややつらは彼をフットボール・フィールドに放り出し、誰かを蹴り倒せと命令する。やつらはもっともっとたわごとを教え込んで彼を自分たちにとって都合のいい狭間へと押し込み、それから労働へと強引に追いやる――もちろんそれもまた平和とはほど遠い。やつらは彼に数時間だけ自由な時間を与え、その時間内で眠ったり、食事をしたり、いろんなものを買ったり、そして重要なのはおまんこをする時間を作り出し、日常を継続させるためにもっとたくさんの子供を作らせて、そしてまた労働へと追いやる。

精神にチャンスが与えられることなど決してない。「戦争か平和かどちらを望む?」とありきたりの人間に尋ねたら、そいつはこう答えることだろう。「もちろん平和を望むよ。戦争は愚かで馬鹿げたことだ」

平和を望むとそいつは言うが、平和とはどんなものかがわかっていない。平和など味わったことが一度もないからだ。

彼は戦争のために産み落とされ、その中へと押しやられ、尻を自分の顔に押しつけられてもその尻のポケットに手を伸ばし続ける黄金の脚の娼婦のように戦争と同衾することを厭わない。ああ、何てことだ、彼は戦争を強く望むようになり、戦争をしたい!! と喚き出す、しかし彼はちっちゃな脚でよちよち歩きを始めたその瞬間から一度たりとも平和を体験したことがないので平和と恋に落ちるようなことは決してない。それは誰にでもわかるとんでもなく哀れで残念なことなので、時としてわたしは激怒に駆られ、手にしたウイスキーが並々と入ったグラスを飲み干す代わりに壁に叩きつけてしまう。人やその反吐がでるほどの無知さ加減、卑小さ、猿のように何もかもすべてをしゃぶり尽くしてしまおうとするやり方など、わたしが思わず悪態をつかずにいられなくなることもしばしばだ……しかしわたしは間違っている。哀れで情けないたわけ者にどんなチャンスがあると言うのか?? そして他人を評価し判断しようとするこのわたしはいったい何様なのか? ああ、完全に破壊され悪魔に血を抜き取られた愚か者、彼は二人の子供が生まれた後二段腹になりペタンコ底の靴しか履かなくなった自分の女房と口喧嘩をする。二度か三度か六度クビになり、彼はビクビクして恐れている。頭の中に空気を入れて車を運転し、二度ほど自動車事故を起こしている。金玉が痛み出すまで自分のからだを酷使する。どれだけ金を稼ごうとも、自分の金は一銭もない。来る日も来る日も自由に息をすることすらできない。いつでも群れの中にいて、角はたちまちのうちに切り落とされてどこかの裏通りに追いやられ、そこでは彼が素早く何か気の利いたことでも言わないかぎり、誰もが座り込んで一本のワイン・ボトルを回して飲んでいる。これが平和なのか？　こういうことに彼は興奮することを期待されているのか？　そこで、淡い明かりと嘘をつくことにうんざりさせられ、ある夜早く彼が家に帰ってみると、彼の女房（二段腹であれやこれや）はガス検針の男と一緒にベッドの中にいる……平和か？——彼がこれまで一度も味わったことのないもの。彼は最初から雄牛のように誰かにあるいは何かにそれともどこかに突進するように調整されているのだ。

それで答えは？　そうだな、わたしにわかるのは自分がちょうど今留置所から出てきたばかりだということ（そこはなかなか良くて、そして自分本位でいられる）。しかし南部出身で炎を吟味する意気揚々とした雄牛のように詩を書くわたしの親友の一人のように、骨相学に精通しているわけでもなければ、玉突き台ですら思うがままに遊べない者としては、唯一の答えはわたしたちの幼少期の教育のありきたりな概念を打ち壊し、より広大で滑らかなものにすることで、そこでは排除されることがより少なくなり、より多くの選択肢が与えられる……神も、指導者も、国家も……音楽も、愛も、スポーツも、浮かれ騒ぎも、酒も、リキュールも、講義も……わたしが言いたいのはわたしたちの足首に押し寄せてわたしたちと共に存在する海……時と共に……他のいろんなことに思いを巡らせる……すぐに手に入る金、簡単にやれるおまんこ相手、貪欲といったこと以外のいろんなこと、……ああするのはもう手遅れだとわたしは思うし……こうするのもほとんど手遅れで……おそらくこの水爆はわたしたちを、わたしたちみんなを脅して恐怖で縮み上がらせるのには十分大きくて、名誉や国家といったものは何の意味もないということに——人のいないチャペルで響く陰鬱な賛美歌の数々だと、そしてブリキの人間たち、わたしたちの心の中のブリキの人間たち、起こりうる未来のブリキの人間たちをわたしたちはただ迎え入れているだけだと気づくかもしれない、もしもこの戦争に関するいろんなことを、そうするようにと教え込まれたように何も考えず見過ごしてしまうのだとしたら。

そろそろわたしたちは心の中の大切なことがそうするようにと命じるように歩いたり喋ったりしてもいいのではないだろうか。今はより素晴らしくより大きな奇跡が起こる時で、そのことについて語り、自分たちがこんなにも長い間間違い続けていたことに気づく時なのだ……これは物乞い（*begging*）ではなく始まり（beginning）だ。平和が乞い願うものとは実現されること以外の何ものでもない。

さあ進み行こう、
あなたに平和を、

チャールズ・ブコウスキー

仲間を吟味する

いいかな、

何もかもちゃんとわかっている詩人といえば、デヴィッド・ピアソン・エッター、アーヴィング・レイトン、アル・パーディ、ラリー・エイナー、ジュネだ。

ギンズバーグ、コルソ、バロウズのサークルはお世辞という巨大な鯨に飲み込まれてしまい、未だ自分自身を見失ったままでいる。しかし、悲しいかな、わたしたちはアーティストとパフォーマーとの違いは神とネクタイのセールスマンとの違いと同じだということに気づいてしまったのだ。それでもわたしたちのうちのほとんどの人間は死ぬまで勃起できるという餌に喰らいつかずにはいられない。わたしたちは愚か者たちの前で光を浴びて軽はずみに踊ってしまうチャンスも与えられていれば、また皿洗いの仕事に戻るチャンスも与えられている。あいにくと、人は九二丁目とレキシントン街の角でジェームス・ディッキー、ジャック・ギルバート、ネメロフ、そしてT・ワイスと討論するよりも、皿洗いをしている方がより多くのことを学べる。

ヨーロッパ人の編集長の若きエズラを抱え、かつては国内で知れ渡っていた『ポエトリー・シカゴ』は、今やその評判の遺灰にまみれてまったく見えないほどの小さな存在となってしまった。それなりにきらびやかでも、訴えるものは何ひとつなく、手垢のついてしまった無難な人物を今も喧伝し続ける、そんな一冊をどこの図書館ででも見かけることができる。金曜の夜のコンサートに出かけるのととてもよく似ている。まずはロッシーニの「泥棒かささぎ」の序曲で始まり、ドビュッシーの「牧神の午後」に続き、ベートーベンの第五でどやしつけ、最後は定番のヘンデルの「水上の音楽」あたりでみんなをしあわせな心持ちにさせて家路につかせる。

『ポエトリー・シカゴ』をとりあえずは葬ったので、先に進むことにしよう。詩の世界の喉に突き刺さる骨としてとりわけ気にかかるのはロバート・クリーリーの作品だ。ロバート・クリーリーはわたしたちの時代のあらゆる才人の中でも驚嘆すべき告白者だとわたしは英語の教授たち（その名前に「博士」が付く人たち）に教えられてきた。このわたしも、クリーリーには何度も何度も挑戦してみた。いつでも決まってスタインベックの「気まぐれバス／The Wayward Bus」を読もうとした時と同じようにビーチで眠り込んでしまうような状態になってしまう。その本は不眠症の人にはぴったりだ。

しかし話をR・Cに戻そう。「あまりも薄っぺらい。中身が何もない」、あるいは「彼らはいったい何を押し付けようとしているのか？」といった辛辣な感想をつけて、わたしが良き教授たちに本を返却すると、たいていいつも教授たちは髭面に優しくて親切そうな微笑みを浮かべ、わたしの肩に手を当ててこんな風に言う。「おやおや、そうなのかい、彼はそんなに悪くはないよ！」それはすべて自分たちはちゃんと理解している、わたしのような粗野な人間にはわからないようなことをちゃんと理解しているということを暗に仄めかしている（うんと微妙な、ほら、純粋で混じり気のない言い回し、とか何とか）。とはいえクリーリーの影響下にいる髭面の教授はとどのつまり善人そのものなのだ。彼らは自分たちが罪を犯しているのだということ以外何もかもすべてを認めて許すことだろう。

それなら――わたし自身は辛辣な年寄りだと言えるのかもしれない、というのも彼らはクリーリーを恐れているようにわたしにはいずれにしても感じ取れるからだ。どうしてそうなのか、わたしにはわからない。しかし恐らくはわたし自身がどこかの大学で教えるよりも、皿洗いをする方にずっと近しい存在だからではないか。

クリーリーは詩が政治的にぶつかり合う場に必ず出現するおぞましさや不愉快さの単なる一つにしかすぎない。「流派」だ。しかし原水爆の時代がわたしたちに教えてくれたのはキノコ雲だけではない。たわごとを鵜呑みにしてはいけないということを教えてくれたのだ。「流派」はおしまい。学校で学ぶ日々は終わってしまったのだ。神に、あるいは天にましますのが誰であろうと、感謝を。それは「写象主義者たち」が血に染まった指で自分たちの声明を作り上げていた古き良き時代をありふれたやり方でより強く激しく思い出させるようなものなのだ。しかしほとんどの学校は評論家たち、あるいは雑誌の『ライフ』の写真家たちによって作り上げられている。あるいは英語で「B」の評価をもらいたいからと、一九歳の女学生がスカートを引き下げずに見せつける膝や太ももにメロメロになってしまっている中西部の大学で英語を教えるむさ苦しい老いぼれたちによって。そして、もちろんのこと、アレン・テイト、ドクター・ウィリアムス、ウォーレス・スティーヴンス、Y・ウィンターズ、そしてジョン・ザ・クロウの話に彼女たちはうんざりしきっている。

アメリカの詩の現状？　U・S・ポエトリー？　そう、わたしはいい作品を発表している詩人として二人のカナダ人と一人のフランス人の名前を挙げた……しかし多分どこかの農場で子牛の世話をしている若者が後にタイプライターを熱く叩きまくってわたしたちのためにとてもいい仕事をしてくれるかもしれない。とりあえず今は、合衆国に関しては、外人部隊の退役女性たちのお茶の集いで野犬捕獲員たちの衣類棚から幽霊を追い払うのと同じほどの勇気が示されている。それがどんな意味であったとしても。ああ、とにかく今は一本のビールと適量の塩。シカゴよ、おまえのサンドバーグはどこにいる？　メンケンの立派な歯と大きな手は？　サンドバーグよ、おまえのバンジョーはどこに？　くそっ、ちくしょう、わたしたちはちょっとした音楽なしではいられない！

眠れさえしたら

If I Could Only Be Asleep

わたしたちはベッドの中。わたしは競馬の競走馬の成績表を読んでいて、彼女は一二世紀から一五世紀にかけてのロシアの聖像の記事を読んでいる。彼女がページを捲る。

――聖者が見える？

いいや。

――彼が見える？

ああ。

――眠っていられさえしたら。

何だって？

――何もかも問題なしなのに。

どうして？

――きれいな絵が見えるわ。夢見ている時きれいな絵が見えない？

見えないよ。

――昇天よ……ほら、天国に昇って行ったの誰？

くそっ（クライスト）、そんなの知るかい。

――聖母マリアの戸口での伝道ってどういうこと？

知らないよ。

――ふーん……きれいだと思わない？　好きじゃないの？

嫌いだよ。

――あなたの魂もお見通しだから嫌いなのね。

もうたくさんだよ。信仰ってとんでもないサディズムだと思ってしまうことがあるよ。

――そう思えるの？

ああ、胸に穴のあいた男に穴の中にいる男。

――あれは聖母マリアと赤ん坊のキリストが円形浮き彫りにされているのよ。モスクワのトレチャコフ美術館。一二〇〇年頃かな。モスクワになかったヤロスラフ派の絵なの。

そうかい、そうかい。

――わたしは赤ん坊たちを盗む人たちの絵を見続けているの。どういうことかしら？

わからないよ。

――あれはセントジョージと竜。

そうかい。

――とっても小さい卵を見てごらんなさい。ノヴゴロド派よ。一四世紀後半、素敵よね。とっても可愛い竜だわ。

おやすみだよ、なあ。

――ほら、**見て、見て、**神様だわ！

おやすみ。

――赤いテディ・ベアのスーツを着た人がいるわ。ねえ、あのカツラを見てごらんなさいよ！

その本は定価九五セント、ＭＱマガジン４５５号、ヴィクター・ラサレフの序文。あんたの女房の手の届かないところに置いておけ。

ベテラン

善良で才能ある奴に口づけを
歳を取り、どんどん年老いていく
ほんとうに生きている者たちの
ほんの一握りにしか認められず、それゆえ
天空の閉じた瞳が
わたしたちを言葉の達人として選び抜く――

あなたがついているなら、彼に会えるかもしれない、いつかそのうち、あなたが急ぐなら――このがっしりとしたからだつきの神話的人物、この四分の一不朽の存在に。あなたがついているなら、アテネの通りで彼に会えるかもしれない、日が暮れたばかりの頃。彼はくたびれたトレンチコートを着て、バックルは留めず、ベルトは象のペニスのように行き場を見失い、だらんとぶら下がっていることだろう――彼は自分に必要なものを探して、フクロウのように丸い目をして、通りをうろつきまわっていることだろう。

探して求めているのは

亡霊、神、道程、幸運。

ハリー・ノース。ハル。ヨーロッパをすり抜けるアメリカ人の浮浪者、悲しみでずたずたに引き裂かれた歳月をくぐり抜け、死んだ街の暗闇の中をこっそりとさまよい歩く。爆撃で死んだ街、再建されて死んだ街、死を生き永らえる街。いくつもの死んだ街、死んだ人々、死んだ日々、死んだ猫たち、いくつもの死火山、生き永らえる悲しみ、生き永らえる狂気、生き永らえる鬱陶しさ、生き永らえる肉屋――わたしたちの麗しき女性たちはみんな年老いてしまい、薔薇は萎れ、数々の作品もまた。ハル。詩を書いて何とかやって行く。ただそれだけ。

彼は地上一五センチの高さのベッドで眠り、ノミたちがハレルヤと叫ぶ中、『エヴァーグリーン』誌から振り込まれる小切手を、あるいは見えない手が軍神マルスの太ももを撫でるのを待ち侘びている。同時に、彼はギリシアで最も優秀な地質学者の一人が明日の朝に噴火してもおかしくないと主張する一時的に活動を休止している火山の麓で暮らし（そこだと家賃が安い）、怒りの発作に襲われながら眠っている（そうしたギリシア人にあなたはスチームバスで出会っている。彼らのことはどうしても目についてしまう）。

ああ、何たることよ、この世に生まれ落ちたどんな女のためよりも、たった一編のどんな詩のためにも、人はどこまでも突き進むということをあなたは知らなければならない。

ハロルド・ノース。彼は静かに言葉を叩き出すことができる。見事なやり方で。ひっくり返して。根性を据えて。炎の中。炎の上。歯には歯を、堅く。わたしたちのタバコの吸いさしの匂い。わたしたちの恥辱のペニス。明かり。ウサギの夢。口笛で「ディキシー」を吹きながら頭の中は爆弾の塊。

ノース。アメリカ人の浮浪者

頭上

橋の上

天使たちに見守られてトラックがスピードを上げる

……川の土手ではカップルが

自分たちの尻で法律違反を犯している

たいていの人たち、ほとんどすべての人たちが、書き方を知らない、言わせてもらえば、とんでもなくひどい作品を書いて、上から下まですべての人たちを欺いたシェイクスピアですら例外ではない。ほとんどすべての人たちを欺いた他のひどい作家たちとしては、E・A・ポー、イプセン、G・B・ショー、ウィリアム・フォークナー、トルストイ、そしてゴーゴリたちがいた。今の時代、彼らはメイラーやパステルナークから馬鹿にされている。これらの人物は書き方を知らず、何一つちゃんとやれないばかりでなく、不朽の存在にもなっていて、そんなことは人生のあらゆる分野や企業の中で頂点に登りつめようとするペテン師野郎たちがあまりにもお粗末な一物を持っていること以上に驚かされるようなことではない。そうした奴らはワシントンからシェイキーズの奥の部屋まで、いたるところでお目にかかることができる。

ハルは書ける。うーむ。かつてわたしは彼のことを「プロ」と呼んだことがあったが、彼はその意味を少し誤解して受け取り、「ジャージー・ジョー」と毒づき返した。それは昔の老いぼれボクサー、ウォルコットのことだった。そしてわたしはいにしえのジャージー・ジョーのこともまた、心に触れてくる感じで思い出すことだろう。どんな風に彼が大事な一発を決めたのか。

大事な一発を決めるには時にはとんでもない努力をしなければならない。すべて芸術上での行為だ。すべての良き男たちは芸術上での行為を身につけている。彼らは配管工やポン引きかもしれないが、そんな男なのかどうかはたちまちのうちに見抜くことができる。優美さと容易さ、根性と見た目の問題なのだ。わたしは英語のクラスや芸術のクラス、あるいはわたしの部屋を訪ねてくる作家仲間たちではなく、監獄やトラ箱、工場や競馬場で、より多くの良き男たちと出会った。

芸術的な様式にのっとって仕事をしているからといって、その男たちが正当化されたり、彼らの根性がまっすぐだと評価されるわけではない。同じ理由から、牧師や小人、脚のない男、娼婦たちが、無駄に持ち上げられることもない。

わたしがノースを「プロ」と呼ぶ時、わたしが伝えようとしていることは、

彼がまさにいるべき場所にいるその場所にぴったりの人物で

当然以上のことをやってのけ

余計なものが一切ないだけに一人の男をいともたやすく泣かせてしまう。

わたしたちはみんなカリフラワーのような耳の偉人、ノースを賛美する。アメリカ人の浮浪者。

　　ダンテはここで暮らし
　　追い出されたが
今では聖者のように
　　崇拝されている

ハロルド・ノース、詩人。

カップルたちが踊りまくるそのまっただ中で
奴の金たまを思いきり蹴飛ばして
派手に跳び上がらせ
夢から醒めさせてやれ

くそっ、あなたはわたしと同じほど長い間病院に入院したことがあるか？　ノースほど長い間？
わたしたちと一緒に声を上げて笑え、漏れる尿瓶よ、トロイの木馬よ。
　看護師の女たちが／わたしのペンを盗む／そして薔薇も／蛇の脳みそしかない／看護師の女たちは／薬を間違え／大笑いして／ドアをバタンと大きな音を立てて閉め／今にも朽ち果ててしまいそうな

年老いた／女性患者たちは何とかして息をしようとする／首にチューブを突っ込まれたまま

こうした詩の一部だけを引用するというのは多分間違っているのだろう、というのもこうした断片だけを受け入れて、それで人は作品すべてがわかったように思えてしまうかもしれない。わたしはあなたのためにただ単純に指摘しようとしているだけだ、どんなふうに素晴らしく、どんなふうにシンプルに、どんなふうに彼が敬愛してやまないやり手のジャージー・ジョーが一発をかましたみたいなのか、ブラドックがその一発で、慰み者の役目を果たしきれず、デブで生意気なマックス・ベアーに交代しなければならなかったうんと昔のある一夜みたいなのか。わかるだろう。おやまあ。

ああ、さあ
　　おまえの頭を埋めるがいい
ノミやシラミがたかった毛布の中に
　　おまえの股間で
　　自由にノミに跳ねさせてやるがいい
啓発して
　導いてくれる者など
　　どこにもいないんだよ
　　　ベイビー

そう、彼が言っていることは正しい、わたしたちは火山の麓で、あるいは公園のベンチで眠りながら、自分たちなりのやり方でそれを受け入れる、それは甘く陳腐なたわごと、この詩を書くということ、そしてこの詩を書く行為は道理やチャンスや正義や金銭など追い求めてはいない。そんなことはまったくないのだ。

それが何なのかわたしたちの中でわかっている者など誰一人としていない。背中に腫れ物ができて朝目を覚ますようなもので、腫れ物は決して退きはしない。わたしたちの芸術の質の高さを維持しようとパッチェンのようなやり方で寄付を募ってみてもくだらないことこの上なく――背中に腫れ物ができたり、良い芸術を生み出しているほかの善人たちがあまりにもたくさんいすぎるのだ。しかもその中にはもっとひどい背中の者もいれば、もっとましな芸術を作り出している者もいる。

しかしみんなを啓蒙する指導者などいないのは火を見るよりも明らかなんだよ、ベイビー。しかも時には長い夜や、鋭いカミソリ、ショットガンを手入れしている時の事故に結びついたりすることもある。

少しも妥協することなく、一歩も引き下がることのない、優れた創作とは、鋼鉄の壁をぶち壊してひたすら前に進もうとすることでしかなく、わたしたちはまだうまくやれていないというだけの話だ。しかしすぐに消え去る者たちや失敗する者たち、魂を売り渡してしまう者たち、臆病で意気地のない者たちなど困難に果敢に立ち向かおうとしている同時代のどうしようもない者たちを前にすれば、昔の頑固一徹者――プロの中のプロ、ジャージー・ジョーが、スキー大会やオリンピックの試合、巨乳が垂れ下がった頭の中がからっぽの女たちを追い求めながら、今もヨーロッパの脇道をさまよい歩き、鋭く叩き付け続けているのを目の当たりにするのは素晴らしいことだ。
言葉を。
今夜わたしはラジオから流れるワグナーの何かの曲に耳を傾けていて、それは申し分のないことで、
隣の部屋では二〇ヶ月になるわたしの娘が眠っている——母親が彼女をここに置いてトロツキー派の
集会のようなものに出かけたのだ。そしてわたしの気が触れたような線画が壁じゅういたるところに
描かれていて、わたしはまだ酔っ払っていないときている。だからわたしは問題なくこんなことが言
えるのだろう、

老いぼれのプロのノース
多分あなたより五つか六つ歳下のわたしは
こんなにもだらだら書いたところで
何もちゃんとしたことは言えていないのだろう。

何てこった、もうたくさんだ。

——チャールズ・ブコウスキー
ロサンジェルス、一九六六年

ギンズバーグとズコフスキーの書評

Reviews of Allen Ginsberg/Louis Zukofsky

『虚ろな鏡　アレン・ギンズバーグ初期詩篇』、トーテム・コリンズ・ブックス、八番街西一七　ニューヨーク　N・Y一〇〇一一、一ドル二五セント

アレン・ギンズバーグでいるのは楽なことじゃない。彼を論評するのもまた楽なことじゃない。というのも彼が自分はホモセクシャルであるとロマンチックに公言したにもかかわらず、わたしたちは今もなお潜在意識下で最高の作品を発表してくれるのではないかと注目し、期待し続けている。リトル・マガジンのマニアたち（そして大きな商業雑誌のマニアたち）のいちばんお気に入りの室内ゲームは、アレン・ギンズバーグ、そしてメイラーとオールビーとカポーティとそしてそして――ああ、もうわかっているよ、そうしたやつらをこき下ろすことだ。わたしだって自ら進んでやっている。例えば、どうだろう、これらの初期の詩の数々がハリー・ウェッジという名前の人物によって書かれていたとしたら。わたしはたちまちのうちに自分にとっての新たな文化的な英雄を見つけ出していることだろう。しかしこれらの詩はギンズバーグによって書かれ、W・C・ウィリアムスによって紹介されているがゆえに、わたしのタイプライターの歯はとっくに噛み付きたくてたまらなくなってしまっている。何にだ？

ウィリアムスは短い序文でいろいろと考察しているが、わたしは敢えてそれには触れない。いい詩はどうあるべきかという彼の詩に関する持論を駆け足で展開しているようなもので、ギンズバーグは彼の愛しき青年、「もはやそれほど若くはないものの、この若きユダヤ人の青年」なのだ。ダンテやG・チョーサーについて語っている箇所もある。詩人は人々に向かって自分たち自身の言葉で語りかけなければならないが、同時にその言葉の意味をあからさまにしてはならず、それゆえ不快感を与えることから免れられるとウィリアムスは言う。「このことによって、可能であれば、詩の隠された甘美さは他の力に頼ることなく生き延びることができるかもしれず、いつの日か眠れる大衆を目覚めさせる」当然のごとく、一九五二年以降、この序文が書かれて以降、わたしたちは「隠された甘美さ」など不要なことにしっかりと気づいてしまっている。もしもウィリアムスが退屈さを自ら慰めるために、表現の仕方（スタイル）、あるいはユーモア、もしくは創意工夫に富む気晴らしが役立つと言いたかったのだとしたら、わたしも彼に同意しよう。それが彼の言おうとしたことだというのは十分ありえることだ。

詩そのものは素朴で、明瞭で、とてもいい詩ばかり――後のギンズバーグのホイットマン風の預言者のように喚き散らすやり方にはまだ冒されてはいない。

わたしは自分があたかも行き止まりに追い込まれてしまったように思え
わたしはもうおしまいなのだ。
わたしが気づいた霊的な真実はすべて
ほんとうだがわたしは自分が閉じ込められてしまっているという感覚と

自らの下劣さ
これまでわたしが目にし、行い、口にしてきたこと何もかもが
まったくの無駄でしかないということから
決して抜け出すことができない。
もしかしてわたしがこのままやり続ければさまざまなことに
もっと満足できるようになるのだろうが今
わたしには希望のかけらもなくくたびれきっている。

ここにはいくつかの拝借した、そして使われすぎて手垢のついてしまったフレーズがある。「閉じ込められてしまっているという感覚」、「自らの下劣さ」、しかし最後の三行があまりにも正直なので、おそらくはそれによって詩全体が救われている。

「……何たるおぞましい未来よ、わたしは二三歳」、と、彼は続ける。そして彼は正しかった。彼にしてみれば自分をどう利用するのか、あるいはアメリカが自分をどう利用したり、どう自分を利用するように仕向けるのか、知るすべはまったくなかったのだ。しかしここで彼は別のことを語っている。狂気について。彼の頭がからだから切り離される感覚について。眠れずカウチに横たわっている時に彼はそのことに気づいていた。

「詩篇1／Psalm 1」の中に聖書の言葉のちょっとしたヒント、ホイットマン風の大声での申し立てと祈りとがある。その言葉は独創性と見せかけのはざまで今も零れ落ち続けている。最後に、最終行で独創性はなくなり、この詩は見せかけで締めくくられる。「この無駄話は図書館で行方不明となり

その後ダブが落ちぶれた時に再発見されることになる風変わりな記録だ」
この文章を書きながら、わたしは評者になるのは何と楽なことよと思わずにはいられない、あたかも人（わたし自身）が真実のキャンドルを掲げ、間抜けな奴らに明かりをかざしているが如くだ。何とくだらないことよ、なあ、友だちよ？　さてと、わたしは自分にできることを、あるいはできないことをするようにしよう。今夜わたしの頭は痛み、わたしはビールも煙草も切らしていて、あまりにも怠惰でコーヒーを淹れる気にもならない。アレン、多分きみはひどい目にあうことだろう。
そう、「セザンヌの港／Cézane's Ports」は駄作の詩だ。

絵の前景にわたしたちが見るのは
すごい勢いで運び去られてしまった時間と人生

甘美さがあまりにもあからさまのようにわたしには思える。あまりにも甘すぎてやがては歯痛に襲われるほどだ。わたしにとってはセザンヌにしても「天国と永遠」にしても、それらを理解する役にはまったくたちはしない。ギンズバーグはこの程度ではなくもっとましな書き手だ。そしてセザンヌはもっとましな画家だった。二人はこんなやり方ではなくワインのボトルを介して出会うべきだった。

一枚の紙を前にしてわたしは座り
揺れ動く自分の思いを書き綴る
何とも女々しい

完璧な一節とわたしが呼びたいもので、すべてを言い尽くしている。つまりわたしにとっては内容も表現も伴ってこそ完璧な一節となるのだ。ギンズバーグの言葉はあまりにもリアルで、まるであなたの膝の上に乗る子猫のようだ。あるいはライオン。わたしが何を言いたいかわかるよね。「フョードル／Fyodor」は迫力にこそ欠けるものの、ドストエフスキーに対してわたしたちみんなが感じていることが描かれているようにわたしには思えるいい詩で、その響きはとても心地よく、素敵だが、それでもどこかがみがみ言っているようなところがあり、もっとうまく書けていたらと願わずにはいられない。しかしこの時ギンズバーグはまだ若かったことを思い出そう。若い頃のアレンの見た目はどんなだったのだろう？　そんなことを考えてみたことがあるだろうか？　わたしたちが今知っているのは、髭を生やした半分修道士のような、寝室での違反行為とインドやキューバやコーヒーハウスの悪夢の鼻持ちならない匂いでちょっぴり輝きを増している、ボサボサの髪の毛の塊、それこそがアレン・ギンズバーグなのだ。そうなるようにわたしたちが仕向ければ、彼は神聖な存在にもなるだろうが、最後までうまくいくはずはなく、誰もが混乱してしまっている。それでもあたりに彼がいないよりはいるに越したことはない。もしもわたしが彼に向かって少し不正な投球をしているのだとしたら、それはユダヤ人のデリカテッセンにいるあの猫にわざわざ関わりたくないからだ。アレンは毛や黄色い種がいっぱい詰まった丸い瓶の中のどことなく神聖なピクルスのようなものだ。つい買いたくなってしまうが、結局はほかのものを買ってしまう。

「無意味な組織／Meaningless Institution」、一九四八年に書かれたカフカの夢のような作品はかなり素晴らしいものだ。わたしはそう思わざるを得ない。とりわけいいのが最後の部分で、そこでA・Gは「トイレを探して」誰もいない廊下をうろつき回らなければならなくなる。そのトイレを見つけられなかったら、まったく、この世のすべての詩は何の値打ちもありはしない。

「社会、一九四七年の夢／Society, Dream 1947」では、詩は勢いとユーモア、才能で輝いていて、素材やスタイル、大言壮語、ほとばしり出る言葉が功を奏し、ギンズバーグは泥の中から引きずり上げられている。つまりこの作品は後に登場してくる、ギンズバーグを有名にした「吠える／Howl」、「吠える」が引き起こしたすべての大騒ぎの前兆で、その才能がたとえその一部を失くしてしまったとしても、ギンズバーグに詩作を続けさせたのだ。

そして「聖歌／Hymn」では、見事なまでに詩的な祈りによって聖書の炎が伝えられる。ギンズバーグが彼のゲームの頂点にいる時は、自分のおもちゃはひとまずしまって耳を傾けるに越したことはない。初期にこんなにもうまく書くことができたというのに後にショーマンシップを発揮するようになったからとこの男をこき下ろそうとする者はどこまでも冷酷で嫉妬深い卑怯者でしかないということになってしまうだろう。わたしたちはどうしてお互いをとことんやっつけなければならないのだ？真の敵はどこかほかのところにいる。

「原型の詩／The Archetype Poem」は、こう始まる

ジョー・ブロウは決意した
　彼はもはや
　　同性愛者ではないと。

これは仕事を辞めて働かなくなってしまうセックス・マシーンの悲劇的でユーモラスな描写だ。セックスは実際とんでもなくおかしい。わたしたちはみんなこのくだらないことに雁字搦めになっていて、何をすればいいのかまったくわかっていない。そしてわたしがおかしいと言うのは、ゆっくりと焼かれながら死ぬのがおかしいというのと同じ意味だ——自分でじっと見ていることができるとしての話だが。

この本は「経帷子を着せられた見知らぬ人／The Shrouded Stranger」という、まったくうまくいっていない詩で終わっている。とはいえギンズバーグ以外誰も書かなかったであろう幾つかのいい行もある。

「彼の引き裂かれた心は糞袋」

ギンズバーグは詩的ではない行為で自らを破壊しようとする数少ない詩人の一人だが、それでも彼はまだ自らを破壊していない。彼がいろんなものを貯め込んでいる巨大なタンクに感謝の祈りを捧げよう。エリオットはもっと簡単に言ったし、パウンドにはもっと芸術性があり、ジェファーズには何が力を及ぼすのかもっと知識があったし、オーデンはもっと明確で、ブレイクはより声高で、ランボーはより難解だった。ウィリアム・カーロス・ウィリアムスはより上手に左のジャブが打てたし、ディラン・トーマスは、これとこれ、あれとあれと、喚き散らすことができるより大きな足をしていたが、わたしが思うにギンズバーグは、初期であれ後期であれ、どこか別のところに属していて、彼の成功なくしては、わたしたちの誰もが今のようにちゃんとは書けてはいないだろうし、それだけではなく、わたしは諦めることなく頑張ってやり続けていて、年老いたアレンを見守り、彼の写真を見つめ、そして今もアメリカを、彼を、ワックスと太陽と二日酔いの仕事を少しは恐れていて、結局はひとりぼっちでベッドに潜り混んでいる、わたしたちみんなが。

『詩の試金石』――ルイス・ズコフスキー、二ドル五〇セント、コリンス・ブックス、エイス・ストリート・ブックショップ気付、一七番地、西八丁目、ニューヨーク一一、N・Y

ああ、ズコフスキー、詩を論じる魔法の名前、大きな名前！　恐らくは鉄道の操車場で働きながら、あるいは多分高校の放課後に体育館の裏でサミー・ズウェインクと喧嘩をしていた時ですら、いつかそのうちサミーのようなやつらや有蓋貨車や流線型の列車の車体をごしごし磨くわたしたちを監視していた操車場の親方もひっくるめて、わたしたちみんなを助けてくれるかもしれないと、わたしたちはズコフスキーの名前を耳にしていた。くそったれの親方め、わたしにはパウンドがいたし、ズコフスキーがいたし、『ポエトリー・シカゴ』があった。そうさ、それにわたしの車の磨り減ったタイヤとパンクしてぺしゃんこになったタイヤ。喧嘩に勝ったのはサミーだと思うが、そんなことはパウンドにはまったく関係なし。わたしは『ポエトリー・シカゴ』を読むのをやめてしまった。今目の前には詩の試金石がある。

詩の試金石とはと、ズコフスキーがわたしに教えてくれる、それは目にも耳にも思考にもどれほどの喜びを与えてくれるのか、その大きさのことだ。これこそが芸術としての目的でもある。

読み進めていけば、L・Zはわたしたちにこう告げる、「望ましい教えによって理解や思考が深まり、日々の暮らしに向き合っても、まるで違う別の生き方が必ずあるのではないかとそこに救いを求めるようなこともなくなる。詩とは、ほかの目的とも関わり合って、とどのつまりは関心を抱いている人たちのためのものである」

ズコフスキーがわたしの脚や耳やどんな部分も引っ張っていない、つまり騙そうとはしていないと確かめるため、わたしはこの文章を何度も繰り返して読まなければならない。文章は明瞭ではない。ごちゃごちゃしてくどいがわたしはメッセージを読み取る。詩はわたしたち、特別な人間たちのためのものであり――生きることについてであり（ほとんど）、それでも切り離されていて、結局のところ、確固として楽しいものだ。目にも、耳にも、思惟にも。そう、思惟は謳い文句だ、もうアウトになっているが。

それでもかつてわたしは詩は自分を生き生きとさせてくれる、みんなを生き生きとさせてくれる存在だと考えていた。ほかの人たちの詩、わたし自身の、絵画、物語、小説、これらのものがわたしが何とかやり抜いていく上で助けになってくれると考えていて、だからこそわたしは小部屋に入ってカミソリの刃を手にしても、それで喉を一気に掻き切ることなく、注意深く髭を剃ったのだ。『詩の試金石』が初めて出版されたのは一九四八年で、一九六四年に再発行されている。わたしたちは奇妙で暴力的でただならぬ時代に生きている。人生がアレン・テイト、ライオネル・トリリング、ルイス・ズコフスキーといった人物に襲いかかり、消し去ってしまったのではないだろうか。わたしたちは乾いて安全なパンをもはや受け入れられなくなってしまうだろう。詩は街の通りに、売春宿に、大空に、ピクニック・バスケットの中に、ウィスキーの瓶の中に入り込もうとしている。偽物はもうおしまいで――ほかの者たちが死ぬ時、生きることを許されなくなる者たちも出てくるだろう。少なくともこのタイプライターからは何も生み出されず、大学や路地やビヤホールでも動きはほとんど何もなくなってしまう。このタイプの入門書はもはや誰もばかにしたりはしない。何編かのちゃんと選び抜かれた詩が収録されているが、わたしたちはそれらを彼らの機械的で口うるさい説明の小さな籠の中に閉じ込めてしまおうとするようなことはないだろう。説明の中には、言わせてもらえば、思慮深く、ご立派なサークルの限られたやり方にだけ即してちゃんと意味を成すようなものさえある。しかしこの本を一月後に電気椅子送りになる男に手渡すことなどわたしには想像を絶する話だ。

真の詩の試金石はどこにいる誰にでも当てはまるものだ。

本書にはそのような詩も何編か収められてはいるが、ズコフスキーが語っているのはそれ以外のことばかりだ。また新たなアイドルの登場だ。愛と血と笑いの中を這いずり回ったかもしれない、ビールやサラミ・サンドイッチとの相性がぴったりだったかもしれない、カーテン越しに長く尾を引くつかみどころのない恐怖の追憶が忍び込み、母なるまさかりのようにわたしの上に降り注いで、また目を閉じるしかなく、腹の中の意味を探って、いつ生き生きとした生活を送れるようになるのかと考えたりするのでなく、もっとましな朝を迎えられたかもしれない、ちゃんと印刷された一六五ページがまたしても登場だ??

ブコウスキー、ブコウスキーを語る

『スケベ親父の手記』、エセックス・ハウス、ペーパーバック、二五五ページ、作者による序文付き。一ドル九五セント、チャールズ・ブコウスキー作、チャールズ・ブコウスキー評。

ある夜友人と酒を飲んでいて、そいつがこんなことを言った。あるいはもしかして言ったのはわたしだったかも知れない。「自分の糞の臭いを好きになれないなんて死ぬほど難しいことだ」わたしたちはひり出した自分たちの糞を見下ろしながらそんなことを喋り、どういうわけか自分たちの成果を誇らしく思っていた。

さてと、こんな書き出しは何をやっても上手くいかない奴ら、ウルシにかぶれたような皮膚炎の若者たち、アイビー・リーグの大学生たちにまさに彼らがお望みのものを何もかもすべて与えることになるので、まずは彼らを満足させるためにわたしはさっさと与えてしまうのだ。わたしたちの側からコバンザメどもを排除して、上品に話し始めることにしよう。クリーリー風の大学の悪夢なら、残り四四回の人生や夢の中の人生まで持ち続けられるほど、わたしはこれまでに存分に味わってしまっている。

よしきた。カービーがわたしに新刊見本を二冊送ってくれた。だから郵便箱からそいつを取り出して眺めてみる。

　わたしはベッドに潜り込み――わたしはベッドが好きだ、ベッドこそ人類の最も偉大な発明だと思う――たいていほとんどの者がそこで生まれ、そこで死に、そこでおまんこをし、そこでオナニーをし、そこで夢を見て……

　わたしはどちらかといえば変人にして疑り深い人間で、カービーとエセックス・ハウスについては何ひとつわかってはいないのだが、カービーとエセックス・ハウスが最良の作品を選りすぐってくれたことを期待しつつ、たったひとり、せんずりシーツの下に潜り込んだ。わたしはこの世で自分が経験したことについてただ語っただけで――ほら、わたしはパラパラとページをめくってみたが、何もかもすべてが書き込まれている――わめき散らし、文学的なもの、非文学的なもの、セックス、セックスなし、イボだらけの叫び声や体験がぎっしりといっぱい詰まった袋だ。

　名誉だ。

　わたしは名誉が好きだ。しかも完璧な表紙で美しく覆われている、『スケベ親父の手記、0115番』わたしはベッドに潜り込んで、自分の書いたいくつもの物語を、あるいはそれらが何であったとしても読み進め、楽しい気分を味わった。かつてわたしが書いた一編の詩もあって、それを読み返し、ただただ吐き気に襲われ、まったくの無駄だったことを思い知る。そしてみんなはわたしに向かって一節を引用し、確かにそれは昔の詩のものだが、いったい何のことを言っているのかわたしにはちんぷんかんぷんだ。わたしが二日酔いの時にどんなだか、みんなが教えてくれているようなものだ、「あんたはわたしの家から二三人もの人間を追い払い、わたしの妻とやろうとしたんだ」

ほら、まるでたわごとの塊のよう。

しかし物語は、わたしはベッドの中に寝そべって読みながら、なかなか気に入った。口にするには汚らわしすぎ、それがどうした？　これはきっとわたしが不義をしてシーツの下でこっそりやりまくった体験を集めたものなのだろう。そんな人生を——わたしの人生の昼と夜を読みながら、どうやってわたしは今も生きていてあたりをうろつき回れているのだろうと訝らずにはいられなかった。

いったい何度人は脱穀機の中をくぐり抜け、それでも自分の血を失うことなく、夏の太陽を頭の中に浴びることができるのだろう？　どれほどたくさんのひどい刑務所が、どれほどたくさんのひどい女たちが、どれほどたくさんのいろんな場所にできるガンが、どれほどたくさんのタイヤのパンクが、どれほどたくさんのあれやこれや、あんなことやこんなことやそんなことが？……

率直に言って、わたしは自分の書いた物語を、自分が誰なのかを、ほとんど忘れてしまった状態で、気楽に驚嘆したりしながら読み、そして思った。

ふーむ、ふーむ、このくそったれ野郎はちゃんと文章を書くことができるぞ。

わたしは他の作家たちのことを思い出す。チェーホフ、G・B・ショー、イプセン、アーウィン・ショウ、ゴーゴリ、トルストイ、バルザック、シェイクスピア、エズラ・パウンド、その他いろんな人物にとても幻滅させられている。彼らは、みんながみんなそうだが、現実やほんとうの生活そのものを前にして文学的な型をはめようとしているように思える。言い方を換えれば、もしくはもっとはっきり言えば、こうした者たち誰もが、人生そのものはひどいかもしれないが、自分たちだけは何とかうまく切り抜け、自分たちの特別な文学的やり方で語れるかぎり大丈夫なのだという態度に身を落としてしまっているのだ。

それでも問題はない、もしもゲームを楽しみたいだけならば。

そして学生たちがゲームを演じることにもううんざりしていると、今、大学教授たちははっきり気づいているとわたしは強く思う。

よし、話を『スケベ親父の手記』に戻すことにしよう。

物語や夢想の数々を読み返しながら、わたしはそれらが素晴らしいし、熱く燃え上がっていることに気づいた。ああ、すごいぞ、こんな素晴らしい短編小説作家はピランデロ以来だとわたしは思った。少なくともあの時代以来だ。

自分で言うのもおこがましいが、この本は読む価値があるとわたしは思う。しかもこれから二〇〇年先ぐらいだろうか、わたしのくそいまいましい呪われた頭蓋骨にウジムシやネズミやその他のいろんな地下で蠢く生物たちがたかって遊びまわるようになった後、この本の持つパワーに圧倒されたまだ処女のままの未来の司書たちが、花柄のパンティをはいて登場してくるのだ。

ああ、もう一つ言い忘れたことがある。

一〇年も経てば、あなたが一ドル九五セントで買ったこの本は二五ドルの値打ちになるだろう。そしてもしもあなたが十分長生きして、核兵器が爆発したりしなかったら、あなたはこの本で一ヶ月分の家賃が払えるかもしれない。

その時まで、貪り読んで
自分の糧にして自分がなれる者になるがいい。

スケベ親父の手記――『オープン・シティ』一九六七年一二月八日～一四日

Notes of a Dirty Old Man; Open City December 8-14, 1967

『エヴァーグリーン』誌の一二月号のうんと後ろの方のページにチャールズ・ブコウスキーという人物の短い詩が掲載されていて、雑誌全体はリロイ・ジョーンズのインタビュー記事、リロイ・ジョーンズの何編もの詩、リロイ・ジョーンズの新刊の広告、加えて他界したマルコムXのスピーチ「白いアメリカへの神の審判」で埋め尽くされている。常緑の『エヴァーグリーン』は黒檀の黒人専門誌『エボニー』のように見え始めていた。わたしは全部読み通した。

その日の後ほど、一人の女がわたしの三歳の子供を連れてやって来た。わたしたちは夕食の席についた。

「『リロイ・ジョーンズを恐れているのは誰？』っていう詩を書こうかと思うんだ」

「リロイ・ジョーンズを恐れているのはあなたよ」と、女が叫んだ。彼女はとてもとてもリベラルな白人だった。

「リロイ・ジョーンズを恐れているのは誰？」と、わたしは自分の幼い娘を見やりながら、もう一度尋ねた。

彼女はひき肉とフレンチ・フライの皿の上、わたしに向かって自分の腕を突き出した。「**あなたよ！ あなたよ！**」

女はしばらく喚き散らしていたが、そのうちに彼女の声は気が触れたかと思ってしまうほど甲高くなり、とてもリベラルな白人女性にしかやれないやり方で、ブラック・アメリカやリロイ・ジョーンズの意味をわたしに向かって説明し続けた。わたしはリロイ・ジョーンズを攻撃していたわけではないが、どうやら聖域を侵してしまったらしく、ほとんど暴力的にまで彼は擁護されていた。それはいいことだった、リロイにとっては。くそっ、リトル・マガジンに自分たちの詩を何とか載せてもらおうとお互いに必死で書きまくっていた頃の彼のことをわたしは覚えていた。わたしは今も書きまくっていた。今もわたしの方がマシな詩人だった。彼は芝居を書いて人気を博するようになった。もはやセックスの相手にされなくなった太ってブヨブヨで脳足りんの白人の妻たちがジョーンズの芝居の黒人の暴力で満足を代わりに得ていた。「ああ、何てことなの、あなた、あの男が怖くてたまらない、でもどれか彼の芝居を見てみたいわ。うぅぅぅー、彼の芝居をどれか見に行きましょうよ!!!」その亭主は、ボールペンで必死で書類を書きまくる職場でのつらい仕事を終えた後、女房を芝居に連れて行くのだ。自分のちんぽこをおったてる努力をするぐらいだったら、どんなことでもやるだろう。

「わからないよ」と、わたしは言った。「白人の方が優れた人種だとヒトラーがわたしに教えてくれたけど今やジョーンズがそれをひっくり返して黒人の方が優れた人種だとわたしに教えてくれる」

「それなら、誰がより優れた人種だってあなた自身は思うの?」

「それはきみが何者かによるよ。きみが白人だったら、白人の方が優れた人種だ。きみが黒人だったら黒人の方で、きみが黄色人種だったら黄色人種の方。きみが混血だったら混血が……」

それからも彼女の話はきりがなく、次から次へと広がっていった。休むことなく一〇分間は喋り続けたに違いない。ほんの少しはいいことも言った。ほとんどの話は信仰のためなら何でもありという感じだった。がちがちにリベラルな白人の女が熱くなってしまっている。ご当人のジョーンズですら耳を傾けたくなかっただろう。

「何人ぐらい黒人を知っているんだい？」と、わたしは尋ねた。

宗教的な論争をしている時に相手の口をふさぐにはいつでもこの質問がもってこいだ。これまでの人生ずっと、どこにでもいるような労働者の一人として、貧しく実入りの少ない仕事ばかりしてきて、わたしは本を読むだけで知識を詰め込んだ理屈好きのどんなリベラルよりも、より多くの黒人たちと一緒に働き、より多くの黒人たちと知り合い、より多くの黒人たちと一緒に酒を飲み、より多くの黒人たちと喧嘩をしていた。紙製の薄っぺらいスーツケース片手にしょぼ降る雨に打たれてニューオリンズの裏道を歩けば、ポーチに座った肌の色の薄い黒人女が脚を見せつけながらわたしを品定めした。彼女は嘲り笑い、こう叫んだ、**「この貧乏人のろくでなしの白人野郎！」**わたしは紙製のスーツケースを地面に置いて、彼女の脚を見上げた。「さあおいでよ！」と、彼女が言った。「おいでよ、貧乏人のろくでなしの白人野郎、ちょっとはいい思いをしなよ！」カーテンが少し動き、その隙間から黒人の男の顔が見え、たった二ドル二〇セントしか持っていないわたしでも殺して巻き上げてやろうとその目はギラギラしていた。すぐにもわたしは声をあげて笑い、まだ早い時間の太陽の光の中でいい気分になって、詩がいっぱい詰まったスーツケースを持ち上げ、通りを先へと進んで行った。

「ジョーンズは二五〇〇〇ドルの保釈金でシャバに出たんだぞ」と、わたしは彼女に向かって乱暴に言った。リベラルの白人女たちにとって金は悪の象徴でしかない——自分たちが誰からも与えられなくなってしまうまでは。

「そうよね、あなただって刑務所から出られたわ。たった一〇分で。あなたも保釈金があったからね！」

「六、七時間はかかったよ。保釈金は二〇ドルか三〇ドルぐらいだった。それぐらいならわたしのドレッサーの引き出しにあったんだが、わたしを信頼してやってくれる誰かを見つけ出すのにかなり手間取ったんだよ。ジョーンズは現金が手元に二五〇〇ドル、比較して喋りたいんならね、加えて家が二軒、彼の両親の友人たちのね。わたしは自分の家を持っている人間なんて誰一人として知らないよ。両親すらいないときているし。わたしはいまだに貧乏人のろくでなし白人野郎のままなんだ」

「ジョーンズの家は彼のものじゃないわよ。ニグロ・コミュニティの持ち物なのよ」

「そうか、くそったれめ」と、わたしは言った。そんなこんなで、フレンチ・フライを挟んでリロイ・ジョーンズについて言い合っているというわけだ。いったい誰がその男の家の持ち主で、誰がそこの便器に座って糞をしていて、誰がそこのベッドでおまんこをしているのかを必死になって探り当てようと。彼も一部所有しているに違いない。要するに、家の中に入るのに呼び鈴を鳴らさなければならないのだとしたら、そこはそいつの持ち家なんかじゃないということだ。

わたしは会話をそのまま先に進めようとしたが、彼女はそこにこだわった。

「通りを歩いていていきなり鼻にパンチを食らわされて、おまえが鼻にパンチを食らわされたのはおまえの肌の色のせいだと言われとしたら、いったいどんな気持ちになるの？　ブラック・パワーを求めているからって彼らのことを責めたりすることはできないわ。ブラック・パワーなんてまだ何ものにもなっていないのよ、彼らがまだどんなパワーも持っていないから……」

彼女はどこまでも延々と喋り続けた。わたしは彼女と特に論争はしていなかった。わたしがしているると彼女が思い込んでいるだけだった。しかし黒人たちがすでに完全なパワーを手に入れていたとしたら、わたしに近づくよりもずっと前に彼女を殺していたであろうということはわたしにはよくわかっていた。そこでわたしはひたすら耳を傾け続け、それから幼い娘にお別れのキスをして、車を走らせて仕事に向かった。

仕事場で働いている者たちは、一〇人のうち九人が黒人だが、歳月が経つうちにそんなことは忘れてしまう。それは白人のリベラル女が騒がないかぎり特別なことでも何でもないのだ。わたしたちはせっせと仕事をした。それからわたしは口走った、「**リロイ・ジョーンズ！**」

わたしの隣にいた男が振り返り、ここでもまた相手をしなければならなくなった。「**リロイ・ジョーンズについて一言も言わないにこしたことはないぜ！**」

「わたしが彼を恐れているってわたしの彼女が言うんだ」

「**おまえだ！　おまえがだ！　おまえはリロイ・ジョーンズのことは一言も言わない方がいいぜ！**」

「何か言ったらどうなるんだい？」

「言ったことの落とし前をつけなくちゃならなくなる、そうなってしまうのさ」

「精神的にかい、肉体的にかい？」

「精神的なことなんてどうだっていいんだ。彼の仲間たちたちが別のやり方であんたを始末するだろうよ」

「わたしには言論の自由がないっておまえは言いたいのかい？」

「自分の言うことに気をつければいいんだ！　リロイ・ジョーンズは**世界的によく知られた劇作家だぞ！**　おまえは何者なんだ？　気をつけることだな！」

「タバコを一本くれよ」

「やなことった、自分で買いな。自販機があるぜ」

そいつの友だちが近づいてきた。「よう、ブラザー」と、彼が言った。「やあ、ブラザー」と、わたしも答えた。

「おまえの家で朝飯をご馳走してくれるんだろう？」（わたしたちは夜勤だった）

「もちろんさ。オートミールや豆があるぜ。家は持ち家じゃないけどな」

「正面玄関のドアはあるんだろう？」

「ああ」

「そうか、お天道様が高くなったら正面玄関のドアに行ってあんたの呼び鈴を鳴らすから。裏口からは入らないぜ、使用人かゴミ収集人か出前だとみんなに思われてしまうからな。あんたの正面玄関のドアに行くぜ！」

「ブラザー・ロイ、家賃を払い続けているかぎりわたしの正面玄関のドアはあんたの正面玄関のドアだよ」

「よしきた、俺もあんたの顎についているようなむさ苦しいやつを生やして、どこかで若いヒッピー娘をものにして、二人で手を繋いでサンセット大通りを歩いてやる、あのサンセット大通りをな」

「わたしもあんないかしたブロンドの若いヒッピー娘たちの一人をものにしたいもんだよ」と、わたしは彼に伝えた。

レーガン州知事について何か言いたいことをちょっと話してから、彼は立ち去って自分の席についた。わたしたちはせっせと働き続け、一方わたしの家ではわたしの子供の母親が共産党の集会に今にも出かけようとしていた。参加者がすべて白人の。

めちゃくちゃおかしな状況だ。
何だ、リロイだって？
ブラザー？

英雄なんかどこにもいない

ついさっきのこと、ずり落ちたストッキングが汚れた足首のあたりで皺だらけになり、突っ張って硬くなった皮膚のようになってしまっているうんと若い売春婦を買おうとしたものの——彼女はわたしの相手をしたがらなかったので——裏通りで彼女の尻をぎゅっと掴んでやると、彼女は放屁をし、その屁はわたしの魂をシンガポールからガンジス山へと沈み込ませ、放屁ひとつを残して、見事なまでにうすのろの船乗りと一緒に立ち去って行ってしまった。表通りに出ると、緑の木々が黄色い歯をわたしに剥き出していた。そしてそのゴムのちんぽこも。わたしはセックスのかけらもない空にゲロをさせてやろうと無理やり突っ込まれたまったく役立たずの一本の指だった。

哀しみ。哀しみが大きくなりすぎると、別のものになってしまう——ビールのグラスのようなものに。哀しみとはまた別で狂気というものもある。そこで人は自分の家に帰り、尻についた糞を拭き、発狂する決心をする……いったいどうなるか？

ドアベルが鳴る！　くすんだような黒い帽子をかぶった一人の女、大きなつばが顔半分を隠している。緑色のケープを羽織っていて、彼女の下着の匂いが漂ってくる……恐らくはとても大きなおまんこの持ち主で、そこからはいつも白い腐葉土のようなものが漏れ出ていて、言っておくが精液ではなくて腐葉土で、その彼女が声をかけてくる、ビオンビオナの飢えた子供たちのために募金をしていただけませんか？　だめだよ、奥さん、だめだ、お願いだから……あら、お休みになっていたんですか？
ごめんなさい……申し訳なく思うがいい。でもわたしは眠ってなんかはいなかったんだよ、奥さん。

　彼女は立ち去って行く。

　――人々はわたしよりもまし
　石はわたしよりもまし
　誰かの家の芝生の上の犬の糞は
　　　　わたしよりもまし。

　午前三時二四分。間違いなくわたしはどこかへ出かけ、家に帰って来た。わたしがドアを開けた時、部屋の中に誰かがいる気配がしていた。わたしは古びた電気スタンドの明かりをつけ、その場に立っていた。するとわたしの絵が鼻汁や精液やガムで貼り付けられている小部屋のドア、そのドアが開いて、ほとんど黄色い顔をした一人の男が中から現れた。髪の毛は黄色と灰色が混じっている。醜い歯をしていて、その男からは干し草や納屋の肥やし、使い古した鶏かごの嫌な臭いが漂って来た。飛び出して来た彼がわたしの顔を殴った。ドアを抜けて逃げようとしたので、わたしは彼の左腕をハンマーロックで捻じ上げ、その腕をほとんど首のあたりまで引っ張り上げた。彼は泣き始めたが、その悪臭たるやとんでもないものだった。「フランキー・ルーズヴェルトが死んだ」と、彼がさめざめと泣いた。「なあ、そんなこと気にするやつなんていったいどこにいるんだい？」と、わたしは聞き返した。「この俺さ、ああ、俺には大ごとなんだ！」「この**悪臭野郎**め！」わたしは彼に向かって叫んだ、「**風呂に入れ！**」彼の尻を蹴飛ばして、玄関のドアから表へと叩き出した。通りを走り去って行く彼の足音が聞こえた。小部屋の中を覗き込むと、そこには今したばかりのほやほやの糞の塊があった。それを見てわたしはゲロを吐いた。それからわたしは男たちが月に降り立ったというたわけた記事が載っている昨日の新聞を手にして、糞とゲロをかき集め、ゴミ缶の中に捨てた。
それからわたしは冷蔵庫の前に行って、ボローニャ・サンドイッチを作り、ビールを二本飲み、ワインに手をつけた。それから部屋の真ん中にロープで吊り下げられ、下には煉瓦の重しがついている大きな黒板の前に行き、チョークを手にとって書いた。

こいつは足が曲がっている
こいつはわたしのちんぽこをしゃぶりたがっている
三番めのやつは頭がカチカチ
四番めのやつはカツラをかぶっている
五番めのやつは共産主義者
六番めのやつはヒトラーの孫息子
七番めのやつはディック・トレイシーを読む
八番めのやつはわたしにタバコ二箱の貸しがあると言い張る
九番めのやつは長さ二メートル七五センチのコブラと踊ったことがあるが、わたしとはやってくれない女。いや、あれはコブラではなくボアコンストリクターだった！
どっちにしてもわたしとはやってくれない。

ドアベルが鳴った。午前四時。デジョンズだ。

座れよ、デジョンズ。

ミルク・レッドの瞳、わたしたち二人にたっぷりの乳房、しかし、もちろんのこと、おまんこはなし。

わたしたちは英雄が必要だ、デジョンズ。何一つありゃしない。何もかもが干上がってしまった。わたしたちはいったい何にしがみつける？

へへへへへへへへへ　へへへ。

彼は黒板を吊り下げているロープを見つめていた。

へへへへへへへへへ　へへ、きつい、何もかもくだらない。小さな男の子たちはゲームをしている。へへ。見せかけ。そして人間なんてどこにも存在しない、へへへ。鳥たち、猫たち、蟻たち、大丈夫だ。間違いなく。俺たちは酔っ払ったまま。クスリを詰め込め。へへ。おまえのことを覚えているぞ、ブコウスキー、へへへ、おまえが今みたいな糞袋じゃなくてまだ一人の男だった頃の、へへ。

水道の蛇口をしゃぶれよ、デジョンズ。

へ、へへ、ある朝おまえが走って区画を一周した時、二度も、午前七時、素っ裸で——澄んだ空気の中でおまえのキンタマやちんぽこや尻が飛んだり跳ねたりしていた。何の音もしない。おまえの裸足の足音だけ。パタ、パタ、パタ！　俺たち三人はちゃんと服を着て、おまえを捕まえようとした。へへへ、おまえがあのホテルの四階の部屋の窓の外に足首からぶら下がっていた時。部屋の中にいる売春婦はめそめそ泣いていて、中に入るようにとおまえに懇願していた。ちんぽこもしゃぶるし、尻の穴の毛も舐めるし、どんなことでもするからと約束しながら。へへ、あれは良かったぜ。

熱いスプーンをしゃぶれよ、デジョンズ。

あれはおかしかった。しかしもっとおかしかったのは、おまえが自分のからだを引っ張り上げようとしても、おまえの脚がまるで言うことを聞かなかった時だ。おまえは一つの窓を二つに分けている木製の仕切りに自分の足首を巻きつけていた。それからがめちゃくちゃおかしかった。

そうかい？

そうさ。へへへへ。おまえは言ったんだ、うわー、もう一回やっても上がらなかったとしたら、それまでだ。わたしはもう力が尽きそうだ。売春婦たちが駆け寄ってくると、おまえは叫んだんだ、**わたしに指一本触れるな！**　そしてどうやっておまえが足首だけで自分のからだ全体を持ち上げられたのか、俺には絶対にわかりっこないなあ。おまえはカタツムリかムカデか何か人間じゃないものになっちまったんだ。へへへ、おまえが中に入ると、売春婦がおまえのパンツを引き摺り下ろし、おまえの尻の穴やキンタマやちんぽこを舐めまわしたんだ……へヘッへ。それからドアをノックする音がして、おまえはちんぽこをビンビンにおっ立てたままドアを開けたんだ、**そうだよな？**　すると大家がこう言ったんだ、**足だけを引っ掛けて窓から外にぶら下がったりしてあんたはいったいぜんたい何をやっているんだ？**　へへへ。するとおまえが答える、**このとんでもなく忌々しいパーティにちょっと命を預けようとしていただけだよ！**　へへへへ。すると大家が答える、**わかった、同じことをもう一回やったら警察を呼ぶからな！**　へへへ。

デジョンズがわたしを見つめた。「いったいどうしちゃったんだよ、ブコウスキー？」

わからないよ、くたびれちゃったんだ。

わたしはおまえの人生についての本に取りかかろうとしていた。もうおまえには興味がまったくなくなってしまった。

わたしがやったのは自分がやらなくちゃならないことだけ。もうそんなことやる必要はなくなってしまった。

くそくらえ、この野郎！　おまえとはもうおしまいだ！

デジョンズは立ち上がって去って行った。

不朽の名声を得るわたしの最後のチャンス。

多分彼が正しかったのだろう。わたしはしゃんとしようとウィスキーをひと舐めした。電話をかけた。ねえ、ボトルがあるんだ。こっちにおいでよ。一緒に飲もうぜ。あれこれお喋りしよう。それから一発やろうぜ。

彼女は電話を切った。

わたしは黒板の前に引き返した。

アレキサンダー大王以上に卑劣な奴が征服してしまっている時にどうして腋の下を洗うのか？

ヘンリー・ミラーが自転車に乗っている時にどうして自転車に乗るのか？

わたしたちは魂を弄んでしまった――そんなものまったく持っていないというのに――わたしたちは呼吸をすることの神聖なまでの馬鹿らしさをおじゃんにしてしまった。

わたしたちはどんな軍隊よりも地球に対して残虐な振る舞いをしてしまった。

英雄が現れる時、その英雄がいつもここにいたことにわたしたちは気づくだろう。

それからわたしは座り込んで、タバコに火をつけ、赤ワインを二杯飲んで、待った。

バーベキュー・ソース添えのキリスト

Christ with Barbecue Sauce

彼らはガソリンスタンドの下手に立っていたヒッチハイカーを車に乗せてやった。キャロラインがいる後部座席に彼を座らせた。

運転していたのはマレーだ。フランクが背もたれに腕を乗せて振り向き、ヒッチハイカーをじっと見つめた。

「おまえはヒッピーか?」

「どうかなあ。どうして?」と、若者が聞き返した。

「それが、俺たちゃヒッピーにはちょっと詳しいんだ。やつらとは馴染みなんだ」

「それなら俺たちを嫌ってるわけじゃないだろう?」

「どうしてなんだ、とんでもないぜ、あんちゃん、俺たちゃヒッピーが大好きなんだよ! 何て名前だい?」

「ブルース」

「ブルース。そうか、いい名前だな。俺はフランクだ。運転しているのはマレー。それでおまえの隣にいるきれいな姐ちゃんがキャロライン」

ブルースがうなづき、にやりと笑った。それから尋ねた。「どこまで行くんだい?」

「どこまでもさ、あんちゃん、どこまでも連れて行ってやるぜ」

マレーが声を出して笑った。

「その笑い声はどういうことだい？」と、ブルースが尋ねた。

「マレーはいつも場違いなところで声をあげて笑うんだ。でもやつは俺たちの運転手だ。いい運転手だよ。アリゾナ、テキサス、ルイジアナを通って、海沿いを上に下にと走ってくれる。やつは疲れ知らずさ、でも大丈夫なんだ、そうだろう、ベイビー？」彼がキャロラインに問いかけた。

「そのとおりよ、そしてブルースもまったく問題なし」彼女が若者の膝に手を当て、ぎゅっと握った。

それから彼の方にからだを傾け、頬にキスをした。

「何か食ったかい、あんちゃん？」

「いや、めちゃくちゃ腹ペコなんだ」

「そうかい、心配無用だ。すぐにも車を停めて何か食おうとしているところだから」

キャロラインはブルースを見て微笑み続けていた。「この子素敵ね、ほんとうに素敵」彼女の手が脚の上を移動してペニスに近づいてくることにブルースは気づいた。フランクは気にもとめていないようだし、マレーは運転に集中している。すると彼女は彼のペニスをその手で覆い、上下に擦って、微笑んだ。

「昨日の夜はどこで寝たんだい、あんちゃん？」と、フランクが尋ねた。

「林の木の下さ。めちゃくちゃ寒かったよ。お日様が昇った時はほんとうに嬉しかったな」

「夜中に変な動物の鳴き声が聞こえたりしなくてラッキーだったな」

マレーがまた声をあげて笑った。

「その笑いはどういうことだい？」と、若者が尋ねた。

「要するに、そんなに髪が長くて、とてもおいしそうな若造に見えるっていうことさ」

「ほんとにそうよ」と、キャロラインが言った。彼女は彼のペニスを撫で続けていた。だんだん堅く大きくなっていく。

「いくつなんだい、ブルース？」

「19」

「ギンズバーグやケルアックを読んだ？」「もちろんだよ、でも彼らはどっちかというとビート世代の人間だよね。ぼくらはロックやフォーク、そういったものが好きなんだ。ぼくはジョニー・キャッシュもお気に入りさ。それにボビー・ディランは当然だよ……」

キャロラインが彼のズボンのジッパーを下ろし、彼の一物を外に出した。それから彼女は彼の一物に舌を這わせ、飴棒のように舐め始めた。フランクは何も起こっていないようなふりをしている。

「バークリーには行ったことがあるかい？」

「ああ、もちろんさ。バークリー、デンヴァー、サンタ・バーバラ、フリスコ……」

「革命が起こるって思うかい？」

「ああ、そうならなくっちゃ。そうなるしかないよ。だって……」

彼女は彼のペニスを咥え込んでしまっていた。若者はもう何も喋れなくなってしまっている。

とうとうマレーが後ろを振り向き、声をあげて笑った。フランクはタバコに火をつけて、じっと見つめていた。

「ああ」と、若者が呻いた。「うわあ、もうだめだ！」

キャロラインはペニスを咥えた口を上下に動かし続けている。そしてゴックン。それで終了。ブルースはシートに深くもたれて、ジッパーをあげた。

「どうだった、あんちゃん?」

「そりゃあ、最高だったよ」

「ヒッチハイクでこんなことは滅多にないぜ。しかもお楽しみはまだまだこれからなんだ。こいつはほんの手始めさ。車を停めて食事をしたらどうなるかな」

マレーがまた声をあげて笑った。

「彼の笑い方がどうも気に入らないなあ」と、ブルースが言った。

「そうかい、何もかも思いどおりにはいかないさ。ご機嫌なフェラチオをしてもらったばかりだろう」

それから彼らはしばらく車を走らせ続けた。

「腹が減ってきたぜ、マレー」

マレーが初めて言葉を発した。「そうだな」

「じゃあ、いい場所を見つけたらすぐに車を停めることにしようぜ」

「すぐにあればいいけどな」と、マレーが言った。

「キャロラインは腹をすかせていないはずだよ。今ランチを食ったばかりだしな」

「それなら、デザートをいただけるわ」、キャロラインが笑い声をあげた。

「とにもかくにも、俺たちが最後に何か食ったのはいつだったっけ?」と、フランクが尋ねた。

「おとといよ」と、キャロラインが答える。

「何だって?」と、ブルースが聞き返した。「おとといだって?」

「そうだよ、あんちゃん、でも俺たちが食う時は、とことん食うからな——おい！　ここはとてもよさそうな場所だぜ。たくさんの木に囲まれていて、まわりから閉ざされている。車をつけるんだ、マレー」

マレーが道端へと車を移動し、全員が車から降りて、からだを伸ばした。

「やたらといかした髭じゃないか、あんちゃん。それにその髪の毛もな。散髪屋はほとんど仕事をしなかったんじゃないのかい、そうだろう？」

「誰にも任せちゃいないんだよ」

「よく言ったぜ、あんちゃん！　よーし、マレー、肉を焼くから穴を掘っておくれ。焼き串を出そうぜ。もう二日間何も食っていない。この太鼓腹も引っ込んできているぜ」

マレーが車のトランクを開けた。そこにはシャベルが一本入っていた。燃やす木片に炭も。必要なものは全部揃っている。彼はそれらを木々の間へと運び始めた。ほかの者たちは車の中に戻った。フランクがマリファナを回し、スコッチのボトルも回していった。五分の一ガロン入りの瓶だ。飲みやすかったが、若者は二度ほど水を飲まずにはいられなかった。「わたしはほんとうにブルースが大好き」と、キャロラインが言った。

「俺もこいつが好きだよ」と、フランクも言った。「何てこった、俺たちゃこいつをシェアできないのかい？」

「もちろんできるわよ」

誰も一言も喋ることなく酒を飲み続けた。それからフランクが口を開いた、「さあ。そろそろマレーの準備ができたはずだぜ」

彼らは車から降りて、フランクの後について木立の中に向かった。キャロラインはブルースと手をつないでいる。彼らが到着した時、マレーはちょうど準備を終えるところだった。

「あれは何だい？」と、若者が尋ねた。

「十字架だよ。マレーがひとりで立てたんだ。素敵じゃないかい？」

「いったい、何のために？」

「マレーは儀式を信じているのさ。やつはちょっと変わっているんだけど、俺たちゃうまく調子を合わせているのさ」

「いいかい」と、若者が言った。「俺は腹ペコじゃない。あの道沿いをちょっと散歩してこようかな」

「だけど俺たちゃ腹ペコなんだよ、あんちゃん」

「そうかい、でも俺は……」

フランクが若者の腹を思いきり殴りつけ、前に崩折れた彼の耳の後ろを今度はマレーが棍棒で打ち付けた。キャロラインは落ち葉で枕を作って座り込み、フランクとマレーは若者を十字架の方へと引きずって行った。フランクがブルースを十字架に押しつけ、マレーは彼の左の手のひらに太くて大きな釘を打ち込んだ。続けて右の手のひらにも。

「両足にも打ち込むかい？」と、フランクが尋ねる。

「いや、もうくたびれてしまった。働きすぎたよ」

二人はキャロラインの隣に座り込み、酒のボトルを回した。

「ほら、夕日がきれいだわ、そうじゃない？」と、キャロラインが声をかけた。

「そうだな。見てみろよ。ピンクからだんだん赤くなっていく。夕焼けが好きなんだろう、マレー」

「そのとおり夕焼けが大好きだよ。何を考えているんだい？」

「ただ聞いただけさ。ピリピリすんなよ」

「そうだよな、おまえらときたらいつでも俺のことをどこかの間抜けみたいな扱いをするからな。そうさ、夕日が好きなんだ」

「わかったよ。言い合いはよそうぜ。それとも言いたいことは徹底的に言い合った方がいいのかな。というのもちょっと考えていることがあるんだ」

「なんだい？」と、マレーが言った。

「そうなんだよ。バーベキュー・ソースを使うのはもううんざりなんだ。あの味には飽きてしまったよ。それだけじゃなくて、あんなものを使っていたらガンになるってどこかで読んだぜ」

「そうかい、俺はバーベキュー・ソースが好きなんだ。それに俺はずっと運転してきたし、準備の作業も全部やったんだ、だから俺たちちゃバーベキュー・ソースで食べるしかないんだよ」

「おまえはどう思う、キャロライン？」

「わたしは使っても使わなくてもどっちでもかまわないわ。いつまでも食べ続けられるのなら」

若者は十字架の上で動いていた。しっかり立とうと両脚を広げ、それから天を見上げた。そして自分の両手に目をやった。

「ああ、何てことを！　俺に何をしたんだよ？」

それから彼は悲鳴をあげた。いつまでも続く、高い声での、痛ましいかぎりの悲鳴だった。やがて悲鳴がやんだ。

「落ち着くんだ、あんちゃん」と、フランクが言った。

「そうさ」と、マレー。

「これじゃもうフェラチオもしてほしくないんじゃないかな、そうだよな、キャロライン？」

キャロラインが声をあげて笑った。

「頼むよ」と、若者が言った。「どうか俺を元に戻しておくれよ。まったくわけがわからないよ。この痛さときたら——とんでもなく痛いんだ。悲鳴をあげてすまなかった。どうか元に戻しておくれよ。どうか、お願いだ、ああ、神さま、元に戻しておくれ！」

「わかった、やつを元に戻しな、マレー」

「ああ、助かった、ありがとう！」

マレーが十字架に歩み寄り、若者の頭を後ろに押し付け、頸動脈を肉斬り包丁で切り裂いた。それから釘抜きハンマーを手に取り、左の手のひらの釘を引き抜き始めた。そして悪態をつく。

「いつだってこの作業がいちばん大変なんだ」

マレーは若者を地面に寝かせ、服を剥いだ。その服を投げ捨て、シーツを広げる。それから彼はナイフを取り出して、肋骨の真下から腹に向かって一直線に若者のからだを引き裂いた。

「頼むぜ」と、フランクが言った。「この場面は見たくないんだ」

キャロラインとフランクは立ち上がって、森の中へと歩いて消えた。二人が戻って来た時は、太陽はすっかり沈みきっていて、マレーはすでに若者を串刺しにして、くるくると回転させていた。

「いいか、マレー」

「何だい？」

「バーベキュー・ソースはどうするんだい？」

「ちょうど付けようとしていたところなんだよ。いい味を出すには肉を調理しているうちにつけなくちゃな、わかるだろう」

「どうすればいいか教えてやる。俺がコインを弾くからな。おまえは賭けるんだぞ、マレー？」

「よしきた」

「一回きりだぞ」と、フランクが言った。「宙に浮かんでいるうちに言うんだ」

フランクがコインを宙高く弾き上げた。

「表だ！」と、マレーが金切り声をあげた。

コインが地面に落ちる。彼らはそこに近づいて確かめた。

表だった。

「こんちくしょうめ」と、フランクが言った。

「そうか、食べたくなきゃ食べなくてもいいぜ」と、マレーが言った。

「俺は食べるぜ」と、フランクが答える……


翌朝、フランクとマレーが前の席、キャロラインが後ろに座り、彼らは車を走らせていた。太陽はすっかり高くなっている。キャロラインは手を一本持って後部座席に座り、指についた肉をこそぎ落としていた。

「この姐ちゃんは俺がこれまで会った中でいちばんえげつない食欲の持ち主だぜ」と、マレーが言った。

「そうさ、しかも最初に食べたのもあいつだったからな。あの若造が車に乗り込んで来てほとんどすぐに」

フランクとマレーが声をあげて笑った。

「あんたたちつまんない。ちっとも面白くないわよ！」

キャロラインが窓を下ろし、手を外に投げ捨てた。

「俺はめちゃくちゃ満腹だよ」と、マレーが言った。「ヒッピーにはもう二度と会いたくないなあ」

「おまえは二、三日前にも同じことをほざいていたよ」と、フランクが言った。

「わかってるよ、わかってるよ……」

「見ろよ！　スピードを落とすんだ！　また一人見つけたかな！　そうだよ、ほら、髭面で、サンダル、何もかもばっちり」

「こいつはやり過ごそうぜ、フランク」

そのヒッピーは親指を立ててヒッチハイクをしている。

「車を止めるんだ、マレー。やつがどこまで行きたがっているか確かめようぜ」

彼らが車を寄せた。

「どこまで行くつもりだい、あんちゃん？」

「ニューオリンズ」

「ニューオリンズだって？　早くても三、四日はかかるな。乗りな、あんちゃん。俺たちの美女と一緒に後ろの席に座りな」

ヒッピーが乗り込み、マレーがまた車を走らせた。

「何て名前だい、あんちゃん？」

「デイヴだ」

「デイヴか。いい名前だな。俺はフランクだ。運転しているのはマレー。それでおまえの隣にいるきれいな姐ちゃんがキャロライン」

「みんなよろしく」と、デイヴが言って、キャロラインの方を向いてにやりと笑った。

「ようこそ。知り合えて嬉しいわ」と、キャロラインが微笑んだ。

キャロラインがデイヴの膝に手を置くのを見て、マレーがげっぷをした。

スモッグに覆われた太陽の下で自分たちの気高さや地位を要求するさまざまなグループが跋扈する時代だ。彼らの要求そのものが自分たちの弱さや無慈悲さを露呈させてしまうこともしばしばだが、方向指示器はちゃんと点いていて、彼らは自分たちの真ん前をひたすら見つめているだけ——自分たち自身のために。集団主義《グルーピズム》はアル・カポネのギャングにもバレエ団にもなりうる。集団主義はカトリック教会にもスタンフォード大学の男子陸上競技部にもなりうる。集団主義とは、〝勝利する〟、もしくは〝自分たちのために勝利する〟ということを意味する。集団主義とは〝わたしはわたしのものが欲しい、だから何があってもあなたはわたしに与えた方がいいし、さもなければ——〟ということだ。集団主義とは脅しを使っての愛への要求だ。愛はさまざまな人たちにとってさまざまに異なるとんでもなくいろんなことを意味する。集団主義はちゃんと機能しないことだろう。集団主義はそれに相対する集団主義を形成するだけだろう。集団主義は、ある意味、自由になる以上に孤立するものだが、何もかもすべて解き放つにまかせればいい。誰もが皆今そうやっている。しかしわたしが今考えているのは組織されていないいくつかのグループのことだ。例えば、子供たちのような。子供たちよりももっと何の権利も持っていないグループをあなたはほかに思い浮かべることができるか？　彼らは打擲され、叱られ、教育され、わきに追いやられ、必要な時だけきれいに着飾せられ、都合のいい時に入浴させられ、でたらめに食事を与えられ、いつ眠るのか、起きるのか、喋るのか、黙っているのか、あれやこれや、何から何まで命令されている。どうすれば自分たちでそうしたことができるのかそのやり方を彼らは知らないからという言い訳が存在し続けている――やれるようになってからもずっと。

わたしは自分の子供の頃のことをよく覚えている。わたしは完全なまでに奴隷的身分に置かれていた。土曜日は芝刈りと水やりの日だった。それ以外の日は学校に行って、宿題をして、いろんな仕事をしなければならなかった。一週間に三回か四回、憎むべき父親のいじめにあってぶたれていた。彼は皮砥〔カミソリをとぐ長い皮〕を使った。わたしの母親はこんなふうにしか言わなかった。「敬いなさい、なんだかんだ言っても、あの人はあなたの父親なんだから」

わたしは奴隷だった。ああ、神様、わたしの身長が一メートルもなかったら、とよく思った。わたしは仕事に就くことができない。わたしはここにしかいられず、眠ったり何かを食べたりするための場所を確保するために打擲を受け続けるしかない。今となっては少しはユーモアも感じられる発想だが、当時はまったくそうではなかった。

ある母親が自分の幼い娘に従順でいることを教えようと娘をしょっちゅう熱湯風呂の中に押し込んでいたという話をわたしはどこかで読んだことがある。ある父親は、自分の子供を靴で踏んづけた後、何事もなかったかのようにビールを飲んでテレビを見ている。自分の赤ん坊を飢え死にさせた母親もいる。新聞を見れば次から次へと恐ろしい記事が飛び込んでくる。表に出てこない子供たちのことを考えるがいい、この世で一番大きな奴隷の集団だ。

話をもっと広げたいなら、犬たちや猫たちはどうだ？　自分たちのペットに与えているとんでもなくひどい食料のことをこれまで一度でも考えたことがあるのか？　あいつらが食べているのはドッグ・フードやキャット・フードだ、そう言い張ることだろう。それしかないのだとしたら、自分たちも食べると。おまえたちが与えるのは、それが安くつくからだ——生きた奴隷なら一日一二セントで養うことができる。解放運動を訴えながら、おまえたちは自分の子供たちやペットを奴隷にしている。いったいどうしたというのだ？　もっと極端まで行くなら、じゃあ、ゴキブリ、蜘蛛、蝿、蟻、蛇、雌牛、雄牛、馬、ラバ、蝶々、子牛、猿、ゴリラ、虎、ライオン、狐、狼、豚、鶏、七面鳥、魚、アザラシ、鸚鵡、そのほかあれやこれやだったらどうだなんだ？　さあ、あんた、そうしたものすべてを支配するのか、利用するのか、殺すのか、捕獲するのか、利益を得るのか、いったいどうするんだ。自由を要求しながら、おまえたちは何もかもすべてを奴隷にしている。いったいどうしたというのだ？

　豚に尊厳などあるのかい、とおまえは言うことだろう。豚はベーコンやハム、ポーク・チョップになるのがお似合いなのさ。そうだな、あんたにとってはそうかもしれない。そして虎に関してはこう言うことだろう、わたしたちが虎を殺したり捕獲したりしなければ、こちらが殺されてしまう。

　ああ、いつも聞き飽きた同じ話の繰り返しだ。次の戦争はいつ勃発する？　茂みの中に隠れているのはインディアンか、それともホーボーケンからやって来たナチ野郎か？

　そうか、あんたはこうも言うことだろう、闘牛は間違っているかもしれない。

　それならボクシングの試合はどうなんだ？　わたしたちは男を二人リングに上げて、お互いに殴り合って叩きのめそうとするのを期待している。そうしなければ、わたしたちはボクサーたちにとことん思い知らせてやる……

　だからおわかりのとおり、解放運動について語ろうとすれば、この世には解放されていない集団がとんでもなくたくさんある。まずはゴキブリを例にとれば——

お願いだ、ブコウスキー、そこまで馬鹿げたことを言わないでおくれ。

あんたはゴキブリに尋ねたことがあるのかい？

そんなの無理だよ。

そこが肝心だ。ここにわたしは自らを「ゴキブリ解放協会」の創設者に任命する。

まごうことなく、このゴミだめのまわりにはたくさんのゴキブリが群がっている！

ほら、いるだろう！

どういうこと？

もちろん……

ぼくはここから出て行くよ。

そうした方がいいぜ。わたしたちは集団を作り上げている。日々より強力な。いいぞ、同志よ！

彼はドアに向かって歩いて行くと、バタンと大きな音をたてて閉め、通りを去って行った。

くそったれのファシスト豚野郎め！

わたしは一週間ずっと酔っ払い続けの状態、すると大きくて無邪気な瞳の黒人娘が自分の書いた詩の中の一編をわたしに朗読してくれ、その詩はとんでもなくひどかったが、彼女はとても魅力的な存在だった。彼女の詩がどれほどひどかったかわたしは一言も口に出して言うことができなかったので、バスルームへと移動し、便器の蓋を取り外して、そいつを床に叩きつけて壊した。

それからバスルームから出て、床の上で大の字になった。わたしは一人のフォーク・シンガーの真ん前で大の字になって寝そべっていて、その歌に耳を傾けながら、彼女の脚を強く握りしめたり、太ももを撫でたりしていると、「ハンク！」と誰かが叫び、見上げると玄関に警官が二人立っていた。

わたしは起き上がった。

「この家の持ち主かい、あんた？」と、彼らが尋ねた。

「借りているんだ」

「そうか、あまりにも騒がしすぎるんでね」

「わかった、静かにするよ」

「絶対にそうするんだぞ。また俺が顔を出すようなことになったら、誰かが刑務所にぶち込まれることになるんだからな」

警官たちは去って行った。それから後のパーティのことはほとんど覚えていないのだが、目がさめると、わたしはたったひとり自分の寝室にいて、気分が悪く、弱り切っていてベッドから出ることもできなかった。太陽はすっかり上がってしまっている。わたしは何とかしてこのメリー・ゴーラウンドから降りなければならなかった。あまりにも長い間酔っ払い続けだ。

するると電話が鳴った。

何だ、くそっ。わたしは電話に出た。

「もしもし？」

「ハンク？」

「ああ、そうだ。ハンクだ」

「ベッドの中？」

「そうだ」

「起きてよ。とってもきれいな太平洋でボートに乗るのよ」

「きみはそうだろう。俺は違うね」

「さあ。ベッドから出るのよ。三〇分後に着くから」

わたしは起きて、よろよろとバスルームに向かい、鏡に映る自分の顔を見つめた。吐こうとゲーゲーしてから、キッチンに行き、冷蔵庫を開けた。一本のビールも入っていない。冷蔵庫の扉を閉めるわたしの手は震えていた。三日間何も食べていない。

着替えて、椅子に座り、待った。

一時間が過ぎた。よしよし、とわたしは思った、やつらは気が変わったのだ。

わたしは服を脱いでベッドに戻り、寝具を顎まで引き上げた。眠ってしまったに違いない。ドアベルが鳴った。わたしはローブを纏う。バービーとダッチだった。

「さあ、早く！　何か服を着なさいよ！」

「いいか、俺は気分が悪いんだ、ほんとうにひどいんだ……歩くこともできやしない」

「ほら、着替えるのよ。気分が良くなるから」

「そうだな」

それからわたしたちは途中で車を停め、ボートのモーターを持っている男を乗せた。そしてまっすぐ埠頭へと向かった。彼らが準備をしている間、わたしはビールを売っている場所を探して埠頭をうろつき回った。ビールの看板はどこにも見当たらない。獲れたての魚。メリー・ゴーラウンド。ハンバーガー。しかしビールはどこにもない。

わたしは歩いて戻った。

浮きドックの上に架かっている揺れ動くタラップの上をわたしは歩いて行った。ドックに跳び移って今にも脚を怪我しそうになってしまった。そこで勢揃い。三人の白人男と美しい黒人女性が一人。わたしたちはこぎ船に乗り移った。またしてもわたしはどうにか乗ることができた。厚板の上に腰掛けてわたしは言った、「くそっ！　ああ、くそったれめ！」

「いい感じで日焼けができるよ」と、ダッチが言った。「青白いじゃないか。お日様の下に出てこないからね。こんなふうにして酒をやめて、健康的になれるよ」

わたしは大きく手を振った。「でも俺は死ぬんだ」

みんながわたしを見て、声をあげて笑った。

「泳げるのかい？」

「今日はだめだ。元気がなさすぎる。だめになっちゃうよ」クライドがモーターをかけようとしていた。始動しない。彼がコードを引っ張り続ける。

自分はまだまだついているのかもしれない、とわたしは思った。五分後、モーターがかかった。ダッチが座り込んで空っぽの缶でボートの底に溜まった水を汲み上げる。ボートの中には死んで一週間ぐらいになる魚がいた。

わたしはよろよろと移動してバービーの隣に座った。彼女がわたしの手を取った。

「素敵じゃないこと？」

海は荒れていた。舳先に座ったダッチはボートが揺れると上下に跳ね上がっていた。

「俺は泳げるぞ！」と、彼がわたしに向かって叫んだ。「八キロは泳げるぞ！」

ボートのすぐそばの水面に顔を出したコバンザメをわたしたちは後にする。

「コバンザメを見たかい？」と、ダッチがわたしに尋ねた。

「見たよ」

わたしたちは防波堤を抜け、大海原に向かった。わたしたちのボートがいちばん小さい。たいていがヨットで、大きなエンジンで動く帆船も一、二艘いた。

わたしは吐き始めた。

「ボートの縁に頭をしっかりくっつけるんだ！」

ほとんど何も出なかった。わたしは何日間も何も食べていなかった。

緑色の粘液だけだ。

「どうしたんだい、ハンク？　船酔いかい、それとも二日酔い？」

「二日酔いだよ……ウゲェップ！　アアー！　ウゲェエェ！」

「引き返してほしいかい？」

「いや……ウゲェエェエェ！……さあ……出ちまえ」

わたしは吐き終えた。

クライドはどんどん大海原に出て行く。何叟ものヨットよりもうんと遠くまで出た。くたびれた自分の部屋で椅子に座り、黒ビールを飲みながら、ストラヴィンスキーかマーラーの音楽に耳を傾けていられたらどれほどよかったことかとわたしはずっと思い続けていた。

「戻るんだ！」と、わたしはクライドに向かって叫んだ。

「何だって？　聞こえないぞ！　エンジンの真上にいるんだ」

「『岸に戻れ！』って言ったんだ」

「何だって？　聞こえないよ！」

「『岸に戻れ！』って言っているんだよ」

「そうか、俺たちゃ沿岸をしばらく行くんだよ。あのホテル群が見えているかぎり、まだうんと沖の先まで出ていないってことさ」

どのホテルも四〇階の高さだった。

「くそっ！」と、わたしは言った。

「何だって？」

ようやくダッチとバービーが舵を取るようになり、クライドがやって来てわたしの隣に座った。

「最高じゃないかい?」

「くだらないよ。俺を抜きにして、おまえらだけで楽しんでおくれ。俺は待ってるから」

「だけどあんたは偉大なブコウスキー、この国を何十回と放浪して回った男だと思っていたけど?」

「風車に立ち向かってばかりなのはもううんざりなんだ……」

ハリーの話の方がもっとましだ。「……大馬鹿どもが二日酔いどころか一週間酔いの俺をベッドから引きずり起こして水が漏れ混むこぎ船に乗せて、四分の一馬力のエンジンだけで一一キロも沖に出やがった……」

「だけど『エヴァーグリーン』に掲載された物語の中でどうしてあんたは俺のことを身長一五二センチだって書いたんだ? 俺は身長一五二センチじゃないよ……」

「……やつらはジェット・コースターに乗るような連中なんだ。そもそもやつらはうんざりしきっていて、刺激を得るために極端なショックを味わわずにはいられないんだ……」

「……身長一五二センチてどれぐらいかわかるかい?」

「いいや」

彼が立ち上がった。

「一五二センチはこれぐらいだ、くそったれめ」

ハリーが自分の額の髪の毛の生え際に手を当てた。

「俺は一五八センチなんだ」

ハリーが座った。「それに俺はあんたがこのあたりで起こっていると書いていることがほんとうに起こっていたらと願うよ……やたらとカマを掘ったり、しゃぶったり」

「やってるじゃないか」

「それにすぐずれるかつらを俺がかぶっているってあんたは言うんだろう。みんなが俺の髪の毛をじっと見つめているぜ」

ハリーは『フリー・プレス』で評論記事を執筆していた。彼はわたしに文学における「パニック」の意味を教えてくれ、いかにして「バニック」がアートを生み出すかを説明してくれた。彼は「パニック」と言う言葉の根源を説明してくれた。この古株の男は何かに感づいていた。ヘミングウェイのパニック。ボクシングのグローブ、闘牛、狩猟の旅、人を救おうと猛火の中に飛び込むこと。そしてカミュの『異邦人』。パニックの反対以外の何ものでもない。

それからハリーは話題をニューヨーク・シティのマックスウェル・ボーデンハイムに移した。マックスはいつも酔っ払っていた。彼は深夜の三時にニューヨークの通りをたったひとりでうろつき回っていたかと思うと、突然嘲り笑いで唇を歪めて振り返り、唾を撒き散らしながら大声で喚くのだった。「**ファシストの豚野郎！**」どんなふうにして彼がバーでビールをせびり、サイン入りの自分の詩集――「素晴らしい詩集だよ！」――をたった一ドルで売りつけていたことか。そしてマックスを殺した男が歯をむき出してニヤリと笑っている写真が、「とにもかくにも、俺は共産主義者を一人殺した」という見出しと共に新聞に載ったのだ。マックスは実際は共産主義者ではなかったのだが。

それからハリーの話題は身長一九〇センチの大男の船乗りのことになり、そいつはとんでもない巨根の持ち主で、その巨根を持て余し、手と前腕の大きな男たちを探してしょっちゅう酒場へと出かけ、そんな男たちを見つけるとそいつは彼らの前腕を自分の尻の穴に肘まで突っ込んでもらうのだった。ハリーはくだらなすぎる馬鹿話もした。アラビアで窮地に陥ったらしなくちゃならないことは、パンツを下げてニヤリと笑うこと。みんなに聖人だと思ってもらえる。

その時、四階下でダッチの車のドアが開く音が聞こえた。彼の車は油をさされることがまったくなかった。彼はドアをホーン代わりに使っていた。

「おや、おや、船乗りたちのお出ましだ。俺が下に降りて奴らと会うから、おまえは気にしなくていいぜ」

「とことんくそったれの野郎に俺はなりたくないよ。俺も出て行って挨拶するぜ」と、ハリーが言った。

ハリーがダッチに手を振り、ダッチもハリーに手を振り返した。

わたしはエレベーターで下に降りた。

わたしが乗り込むと、車が走り始めた。

「ところで、どうだったんだい?」と、わたしは尋ねた。

「ああ、とっても素晴らしかったわ」と、バービーが答える。

「うんと沖まで出たんだ」と、クライドが言った。「二メートル以上の高さの波さ。エンジンを全速力にして押し寄せる波にぶつかって行ったよ。最高だったね」

「強固な壁をぶち破っていくみたいだったぜ」と、ダッチが言った。「めちゃくちゃ楽しかったよ。俺たちの帰港は一時間遅れさ。男に思いきり怒鳴りつけられたよ」

「あんなやつくそくらえよ」と、バービーが言った。「失せなって言ってやったの」

「何を食おうか?」と、クライドが尋ねた。「俺は八時半から『ヘアー』を見なくちゃ」

『ヘアー』は見たの、ハンク？」

「ちんぽこに飽き飽きして、自分の尻の穴に男たちの腕を肘まで突っ込んでもらう身長一九〇センチの大男の船乗りの話はしたっけ？」

「到底信じられない話だわ」と、バービーが言った。

「そうかい、ほら、キャサリン女王は馬とやって死んじゃったんだぜ」

「キャサリン女王は自分の近衛兵たちとやった後で彼らを殺したって話よ」と、バービーが言った。

「近衛兵たちは自分たちが殺されるってわかっていたのかな？」と、クライドが尋ねた。「思うに、そんな状況だと勃起しないんじゃないかな」

そんな状況で勃起するのはどれほど大変なことかと考えながらわたしたちは車を走らせた。

スーパーマーケットで停車し、ダッチとバービーが出て行った。

「ビールも買ってきておくれよ」と、わたしは二人に声をかけた。

二人が戻ってきたので、ビールを買ってきたかとダッチに尋ねると、「はい、はい」と彼は答え、それからわたしたちは本や、ステレオやレコード・プレイヤーで埋まり――シャワーのドアはガラス製の――ひと月の家賃が一一〇ドルのクライドのアパートの部屋に上がり込み、テーブルの前に座り込んだ。わたしはビールを飲みながらバービーが料理をするのを見守った。

「おまえが俺のキッチンにいるつもりになっているんだよ、ベイビー」

彼女がにんまり笑った。

夕食は文句なしだった。三日間で最初の食事だ。

それからクライドが『ヘアー』に行く時間になった。しかしそもそもはダッチがクライドからボートのモーターを九〇ドルで買ったのだ。

「俺はあんたのために買うんだよ、ブコウスキー。だから毎週末みんなでボートに乗れるんだ」

「ありがとう、ダッチ」

モーターの話はそこまでにして、わたしたちはクライドに別れの挨拶をし、車に乗ってダッチの本屋を確かめに出かけた。そこで本を買った者は誰もいない。しかし奥には広い場所があり、そこでみんながお互いに詩を朗読し合っていた。金曜日の夜だ。そして土曜の夜は、フォーク・シンガーたち。

本屋を開けると、ダッチが中を走り回る。

「くそっ！　誰かいたぞ！」

わたしはビールを片手に座り込み、様子を窺った。

「キャット・フードだ！　誰かが猫に餌をやったぞ！　それにコーヒーもまだあったかい！　くそっ！　今まで誰がいたんだ？」

わたしはビールを飲んでいた。

ダッチが奥に入って行く。

「なあ！　裏口のドアが開いている！　裏口のドアの鍵は閉めたんだよ！」

するとバービーが床の上の寝袋を見つけた。

「くそっ、これは俺たちの寝袋じゃない」

それからダッチがトイレに入った。窓が開いている。誰かが窓から入り込んだのだ。なるほど、表には椅子が置かれている。そして『シティ・ライツ・ジャーナル』も。何てことだ、誰かが侵入していたのだ。しかし猫に餌をやったということはそれほど悪い奴ではないらしい。

「善人だけが猫に餌をやるってことかい？」と、わたしは尋ねた。

「いいか、ブコウスキー、このトイレの窓に格子を付けたら、誰も入れやしない、そうだろう？」

「そうじゃないよ」

一三歳の少年が開いたままの裏口のドアから入って来た。

「ねえ、あんた」と、彼が言った。「みんなラリっているじゃないか！　ここはどこなんだい？」

「ゴールデン・スパイダー・ブックショップよ」と、バービーが答えた。

「あんた！」と、少年が言った。

彼は部屋の中に入って、椅子に座った。

「何てことだよ」と、彼が言った。「みんなはどこにいるんだい？　ここはライブの場所だってロバートが言っていたぜ、ブコウスキーのところとほとんど同じくらいライブな場所だって。みんなはどこにいるんだい？」

「金曜と土曜の夜しかやっていないのさ」と、ダッチが言った。「日曜はお休みさ」

「ありゃあ」と、少年が言った。「そうか、ちくしょう、俺はＬＳＤを決めているんだ。一錠の半分だけだけどね」

それからわたしは猫の鳴き声を耳にした。何かを引っ掻いて、ニャーニャー鳴いている。

「ダッチ、いったい何なんだ？」

「猫だよ、バスルームの窓から入って来るんだ」

「だけど窓の鍵は閉めたばかりじゃないか。あの押入れの中を確かめてみなよ？　鳴き声はあの押入れの中から聞こえて来るみたいだぜ」

ダッチが歩み寄り、押入れの前に置かれているベンチをどけると、誰かに飼われている猫が出て来て、どこか憤慨してピリピリしている様子だ。「さてと、いったい誰が猫をあそこに閉じ込めたのかな？」

「餌をやったのと同じやつだよ」と、わたしは言った。

「ここはぶっ飛んでる場所だってロバートが言っていたよ」と、少年が言った。

猫が尻尾をまっすぐピンと上に立てたまま室内をうろつき回る。

すると裏口のドアからカップルが入って来た。女の子は一九歳ぐらいで、とてもたくましくて、太っている。若者は一五歳ぐらいで、どこにでもいるひょろっとして背の高いタイプだ。

「さあ」と、彼が女の子に向かって言った、「泊まろうぜ」彼は二階にある寝室に向かって階段を上り始める。

「おい、おまえ」と、ダッチが叫んだ、「おまえらを二階に行かせたら、俺たちゃ街じゅうのガキや小娘をここで寝かせることになって、やっていられなくなってしまう。上に行かせるわけにはいかないよ。いったいどこでここのことを聞いたんだ？」

「ロバートだよ」

「ここに泊めるわけにはいかない」

「わかったよ、サンセットとノーマンディの交差点はどっち？」

「おい、待てよ」と、わたしは言った。「そこは俺のところじゃないか」

「ねえ」と、バービーが一九歳の娘に向かって言った、「きっとあんたは自分の部屋があるんでしょう。どうしてそこにこの子を連れて行かないのよ？」

「だって男と一緒に暮らしているんだもん」

「よし」と、ダッチが言った。「おまえたちはここから出て行ってくれ」

二人とも怒り心頭で立ち去って行った。

「なあ、ダッチ」と、わたしは言った。「俺も行かなくちゃ」

「わかった」と、ダッチが言った。

「ねえ」と、少年が声をかける。「サンタ・モニカとウェスタンのそばに行くかい？」

「そこまで乗っけて行ってやるぜ」と、ダッチが答えた。

ダッチがまた戸締りをし、みんなで車まで歩き、バービーと少年が後ろの席、ダッチとわたしが前の席に乗り込んだ。

「ブコウスキー、あの裏の窓に格子を付けたら、誰も入って来れないかな、どうかな？」

「だめだよ」と、わたしは答えた。

わたしは自分の部屋の真ん前で車から降りた。ビールを抱え、バービーにおやすみのキスをし、手を振って彼らと別れた。わたしは玄関のドアに近づき、何とかして開け、袋の中を確かめる――ビールが三本残っている――電話帳を取り出し、下に線が引かれている番号を見つけて、電話をかけた。

「やあ、ブコウスキーだ。そうだよ。覚えているかい？　いいぞ。ロング缶の六パックを二つ、そう。スコッチのパイント瓶。どの銘柄を飲んでいるかわかっているよね。俺がチップをはずむこともね。だから店の若いやつに届けさせておくれ、今すぐここにな！」

わたしはビールを二本冷蔵庫に入れ、残りの一本の栓を開けた。ラジオをつける。ベルリオーズの「幻想交響曲」が流れている。悪くない。わたしはまた自分の王国にいた。椅子に深く腰掛け、配達の若者がやって来るのを待った。

スケベ親父の手記——『キャンディッド・プレス』一九七〇年一二月六日

Notes of A Dirty Old Man; Candid Press, December 6, 1970

セックスができるようになるのはたいていはなりゆきでそうなるのであって、一生懸命がんばったからといってできるものではない。わたしはL・Aのマッカーサー・パークの真向かいにある自殺《スーサイド》ホテルで暮らしていた。古びて朽ち果てた建物で、負け犬たちの溜まり場だった。ある日のことワインのグラスを片手に窓辺に座っていると、わたしの目の前を誰かが何の音もたてずに落ちて行った。わたしたちは四階に住んでいて、衣服をちゃんと纏ったそのからだは、頭を下に、両脚を上にして、突然空中を通り過ぎていった。中庭はセメントで固められていて、その男が激突する音が聞こえたが、わたしは下を覗き込んだりはしなかった。その時わたしは自分の住んでいるところを「自殺ホテル」と名付けたのだ。しかし話をセックス成就というもっと楽しい話題に戻そう。

わたしはメイという名前の若い女と一緒に暮らしていて、彼女はベッドではめちゃくちゃうまかったが、わたしと同じように、世間にはまったく馴染むことができなかった。二人とも仕事もなければ、仕事をほしがってもいなくて、いつでも金の心配ばかりしていた。運に任せて生きていたのだ。金は天下の回りもののように思えた。メイは酔っ払いから巻き上げるのが得意で、わたしたちがほとんど一文無しになってお手上げになりそうな時、わたしは一九七ドルが入った財布をトイレで見つけた。その日メイがわたしたちの部屋のトイレを使っていたので、わたしは共同トイレまで歩いて降りて行かなければならず、そこに財布があったのだ。わたしたちはついていたというわけで、さもなきゃ飢え死にしていたところだった。

今日わたしはそのことを思い出しながら公園で座り込んでいた。わたしたちに残っている有り金は六三セントだけで、わたしは泳ぎ回るアヒルたちを見つめながら、やつらはうまくやっていやがると考えていた。家賃もなければ、食べ物に困ることもないし、仕事を見つける必要もない。哀れで愚かな存在なのにすべての幸運に恵まれている。人間が自殺して発狂するのも当然だろう。わたしはアヒルになれたらどれほど素敵だろうかと思いながらそこに座っていた。わたしは太陽の光を浴びてうとうとしてしまった。何時間もが過ぎた。目が覚めたらもう夕方近くになっていて、わたしは自殺ホテルへと戻った。

オンボロのエレベーターに乗り込むと、わたしを四階へと運び上げてくれる。自分の部屋のドアの近くまで行くと、中から大きな物音や笑い声が聞こえる。いったい何が起こっているのか？　ドアを開けると、そこにはメイと彼女の女友だちが二人、ジェリとディーディーがいた。彼女たちはお楽しみの真っ最中だった。

「ハンク！」と、メイが言った。「ジェリが初めての失業小切手をもらったからみんなでお祝いしているの。飲んで」

わたしは酒を飲んだ。何杯も続けて飲んだ。彼女たちに早く追いつかなければならない。ここにいるわたしといえば有り金が六三セントしかないのに見事なからだの持ち主の三人の女性と一緒に酒を飲んでいる。彼女たちの顔は少し欠点があるかもしれないが、からだに関してはもう何も言うことなしだ。しかも彼女たちは自分たちのからだを最大限生かした着こなしをしている。見せるべきところはちゃんと見せびらかしている。

少ししてからジェリが出かけてサーロインのひき肉を九〇〇グラムとコールスローとフライドポテトの大袋を買ってきて、メイが料理を引き受け、みんなで食事をして、ワインのボトルを何本も飲んだ。みんなご機嫌だった。わたしたちのような者たちが楽しく一緒に分かち合う一夜だった。明日が来るまではまだまだある。

食事を終えると、女性たちは座り込んで男たちとのそれぞれのおかしな体験談を喋り始めた。いろんな話を聞かされた。例えば、ビルトモア・ホテルのボーイは馬並みの巨根の持ち主だということを彼女たちみんなは知っていて、そいつはパーティがあるたびに興奮しまくり、みんなが去ってしまった後、ドアを勢いよく開けて馬並みの一物を引っ張り出して部屋の中に駆け込んで来るという話とか。

「あら、だめよ！　そんなものをわたしの中にぶち込まないで！」

この哀れな男の持ち物はあまりにも大きすぎた。彼のおかげで三人の女性が病院に送り込まれたのだ。

彼女たちはいろんな男たちの話をして大声で笑い続け、わたしはトイレに行きたくなった。しっかり用を足して戻ると、宴はもう終わってしまっていた。メイはカウチの上で酔いつぶれていて、ジェリがひとつのベッドを占領し、別のベッドにはディーディーがいた。部屋の明かりは消えている。

わたしは服を脱いで椅子に座った。何もしないのは恥さらしなことではないか？　わたしは考えた。見事なからだの持ち主の女たちが三人、みんな酔いつぶれている。何ととんでもないパーティだったことか。そう、彼女たちは一日中飲みっぱなしだったのだ。

わたしはその場に座ったまま考え続けていた。ビールとワインを混ぜて飲んだ。何本かタバコを吸い、それからこう考えた、どうってことないじゃないか？

まずはわたしの恋人のメイが完全に酔いつぶれてしまっていることを確かめ、それからジェリが寝ているベッドに歩み寄り、横に寝そべった。彼女は背が高くて身長は一八〇センチ以上あって、素晴らしいおっぱいをしている。わたしは片方の乳房を持ち上げ、乳首を口に含んだ。

「ねえ、ハンク、何をやってるの？」

わたしはすぐに返事をすることができなかった。もう一方の乳房を攻める。それから言った、「きみとやろうとしているんだよ」

「あら、だめよ、ハンク、メイに見つかったら、わたしは殺されちゃうわ！」

「メイには絶対ばれっこないよ、ああ、素敵だよ！」

わたしはキエフからポモナまで探しまわった中でも最高の愛し上手だった。わたしは挿入した。このベッドのことならよくわかっている。スプリングがキュッキュッと軋むのだ。メイはとんでもない癇癪持ちで、平気で人殺しができる。これほど奇妙な性交をわたしはこれまで一度もしたことがなかった。スプリングが軋んで音をたてないよう、ゆっくりとどこまでもゆっくりとピストン運動をするのだ。こんなふうにやれるとは神もまったく考えていなかったことだろう。いったい何をやっているのか神もおわかりにならないだろう。このセックスのことをわたしは一生忘れないだろう。スプリングがキュッキュッと音をたてないよう、ゆっくり、ゆっくりと差し入れし、何が何だかよくわからないままわたしは熱く燃え上がってしまった。ジェリもやたらと感じていた。「ああ、すごい、愛してるわ！」

彼女が声を出す。

「シーッ、シーッ」わたしは囁いた。「二人とも殺されちゃうよ！」

そこでわたしがいきそうになる。「ああ、ああっ、ああ、いくよ……」

「シーッ」、ジェリが囁く。

そしてわたしは絶頂に達し、二人はことを終えた。

わたしはシーツで一物を拭いて、ベッドから降りた。椅子に座ると、ジェリがバスルームに行き、それから戻って来た。それからもしばらくわたしは椅子に座り、ビールとワインを飲み、タバコを吸った。わたしは自殺ホテルの六三セントの恋人だ。アヒルでなくてよかったのかもしれない。わたしは自分の窓辺を墜落していった哀れな男のことを今一度考え、そいつに献杯をして、ディーディーのベッドに近づいていった。ディーディーのベッドのスプリングは音をたてなかった。ディーディーは小柄だったが、セクシーそのものだ。活発で、いつも歩き回り、大きな声をあげて笑い、しょっちゅう悪態をついた。頭はそれほど良くなかったが、ごまかしがなくて愉快で、今言ったように、セクシーだった。ディーディーを見れば誰もがこう思う。セクシー、ピチピチでいやらしく、あまりにもピチピチ。わたしは何も考えずにディーディーのベッドに入り、すぐに挿入した。彼女は何の抗議もしなかった。彼女は両脚を高く上げて思いきり伸ばし、わたしにキスをして、彼女の舌がわたしの口の中を出たり入ったりする。彼女はとことんわたしを貪る。わたしのペニスの動きに合わせて彼女の舌もリズミカルに動き回る。素晴らしかった。わたしは彼女の上から降り、シーツを使って後始末をして、それから椅子に座ると、ディーディーがバスルームに向かった。

自殺ホテルの六三セントの恋人。ディーディーがわたしのそばを通り抜けてベッドに戻った。何ともいい夜になったではないか。わたしはボトル半分のワインとビールを三缶飲み、カウチに向かうと、メイのそばに潜り込んだ。今すぐにでも眠れる。

メイが手を伸ばしてわたしをがっしりとつかまえた。わたしを強く握りしめる、わたしそのものを。

「手を離しておくれよ、ねえ」と、わたしが言った。

「火照っているの」と、彼女が言った、「今すぐやらずにはいられないわ」

「今夜はだめだよ」

「何で？　どうしてなの？」

「疲れているんだ。何でだろう、ヘトヘトなんだよ」

「でも大きくなってきたわよ」

「信じておくれよ、こんなの大したことないよ」

「でも大きくなってる。どうしてそうなっちゃうの？」

「こいつは何も考えちゃいないからだろうね、きっと」

「やらずにはいられない！　燃えちゃってるの、そう言ったでしょう！」

「できないよ」

「どうしてできないの？」

「ちくしょうめ、俺は機械じゃないんだよ！　わからないのか？」

「わからないわ！」

メイがからだを折り曲げ、わたしの一物を口に含んだ。もう抗うことはできない。二〇分は続いただろうか、それから彼女は最後まですっかりわたしをしゃぶり尽くした。わたしはおだぶつ寸前の状態になってしまった。

翌朝目がさめると、わたしはカウチで一人きり。女たちはキッチンでお喋りをして笑っている。わたしは耳を傾けた。

「うわぁ、ジェリ、その新しい帽子、とても素敵よ！　新しい帽子をかぶるとすごく可愛いじゃない？　もう一度かぶってよ、ジェリ！　あんたは気に入らないの、ディーディー？」

「とてもいいわよ、彼女の魅力が全部引き出されるわ。とってもとっても可愛いちっちゃな帽子！」

わたしは服を着て、キッチンに入って行った。

「あら、お出ましよ！」

「やあ、ハンク！」

「おはよう、みなさん」

「気分はいかが？」

「さあ、よくわからないな。ちょっとくたびれているかな」

「コーヒーはいかが？」

「いいね」

「朝食は？」

「そんなのいらないよ」

「ジェリの新しい帽子、どう思う？　もう一度かぶってよ、ジェリ」

「めちゃくちゃセクシーに見えるね」と、わたしは言った。

「ああ、男どもときたら！　彼女の顔がとても引き立つわよね」

「彼女の尻が引き立つように思うな」

「ハンク、いやらしくならずにはいられないの？」

「ごめんよ。頭の出来具合が悪いんだ。ほんとだ、帽子をかぶると素敵だよ。緑は彼女の色だね。緑色の目にその赤毛、ぴったりだよ、これでいいだろう?」

「それでこそわたしのいかした恋人よ」と、メイが言った。

わたしが缶ビールを飲み始めると、メイがみんなのために朝食を作った。女たちは話題を変えてお喋りを続けた。みんな昨日の夜とは違う服を着ていて、きれいに磨き上げられ、誰にも手をつけられていないように思えた。キラキラと輝いていた。

「みんなもう一晩泊まっていけばいいじゃないか?」と、わたしは声をかけた。

「どうかしら、メイ?」と、ジェリが尋ねた。

「いいわね。そうしなさいよ?」

「いいわ、じゃあそうする」

わたしは微笑んでタバコに火をつけた。それから後ろに反って、完璧な円を描いた大きな煙の輪を吐き出した。天井に向かって漂って行く。

女たちが拍手喝采し、この世は言うことなしだった。

情欲の響き

人がひもじい思いをしている時、あるいは酒を飲んで酔っ払ってひもじい思いをしている時、できることはといえば、相手がいるとしての話だが、セックスをすることしかない。わたしにはクローディアがいて、クローディアはいやだとは決して言わず、それにわたしたちはほかにやることが何もなかった。おまけに、彼女はこれまでにわたしが出会った中で最高のセックス相手の一人だった。わたしたちはしこたまワインを飲んで酔っ払っていた。四階のアパートの部屋で。わたしの失業保険はもうかなり前に出なくなってしまっていて、家賃も溜め込んでいた。何もかもが終わってしまっていた。夜になるとわたしたちは長い散歩に出かけ、窓が開いている車の中からタバコを盗んでいた。わたしたちはゴミの中に捨てられている何日も前の新聞を見つけて読んでいたし（日曜の漫画欄を見つけるといつでもとりわけ嬉しくなったものだ）、返却保証金がほしくて空瓶を集めていた。何もかもすべてが質に入ってしまっていたが、どういうわけか時には金にありつけることもあった。しかし自分たちはもうおしまいだということはわかっていたし、わたしたちの愛は素敵で、セックスは素晴らしかったからこそ、それは悲しむべきことだった。

もちろんクローディアの面倒は誰かが見てくれることだろう。それはわかっていた。おしまいになるのはこのわたしだけだ。

「どうして今すぐこんなところから出ていかないんだ?」わたしは彼女に尋ねた。「俺はぐうたら野郎だ。人生にまともに立ち向かえない。何にでも適応できない人間だ。生きることにびくびくしている。臆病者で、爪弾き者だ。ああ、この俺様を見てみなよ。こんな見た目の男を誰が雇ってくれるっていうんだい?」

「あんたとは別れられないわ、ハンク。これまで付き合ったどんな男よりもあんたには親しみを感じずにはいられないの。いつか作家として成功するわよ、きっとそのうちにね」

「作家だって? いったい何に書けばいいんだ? トイレット・ペーパーかい? それさえもなくなりかけているぜ」質に入れたタイプライターの引き出し期限はとっくに過ぎてしまっていた。わたしが失業した時に質に入れ、それからずっと入れっぱなしのままだ。

「ねえ、ハンク、まわりにいるやつらはとんでもないバカか薄のろか狂人ばかりよ。そんなに自分を卑下しないで」

「でもな、ベイビー、そうしたとんでもないバカや狂人が俺たちを牛耳っているんだよ」

「そうよね、わかってるわ。もっとホットケーキはいかが?」

「そうだね、それしか俺たちのメニューにはないからな」

わたしたちはそこまで追い込まれていた。あるのは小麦粉と水だけ。油すらまったくなかった。野菜もない。小麦粉を水で溶いて少し焼けば味のないクラッカーのようになったが、とことんひもじい時は、それでも少しは腹の足しになった。壁際まで追い込まれているとしても、そうじゃない気分に少しはしてくれた。

わたしたちはそいつを食べ、盗んだタバコを一本ずつふかし、それからワインに取りかかった。足音がしたので、わたしたちは音を立てないよう身を潜めた。管理人のデニス夫人ではないかと心配したのだ。所得税の還付金がすぐにも手に入るとわたしは彼女に告げていた。しかしそう言ってからすでに日々はどんどん過ぎてしまっていて、もちろんのこと、わたしはとっくの昔にその小切手を手に入れてしまっていた。

わたしはワインを盗むのがだんだんと上手になっていた。ディックが背を向けている時、レジのそばのバーゲンの籠の中から盗むのだ。わたしはその近くに立って彼と無駄話をしながら待っている、客がやって来るのを。

「誰かワインを盗んだやつがいるんだよ」と、彼は次にわたしを見かけた時に話しかけて来る。

「どうやって?」わたしが尋ねる。

「そこにある籠からさ」

「ボトルを針金で縛っておけばいいじゃないか」

「そりゃいい考えだ」

ディックはボトルを針金で縛り付けた。彼が背を向けている時、いずれにしてもわたしはボトルの針金をほどいて盗むのだ。

というわけで、その日、わたしたちはワインを飲み始めた。時間だけはたっぷりあった。クローディアは素敵な脚と見事な尻の持ち主だ。彼女のお腹には——飢餓状態の食生活にも関わらず——ほんの少し贅肉がついていたが、二人がベッドでおっ始める時は、ほとんど気にならなかった。

わたしは立ち上がって椅子に座っている彼女のそばまで行き、激しいキスをした。ワイン・グラスを持っている方の手をうんと前に突き出さざるをえない状態に彼女はなり、そうすることでワインは何とかこぼれずに済んだ。レイプのような感じだった。彼女の二つの乳房を乱暴に愛撫し、たっぷりと攻めまくる。それからわたしは一物を大きくさせたまま、椅子に座り直した。

「こんちくしょうめ、あんたのせいで今にもワインをこぼしそうになったわよ！」

「それがどうした？」わたしは声をあげて笑った。

「ちっともおかしくなんかないわよ」と、彼女が言った。

わたしは立ち上がり、椅子に座っている彼女を引きずり起こし、両脚を撫で回してから、スカートを腰のあたりまで捲り上げ、くるりと向きを変えさせて鏡に臀部が映るようにし、からだを海老反りにさせてキスをしながら、尻を乱暴に撫で回した。

鏡に映るその様子をわたしはじっと見つめた。

「やめて！」彼女が言った。

「どうしてだよ？」

「あんたは鏡に映るわたしをじっと見ているじゃない、だからよ！」

「どうしてそうしちゃいけないんだい？」

「まともなことをしていると思えないからよ」

「何でそんなふうに思っちゃうんだ？　俺たちゃ結婚していない。結婚ってまともなことなんだろう？　まともなんかまっぴらさ。まともっていうのはつまらないことばっかりやることさ」

「とにかくあの鏡が気に入らないのよ！」

わたしは彼女をベッドの上に放り出し、上に被さっていった。

「このアマ！　これまで一度も見たことがないようなチンポコを拝ませてやるからな！」

するとクローディアが大声で笑った。「あんたのチンポコなら知り尽くしているわよ」

「くそアマ！」　わたしは彼女のドレスを捲り上げ、パンティを剥ぎ取った。わたしの口の中に突き込まれた彼女の舌を吸いながら、挿入した。

やるたびに新たな喜びを味わう。いい女とやる時はそうなるのが常だ。何か腹に入っていて、同じように酒も飲んでいて、それでことに及ぶとなれば、いつでもわたしたちはたっぷりと時間をかけた。一緒に昇りつめることができれば、それはもう何にも比べようのない素晴らしい体験だった。

わたしたちはもう一度交わった。安アパートの建物じゅうの壁が大きな音とほとばしる欲情で激しく揺れた。ほかの住人から苦情が来ることもあった。廊下の先に住んでいて、わたしが親しくしているルーという男がある日聞いてきたことがある。「あの部屋で昼夜かまわず一日三、四回、いったい何をやっているんだ？」

「愛を交わしているのさ」

「愛だって？　愛どころか誰かが殺されているようなとんでもない騒ぎだぜ」

「わかってるよ。住人たちからの苦情が収まらないんだ。一階のやつらからもね」

（すでに言ったとおり、わたしたちの部屋は四階だ）

「いろんな体位を試しまくっているんだろうな」

「そうでもないよ。やり方はせいぜい七つか八つで、たいていは成り行きやうまい具合にそうなっちゃうんだ」

「そうなのかい。それでも二人か三人ぐらい殺されているようなすごい物音だぜ」

くそったれの住人たちはただ嫉妬深いだけだ、それに尽きる。

とても説明しにくいことだし、愛というのはまずい言葉だが、言葉本来の意味で言えば、わたしたちは愛し合っていたのだと強く思っている。セックスをしなければ、その女のことは決してわかりっこないという考えをわたしは一度も疑ってかかったことがない。しかもセックスをすればするほど、お互いによくわかり合えるのだ。そうした関係がうまく続くのだとしたら、それが愛だ。うまくいかないのだとしたら、それこそほかのたいていのやつらがいつもやっているようなことだ。セックスとは愛だとわたしは言っているわけではない。セックスは憎しみになりうることもある。しかしセックスがよければ、ほかのいろんなことが入り込んで来る――ドレスの色、腕のそばかす、さまざまな愛着と無関心、数々の思い出、そのおかしみ、そして苦痛。

人はセックス以外にもたくさんのいろんなことを好きになるが、いつでもできるとなればセックスこそがいちばんで、しかもクローディアとわたしだったら、もう言うことなしで素晴らしかった。そしてわたしたちはそれがいつまでも続かないであろうことがよくわかっていたし、実際に終わってしまったのだ。

デニス夫人がドアをノックした。わたしはドアを開ける。

「ブコウスキーさん?」

「ああ」

「あんたとあんたの――奥さんかな、大家から言うようにって頼まれたの。出て行けって。申し訳ないけど」

「すぐにでも小切手が届くんだ、間違いないよ」

「大家が言うには小切手が届くのを待つより、とにかく出て行ってほしいんだって」

「いつ？」

「六時までに。今夜の」

「六時だって？」

「そうよ」

わたしはドアを閉めた。

「聞いたかい？」

「うん」と、クローディアが言った。

四時三〇分だった。

「終わったな」と、わたしは言った。「俺たちゃもうおしまいだ」

「そうね、わかってるわ」

「こんちくしょうめ、どうして俺はほかのやつらと同じように、トラクターの運転手や植字工、保険のセールスマンやバスの運転手になれないんだよ？　俺のどこがよくないんだ？　俺は狂ってる。さあ、もうおしまいだ。馬鹿者ども、馬鹿野郎たちがこの先おまえをものにして、腐ったちんぽこをおまえに突っ込むのさ。がまんならないよ！　ああ、ちくしょう、ちくしょう、こんちくしょうめ……」

わたしはベッドに倒れ込んだ。

「ハンク？」彼女が呼ぶ声がする。

「なんだよ」

「うぶだとか、冷酷だと思われちゃいやだけど、わたしたちしばらくの間会わない方がいいと思うわ、それに——」

「なんだよ」

「時間もあまりないし」彼女は笑い声をあげた。「だから、その、もう一回やるのはいかが？」

わたしも声をあげて笑い、彼女がベッドのわたしのそばに横たわった。ほんとうに滑稽だった——やりながら二人とも赤ん坊のように泣いていたのだ。これぞ愛だ。誰にわかるというのだ？

わたしたちは最後のセックスをし、アパートじゅうのみんながそれに気づき、もしかするとほかのアパートの住人の中にも気づいていたやつがいたかもしれない。


クローディアはスーツケースを取り出し、わたしは座り込んで彼女が荷物を詰めるのを見守った。わたしの目覚まし時計を彼女にあげた。わたしに残っていたものはそれだけだった。わたしはショック状態に陥っていたのだと思う。彼女のからだ、彼女のからだと心、彼女のすべてがどこか別の場所、誰か別の男のもとに行こうとしている。彼女は泣いていなかったが、その表情がすべてを物語っていた。彼女は十字架にはりつけになっていた。わたしは目を背けた。

わたしたちはバス賃もなかったので目的地までずっと歩いて行かなければならなかった。

「そんなに悪い人じゃないのよ」と、クローディアが言った。「わたしは好きじゃないけど、そんなに悪い人じゃない」

「少なくともおまえに飯を食わせてくれるし、服も買ってくれるじゃないか」

「これからどうするつもり?」

「まともになろうとがんばってみるよ。皿洗いの仕事でも見つかったら、めでたいかぎりだ」

「あんたのことがとてもとても心配」と、彼女が言った。

「俺もおまえのことが心配でたまらないよ」と、わたしも返す。

「わたしたち最高のコメディ・チームが組めるわね」

「そのとおり」と、わたしは言った。「笑いころげて忘れちゃえばいいさ」

「彼はセールスマンなの」と、彼女が言った。「すごく太っているけど、前についているものは大したことないの、大助かりだわ」

「そいつがおまえを迎え入れてくれるってどうしてわかるんだい? 女がいるかもしれないじゃないか」

「彼は住ませてくれるわ。女なんてできっこないもの」

「俺は女がいても養えないときている」

「ハンク?」

「なんだい?」

「まともになったら、教えてね。飛んで行くから」

「きっとだぞ、ありがとう」

「わたしのこと忘れないわよね、そうでしょう、ハンク?」

わたしはスーツケースを地面に置き、両腕で彼女をしっかりと抱きしめた。「このくそったれめ、もう一回そんなことを言ってみやがれ、この道の上でおまえを殺してやるからな、わかったか?」

「わかったわ、ハンク」

わたしたちはオリンピック大通りへと右折するフーヴァー通りの角でキスをした。仕事へと向かう二〇〇人もの人たちが、わたしたちを目撃した。

わたしたちは目的のアパートを見つけた。

「一階の表の部屋に住んでいるの。何年も暮らしているわ」

「そいつが中に入れてくれるかどうか見届けるから」

「きっと入れてくれるわ」

「待つよ」

わたしはアパートの建物のドアを開け、スーツケースを彼女に手渡した。彼女は部屋のドアの前にスーツケースを置いて座り込む。もう一度別れのキスをするのはつらすぎる。わたしは建物の閉じられた入り口のドアの縁まで下がって立っていた。

彼女がわたしを見つめる。「ハンク」と、彼女が声をかけた。

「だめだよ」と、わたしは言った。「これ以上もう耐えられない。呼び鈴を押すんだ。お願いだ、呼び鈴を押してくれ」

愛してると彼女は言おうとしていたが、ただ激しく震えることしかできず、ようやく呼び鈴に手を伸ばした。愛してると彼女が言わなくてほっとした。それから彼女はわたしを見つめ、いかにも女らしいいじましい微笑みを浮かべた。彼女は泣いていた。

「まともになってね」と、彼女が言った。「早く、今すぐ、まともになって！」

それから彼女は背を向けると、呼び鈴を叩きつけるように押した。男がドアを開けた。

「クローディア！　来てくれて嬉しいよ！」

彼女のからだは男の腕に抱きしめられ、男は彼女の喉のあたりにキスをした。建物のドアを開けて表に出ると、背後でドアの閉まる音がした。わたしはフーヴァー通りを歩いて行き、オリンピック大通りを東に向かった。歩いても歩いてもドヤ街だ。何もかもが長い道のりだ。車に乗って、ヘッドライトを点けて行き交う、お互いに凭れ合い、自分たちが手に入れたものにしがみついている人々の姿がわたしの目に飛び込んできた。東に向かって歩き続けながら、ここまでこの世を憎んだことは一度もなかったとわたしは考えている。そして、たとえそうできたとしても、この先ここまでこの世を憎むことは決してないだろうと考えている。

詩を書くのは若い娘たちと一緒にベッドに行けるから

I Just Write Poetry So I Can Go To Bed With Girls

わたしはスーツケースを忘れてきてしまった。

「スーツケースを取りに行こう」、わたしはジョンに言った。

「いいよ」

わたしたちはまだまだとてもあたたかな日差しを浴びながら引き返した。駅に着くと、もう閉まっていた。夕方の五時四五分だった。

「ここはいったいどんな町なんだよ？」わたしはジョンに尋ねた。

わたしたちは裏口に回った。緑色に塗られた木の門の奥で年老いたメキシコ系の男が一人、行ったり来たりしている。いたるところにスーツケースが置かれていた。

「ちょっと」と、ジョンが言った。「この人がスーツケースを受け取りたがっているんだけど」

老人が近づいてきた。

「チケットはあるかい？」

わたしは手荷物預かりのチケットと、その下に一ドル札を重ねてその男に差し出した。

「これは何だい？」と、年老いたチカーノが尋ねた。

「あんたの手を煩わせるからさ」と、わたしは言った。

彼が一ドル札を突き返す。

「俺たちゃチップはいただかないんだ」

それから彼はスーツケースを持って来ると、門の鍵を開け、その間から引き渡した。

「ありがとう」と、わたしは言った。

「いいってことよ」と、彼が答えた。

わたしたちは歩いて通りまで引き返した。スーツケースはとても重かった。というのも中にはわたしの本がぎっしり入っていて、しかも頭を使えばいいのに、わたしはハードカバーの本を持ってきてしまっていた。片手からもう一方の手へとわたしはスーツケースを持ち替えた。七ブロックも歩かなければならなかったが、バスを待つのはいやだったし、タクシーに乗ったところで、短い距離の割には結構な料金を取られてしまう。

さて、四ブロックほど歩いたところで、わたしは何か飲みたくなってしまった。後一ブロックほど行くとバーがあるとジョンが教えてくれる。

わたしたちが入り口から中に入って行くと、チカーノが小さなベルを二度鳴らした。バーにいるみんなが喋るのをやめ、あたりを見回す。わたしたちは入り口からいちばん遠いバー・カウンターの端まで行き、自分のおごりだから何でも頼んでくれとジョンに言った。飲み物代として五ドル札を置き、わたしは便所に行った。

トイレで小便をしていると、メキシコ系アメリカ人が二人入ってきて、小便器に向かって用をたし始めた。二人とも若者で、少しどころか、かなり酔っ払っていた。そう、ベロベロだ。しかしわたしはくたくただった。わたしは前を向いたまま小便をし続けた。

「**ヨォオォォ！**」

（しばし間がある）

「『**ヨォオォォ！**』**って言ったんだよ。どうしたんだい、返事しないのかよ！**」

わたしは振り向いた。

「くそっ、すまんな、あんたの友だちに喋っていると思ったんだ。やあ」

「**何をほざいてやがる！**」

「落ち着けよ、だち公」と、わたしは応じた。

「**くそったれ！**」と、Tシャツを着た小柄な男が怒鳴った。「**くそったれめ！**」

二人はバタンと大きな音を立ててドアを閉め、出て行った。

わたしもトイレから出て、ジョンの隣に座り、自分の飲み物を手にした。

「ここからとっとと出ようぜ」と、わたしは言った。

「いったいどうしたんだよ？」

「俺はアメリカの歴史の栄誉に満ちた祖先たちの罪を償っているんだ」

「何があったんだよ？」

「まだ何も起こっちゃいない。起こらないに越したことはない」

「先週の金曜の夜、白人の男が階段のところでナイフで刺されたんだ。でもそれは夜もうんと更けてからのできごとだった。今はまだ夕方になったばかりだ」

「うまくやろうぜ」と、わたしは言った。「どんどん暗くなる」

目的の場所まで移動し、わたしはビールを飲み始めた。みんなわたしのやり方をよく知っていて、寝る前にビールを一〇本から一二本、一四本ほど飲むこともよくわかっていた。ビール瓶が彼らの冷蔵庫の半分をぎっしりと占めていた。わたしのための葉巻まで用意してくれている。わたしは靴を脱ぎ、酔っ払っていい気分になり、何時間も過ごした後、初めてリラックスした。

ジョンがわたしをじっと見つめる。「知ってるかい、ブク、ジーン・ランプキン――」

「あいつか。そうだ、ひどい雑誌を出していたな。『ジャスト・ラインズ』。悪趣味の極み。あいつはいったいどうしちゃったのかな?」

「UNM（ニューメキシコ大学）の英文学科にいるよ」

「そうか、思ったとおりだ」

「わたしが言いたいのは、彼の詩を何編か取り上げたことがあって、同じ町に住んでいるからちょっと仲良くしようと思って、それに最初その詩はそれほどひどくないように思えたんだけど、今はほんとうにひどい代物だってことがよくわかるし、心底うんざりさせられているんだ」

「ほらね、わかるだろう――絶対に親切にしたりしちゃだめなんだ。いつだってくそったれ野郎でいたら、そんなことに巻き込まれずに済む。優しさっていうのはそもそもが間違っている、とりわけ結婚や文学に関してはね」

わたしは大風呂敷を広げ始めていた。ビールで酔って気が大きくなり、邪悪なG・B・ショーのような気分になり始めていた。

わたしは犬たちと遊んだ。毛むくじゃらでやたらとじゃれつく二匹だ。だけど犬たちは問題なかった。わたしが白人だからと責めたりはしない。

電話が鳴った。ジョンが電話に出た。彼が受話器をわたしに手渡す。リーディングの手はずを整えたスティーブ・ローデファー教授だった。

「ブコウスキーかい？」

「そうだよ？」

「大学はきみのリーディングのスポンサーを降りることに決めたよ」

「わかったよ、スティーブ。どういうことだかわかるよ。もう一日ほどゆっくりして、それから列車で帰ることにするよ」

「だめだよ、待てよ！　リーディングは同じ時間に同じ場所で行われることになっている、ただ学生たちの主催になったんだ」

「わかった、ちゃんと行くから」

「ジョンに代わっておくれ」

わたしはジョンに受話器を手渡し、二人はかなりの間話し合っていた。

ジョンが電話を切った。

「スティーヴは素晴らしいやつだよ、でも今回は自分の首が飛んでしまうかもしれないんだ。きみとカンデルをここに呼んだ責任者なんだ。この町は熱く燃え上がっているよ。何もかもさらけ出されてしまったんだ」

「そうだな」と、わたしは応じた。

ルー・ウェブはすでに眠ってしまっていた。彼女はいつでも早起きして、ブローチやほかの装身具を質入れしたり、大家の気を鎮めたり、材料が何もないのに食事を用意しようと頑張ってみたり、あれやこれやといろんなことをやって駆けずり回っている。すべての用事が終わるのは夜の一〇時だ。

わたしは彼女がそばにいないと寂しくてたまらない。どこまでも正直で情熱的な人間はもうほとんどいなくなってしまったが、彼女はわたしが知っているそんな人物の最後の一人だ……

電話がまたかかって来た。ジョンが電話に出る。

「へぇ？　ああ？　そうなのかい？　ほんとうにそう思っているの、ねぇ？　そうか、そうか、そうか。そんなことでいいのか？　へえ、そうかい？　いったい**どこが**間違っていたというんだよ？　きみがそう言っているんだな。なんだって？　わかったよ……」

彼がわたしの方に振り向く。「ランプキンだ。きみと話したがっている」

わたしは受話器を受け取った。「やあ、ジーン」

「ブコウスキー、わたしのことを覚えていますか？」

「ああ、『ジャスト・ラインズ』というとんでもない雑誌の編集を手伝っていたんだよね」

「あなたの作品を載せましたよ」

「きみはいつでも間違っちゃいなかったよ、ほとんどたいていの時はね」

「そこまでぼくらがひどいとはぼくは思っていなかったけど」

「もちろんきみはひどくはなかったさ」

「ジョンに手渡されたポスターは見ましたか？　あなたのイメージをぶち壊しているって学科のほとんどの人間が思いましたよ。あのポスターを見たんですか？」

「ああ」

「いったいどう思ったんですか？」

「ほとんど気にも留めなかったからなあ」

「ジョンに代わってください」

わたしは受話器をジョンに手渡した。彼らはそれからしばらくの間話していた。ランプキンの声が漏れ聞こえてくる。若造のジーンはやたらと取り乱していた。電話がようやく終わった。ジョンが受話器を元に戻す。

「彼が自分の詩を引き下げたがっている。『アウトサイダー6』に載せてほしくないって言っているよ」

「いいじゃないか。それで問題解決だ」

「今すぐ車を飛ばして原稿を取り戻しに来るって言っているんだ。郵送するよって言いたかったけど、そう言う前に電話を切られてしまった」

「ちくしょうめ」と、わたしは言った。「とんでもない町だなあ。銃剣で突き殺す、カンデル、くだらないことだらけじゃないか」

「ここできみに朗読させないようにしているのはわたしだってやつらは言っているんだ。ランプキンが言っていたよ、『今思えばあんなポスターを市長や知事に送ったのは賢明なやり方じゃなかったな』って」

「わたしにあれこれ悩まさせればいいことじゃないのかい?」

ジョンは返事をしなかった。わたしたちはその場に座り込んだまま、ランプキン氏が到着するのを待った。一〇代のチカーノたちが通り過ぎ、窓をトントン叩いた。犬たちが駆け寄って吠えた。

「ガキどもはわたしたちのことが好きなんじゃないか」と、わたしは言った。「自分たちの町の仲間にわたしたちがなっているって教えたがっているだけなんだよ」

「わたしたちの金で借りられるのはここらあたりしかないんだ」と、ジョンが言った。

「そのことをわかってくれるべきだね」

「そのとおりだよ」

わたしたちはかなり遅くまで寝ないでランプキン氏が自分の詩を取り返しに来るのを待っていた。ジョンが待つのを諦め自分の寝室に行って眠りについた。わたしはそれからまだ一時間ほど起きていて、ビールを飲みながらランプキン氏がやって来るのを待っていた。とうとうわたしも諦め、眠ることにした……

やたらと怒り狂った男がドアをノックしたのは翌日になってからのことだった。そいつが何を言っているのかわたしはまったくわからなかった。ルー・ウェブが走って、詩を手に取った。冷静で、イタリア系で、汚れを知らない、素晴らしきルーよ。

「ほら、ほら、これがあなたの詩よ！　ねえ、ブコウスキーがいるのよ！　ブコウスキーに挨拶したくないの？」

彼は自分の詩を取り戻すと、車に飛び乗って、わたしたちみんなの毒に当たらないようにと、とっとと走り去って行った。わたしは声をあげて笑った。洗練さのかけらもないチャーリー・チャップリン風の狂気だった。

「何てこと」と、ルーがわたしのほうに振り返って言った、「あいつはあなたに挨拶すらしようとしなかったわ！」

「ルー」と、わたしは答えた。「ランプキン氏とブコウスキー氏はお互いにとことん理解しあっているんだよ」

「あんなやつどうでもいいわ!」彼女は美しい指を地獄にどっぷり浸すかのように、両腕を思いきり前に突き出した。「わたしはあの『**ポスト・オフィス**』さえ読めればいいわ!」

わたしはその言葉を見事な声明だと受け止め、当然のごとく拍手喝采を送った。


わたしたちがキャンパスを横切っていると、「ザ・キヴァ」の前で何人かの学生たちが待っていた。わたしたちが中に入って行くと、彼らもわたしたちについて入って来た。その場所は闘牛場のような造りで、話し手を見下ろすかのように周囲の座席が上に向かって伸びている。

警官隊はいなかった。おとなしそうな若者たちがいるだけだ。わたしはトイレを見つけ、そこに入ってスコッチを一杯ひっかけた。スティーブが入って来たので、彼も飲むようにとボトルを手渡した。

「もういいのかな?」わたしは尋ねた。

「もう始めた方がいいね」と、彼が答えた。

わたしたちは出て行き、スティーブが説教壇のように見える場所の中に立った。大学が朗読会の援助をすることをやめたので、会は学生たちの資金をもとにして開催されることになったと彼が説明する。わたしにはよくわからない頭文字を彼は伝えた。

それから一人の精神科医が説教壇に立ち、わたしを紹介した。あの類いのやつらだ、とわたしは思った。わたしはかつてサンタフェの精神科医の家に滞在したことがあった。いい思いをしたことはなかった。しかしこの精神科医はわたしたちがまるで親しい友だち同士かのように話をした。精神科医が持っていたのは金だけだ。それ以外彼は何も持っていないのだ。精神科医はこの場の主役になろうとひたすら喋り続けた。しかし若者たちは彼の患者たちのように簡単には騙されなかった。彼の話はただ退屈なだけだった。ようやく彼がその場から降りた。

「さて、こんな後だから」と、わたしは切り出した。「すぐに朗読を始めるしかないね。しかもわたしはこういうものが気にくわないと来ている」わたしは説教壇を指し示した。「この場で朗読するよ」わたしはパイント瓶を取り出し、一口ぐっと飲んでから、朗読を始めた。

「ボロを身に纏い
北の方からやって来て
あんたたちを
殺したがっている
小さな男たちのことをわたしは思う。
このどうしようもないくそったれ野郎どもめ
あんたらに死が迫っている……」

専門家が言うところの「反応のいい聴衆」だ。

「わたしはめちゃくちゃな女たちを何人か知っていた
その中でもいちばんめちゃくちゃなのが
アネット……」

わたしはパイント瓶を取り出したまま、バッグを投げ捨て、その瓶をテーブルの上に置き、飲み続けた。

「消防車が勢いよく走り
雲はショスタコヴィッチに
耳を傾けている。
その時一人の女がバケツの中の小便を
並んだゼラニウムの鉢植えにかけて行く……」

三〇分ほど朗読をしたところで、わたしは五分間休憩を入れることにした。わたしは前に進み、聴衆の中に座った。隣にいるのはカセットを持った若者だ。

「どんな感じかな?」わたしは尋ねた。

「いいですね、とってもいい感じですよ」

「飲みなさい」

「もちろん」

わたしはタバコを一本たかり、根元までしっかり吸ってから、元いた場所に戻った。精神科医はいなくなっていて、戻っては来なかった。

「よし、さっさと片付けてしまおう」と、わたしは聴衆に向かって言った。

「おびただしい数のゼロが蜂のように
わたしの肌に積もる時
豚は太陽の大きさに
戦いを挑んでいる
そして小さな部屋の中に響く
わたしの悲鳴の学術用語……」

わたしはひとつずつ詩を読み進めていった。瓶の中身がどんどん減って行く。酒がもっと必要だった。朗読で読む予定だった何篇かの詩を省略し、「予想屋のための小品」、「尼僧たち」、「雑貨店員とあなた」を朗読し、最後は「消防署」で終わった。

なかなかの拍手喝采だった。

どうだ、とわたしは思った、うまくいったじゃないか。学生たちの資金で。

スティーブが黒板に向かい、ウェッブ夫妻の家の住所を書いた。

「ここでパーティがある」と、彼が言った。

聴衆が会場から出て行く。何人かがわたしのもとにやって来て、わたしはほんの少しサインをした。

「もうおしまい」と、わたしは言った。「さあ、酔っ払おうぜ。スティーブ、とっととずらかろうじゃないか」

わたしたちはぎゅう詰めになって車に乗り込み、引き返した。到着するとすでに人々が集まっていた。わたしたちは家の中に入った。わたしは途中で車を停めてもらい酒の補給をしていたが、誰もがテキーラやワイン、バーボンやスコッチ、ビールやウォッカを持ち込んでいた。わたしはそれら全部に手をつけた。敷物の上に座り込んで、飲んで喋った。わたしはその頃にはかなり酔っ払ってしまっていたが、とてもいいからだをしている若い女性が自分の隣に座っていることに気づいた。わたしは彼女の尻に手を回し、キスをした。彼女が嬉しそうに微笑むと、歯が一本抜けていて、とても可愛かった。わたしは彼女のそばから離れることができなくなってしまった。うんと長い黒髪がきれいにまとめられている。

「わたしは詩を書くだけ、そうすれば若い娘たちとベッドを共にできる」わたしは彼女に言った。「わたしは五〇歳だけど若い娘のおまんこが大好きなんだ!」

歯が一本抜けた口で彼女はわたしに微笑んでくれたので、わたしはまたキスをした……

それからのことは覚えていない。飲みすぎるとわたしはいつでも気を失ってしまうのだ。

目がさめるとわたしは誰かから尻を押し付けられていて、わたしのペニスはヴァギナの中に入ったままだった(「犬としてのアーティストの肖像画」)。ヴァギナの中は温かかった。中は熱かった。わたしはペニスを引き抜いた。

彼女は長い黒髪で、きれいにまとめられている。

わたしはベッドから出て、あたりを歩き回った。やたらと大きな家だった。ほかの寝室を覗き込むと、ベビーベッドの中で赤ん坊が駆け回っていた。するとパジャマ姿の三歳ぐらいの男の子がわたしに駆け寄ってきた。わたしはその子の頭を撫でてやり、時計に目をやった。一〇時三〇分だ。朝ももう遅い時間だ。部屋の中を移動すると、一通の手紙が目にとまった。ミセス・キャシー・W宛の手紙だ。わたしは寝室の中に入って行った。

「やあ、キャシー」と、わたしは言った。「子供たちが家の中を走り回っているのを知っているかい?」

「あら、ハンク、わたしは眠りたいの。起きるまで、勝手にコーヒーを淹れてよね」

わたしは寝室から出て、コーヒーを淹れた。それから哺乳瓶を殺菌消毒し、ミルクを入れて、ベビーベッドの中にいる赤ん坊に与えた。それから男の子のパジャマを脱がせ、黒い縞模様の入ったオレンジ色のTシャツと薄いブルーのパンツに着替えさせ、オレンジ色のテニス・シューズを履かせた。今にも黒いカラスたちを追いかけようとしているヴァン・ゴッホのように見えた。しかし彼はわたしのことを気に入っている。わたしに向かって微笑みながらおとなしく立っている。わたしは彼の鼻をつまみ、耳を引っ張り、コーヒーを飲んだ。寝室に向かった。ヴァン・ゴッホがついてくる。

「電話を借りるよ、キャシー」

「どうぞ」

わたしは電話でタクシーを呼び、また寝室に戻って、彼女の手を取ってぎゅっと握った。彼女が握り返す。

「ねえ、もう行かなくちゃ。また今度ね」

「もちろんよ、ハンク」

わたしは町に戻るタクシーに乗り込んだ……

小切手を受け取るためわたしは月曜までこの町にいなければならなかった。二二五ドルが手に入るなら、待つだけのことはある。わたしは一日中ビールを飲み、夜になると電話がかかって来た。スティーブだった。グレゴリー・コーソと一緒にこちらに向かっている。

ウェブがわたしを見た。「うわぁ、彼はとんでもないやつだよ。会えばわかるよ」

「わかった」と、わたしは答えた。

「今年早くにギンズバーグがやって来たけど、きみが会わなければならないのは絶対にコーソだね。ただ、彼は書くことをやめてしまった。きみはそうじゃない」

「今のところはね」と、わたしは言った。

わたしたちは座り込んでスティーブとコーソが来るのを待った。コーソと会えることでわたしは少しピリピリしていた。わたしの方が年上だったが、わたしが書き始めたのは三五歳になってからで、その頃すでにコーソの名前は、バロウズやギンズバーグといった連中と同じように、よく知られていた。彼らの書くものにわたしが強く心を動かされたというわけではないし、誰のものであれ心を動かされることはない。ただ彼らの名前をよく耳にしていたというだけの話で、そんな動きもあるのかと自然と受け止めていたのだ。

コーソとスティーブが現れた。コーソは両側に細い線が入っているピチピチの白いパンツを穿いていた。よくわけのわからないふわふわの髪型、奇妙なかたちの鼻が突き出ていて、それらが喧嘩で鍛えられたような顎とひとつになり、その目はジロジロとやたらと見つめ、その口は休む暇がなかった。言葉のアクセントはイギリスとブルックリンのものが混じっていて、手にはワインのボトルを持っていた。背も高かった。

わたしたちは握手をした。

「あんたとは対等だ」と、彼が言った。

「わかってるよ、グレッグ」

「わたしはあんたとは対等だ、そのことを忘れないでほしいね」

「ああ、グレゴリー」

彼にはどこか好感を抱かずにはいられない何かが感じられる、それもとても好感を抱いてしまう何か、わたしはそのことが嬉しかった。みんなで座り込み、グレゴリーが喋り、わたしたちは耳を傾けた。喧伝されているほどめちゃめちゃな人物ではなかった。激しいところはもちろんあったが、きちんと抑制されている……いずれにしても、その夜に関しては。彼は指輪や装身具が好きで、どうして何も付けないのかとわたしに聞いて来た。喉のあたりから革紐で何かをぶら下げていて、それがどんなものなのかをわたしたちに説明した。

「どうして何も付けないんだ?」彼が尋ねた。

「わからないよ。考えてみたこともないなあ」

それから彼は占星術について話し始め、紙切れの上にいろいろと描き込んだ。それからタロット・カードのお出ましだ。彼はタロットでルーを占った。それからわたしを占おうとした。わたしは何枚かカードを選んだ。それらのカードを彼が捲ると、どのカードも力を指し示しているもののようだった。それから、最後のカードを捲る前に、彼が言った。「ほら、この流れで来て、最終的に支配するのは……」

彼が最後のカードを捲った。「皇帝」のカードだった。グレッグはとても好感が持てる男だった。

「でも忘れないでおくれよ、わたしはあんたと対等だということを」

「オーケー」

「あんたのことを占えなくて申し訳ない」

「大丈夫だよ」

それからその夜は大したことは何も起こらなかった。彼らが帰ってしまうと、ジョンがわたしに言った。「あんなにおとなしい彼を見たのは初めてだよ」

「わたしは彼が気に入ったよ」

「そうなのかい？」

「ああ」……

二日後わたしは町を後にした。ジョンとルー、スティーブとグレッグと一緒にわたしはアルバカーキの列車の駅の向かいにあるドヤ街のバーで座っていた。最下層の人たちの溜まり場だった。フィラデルフィアのこの手のバーにわたしは五年間入り浸っていたのだ。よみがえる思い出。わたしはトイレに行って吐いた。コーソは中をうろつき回って人々を観察していた。一杯目はわたしのおごりだった。飲み物が五杯。テキーラ、スコッチ、ルーにはコーラ、ビール、そして何かのミックス・ドリンク。全部で一ドル三五セント。ここでなら一〇ドルあれば一週間飲み続けられる。その前に誰かに殺されなければの話だが。かなり前から、女が二人、バーで待ち構えていた。二人とも大女で無表情だった。体重は二人合わせて二七〇キロにはなるだろう。二杯目はスティーブのおごりだった。列車の出発時間が近づいていた。

「心を込めて別れの挨拶を交わし合う場面なんていらないからね」と、わたしは言った。「通りを渡って駅の中に入るわたしをここから見送っていてくれればいいよ。ここでさよならしよう」

わたしはスティーブと握手を交わした。コーソが近寄って来て、わたしの頬にキスをした。かなり勇気がいる行為だ。それから彼は店の外に出て行った。

ジョンとルーはわたしと一緒に駅の中までやって来た。チーフ号に乗るには数ドル余計に払わなければならなかった。エルカピタン号はとんでもなく遅かった。チーフ号も遅すぎる。どこに行くにせよ、ほかのみんなと同じように、わたしも次は飛行機にした。わたしたちは列車を見つけた。ルーがわたしにお別れのキスをした。ヘンリー・ミラーとうまくいきますようにとわたしはジョンに告げた。それからわたしは列車に乗り込んだ。車掌がわたしの切符を座席の上に差し込んでから、わたしは席を離れ、酒が飲める食堂車はどこかとポーターに尋ねた。

列車が動き出した。ロサンジェルスに向かって走っている。わたしはバーのある車両を見つけ、席について、スコッチと水を注文した。素敵な窓で、目の前をよじ登るやつらもいなかった。

それからわたしは隣の席のピチピチの黄色いドレスを着た若い女性にじっと見つめられていることに気づいた。彼女はいったい何を望んでいるのか、とわたしは思った。わたしは自分の飲み物に目をやった。目を上げると、彼女はまだじっと見つめている。彼女が微笑む。

「あなたの朗読会にいたのよ」と、彼女が言った。

「そうなの？」

「とてもよかったわ。ロサンジェルスまでは長い旅路よね。そっちに行ってもいいかしら？」

「まったくかまわないよ」

彼女は自分の飲み物を持って移動して来た。何を飲んでいるのかよくわからなかった。お代わりを注文する時にきっとわかるだろう。彼女は若くてぴちぴちしている。両脚を高く上げた彼女の上に自分が乗っかっているところを想像した。

「スージーって名前よ」と、彼女が言った。

「わたしの名前は……」

「あなたの名前はわかっているわよ」

「ああ、そうだね……ごめんよ……」

わたしは手を伸ばして、彼女の手を軽く撫でた。彼女の片方の膝がわたしの膝に押し付けられている。

「交通事故で首を切断してしまった美しい女優についての詩がとてもよかったわ」

「ありがとう、スージー」

「人生ってあんなにも突然終わってしまうのね。わたしたちはみんな自分たちが生きている瞬間を最大限活かすことができない。とても悲しいことだわ」

わたしは自分の膝をもっと強く彼女の膝に押し付けた。

「何を飲んでいるの？」わたしは彼女に尋ねた。

「あなたが飲んでいるものをわたしも飲むわ」

「わたしは人生を飲んでいるんだ」と、わたしは答え、それから声をあげて笑った。「陳腐だったかな？」

「いいえ、そんなことないわ」と、彼女が答えた。

わたしたちはもっとぴったりと寄り添った。彼女の唇がわたしの唇のすぐ先にある。

ニューメキシコ大学は、とわたしは思った、老いた狼によって栄誉を授けられることになるのだ。うまくやるまでまだ一五時間もある。しくじりようがないではないか。わたしたちはキスをして、わたしは飲み物のお代わりを二杯注文した。

恐怖の館

書くことについて語ることは、愛やセックス、あるいは愛の暮らしについて語ることと似ている。語ることがあまりにも多すぎて、どうしようもなくなってしまうからだ。自ら探し求めているわけではないのに、わたしは、ついていないことに、たくさんの作家たち、それも技巧的な意味合いにおいてだが、うまくやった者たち、未だうまくやれていない者たちの両方と、出会ってしまった。彼らは人間として、ひどいやつやいけ好かないやつがたくさんいて、意地悪で、自己中心的で、敵意に満ちている。たいていのやつらに共通することが一つある。誰もが自分の作品は素晴らしい、恐らくは最高に素晴らしいと信じて疑っていないことだ。成功を収めれば、彼らはそのことを当然のこととして受け容れる。うまくいかなければ、それは編集者や出版者たち、そしていろんな神々が自分に敵対しているからだと感じている。そして、多くのひどい作家たちが、その理由はどうであれ、あれこれと手をかけられて頂点まで押し上げられているのは事実なのだ。それに多くの優れた作家たちが飢え死にしてしまったり、あるいは今にも飢え死にしようとしていたり、自ら命を絶ったり、気が狂ったり、あれやこれやになってしまっていることもまた事実で、後になって（もはやこの世の存在ではなくなってしまってから）素晴らしい才能の持ち主だったと気づかれるのだ。この歴史的な事実がとことんひどい作家を励ましている。自分たちが不遇なままなのは、単に才能がないからということではなく、ほかのいろんな理由が重なったせいだと思いがちになる。そうか、誰もがそんな目にあっているんだ。

さらにまた、わたしの知っている作家たちを思い浮かべてみると、たいていは詩人だが、彼らがほかの人たちに支えられていることに気づかされる。つまりわたしの知っている者たちの経済的な負担を担っているのは妻たちや多くの場合は母親たちなのだ。しかも彼らはマンションや海辺の一軒家で――ヴェニスかサンタ・モニカに決まっているが、テレビ・セットや中身がいっぱい入った冷蔵庫に囲まれて快適な暮らしをしていて、日中はひなたぼっこをしながら悲劇の主人公のような気分になり、こうしたわたしの男友だち（?）どもは、夜になると、おそらくはワインのボトルを開け、クレソンのサンドイッチをかじり、それからどこかの誰かに向けて自分たちの赤貧さや偉大さをけばけばしい文体で綴り始めるのだ。書くこと、格闘すること、何かを成し遂げること、言葉を見つけ出すこととはまったく無縁のあらゆることを。なるほど、機械で穴を開ける作業をするよりはましなのかも。機械で穴を開ける作業をするのは妻たちや母親たちなのだから、気にすることはまったくない。そして詩人たちは、自分以外の人たちが実際に暮らしている世界と触れ合わないうち、それまでもエゴの塊でただなまくら書いていただけだったとしても、やがては書くべきことが何ひとつなくなってしまう。

書くことについて書くのはほとんど不可能だ。以前にポエトリー・リーディングをした後、学生たちに「何か質問は?」と尋ねたことがあった。学生の一人がわたしに質問をした、「あなたはどうして書くんですか?」わたしは答えた、「きみはどうしてその赤いシャツを着ているんだ?」

作家でいることは困難至極で地獄に突き落とされているようなものだ。才能があったとしても、ある夜眠っているうちに、それが永久に消え去ってしまうことだってある。勝負から降りることなく続けさせてくれるものは何なのか、簡単には答えることはできない。成功しすぎれば待ち構えているのは破滅だ。まったく成功しなくても破滅が待ち受けている。ちょっとばかし否定されるのは魂の肥やしになるが、完膚なきまでに否定されてしまうと、偏屈者や狂人、強姦魔やサディスト、アル中や妻を殴る者になってしまう。成功しすぎてもそうなってしまうのとまるで同じように。

わたしもまた書くことのロマンチックな概念にずっと間違って導かれてきた。若い頃、わたしは偉大なアーティストたちの映画を見すぎるほど見たが、作家はいつでもどこか悲劇的で、あご髭が似合うとても面白そうなやつらで、目はぎらつき、その口からは内なる真実が絶えず発せられていた。何という生き方よ、わたしは思った、ああ。しかしそうではないのだ。わたしが知っている優れた作家たち、すなわちいい文章を書いている者たちは、ほとんど喋ったりしない。実際の話、優れた作家がいちばんなまくらしている。人混みの中でも、誰かほかの人間と一緒にいても、彼はいつでもあらゆることを何ひとつ漏らすことなく（無意識的に）記録することにかまけている。彼は演説することや、パーティに明け暮れる日々などにはまるで興味がないのだ。欲深いので、全力をタイプライターに向かう時のためにとっておく。自分の頭に閃いたことをあれこれ喋り散らしてもいいが、その達者な口が天賦の才能をすっかりだめにすることもあるだろう。エネルギーはそこまでしか伝わらない。わたしもまた貪欲だ。誰もがそうならなければならない。ほかにいくら力を注いでもいいのは、ほかにいくら時間を使ってもいいのは、愛のためだけだ。愛は力を与えてくれる。愛は生まれながらにして持っている憎悪や偏見を打ち砕いてくれる。書くという行為をより充足したものにしてくれる。しかしそのほかのあらゆることに作業が妨げられるようなことがあってはならない。作家はほとんどの読書体験を若いうちにしておくべきだ。作家としての形が作られ始める時、読書は邪魔な存在となる——レコード盤から針を上げてしまう。

作家はより高い地点を目指して書き続けなければならない、さもなければ落ちぶれてドヤ街の住人になってしまうことだろう。そうなるともう二度と引き返すことはできない。何年か書き続けていると、その魂も、人となりも、人間性も、ほかの世界ではまったく使い物にならなくなってしまう。どこであれ雇用されることはない。猫たちの縄張りに放り込まれた一羽の小鳥だ。作家になれとわたしは誰に対してであれ決して勧めたりはしない、その人物にとって書くことだけが正気を保つ唯一の手段でもないかぎり。そうだとしたら、多分、やるだけのことはある。

D・A・レヴィについての無題のエッセイ

Untitled Essay On D. A. Levy

人はどうして自らを破滅させるのか、あるいは何が人を破滅させるのか？　自殺というものは大まかに言って考えることができる人間にとっての一つの手段だとわたしは判断せざるを得ないようだ。自殺をする権利は愛する権利と同じであるべきだ。前者の方がいつまでも長く尾を引くことは確かなようで、それはすなわち、ある意味、より高潔なものにもしている。自殺は一回きり、愛は何度でも。たった一人のレヴィ、たくさんのレヴィたち。彼を破壊したものは何だったのか？　わたしは彼のことをそれほど良くは知らなかった。殺されてもまだ生きている男たちがたくさんいる。死ぬことができるのは生きている者だけだ。たいていの葬儀は死者が死者を埋葬しているだけにすぎない。レヴィは自らの手で自らを葬った。レヴィの作品はほんの少ししか読んでいないが、彼はこの先その才能をきちんと開花させていくその途上にまだまだあったのではないかとわたしは推測せずにはいられない。彼を殺したものはわたしたちを夜毎眠れなくさせているものとまったく同じで、街で人と次から次へと顔を合わせるたびにわたしたちのいちばん大切なところに襲いかかってくるものと同じなのだ。彼を殺したものはわたしたちが愛し憎んでいるものと同じで、わたしたちが食べているものと同じで、わたしたちが恐れているものと同じなのだ。彼を殺したものは生気であり生気が欠けていたこと。彼を殺したものは警官たち、友人たち、詩、クリーヴランド……信頼と裏切り――あれやこれや。林檎を食う虫、人から正視されること……詩、詩、警官たち、そして友人たち……もしかして一人の女、もしかして一編のソネット、もしかして適切な食事をしなかったこと。

一人の詩人もまたただただ研ぎ澄まされていく。彼の芸術の本質そのものが生き延びるということをほとんど不可能にしている。レヴィは何編かのわたしの作品をM・クォータリー（マラーワナー・クォータリー）に掲載し、彼の文章はいつも短かったが生き生きとしていた。M・クォータリーはひどい印刷（謄写版）で、製本もひどかったが、レヴィの持ち味がよく出ていた。多分彼もまたひどい印刷をされ、ひどい製本をされていたのだ。彼はまわりから大したチャンスを与えられなかった。多分彼も自分自身に大したチャンスを与えなかった。多すぎても少なすぎても人は殺されてしまう。レヴィは「大衆の天賦の才」というわたしの長い詩を出版してくれたこともあり、切り開いた封筒をページにするというとてもいい仕上がりだった。彼はわたしに手紙をくれた、「あなたはここで言うべきことを言った、何もかもほとんどすべてを言った。そしてみんなが読むだろうが、それでも何一つとしてわからないだろう」彼が死んだのはそれからまもなくだったように思う。ケント州立大学銃撃事件は死に気づいているとわたしは思わずにはいられない。死はやって来ては、逃げ続ける、とんでもないアメリカ人。ジョン・ウェブが死んだとルイーズ・ウェブがわたしに電話をかけて来てくれたのは昨日の夜のことだった。ジョン・ウェブは雑誌『ジ・アウトサイダー』の編集長にしてわたしの二冊の本の出版者で、友人でビールの飲み仲間だった。ルーが電話をかけてきた時わたしは激しく非難されていて（ほかのいろんな厄介ごとで）、新たな訃報が届き、わたしはコールマンのストーブに火を付け、ラジオからは交響曲を流したまま、部屋の中を歩き回り、こう思ったのだ、違うぞ、とんでもない、わたしが最初にこの世を去ることになっているはずなのだ、わたしはいつでも自殺や死のことばかり話している、こうして生きていて、気分は最悪なのに、レヴィについて話してくれないかという手紙が今日届いた。善人が死ぬと、あるいは殺されたりすると、わたしは怒りにかられ、悲しくなる、そしてわたしたちは死ぬために生まれたのだからそれは筋の通った話ではなく、もしかしてそれこそが詩を生み出し、怒りや悲しみをかきたてるというほか、それ以上言うことはもう何もない。音楽が流れている。わたしは葉巻を半分ほど吸い、そばにはビール……レヴィ、レヴィ、レヴィ、おまえは逝ってしまった。ジョン、ジョン、ジョン、おまえもまた逝ってしまった。わたしは心の丈を何もかもすっかり吐き出している。

ヘンリー・ミラーはパシフィック・パリセーズ暮らし、わたしはドヤ街暮らしで今もセックスのことを書いている

Henry Miller Lives In Pacific Palisades And I Live On Skid Row, Still Writing About Sex

こうしたたぐいの物語一篇を週に一作か二作仕上げることが楽に家賃を払えるやり方だと考えているとしたら、あなたは気が狂っている。わたしは苦しめられている。「なあ」と、わたしは以前よく寝ていたそばにいる女に尋ねた、「俺の中でセックスが乾涸びてしまったら、いったい何を書けばいい？」「あなたは民衆のための作家になるわ、一般大衆を向上させる作家になる、そんな存在にあなたはなるのよ」

「いいか」と、わたしは言った。「おまえはいつ帰るんだい？　いろいろとわけがあっておまえとは寝るのをやめたって俺はわかっていたよ」

今わたしは座ってタイプライターに向かっているのだが、わたしの恋人はその真後ろに座って母親への手紙を書いている。「母さん、わたしを生んでくれてありがとうとブコウスキーが伝えたがっています。これまでにやった中でわたしが最高の女だと言い張っています……」彼女は声を上げて笑って、もう少しタイプを打ち続ける。「女家主にはとっくに見切りをつけ、女家主の娘すら縁を切ったと彼は言っていて、心からよろしくということです……」

わたしたちはセックスを終えたばかりで、それは実に素晴らしいものだったのだが、大きな問題も

抱えていて、それはシックスナインをしようとするたびに邪魔が入ってしまうということだ。今日もわたしたちがせっせと取り組んでいると、誰かがドアをノックした。わたしたちは中断せざるを得なくなり、わたしは立ち上がって誰なのか確かめに行った。女家主でサンタモニカに住んでいるわたしの七歳の娘のためのドレスを二着手にしていた。シックスナインをしようかというまさにその時、電話がかかって来た。タイニー・ティムの息子が今テレビに出ていると教えたくて誰かがかけて来たのだ。以前もまさにやろうとしていたちょうどその時、突然ドアが開いて、つまり鍵をかけていなかったということだが、近所の黒人の男の子が部屋の中に入って来た。「いったい何の用事なんだ、なあ?」と、わたしは尋ねた。「空き瓶ないかな?」と、その子が尋ねた。

わたしにとって、セックスはいいことで必要不可欠——食事や睡眠、音楽、創作、ちゃんと生きるためになくてはならないいろんなものと同じように——しかしユーモラスなものにもなり得る。実際の話、わたしはどれほどユーモラスなことになるのか言おうとしていたのだが、電話がかかって来てしまった、フロリダからコレクト・コールだ。わたしは電話に出る。女だ。彼女はそこに引越ししたばかりだった。「妊娠したわ」と、彼女が言った。「赤ん坊は欲しくない」「それなら、堕ろせよ」と、わたしは言った。「中絶が合法なのはカリフォルニアとニューヨークだけなの。いくらかお金貸してくれない?」「見下げ果てた奴にはなりたくないけど、なあ、どうすることもできないよ」言ったとおり、セックスはおかしなものだ。一八六八年にできたフロリダの法律で女性が有罪判決を受け、中絶をしたことで懲役二〇年になったとわたしは今日の新聞で読んでいた。

うわぁ、はっはっは。

忘れもしないがわたしはこの女性と七年間一緒に暮らしていた。なかなかいい女だったが、一つだけどうしようも我慢できないことがあった。わたしが眠っていると手が伸びて来てわたしのペニスを掴み、とんでもない力で今にも引きちぎろうとするのだ。言っておくが、これは絶対にいい目覚め方ではない。

わたしは悲鳴をあげ、彼女の手をペニスから引き剥がしてから、こう尋ねる、「何てことを、ああ、どうしてそんなことをするんだい？」

「あんたが自分で慰めていたから、わたしは捕まえてやったのよ、あなたをとっ捕まえたの！」

「どうかしてるぞ！　ふにゃふにゃのままじゃないか。いいか、おまえはこの一物を今にも引きちぎろうとしたんだぞ。たった一つしかない大切なものを、わかるか……」

彼女はそれが癖になって、二週間の間に七、八回もやるようになった。わたしは腹ばいになって眠るようにした。彼女相手のわたしのセックスは度を越していた。その合間にマスタベーションをしたくなるのだとしたら、それは自分に与えられた権利だとわたしは考えていた。この女には他にもひどい癖があった。浴室に入って来たかと思うと、悲鳴をあげるのだ。

「いったいどうしたんだ、おまえ？」と、わたしは尋ねる。

「あの浴槽を見てよ！」と、彼女が答える。

「いったいどうしたっていうんだよ？」

「ほら、見て、ちゃんと見てよ、こんちくしょうめ！」

「見てるよ」

「あれが見えないの？　縁にくっついているでしょう？　バスタブの中で自分を慰めていたのね！」

「おまえはおかしいよ」

「ちゃんと見なさいよ！　そこに垂れ下がっているのが見えないの？」

「どこに？」わたしは尋ねる。

「そこよ！　そこ！」

「さあ、見てろよ」と、わたしは頼み込む。「指を這わせていくから、そこだと思っているところをちゃんと教えておくれよ。ここかい？」

「違うわ、もっと下。左の方」

「ここかい？」

「違う、もうちょっと下」

「ここかい？」

「そう、そこよ。あんたが今触っているところ。今あんたが触っているわ！」

「何もないよ」

「あるわよ、そこよ、あんたは触っている。今あんたは触っているわ」

彼女はこんなバスタブへの強迫観念を抱え込んでいた。わたしたちの間ではこんなことが週に五回も起こるのだ。わたしがセックスをし過ぎだということは認めようではないか、しかし彼女が言い張るほど頻繁にわたしはバスタブを使っていなかった。何かが少し垂れ下がっているように見えるものは、たいていの場合、エナメルの塗装のちょっとした膨らみだった。

それからこんな女もいる。彼女は水泳プール付きの新しいアパートメントに住んでいる。とても素敵な水泳プールだ。しかし彼女はそこを利用できなくて、その理由をわたしに教えてくれる。それがね、一三歳から一五歳ぐらいの男の子四、五人とセックスをしている一四歳の女の子がいるのよ。その子の母親が仕事に出かけている間にセックスをするの。それからみんなで外に出て、プールで泳ぐの、プールで洗い流すってわけよ。「そこでは泳げないわ」彼女が教えてくれる、「精液や愛液が浮かびまくっているのよ」ここのところ天候はずっと暑すぎて、摂氏四六度ぐらいまで上がってしまっている。ライフガードも一人もいなくて、その問題を別にすれば、とても素敵なプールだ。水の中に精液が浮かんでいないかわたしは確かめてみたが、はっきりと確認することはできなかった。もちろんこの女は精液をとても恐れていて、彼女の考えていることがそれほど現実離れしているわけではないとわたしは思う。彼女が言うには親しい女友だちが男がマスターベーションをした後の同じバスタブに浸かって妊娠したということだ。入浴以外の目的でバスタブを使う人間はどうやらわたしだけではないらしい。

わたしこそが紛れもなく現存する作家の中で最高の一人だと言ってくれる人たちから手紙をもらう。そうした手紙を山ほどもらうわけではなく、それはほとんどの人たちがわたしがどこに住んでいるのか知らないからだ。しかしわたしはこうした手紙や手紙を書いてくれる人たちに疑問を抱かずにはいられない、果たして彼らはわたしが書くものすべてを、例えば、今まさに書いているようなものを全部読んでくれているのかと。わたしが下品で卑猥なのは確かで、あからさまに書きすぎている。誰もがセックスについてぶつくさ言いたくてたまらないし、興味津々なのだとわたしは思わずにはいられない。もしもわたしがエコロジーや世の中の問題、生きることの意味について書こうとしたりすれば、どうしようもなく冴えない人間になってしまう。わたしは賢明だから、こうしたいやらしいことばかり書いているのだ。さてと、まだまだ先に進まなければならない、もっともっといやらしい自分の心の中奥深くに入っていけるかな。

ところで、ヘンリー・ミラーってほんとうにそんなに素晴らしいのだろうか？　国を横断するバスの中で彼の本を何冊か読もうとしてみたが、セックスの合間の長い描写に入ると、つまらなくてどうしようもなくなってしまう。国を横断するバスの中で、わたしはヘンリー・ミラーを読むのを中断せざるを得なくなるのが普通で、そこで誰かの脚を、言うまでもなく女性の脚を、じっくり拝ませてもらおうという気持ちになってしまう。国を横断するバスの中で女性の脚をじっくり眺めるのがわたしは得意だ……街中を走るバス、バスの停留所のベンチ……わたしはバスに感謝しなければならない。ほかのどこにいるよりもバスに乗ったりその近くにいる時にわたしはうんとむらむらしてしまう。ありきたりの女を相手にセックスするよりも脚を眺めたほうがより興奮してしまうということもしばしばだ。

人生のいろんな場面で興奮することがあっても、自分がいちばん興奮したのはバスに乗っていた時ではないだろうか。わたしは若く、貧しく、まだほとんど何も手に入れていないまま、ある夜のこと国を横断するバスの席に一人で座っていたら、若い娘が乗って来た。さてと、どうすればいいのかといえば、眠っているふりをすればいい。車内の明かりが消える。わたしが大胆になるようなことはそれまで一度もなかったが、しばらくするとその娘の脚がわたしの脚にうんと軽く触れて来ることに気づいた。彼女は脚を引くのだろうとわたしは思ったが、彼女はそうしなかった。やがて徐々に、ほとんどわからないほどゆっくりと、その脚をより強く押し付けてくるようになった。わたしもほんの少し押し返した。私たちは二人ともシートを倒して深く腰掛け、顔を上向けてからだをゆったり伸ばしていた。二人の脇腹、そして脚が、足首から尻までぴったりとくっつき合っている。物音ひとつしない。乗客たちはいびきをかいて眠っている。わたしはどんどん興奮していった。からだじゅうが熱くほてり、そんなにも燃え上がってしまうのは初めてのことだった。押し付け合う力がますます増していく。彼女はどうして一言も喋らないのだ？　わたしはそう思った。それからわたしたちはそれぞれ脚を動かし始め、静けさと暗闇に包まれて、お互いに擦り付け合った。みだらで下品で正気の沙汰ではなかった。ますますエスカレートするばかりで、擦り付け合ったり、からだを捻りあったり……何時間も。それからバスが止まろうとして、車内の明かりがつきかけたので、わたしはそれまで自分が眠っていたかのように、目をこすりながらちゃんと座り直そうとした。わたしは娘を見ようとしなかったし、彼女もわたしを見ようとしなかった。彼女が先に席を立ち、ハンバーガーとコーヒーを買いに行った。わたしは勃起がおさまるまでしばらく立つことができなかった。それから席を立って、店内に入って行き、娘から遠く離れた場所に座った。食事を済ませるとわたしたちはまたバスの車内に戻り、席に座ってまっすぐ前を見つめた。車内の明かりが消えるとすぐにわたしたちは再開した。押し付け合ったり、擦り付け合ったり。言っておくがわたしが味わっていた興奮がどれほど強烈だったか、それは想像を絶するものだった。一言も喋ることなくからだを擦り付け合って一緒にバスに乗り続けるのは、頽廃の甘い味にどこまでも包まれ、ばかげていて、恐ろしくもあった。それからまた別のカフェに入ると、離れて座り、それからまたバスに戻った。わたしたちはキスもしなければ、会話も一言も交わさなかった。

わたしよりもっと頭が良くて、ここまでいじけていない男だったら、お互い知り合いになって、名前も聞き、住所や電話番号も手に入れ、もしかしたらその娘と一緒にバスを降りて、モーテルに行っていたはずだ。しかしわたしは若僧で、人とは違って奇妙で、つらく厳しく、複雑に込み入った人生を生きてきていた。どうしてもそこから抜け出すことができなかった。その後何年も生き続ける中でいろんなやり方を覚えた今なら抜け出せるかもしれない。しかしそれならわたしはつきまくっていたわけだ。例えば、わたしはセックスをしたもののそれっきり何ひとつ思い出せないたくさんの女たちのことよりもあのバスの旅や娘のことをはっきりと覚えている。わたしは猛烈に熱く燃え上がってしまったことを覚えているし、彼女が朝早くまだ日が昇る前にどこか自分の目的地でバスを降りて去って行ってしまったことを覚えている。バスのそばで自分のスーツケースを受け取る彼女をわたしはじっと見つめていた。その時わたしはほんとうに初めて彼女のことをまともに見たのだが、とてもきれいで、いいからだをしていて、着ているものも素敵で、知性も感じられた。

若い頃わたしは国を横断するバスに何度も数え切れないほど乗った。わたしにとってはどうしても必要なこと、それは絶えず動き回っているということで、自分の心の中で起こっていることやわたしに対する世間のひどい仕打ちに立ち向かい、乗り越えていくためには、絶えず動き回っていなければならなかったのだ。とこしえにバス暮らしをして生きていけるかもしれないという理屈をわたしは思いつくことさえした。しかし、当然のごとく、収入もなく、いろんな邪魔が入り、バスの中では眠れなかったし、熱く興奮するばかりでなく、便秘にも悩まされることになった。

すぐ後にも別の女の子と同じような体験をしたが、その時は会話をして、キスもするようになれば、さまざまな情報も交換し合った。ダンサーになるための勉強をしたいが両親が許してくれないと彼女は言っていた。わたしは言った、「ああ、それは最悪だね」バスで一緒に旅をして、キスをしたり、暗闇の中で親しくなり、一緒に食事をしたり喋ったりするうち、熱く燃え上がっていたものが収まってしまった。ほかの時のようにこそこそしてもいなければ、いやらしくもなく、ばかげたところがまりなかったのだ。その娘は自分が降りる停留所で一緒に降りようとわたしに言ってくれさえしたが、そこはどこなのかまったく見当もつかない平原のど真ん中だった。真っ暗であたりには何もなかった。

「ここで降りるのかい？」わたしは尋ねた。

「ええ、ここの農場の家で両親が暮らしているの。あなたのことを紹介したいわ。わたしたちと一緒に暮らせるわ」

「何だって？」わたしは尋ねた。「きみの父さんにぶちのめされちゃうよ」

口に出したものの、わたしはそれを恐れていたわけではなく、実際は彼女の父親に言われて農場の仕事をするようになり、とにかく働きまくって魂の抜け殻となり、ほかにはもう何もできなくなっていたかもしれない。それならわたしは今のような偉大にして卑猥な作家にはなっていなかったわけだ。

月明かりに照らされて歩き去っていく彼女の姿をわたしはじっと見守った。わたしとしてもそれなりの悲しさに襲われていた。しかしその場の状況では悲しさは寂しさに取って代わっていた。あれこれと話し合ったりキスもできてよかった、それとも彼女と一緒にバスを降りていたら、今頃わたしはトウモロコシを育て、ブタを殺しているかも。ほら、そんなおまえが……

セックスについて、滑稽に、あるいは他のやり方で小説を書くことはわたし自身の人生にも直接影響を与えてきた。わたしは書くことで苦しめられている。かつて二十代前半の頃、ぐうたらしている時に酔っ払った状態で家に戻って来て（部屋代と食事代は請求されていた）、坂を下っていたら、突然木の陰から母親が飛び出して来た。

「何かあったのかい、母さん？」わたしは尋ねた。

「おまえの父さんだよ、父さんが！」

「何だって？　いったいどうしたんだい？」

「おまえが書いている小説を見つけたんだよ、おまえの小説を読んだんだよ！」

「俺のスーツケースの中を嗅ぎ回ったりしちゃだめだよ」

「父さんはかんかんよ、おまえの小説を読んでかんかんに怒っているわ。戻っちゃだめ、殺される、父さんに殺されてしまう」

「俺の方こそあいつのケツを蹴っ飛ばしてやる！　前にもそうしてやったからな」

「お願いだから家に帰らないで。おまえの小説も服も全部父さんは芝生の上にぶちまけちゃったわ。あんなに怒っているのを見たのは初めてよ」

「俺は家に帰ってあいつをぶちのめしてやる。何が嫌いかって、そうやって文学にけちをつける奴らだよ」

「だめよ、だめよ、お願い！　ほら、家に戻らないなら一〇ドルあげるから。この一〇ドルを持って行って」

「わかったよ、二〇ドルくれたら家に戻らないから」

「いいわ、さあ、二〇ドルよ」

わたしは二〇ドル札を服の前ポケットに仕舞い、坂をどんどん下って行った。わたしのシャツ、ズボン、靴下、ショーツ、櫛とブラシ、これまでにわたしが書いた原稿のすべてのページが前庭の芝生のいたるところに散らばっていた。その頃わたしはすでにセックスについても書いていた。風に吹き散らかされたわたしの小説のページは芝生じゅうだけでなく、通りの上にも隣家の芝生の上にも散らばっていた。わたしのスーツケースも開けっ放しの状態で芝生に捨てられている。わたしは歩き回って服やいろんなものを拾い集め、スーツケースの中に入れた。わたしの原稿のページも通りの上や隣家の芝生の上まで吹き飛ばされたもの以外はほとんど回収した。自分はこれからもまだまだいい小説がいっぱい書けるとわかっていた。厚手のカーテンの陰から父親がわたしの様子をじっと窺っていた。わたしはスーツケースをぶら下げて坂を登り、路面電車が来るのを待った。サード通りとフラワー通りの角にわたしは部屋を借り、ゴキブリだらけの狭いところだったが、そこでは生きる歓びやロマンス、自由が満ち溢れていて、わたしは外出すると安酒場の椅子に座って何時間も飲み続け、それからワインのボトルを買って部屋に戻り、暗闇の中、ベッドに座って手元に置いたワインを飲んだ。わたしの父親は阿呆だ。それなのにいったいどうしてこんなに才気煥発な息子を世に出すことができたのだ?……

こうしてセックスについて書くには、女たちもまたいなくてはならなかった。わたしのたった一人の子供の母親もいなくてはならなかった。わたしはニューオリンズに出かけて四週間ずっと過ごしたことがある。素晴らしい編集者ジョン・エドガー・ウェブと彼の妻と一緒で、この上もなく楽しい日々だった。街中で何晩も素敵な夜を過ごしたが、わたしはウェブ夫妻と一緒に泊まってはいなかった。通りの先に自分の部屋を見つけていた。まあ、それはどうでもいいことだ。わたしはロサンジェルスに戻った。タクシーに乗って帰ると、母親と赤ん坊がわたしを待っていた。万事快調だった。

それから二週間後のことだ。ある日わたしが顔を出した。彼女は荷物をすべて纏めていた。言い争いはまったくしなかった。どうやらおしまいだということらしい。そうかと、わたしは思った（男性優位主義者のブタ野郎として）、女とはそういうものなのだ。しかし実際はどうだったのかといえば、三、四年後、子供の養育費を求めて彼女がひょっこり現れるまで、わたしは気づくことはなかった。

「あの時ニューオリンズから帰ってからあなたが書いた小説を全部読んだの」

「どの時のことだい？　三度か四度、五度ぐらいは行っているから」

「四週間行っていた時、ウェブ夫妻に会いに行った時よ」

「ああ、あの時か……」

「そう、あの時よ」

「わたしの小説を読んでくれたんだね？　どれも気に入ってもらえたかな？」

「あなたがいろんな女たちと一緒にベッドを共にする話ばかりだったわ」

「わたしは小説を書いているんだよ、なあ」

「ほんとうのことのように思える」

「わたしの才能ゆえだよ」

「あなたの才能は女たちとベッドに入ることよ。いちごジャムのポットを焦がしちゃった太った女のあの話はどうなのよ？」

「あれはいい話だった。彼女はジャムを焦がしちゃったんだ。ああ、とんでもなくひどい臭いだったよ！」

「そんなことじゃなくて、あなたはその女とベッドを共にしたんでしょう、そうじゃなかったの？」

「いいか、わたしのベッドは彼女が出たり入ったりする出入り口の真横にあったんだ。彼女はわたしのそばを通り過ぎてベッドに行くしかなかったんだ。彼女はわたしのために料理をしてくれたし、ビールだってくれた。わたしたちは一緒にテレビを見たんだ。何もかもただださ。とてもいい女性だったよ」

「だからあなたは彼女と一緒のベッドに入ったのね？」

「自分の書いていることを実体験するというのはいつだって作家にとっては最良のやり方なんだ」

「このくそったれ野郎め、ここでわたしはあなたの三ヶ月の赤ん坊を抱いて座っていたというのに」

「そのとおり。わたしはおまえとベッドを共にしたよ」

「口唇裂の女でしょう。バスタブの中に一緒に座って、酔っ払って、一緒におしっこをして、大声で笑って……小説だと思っていただって?」

「だからおまえは何年も前にわたしから去って行ったのかい? そんな小説を読んだから?」

「女はみんなあなたから離れて行くわよ、ブコウスキー」

わかったよ、モラルってやつがありさえすればいいんだ。そしてより良い人間になることについてのどうでもいいつまらない話をせっせと書くがいい。より良い人間になることに反対はしないが、ここで腰を落ち着けてその手助けをするべく小説を書いたりしたらわたしはきっと地獄に落ちることだろう。人がもっとましになっても、セックスや滑稽なことやそのほかのいろんなことがまわりから消え去ったりするわけではない。それだけじゃなく、好きなように書いて嫌われる自由だってあるのだ。メイ・カンパニーの地下売り場に座り込んで、婆さんたちのために自分の書いた本にサインをするなんて真っ平御免だ。実際の話、この一文を終わらせてしまえばせいせいすることだろう。というのもわたしは通例はそれなりに敬意を払ってセックスを扱ったりしないからだ。

戦争は地獄だと言ったのはシャーマンだが、セックスもまた地獄になり得る。どこまでも関わるかまったく関わらないかのどちらかなのだろう。これまでわたしは数多くのベッドに潜り込み、人々のために調査研究すべく長い歳月を生きてきた。今わたしが引退して休息しもう何も喋らなくなることなど期待しないでおくれ。愛のようなものだってちゃんと存在しているのだ。わたしはこうした卑猥な小説を書くのが好きでたまらないし、みんなも読みたくてたまらないのに、そういうことをしているわたしを嫌悪するのだ。究極に思いを馳せ、魚釣りに出かけ、パーティに参加し、そしていちごジャムを焦がさないことだ。

いくつかの詩への序文

A Foreword To These Poems

L・A詩人選集（一九七二年）より

チャールズ・ブコウスキー、ニーリ・チェリー、ポール・ヴァンゲリスティ編集

わたしは一九二〇年に生まれ、二歳の時にこの街（ロサンジェルス）に連れて来られ、ここで人生のほとんどを過ごしている。自分はこの街について、そしておそらくはこの街の詩人、それに、おそらくは詩そのものについても語る資格は十分あると思っている。

これまでにもすでに充分な数の選詩集が編まれてきているし、詩人の数も多すぎるほどいるのに、その詩人たちの読者の数は、間違ったことだとわたしは確信しているが、あまりにも少なすぎる。詩は長きにわたって流行りのゲーム、俗物のゲーム、謎解きと呪文のゲームであり続けた。今もそうで、その専門家たちのほとんどはこの国の安全で陳腐な大学で教授として快適に仕事をこなしている。本書にも教授ではあるが信念を同じくする者たちが、例外として、一人ならず、二、三人収録されている。

詩人たちの暮らしが成り立って作品を発表できるのはある決まった都市——ニューヨーク、サンフランシスコ、パリだけで、もしくはこれらの都市だけが、ブタに与えられるただの残飯のようなもの

にしか過ぎない詩を、目立たせ、持続させ、活気付かせる力を、より強く持っていると言える。その詩を路上に引きずり出すことができた時が今で、その功績はどこであれ路上に詩が溢れている場所、例えばここロサンジェルスに負うところが大きい。

おわかりのことと思うが、わたしはロサンジェルス以上に嘲りの的となる都市をどこも知らない。愛されない街にして、標的にされる都市だ。ロサンジェルスにはハリウッドがあるし——ほかにも、ディズニーランドやナッツベリー・ファーム……陳腐な街だ。誤解されている街。観光客の街。土曜の夜に何時間も座り込んでぬるくなったビールを飲みながら決して自分のものにはならないヌード・ダンサーの踊りを見つめている孤独な酔っ払いたちでいっぱいの街。

ロサンジェルスといえば、メイン・ストリート、東五番街、イーストL・A、そしてワッツのことでもある。ロサンジェルスには貧しい者たちがいるし、ロサンジェルスにはここならではの現実があるし、ロサンジェルスには地元の詩人たちがいて、そのうちの何人かはやたらと素晴らしいのだ。その素晴らしい詩人たちのほとんどを本書に収録することができたのではないだろうか。もちろん、不平の声を上げる者もいるだろう。誰かの文句や不平の声を聞くというのもまた、本書を編纂した一つの理由なのだ。ロサンジェルスはパサディナ、ロング・ビーチ、アーヴィングのことでもあり——一、二時間車を飛ばせばそのどこへでも着くことができる。現実的には無理だが、精神的にはイエスだ。本書には二、三の〝精神的なイエス〟も収録している。

作家というものはどこででも生きて死ぬことができると知るのはとても大切なことだとわたしは思う。作家というものはグローマンズ・チャイニーズ・シアターやワックス・ミュージアム、バーニーズ・ビーナリーやディズニーランドに一度も足を運ぶことなく、あるいはパサディナのローズパレードに一度も参加することなく、ロサンジェルスで生涯生き続けることができると知るのはとても大切なことだとわたしは思う。男であれ女であれ、作家であろうとなかろうと、アイダホ州のボイジよりもロサンジェルスの方がより孤独を味わえると知るのはとても大切なことだとわたしは思う。もしくは、何もかもが公平なら、電話をかけて（電話を持っているとしたら）一緒に飲んだり喋ったりできる相手を一時間半以内に一九人は見つけることができる。わたしはこの街のあちこちで浮浪生活をしてきたのでよくわかっている——ロサンジェルスが見事なのは、誰であれその人が孤独を望めば孤独でいられるし、みんなと一緒にわいわい騒ぎたければそうできるところなのだ。ほかの街だと二つの選択がこれほど簡単にはできないように思える。これは実に素晴らしい奇跡のようなことで、とりわけ作家にとってはそうなのだ。

街とは、暮らす場所、仕事をする場所、通り、車、人々、ただそれだけの意味でしかなく——人々はそれぞれの場所で苦悶や厄介ごと、愛や欲求不満、死や鬱陶しさ、裏切りや希望を抱え込み、それらと格闘している。わたしが手に入れたのはロサンジェルスへの愛で、その愛ゆえこの地を離れるたびにいつでも何度でもすぐに戻りたくなってしまうことを認めなければならない。もしもスモッグにやっつけられたりしなければ、いつの日かロサンジェルスの歌さえ何曲も生まれることだろう。

本物のロサンジェルス人は洗練されたやり方も身につけている——自分のこと以外にあれこれと口出ししたりしない。それを冷淡だと勘違いされることもあるが、ニューヨーク・シティやシカゴに住んだことがある人なら、ほんとうの冷淡さとはどんなものか身に沁みてわかっているはずだ。

どこであれいい詩人を見つけるのは難しい。この街で見つけるわたしたちの作業も一筋縄ではいかなかった。どこであれいい詩はほんのわずかしか書かれない。それでもこのL・Aでひっそりと——

少しは必死になっているかもしれないが――書き続けている人たちが、老若男女を問わずいる。わたしたちは最良の作品をここに選んだと思いたい。しかし間違いもあれば、気づかなかったこともあるだろう。本書は聖書ではなく、実験的に集めたものだ。ここは詩人の街で、その何人かがここに収められている。どの作品も力に満ち、明晰さとユーモアに溢れ、情感が渦巻いていることに気づかされることだろう。

文句を言う奴らには文句を言わせておけばいい。

ディスカウント・ストアのゾディーズで会おう。

ジ・アウトサイダー

座り込んでこの文章を書こうとしている今、わたしの目の前には次のようなものがある。雑誌『ジ・アウトサイダー』の一、二、三、四・五合併号、二冊の本、『我が心、その掌中に』と『死の手の中の十字架像』。ひんやりとしたロサンジェルスの昼下がり、わたしは高層アパートに囲まれて座り込み、デロングプレ・アヴェニューのこの最後のドヤ街のアパートが取り壊しになるのはいつのことかと考えている。わたしの右手に本と雑誌が置かれていて、わたしは下着のパンツと靴下を洗濯したばかりで、それらはガス・ヒーターの上に張られたロープからぶら下がっている。だからどうした？　わたしは言わなければならない、世に出た短い期間の中で、『ジ・アウトサイダー』はほかの雑誌以上にわたしたちの文学の上に多くの足跡を残したと。おそらくはジョンとルイーズが何を掲載するかを選び、それから自分たち自身が選んだものを印刷したから。おそらくはそれで特色が出たから。もちろん厳選していたこともあったし、貧しさも影響していただろうし、二人が不運だったこと、風変わりだったこと、天才だったということも……わたしは、おそらく、ほかの誰よりも二人のことをよく知っていたので、彼らのことを少し語らせていただきたい。彼らがどんな風に生きていたのか、わたしがどんな風に彼らと一緒に生きたのか、何もかもうまくいくのをわたしがどんな風に見ていたのかを。

『ジ・アウトサイダー』第一号を見てみよう。表紙はジプシー・ルーだ。いろんな名前が登場する

――シンクレア・ベイレス、コーソ、ディ・プリマ、スナイダー、チャールズ・オルスン、ギンズバーグ、ラングストン・ヒューズ、ソレンティノ、ローウェンフェルス、ファーリンゲティ、クリーリー、マックルーア、ヘンリー・ミラー、リロイ・ジョーンズ、バロウズ、ケイ・ボイル、ポール・ブラックバーン、などなど……後にジョンがわたしに教えてくれたのだが、著名な作家たちはボツになって新鮮味のなくなってしまった作品を彼に出版させようとしたので、書きあがったばかりの勢いのある新しい作品を渡すようにと強く言い張り続けなければならなかったということだ。中身よりも名前だけに頼っている雑誌があまりにも多すぎる。『ジ・アウトサイダー』では優れた作品ばかりがふんだんに収められていて、作家たちの写真も掲載され、裏表紙には今はもうなくなってしまったリトル・マガジンの広告が出されていた。『ステートメンツ』、『シカゴ・チョイス』、『ビトウィーン・ワールズ』、『クルチャー』、『ノマド』、『アジェンダ』、『アウトバースト』、『ユーゲン』、『トゥー・シティーズ』、『サティス』、『ビッグ・テーブル』……

『ジ・アウトサイダー』第二号もまたジプシー・ルーの表紙だ。演奏中の二人のジャズ・ミュージシャンも一緒に写っている。第一号と同じく、この号もまたニューオリンズで作られている。どちらの号も大変な労力と苦労を厭うことなく、手作業の小さな印刷機を使って刷られている。前号ほど名前ばかりが強調されることはなくなっているが、それでもジュネ、バロウズ、ネメロフ、コーソ、ケルアック、ヘンリー・ミラーといった名前が並んでいる。本号では写真とコメントによるジャズのドキュメンタリー記事にもページが割かれている。パッチェンの白黒のデッサンもまた何点か掲載されている。パッチェンの絵のあたたかみは彼の子供っぽい色使いに依るところが大きいので、何とも残念に思えるが、デッサンはたとえ白黒でもあたたかく、パッチェンの味が十分に出ている。最初のページに掲載されているのはニューオリンズの建物の写真だ。錆びた鉄の手すり、傾いて、ネズミやゴキブリが這い回る、いにしえのフレンチ・クォーターのこうした建物は今はもう一軒も残っていない。写真の下には興味深い文章が添えられている。「左上の建物の中にあったのが有名なダブル・ディーラーで、一九二一年に創刊されたその雑誌は、まだ無名だったヘミングウェイ、フォークナー、そしてシャーウッド・アンダースンを世に送り出す手助けをした。右にある建物、ホイットマンが書き込んでいた部屋の中で、一九六一年に『ジ・アウトサイダー』が誕生した。おそらくは言われているほどには興味深いものではないかもしれないが、ヘンリー・ミラーやW・ローウェンフェルズの手紙も何通かある。『ジ・アウトサイダー』はいくつか間違いをおかしている。ジャズ特集に関しても貴重というよりは実用的なもののように思える。しかし散文や詩の選択の素晴らしさに関しては編集の非凡の才がはっきりと見て取れる。自分のまわりに何人かはいい作家がいると思うなら、それなら、わが友よ、見つけるべきはいい編集者だ。いい編集者はいい作家よりももっと稀少な存在で、どんないい作品が読めるのかは編集者次第だと考えているなら、わたしたちがどんな類いの文学的地獄で生きざるを得ない状態に無理やり投げ込まれているのか、その現状をしっかりと認識しなければならない。

『ジ・アウトサイダー』第三号の表紙は狂った詩人チャールズ・ブコウスキーの写真で、右端の上の方にあるのは額入りのジプシーの絵だ。ブコウスキーはまったく美男子ではない。イギリスの文学界のある著名な人物が怒りにかられて長文の手紙をジョンに送ってきたが、その一節は次のようなものだった。「物怖じもせずによくもあんな酷い顔を表紙にできたものだ」そうなのだ、ジョンは物怖じしない人間なのだ。初期のある号で彼は誰からも恐れられていた不可侵のロバート・クリーリーを物怖じすることなく攻撃した。

わたしが持っているこの号にはジョンとルイーズからの私的な短信もあれば、ブコウスキーの詩集『我が心、その掌中に』の広告もある。しかし第三号はブコウスキーの詩がただ特集されているだけではない。そうなのだ、ある夜ドアの下の隙間から差し入れられた手書きの**立ち退き通告**の一部も印刷されて掲載されている。「……アラゴン・アパートメント、南三三四番地、ウェストレイク・アヴェニュー、ロサンジェルス、カリフォルニア。ブコウスキー夫妻賃借のアパートメント。立退くこと。理由：限度を超えた飲酒、喧嘩、卑猥で下品な言葉。ほかの居住者への迷惑」これがこの号の中でいちばん面白いとわたしは思ったが、ほかにも登場しているのは、パッチェン、スナイダー、クリーリー、マックルーア、バロウズ、アーヴィング・レイトン、ジュネ、ダイアン・ワコスキー、ノース、ミラー、アンセルム・ハロー……ここでもまた豪胆で、力強く、熱情に溢れていることが誰の目にも明らかな作品だけが見事なまでに選ばれて印刷されている。いい作品ならたちまちのうちに読む者の目を捉えて離さない。そうなることを願って読まれる文章が夥しい数あるが、それらに永久不滅の雄叫びを上げさせようと〝さまざまな名声〟を批判しなければならないそのやり方は、そう簡単なことではない。ウェブ夫妻はそれを成し遂げた。

『ジ・アウトサイダー』第四・五号は合併号だ。亡くなる間際にジョンは〝三号合併号……〟のようなことも言っていた。それは年長のジョンがありきたりな文学仲間のいつでも一歩先を歩んでいることを証明していた。それはさておき、四・五号はパッチェンの写真を表紙にして単行本の体裁が取られていて、彼は濃い色のサングラスをかけ、ラッキー・ストライクではないかと思えるタバコを吸っていて、背後には薬瓶とランプが写っている。この写真からは自堕落さに苛まれている暮らしぶりが浮かび上がってくる。本号はニューオリンズを離れ、チュソンでのやり直しを図っている。ルーの肺気腫は悪くなっていくばかりだった。K・パッチェンの特集では当時彼のことをよく知っていた仲間からの賛辞が並び……この分厚い号に登場しているのはほとんどが無名の人たちで、ぐうたらとしていて、興味深い彼らの名前がうまく収まっている。今も知られている名前もある。エリザベス・バートレット、ディ・プリマ、リヴァートフ、ロレンス・ダレル、ロバート・ケリー、トーマス・メルトン、レノーア・カンデル、ジャクソン・マックロウ、ジャン・コクトー……はたまた、エドスン、ウィリアム・ウォントリング、エイナー、ハワード・マッコード、デヴィッド・メルツァー、マーガレット・ランダル、ブラウン・ミラー、ジーン・ファウラー、d・a・レヴィ、ロバート・ブライ、ノース、ディック・ヒギンス、デヴィッド・アンティン、アンセルム・ホロ、T・L・クリス、ジョージ・ダウデン、サイモン・パーチック、エメット・ウィリアムス、カイ・ジョンソン（カジャ）……ジョンはいろんな流派が混ざることをまったく気にしていなかった。もしもあなたがアメリカの文学者気取りの連中の学徒だとしたら、ここではほとんど誰一人触れられていないことに気づく。ジョンが望んだことはただひとつ、どの分野であれ最良のものを見つけ出すということで、彼はそれを成し遂げているとわたしは確信する。わたしが期待していた以上に鮮烈で興味深く現実的なものとなっているパッチェンを賞賛する特集には、以下のような人物が登場している。ノーマン・トーマス、ブラザー・アントニナス、ギンズバーグ、J・B・メイ、ノース、ミレン・ブランド、K・レクロス、バーン・ポーター、デヴィッド・メルツァー、ファーリンゲティ、ジャック・コンロイ、フレッド・エックマン、そしてヘンリー・ミラー。

有名人の名前を並べ立てただけの内容のように思えたとしても、実際にはそうではない。ただ単に情熱の炎が『ジ・アウトサイダー』に傾いていたというだけのことなのだ。溜まり場にして、居酒屋、神々が潜む部屋にして悪魔たちが潜む部屋……まさにかけがえのない場所、先端を行く場所……文学が飛び跳ね、叫び声をあげる場所で、声が記録される場所、時代が記録される場所、それが『ジ・アウトサイダー』で、それはジョンとルイーズ・ウェブ、そして今この時ジョン・ウェブは……この世から去ってしまった。

二冊の本。『我が心、その掌中に』。チャールズ・ブコウスキー。「猫と同じ轍を踏む小鳥たちがわたしの頭の中で歌い続けている」新作と撰詩集一九五五年から一九六三年。ひどい詩集ではないが、不滅の名作と呼べるものはせいぜい一、二編だけだ。コルクの表紙、乱暴に色がつけられたページ、ブコウスキーの写真、ブコウスキーの半分だけ、長いタバコ、ボガートっぽい、くたびれていて、単純。まずまずだ。これは愛の仕事、詩人が戻ってこなかったかもしれない愛の仕事。

『死の手の中の十字架像』新作詩集一九六三年から一九六五年、一編の詩を除き、締め切りがギリギリまで迫った状態の中で書き上げられ、ブコウスキーの最高傑作とは呼べないものの、熱がこもっていて、抒情詩調で（いつもとは違って）、淀みのない調子で悲しい歌を歌い上げ、二〇〇〇年は持つと思われる紙に印刷されていて、二〇〇〇年持つものはどんなものでも——キリストのように——退屈千万なものになってしまう。この本の装幀はノエル・ロックモアによるもので、一八〇〇部の本が箱に入ったまま、ニューヨーク・シティのライル・スチュアートのじめじめとした地下倉庫の中で腐り果てていると噂されている……

よしきた、あれはいつでもすぐに読める作品の記録集だ。わたしはヘンリー・ミラーの本を持っていて、それはフランスの画家に宛てた彼の手紙を集めたものだったが、エリザベス・バートレットに手渡したところ、まだ最近のことだが、彼女はウェブ夫妻を赤字状態から救い出そうと、もしくは生き続けられるようにしようと、ほかの本と一緒にオークションに出品してしまった。ヘンリー・ミラーの最新刊はジョンがこの世を去った頃に出版されたものだが（そうわたしは確信する）、わたしには送られて来ていない。

そこで、ここから、もしも許してもらえるなら（ここまで書いてきたのだからそうしてもらえなければ困るのだが）、作品の背後にいる奇妙な人たちのもっと個人的なことについて書いてみたい……

一九五五年頃、L・A・カウンティ総合病院を、生き永らえて、退院した後、また酒を飲めば今度は確実に死ぬと言われていたものの、わたしはまた飲み始めた。わたしは今も飲み続けている。実際の話、ちょうど今電話がかかってきて、ジョンの息子、ジョン・ウェブ・ジュニアからの電話だった。「今何しているんですか?」「きみの親父とその妻のことを書いているところだよ」「そうなんだ」、彼が言った、「ビールを飲むのにまさにうってつけのタイミングじゃないですか。お邪魔しても?」「もちろんだよ」、わたしは答えた。

そこで執筆をちょっと中断することになるが、また書き続けなければならない……

よしきた、一九五五年頃病院を退院した後、わたしは仕事を見つけた――イースト・L・Aの軽量設備品工場の発送係で――アパートの部屋も見つけ、タイプライターも手に入れ、ビールの栓を開けて、一〇年間の活動中止期間の後、また執筆を始めた。散文ではなく詩を書くようになった。最初に書きあがった四〇篇か五〇篇の詩をテキサスのある雑誌に郵便で送り、それからどういうわけか『ジ・アウトサイダー』のことを知ったのが、事の起こりだった。何かいいことがありそうだと直感的に気づいた。わたしはキングスレー・ドライブの例のキッチンに座り、それから次にはマリポサ・ストリートのキッチンに座って、交響楽を流しっぱなしにして、タバコを吸いまくり、たったひとり、タイプライターの音を鳴らして、言葉を叩きつけたり、絞り出したり……過ぎ去った一〇年間、死の間際まで行った体験や不健康な状態が、書きまくるための糧となった。新たに書きあがった作品群は『ジ・アウトサイダー』に送った。すぐに反応があった。詩が郵便で届くやいなや、返事をもらったようだった。人の心を駆り立てずにはおかない詩だという言い方をジョンはした。許してもらえるなら、ロマンチックだということだ。かけがえのないものであり、絵空事ではまったくないものということでもある。わたしは詩と一緒に手紙も書いた。わたしは半狂乱状態だったのだと思うが、そんな状態になれるにこしたことはないではないか。『ジ・アウトサイダー』第一号の作品のほとんどは失敗だったが、第二号になると、二人の間でいろんなことがうまく行き始めた。詩がかたちになり始め、すると、突然、ジョンが言ったのだ、詩集はどうかな？　同時代の偉大な作家たちと連絡を取っている彼が無名の人物の本を作りたいというのだ。なんてこった、わたしは言った、やってやろうじゃないか！

ニューオリンズまで会いに来ないかとわたしはジョンとルーに言われた。いいぞ、とわたしは思った。彼らに本物の詩を見せてやろうじゃないか、そして彼らがその生身の詩を気に入らなかったら、作った本を破り捨てることだってできる。

その場所は朽ち果てたフレンチ・クォーターの建物の歩道の下で水に浸かっていた。生まれてからずっとわたしのことを知っているかのようにジョンはわたしを迎え入れてくれた。「ブーク」と彼が呼びかけた。「やあ、ブーク……ビールはどうだい？」わたしたちはしばらくお喋りをし、それから彼がこう言った、「ルーに会いに行けばいいじゃないか。二筋ほど行ったところで絵を売っているよ」「わたしのことがわかるかな？」「わかるよ」と、彼が答えた。「きみもすぐわかるよ」

ほんとうだった。わたしたちはお互いにすぐに気づいた。寒い日だった。絵は大したものではなかった。一枚一ドル、一枚二ドル……まったく惹かれなかった。ジプシーは年代物のショールを纏っていた。不滅さのかけらもない絵だったが、それなら人々はもっとそうだった。わたしたちは道を渡り、観光客向けの店でコーヒーを飲んだ。まったく生気のない人たちでいっぱいのまったく生気のない場所。

「それであなたは詩人なのね、そうでしょ?」彼女が尋ねた。

「ここは気分が悪くなるよ」と、わたしは答えた。

「そうね、コーヒーを飲み干しちゃいましょう」、彼女が答えた。

ルイーズはわたしよりも逞しく、より本物で、より寛大だった。わたしはこんなふうになってしまった人類社会を決して許すことができなかった。彼女ならできる。彼らにはどうすることもできないと彼女は思っていたのだ。わたしはまだ受け入れることができなかった。ある意味、わたしはより良い人物に出会ったのだ。

わたしたちはコーヒーを飲み終え、絵を抱えて、水に沈む部屋へと戻った。ジョンはP&チャンドラーの印刷機にページを優雅に供給していて、わたしは椅子に座ってうとうとしていたら、ルイーズがディナーを用意してくれた。それからわたしは立ち上がって表に出て六本パックのビールを四個か五個買ってきた。戻ってきて何本か開ける。それからわたしは部屋の中を見回した。壁の前に紙の束がいくつも積み上げられている。ブコウスキー、一ページ、と書かれている。ブコウスキー、二ページ。ブコウスキー、三ページ。彼らのベッドは支柱が付いているので、その下にもページが積み上げられている。いたるところブコウスキーだらけだ。

バスタブの中にもブコウスキーが積み上げられている。二人は風呂を使うことすらできない。

「ブコウスキー、ブコウスキー、ブコウスキー、**どこもかしこも！**」ルイーズが金切り声で喚く。「このくそったれ野郎なんか大嫌い！　それが今わたしたちの家にいて、太鼓腹でビールを飲んで、偉そうにしている！」

ルイーズはイタリア人だ。激しく燃え上がるイタリア人。彼女は思っていることをぶちまける。ジョンはもっと内省的だった。彼は激昂して最後の捨て台詞を口走るのではなく、賢明で繊細で微妙で難解な発言をし、賢そうに微笑んでどんな反応をするのか相手の目をじっと見つめる。二人は申し分のない組み合わせだ。二人とも地獄で生き抜いてきたかもしれないが、天国で結婚したのだ。太陽と月、海と大地、馬と鳥が対になって組み合わされている。一人に欠けているものを、もう一人が与えていた。

いずれにしても、わたしは彼らに何か負い目があるように思え、飲んで飲みまくり、女たちと人生、命がいくつあっても足りないような数々の仕事、ほとんど頭がおかしくなりながら、女から女へと、ある場所から別の場所へと渡り歩く男の身の上に降りかかる狂気の沙汰など、次から次へといろんな物語を二人に話して聞かせた。奇跡と運と恐怖の物語。二人が話を面白がっているのがわかったので、わたしはもっと続けた。気持ちのいい夜で、ゴキブリが壁を這い回り、その数があまりにも多いので、硬い背中と触覚をうごめかして思いやりのかけらもなく這い回る黒いゴキブリたちが壁そのもののように思えた。ゴキブリや酔っ払い、そして狂気に囲まれ、文学や詩、言葉の価値をより高め、より素晴らしいものにしようと何とか頑張っているものの、まったくチャンスのかけらもない人たちがここにはいる。

さて、彼らが眠ってしまったので、わたしもどこかで眠り、そうして日々が過ぎていった。夜になるとバーへと繰り出し、そこでわたしはジョンの小説の編集者と出会い、彼は口がきけなかったので、わたしたちは一晩中紙ナプキンに字を書き、比べ物にならないほど酔っ払ってしまった。何と比べて？ジェイムス・ジョイスよりも酔っ払ってしまった。

それはともかく、そんなふうだった。街角で絵を売る。印刷。バー。酔いどれの物語。『ジ・アウトサイダー』。すべての人たち。そして「欲望」という名の路面電車。わたしは街を去った。本が出版された……

わたしは知らない。ジョンとルーはいろんな街で暮らした。わたしが思い出すのはもう一冊の本――『十字架像』。しかしその間と後にはいくつもの街があった。わかりやすく言えば口に出すことのない恋愛関係だった。彼らはわたしを満喫していた。わたしは彼らを満喫していた。わたしはコーソと会った。コーソとわたしは大声で怒鳴りあったこともあったが、わたしたちのどんな直感や発言にしても、その奥にはいつでも優しさが潜んでいた。コーソは最も優しい人物の一人だ、そしてジョンとルイーズもまた。わたしは厄介な男の役を演じたが、それは誰かがそうしなければならず、そうしなければ背景が何もなくなってしまう。

ところで、『十字架像』に関しては奇妙だった。毎朝二日酔いでわたしが顔を出すと（彼らはわたしを太った素敵な女性と一緒に角を曲がったところに住まわせてくれた）、ジョンが家の中に招き入れてくれてこう言う、「ブコウスキー！　詩をもっとたくさん！」そこでわたしはタイプライターの前に座って一篇書き上げると、彼はその詩を直ちに印刷する準備に取り掛かる。かくして、本が出版された。わたしは街を離れた……

彼らはいつでも移動していて、印刷機を引っ張り、二匹の犬とたくさんの原稿と本と、それにそれに……「会いに来ておくれよ、ブコウスキー……」そこでわたしは出かけていった。この時はサンタフェで雨が降っていた。金持ちの精神科医の家だ。妻が二人か三人いる。わたしは酔っ払っている。妻たちの中の一人と一緒にベッドの中にいる。三メートルの距離の間にバスルームが六つ。道の向こうに塔のような家。玄関から入るには三〇メートルは昇らなくてはならない。精神科医はこれらの敷地を全部借りている。わたしは精神科医に会う。わたしがこれまでに会ったことのあるほかの精神科医たちとまったく同じで――精神を病んだ誰よりももっとからっぽだった。

「ブコウスキー」、ジョンが尋ねた、「わたしたちはここにいるべきかな？」

「何のためにいるんだ？」

「『ジ・アウトサイダー』のために」

「彼は何を望んでいるんだ？」

「印刷機を入れるには壁を一つ壊さなくちゃならないんだ。それから彼はセメントで壁を埋め直す。わたしたちはここに閉じ込められてしまうんだよ、わかるだろう。厄介な話だ。でも家賃は払わなくていいって言っているんだ。好きなだけここにいることができる。だけど彼の詩を本にしてくれってそれとなく言ってくるんだよ……」

というわけで、ジョンとルーはそこから別のところへと引っ越し、それからまた別のところへと……またしても、ニューオリンズに舞い戻り、わたしは街角で絵を売っているルーのもとへと出かけていく。彼女は膝の上に大きな地図を広げている。アメリカ合衆国の地図だ。暮らすのが不可能な場所すべてに鉛筆でばつ印をつけている。地図全部が真っ黒になってしまう。

「わたしを見てよ」と、彼女が声を上げて笑いながら言う、「この地図をくまなく見ていくのに五時間たっぷりかかったの、それで何がわかったと思う？——暮らせる場所はどこにもないの」

「そう言ってやろうと思っていたんだよ」、わたしは口に出す……

ジョンはいつでも相手を批判したり、文句を言わずにはいられなかった。最近やたらと広まっている間違った認識の虜となっていた——相手を怒らせればほんとうに言いたいことを言って正体を見せるという誤った考え方だ。ジョンはいつでもわたしを相手に試そうとしてみたが、何ひとつ成果はなかった。ジョンはわたしたちみんなと同じように孤独で混乱していて狂気に取り憑かれていたが、それでも二、三人いる二〇世紀最高の編集者のうちの一人だった。『ストーリー』のホイット・バーネット、いにしえの『マーキュリー』のメンケンと並んで……

言っておくがこうした人たちはあまりにもいろんな場所に移り住んでいるので、正確な順序は覚えていない。今わたしが覚えているのはアリゾナのそれぞれ異なる三か所の店先のある建物で、そのうちの一つはニューメキシコだったかもしれない。ジョンは腕のいい大工で、そうした店先を改築しては、そこを自分たちが住める場所にしていた。もっとも暮らせる場所は全て印刷機に取り囲まれていたが。彼らは自分たちが暮らせる場所をちゃんと見つけられたためしはなかった。いつでも次のところへと何度も何度も引っ越すことを余儀なくされた。彼らは人間嫌いになってしまった。ニューオリンズでのこと、彼らは印刷機を移動させ、電気との接続を取り外すために（印刷機は特別な電力を必要とした）作業する人間を一人雇った。すると彼らは気が変わって、また印刷機を元の場所に戻させ、電気も接続し直させたが、またまた気が変わって印刷機は電源に接続されないまま、窓から引っ張り出された。ぴったりの場所を探し求めての、この絶え間ない引越しによって、彼らの財政は逼迫してしまった。印刷機や紙の在庫、自分たちの所持品や二匹の犬のために運送費を払い続けた。わたしは彼らに教えようとした、アメリカ中どこへ行っても、アメリカの人たちは根性が腐っていて、嘘の塊だと彼らに教えようとした。

ジョンが亡くなったのはテネシー州でのことだった。特別なことではなくて、いつもの手術がただうまくいかなかったのだ。

ジョンの息子が父親がまだ入院している時、わたしの家でわたしと一緒にいた。わたしたちはまずルイーズに電話をかけた。「あんたたち何をしているの？　ジョンが入院しているのに飲んでいるの？」

ジョンの息子が医者たちに連絡した。彼は卒業を間近に控えた医学生だった。彼が医者たちと手術全体について話し合っているのにわたしは耳を傾けた。危険な手術ではなかった。医者たちはまだ手術に取り掛かっていなかった。息子はジョンと話をした。「ブコウスキーから何か連絡はあったの？」息子が彼に尋ねた。「いや、ブコウスキーはもう書かないよ。ヘンリー・ミラーは今もわたしのために書いてくれるけどね、先だってヘンリー・ミラーが書いてくれたばかりだよ……」

「ブコウスキーはもう諦めたの？」

「まさか、わたしはブークを諦めちゃなんかいないよ……」

手術はうまくいかなかった。片側の首に生じたものを何とかしなければならなかった。反対側の首のその部分はなくなってしまっていた。残った別の部分に手を下さなければならない。手術が行われた。その後ジョンは昏睡状態に陥ってしまった。ルーもその場にいた。彼女は信心深かった。わたしはそれほど信心深くはないが、そうなのかどうかは彼女自身の問題だ。彼女はベッドのそばで祈っていた。医者が病室に入って来て、彼女に何をしているのかと尋ねた。「わたしの夫が生き永らえますようにと祈っています」と、彼女が医者に告げた。「そうか、わたしは彼が死ぬようにと祈っているよ」と、医者が答えた。

ルーが跳び上がった。「彼が死ぬように祈っているだって？　いったいあなたは何てとんでもない医者なの？　あなたっていう人はいったいどんな人間なの？」

「もし生き永らえたとしても、彼は重度の精神薄弱者のようになってしまう。子供のようになってしまって、何もできなくなってしまう……」

「そんなこと気にするとでも思って？　彼が精神薄弱者のようになったからってどうだっていうの？　わたしは彼の世話をするわ。わたしの夫なのよ！」

ルイーズ・ウェブのような女性は二〇〇万人に一人いるかいないかだ。ジョンは息を引き取った。

「手術は何もかもすべて問題ないみたいだった。彼は無事に乗り越えられたみたいだったのに、それが……**ドカン！**……何かがうまくいかなかった……」

医者の説明はそんな調子だった。州の中で最高の外科医の一人。

一〇年間続いた『ジ・アウトサイダー』は終わってしまった。メンケンとバーネット以降最も偉大な編集者はいなくなってしまった。ビールとお喋りのわたしたちの素晴らしい夜は終わってしまった。コーソやギンズバーグからの訪問もなくなってしまった。極楽の境地を探し求めて国中印刷機を引っ張り回す、それも終わってしまった。『ジ・アウトサイダー』がこの先も続くかどうか、わたしは甚だ疑問だ。雑誌の継続や印刷機に関することでルイーズとジョンの息子がいろいろと話し合ったが、もう終わってしまったのではないかという気がわたしにはする。ジョンとルイーズとわたし自身に関するもっと面白い話をいくつかできればいいと思うが、もはや紙幅が尽きてしまったようだ。

前科者、元作家、元編集者、ジョン・エドガー・ウェブの奇跡……今こそ空が少し落ちて来たり、道路が真っ二つに割れてぱっくりと穴を開けたり、山が揺れ動いたりするように思える。しかしそんなことにはならない。もはや歴史、すべてが歴史で、ゲームは続いて行く。新しいカード。酒のお代わり。そして悲しみ。わたしたちはいつまでも生きていられなくて、無駄なことばかり繰り返し、過ちばかり犯す定めなのだ。ほら、ジョン、あなたがにやりと笑っているのがわかるよ……あなたのためにブークがこんなことを書くってわかっていたんだ。寒くなって来たが、表に白いコルベットが止まり、そこから美女が降りて来る。どうしてなんだろう。

——チャールズ・ブコウスキー　一九七一年一一月二五日

ヴァーンの妻

ヴァーンは写真家で彼には若い妻、クローディアがいた。二人はフロリダに引っ越したばかりで、そこでクローディアが妊娠していることに気づいた。二人は子供が欲しくなかったし、フロリダでは中絶は違法だとわかっていたので、処置をするためにカリフォルニアまで行きたいが、自分たちは一文無しなので金を貸してもらえないかとヴァーンが手紙を書いて、それをわたしに送って来た。

競馬場でつきまくるという滅多にない週を過ごしたばかりだったので、わたしは金を送り、それからクローディアを迎えに空港へと出かけた。

クローディアはわたしがこれまでに会った中でもずば抜けて美人の一人だった。髪の毛は長く、赤みがかったブロンドで、その顔やからだからはセックスの匂いがぷんぷんと激しく香り立っていた。大きな青い目で、相手をじっと見つめ、心の中まですっかり覗き込んでしまうかのようだった。いちばん興奮させられるのはその唇で、ふっくらとしていて、劣情をそそり、いつでもちょっとだけ開いていた。

わたしがこれまで見た中でいちばん短いミニ・スカートを穿き、小さなスーツケースを持ってわたしに近づいて来る彼女にまわりの男たちの視線は釘付けになっていた。妊娠している女にはまったく見えない。わたしは彼女の頬にキスをして、自分の車へと案内した。

クローディアとわたしはまったくの他人というわけではなかった。そもそも二人が結婚したのはこのロサンジェルスでのことで、夫が留守の時、わたしたちは何度か抱き合ってキスをしたりしていた。

「あなたの部屋に泊まることになるのかしら?」彼女が尋ねた。

「そうしなくちゃならないだろうね」と、わたしは答えた。「金銭的に厳しい状況なんだ。わたしの書いた小説が売店に並べられているというのに、まだ原稿料をもらっていないんだ。おまけにうんと飲みすぎているし、そんなにたくさん書いていないからね」

「そうね、いいわ、それなら」

わたしの家に着くと、わたしはハンバーガーの用意をし、クローディアは隣の部屋に行って、風呂に入った。風呂の中で歌っている彼女の声が聞こえる。

夕食の準備が整うと、彼女は赤いシルクのガウン姿で現れた。下には何も着けていない。静かな夕食だった。それから彼女が疲れたと言って、ベッドに行きたがった。わたしも疲れたと答えた。

彼女がベッドに入り、わたしはそばに立って服を脱いだ。彼女の赤いガウンはベッドの端に脱ぎ捨てられていた。

「びんびんにおっ勃っているじゃないの!」と、彼女がひそひそ声で言った。「ねえ、何もできないわよ。ヴァーンはわたしたちを信じているんだから」

「どうやったら妊娠していない女性を妊娠させられるんだ?」

「知らないわよ。でも何もしないようにしましょう」

「そうだね」と、わたしは言った。「ヴァーンが俺たちを信じている」

わたしはベッドの中に入った。彼女の唇は開いたままだった。わたしはそこに自分の唇を押し付け、唇が裏返る勢いで彼女の唇の裏側まで激しく舐めまくった。熱いキスだ。わたしのペニスが彼女のからだにぴったり押し付けられている。彼女が身を振りほどいた。

「やめましょう」、そう訴える彼女は、突然とても幼く、とても傷ついているように見える。

わたしはカバーを引っ張り上げ、その中に頭を潜らせて行った。舌先でその部分に、触れるか触れないかのように軽くそっと触れる。思いきり優しく舌先を動かす。彼女がゆっくりと両脚を広げ、からだを動かし始める。彼女の息遣いが荒くなり、うめき声も漏らしている。わたしは容赦しなかった。

「ああ、このこんちくしょう野郎！　このこんちくしょう野郎！」

わたしはまだまだ何分間もやり続けた。

それから彼女が金切り声で叫んだ。

「**そのでっかいやつをわたしにぶち込んで！**」

迫り上がってひとつになろうとすると、彼女はわたしの頭を引っ掴んで、猛烈なキスをする。わたしは挿入した。彼女はびちょびちょに濡れていた。わたしはゆっくりと調子よくピストン運動をする。彼女の目がひっくり返って白目になっている。ゆっくりとした動きをたっぷりと時間をかけて続け、クライマックスに達しそうになると、わたしは激しく突きまくり、雄叫びをあげ、思いきり奥まで突っ込み、彼女の唇に自分の唇をぶつけるように押し当てた。最高のクライマックスだった。しばらくそのままでいて、それから彼女の上から降りた。

「ヴァーンはわたしたちを信じているよ」と、わたしが言った。

「彼はとんでもない馬鹿者だわ」、クローディアが答えた。

二時間ほど後、わたしは彼女とアナル・セックスをした。それから真夜中近く、彼女はオーラル・セックスをしてくれた。

「ヴァーンはめちゃくちゃいいやつだな」と、わたしは言った。

わたしたちは熟睡した。目が覚めると、彼女は朝食の用意をしてくれていた。わたしは彼女に後ろから抱きついた。わたしの一物が大きくなる。

「やあね、あなたはわたしが出会った中でいちばん好色な男よ」と、彼女が言う。

「わたしが書くエロ小説のおかげだよ。興奮させられるからね」

「いくつか読ませてもらえるかしら?」

「もちろんだよ」わたしは自分の本の中の一作を彼女に手渡した。彼女はその本を手にしてわたしの車に乗り、中絶手術の予約に出かけた。戻ってくると、彼女はわたしに向かってその本を振って合図をした。

「あなたの言うとおり。いやらしい小説ばかり。めちゃくちゃ興奮しちゃってるの」

クローディアは着ていた服を脱いでベッドに向かった。わたしも同じことをする。わたしはベッドに入って、彼女をほんの少しじらす。ますます彼女が燃え上がる。それからわたしは彼女を上にのせ、やりたいことをすべてやらせた。わたしは俎板の鯉だ。レイプされているかのようだった。

「愛しているわ、このくそったれ野郎め」彼女がわたしに向かって怒鳴りつける。

「正気をなくしているよ、クローディア」わたしは彼女に教える。

同時に絶頂に達し、わたしもほとんど正気を失ってしまった。それからわたしたちは起き上がってランチを食べた。

「いつもぐうたらしているから絶倫でいられるのね」彼女が言った。

「そうさ」と、わたしも同意する。「でも作家生活って大変なんだよ。いったん書くことが身についてしまったら、ほかのことはもう何もできなくなってしまう。書くことだけがすべてになってしまって、それでうまくいかなかったら、死ぬしかないんだ」

クローディアが共感しているようにはとても思えなかった。

わたしはこの町で地元のセックス・マガジン・チェーンの配布の仕事をしているメイに電話をかけた。

「やあ、メイ」と、わたしが言う。

「あら、ブコウスキー」と、彼女が答える。

「聞いておくれよ、メイ、いろいろと厳しいんだ。家賃を捻出しなくちゃならないんだ。仕入れ番号 #1600 の売れ行きはどうなっている？　売店に並べられてからもうひと月になるだろう」

「役に立てればいいんだけど、チャーリー。社長は頑張って売ろうとしているんだけど、景気はずっと悪いままなのよ」

「何てこった、この前は一八ポイントも上がったじゃないか」

「そうなの、彼の在庫以外は何もかも全部上がったのよ。マイナス五になっちゃった号もあったみたいよ。社長だったか彼の弟だったかよくわからないけど。ヘマばっかりしているのよ……」

「わかったよ、メイ、何とかしてあの #1600 をあいつの目の前に置くようにしておくれ。腹ペコじゃいいものは書けないからさ……」

「チャーリー、あんたはわたしのいちばんお気に入りの作家なのよ……」

「ほんとうかい？　じゃあ社長は俺のことをどう思っているんだ？」

「社長がですって？　あいつは自分の雑誌なんて絶対に読まないわ……」

翌日わたしは中絶手術を受けるクローディアを車で送って行った。わたしは車の中で『ライフ』や『タイム』を読んで待っていた。一時間かちょっとしてクローディアが出て来たが、まるで何ごともなかったかのような様子だった。

「掃除機みたいなの」と、彼女が言った。「何もかもすべて吸い出すの……」

車に彼女を乗せて戻った。彼女は服を脱いでベッドに入った。

「自分の赤ん坊をなくしちゃった」と、彼女が言った。「何だか悲しいわ」

「元気を出せよ」と、わたしは言った。「またおっぱじめようぜ」

「六週間はセックスをしちゃだめだって医者が言ったわ」

「六週間だって？」

「そう言ったのよ」

「ああ、何てこった……」

次の日の午後、わたしは彼女を空港に送り届けた。男たちみんなの目が彼女に釘付けになった。到着した最初の日に穿いていたものよりももっと短いミニ・スカートを穿いていた。

「じゃあ、何もかもありがとう」と、彼女が言った。「執筆がうまくいくことを祈っているわ」

「もしかしてわたしたちのことを書くかもね。とてもいいセックスをこっちでしたじゃないか」

「どうやって小説にするって言うのよ？」

「もしかしてだよ。それがわたしの厄介なところなんだ」

彼女を飛行機に乗せ、自分の車に戻ると、舞い上がる一羽の小鳥が目に入った。ヴァーンの妻は機上でフロリダに向かっていた。

　フリーウェイに乗り、戻ってタイプライターに向かおうと車を走らせた。わたしはクローディアに恋していて、新しいインクリボンも必要だった。

スケベ親父の手記——『ノラ・エクスプレス』一九七二年四月一四日〜二七日

Notes Of A Dirty Old Man: NOLA EXPRESS, April 14-27, 1972

ボトルを抱えてタイプライターの前に座り込むというのは、恐怖を乗り越えるいちばん簡単な手段というわけではない。わたしはこれまでの人生ずっと作家になることを夢に見続け、今は悪魔に取り憑かれている。書くことは感情を昂らせてしまうもので、あらゆるできごとの前で自分たちはなすがままにされるしかない存在なのだと思うまでになってしまう。草の葉は剣となる。色恋沙汰は人を腑抜けにしてしまう。わたしが知っている何人かとグルになって、わたしはタフガイを気取っているが、誰一人としてだましているわけではない。救いとなることの一つは（ありきたりなことでしかないが）時々声を上げて笑うことができるということだ。それができなければ、続けることは不可能になってしまうだろう。ふつうの人間なら、八時間も働けば、くたくたになりながらも満ち足りた思いで家に帰って来る。作家に関して言えば、満ち足りた思いなど無縁だ。いつでも達成すべき次の仕事が待ち受けている。わたしたちは自らの言葉で磨きをかけられる。わたしの恋人がこんなことを言う、「ああ、あなたって神経質すぎるわ。あなたを見ているとマリーンランド（ロサンジェルスの南にある遊園地、海洋動物保護施設）にこんな魚がいたなって思い浮かべてしまう。いたるところ針を突き出しているの。それに触れたりしたら狂ったように大暴れ。あなたをそこまで連れて行って、どんな魚か見せてあげるわ」

「わかった、連れて行っておくれ。その魚を見てみたいよ」

わたしたちは自分たちなりのちょっとしたショウを演じ続けていた。一度はバスルームの鏡の前に立って、首にカミソリを当てたことがあった。わたしは――どんよりとした目つきでちょっとだけマジになって――自分自身を見つめ、それから大声で笑いださずにはいられなくなった。ガス自殺を試してみたこともあった。うまくいかなかった。史上最悪の頭痛に襲われて目を覚ましただけだ。詩人のジョン・ベリーマンは最近橋の上から川に身を投げて目的を達した。いいやり方を見つけた。文章を書いている友だちがいる。両手首にリストカットの痕がある。

書くということは創造することであり、待つということだ。郵便はなかなか届かなくて、原稿料はとても安い。わたしはいくつかの大学で何とかしてポエトリー・リーディングをやらせてもらっている。どこかまで吹きやられて行き、自分の詩を読んでお金をもらうというのは何ともおかしな気分だ。それに一緒に寝たがる女性が必ず何人か登場し、ただで酒も飲めるというのは。わたしは自分の恋人を愛しているので、そうした女性たちと一緒に寝ないが、お酒はいくらかはいただく。

わたしは詩の朗読が好きではないが、それは生き延びるための手段であり、聞きに来てくれる人たちのほとんどは意外なことに誰もが元気で溌剌としていて、ちゃんと詩を理解もしてくれる。しかも面白いことが必ず起こったりする。ミシガンでのことだが、わたしは自分の詩を読むのを途中でやめて、学生と腕相撲をした。ほら、大したことではないか――腕相撲をするだけで四〇〇ドルも貰えるとは。勝ったのはわたしだが、ズルをしたと学生に言われた。ほざくがいい、わたしほど歳を取ると、ズルをするしかないのだ。

カンザス・シティではこんなこともあった、空港にわたしを迎えに来た車の運転手がベロベロに酔っ払っていたのだ。しかも雪が降っていた、三月後半のことだというのに。

「クソみたいなカンザス・シッティ〔クソのShitとかけている〕にようこそ、ブコウスキー」、車の運転手がテキーラのボトルをわたしに向けてぐいと突き出した。わたしはそいつを頂戴し、二人で車に乗り込んだ。高速道路は凍結していて滑りやすかった。道路の端には溝ができていて、その溝にはまってしまっている車にしょっちゅう出くわした。

「この道をちゃんと走れない連中ばかりなんだ」と、わたしの運転手が言った。

「なあ、アンドレ」と、わたしは言った、「この詩をきみのために読ませておくれ」

書いたのはわたしの恋人で、やたらとセクシーな一篇だった。ある箇所まで読むと、アンドレが言った、「勘弁してくれよ！」、そして彼は車の運転ができなくなってしまった。わたしたちを乗せた車が何度もくるくると回っている中、わたしはボトルを持ち上げて声をかけた、「アンドレ、こりゃもうだめみたいだな……」

車は何度か回転し続けて溝の中に突っ込んだが、裏返しの状態にはならなかった。寒くて車にはヒーターが付いていなかった。わたしは繊細な詩人なのだからと車の中でじっとしたまま酒を飲み、アンドレが車から親指をずっと突き出してくれていた。

わたしたちのために誰が止まってくれたと思う？ また別の酔っ払いだ。車の中はビールだらけで、ウィスキーのフィフス瓶まであった。リーディングは無事に行われた。

女子寮の部屋に泊めてもらったこともあった。そこまでされているのに自分の愛を試すいい機会を与えられたと思えないのだとしたら……

ハリウッド・ヒルズで開かれたパッチェンのための募金集めの催しでのこと、リーディングを終えてバーのカウンターの中でドリンクを二杯作ってるわたしに、若い女性が近づいて来た。からだも、顔も、目も、髪の毛も、そうであるべきところは何もかも――美しくて申し分のない女性だった。

「ブコウスキー」と、彼女が声をかけてきた。「あなたの詩はかけがえのないものね。あなたのせいでほかの詩人たちはみんなどうしようもなくくだらなく思えてしまう」

「そうかい、ありがとう。わたしは永久不滅じゃないかもしれないけれど、少なくとも理解はしてもらえる存在だ」

「あなたとやりたいわ」

「何だって？」

「あなたとやりたいの」

「失礼するよ、彼女に飲み物を持って行かなくちゃ」

素敵な余禄じゃないかだって？　それがディラン・トーマスを滅ぼし、ほかのたくさんの詩人たちをとんでもない愚業へと追い込んでしまったのだ。詩に耳を傾ける人たちは尊重されなければならない、そして、拒絶されることもまた……

『夜の果てへの旅』を書き上げた後、セリーヌは自分が出版者たちからどんな扱いを受けたのか喚き散らすようになってしまった。認められて、ちゃんと扱ってもらいたいのが作家というものだ。あらゆる作家に求められていることはといえば、何とかして生き延びられるかどうかということだけで（これもまたありきたりな言い方だが）、だからこそ作家は死ぬまで書き続けられるのだ。セリーヌは『夜の果てへの旅』への旅の後、ユーモアを失ってしまった。もちろんのこと、彼は戦争のせいでめちゃめちゃにされ、町を逃げ出し、おまけに彼の患者たちは治療費を払わなかった。しかし少なくとも彼は医者でもあり、タイプライターのリボンを使うことのほかにもやり続けなければならないことがあった。いい文章を書けない作家など乞食以外の何者でもない。フリーの身で生きるならゆっくり待たなければならない。神は郵便配達人で神はしばしば気にもとめてくれないようなのだ。

わたしたちのほとんどみんなは幸運なことに、一般大衆の悪い習癖には侵されていない。新車にはうんざりさせられるだけ、テレビはばかげている、着る服などかまっちゃいない。わたしたちの最大の心配事は酔っ払ってイースト・カンザス・シティにかけるあの電話だ。それにしばしば自分たちをひとつにさせてくれる素敵な女性たちにも恵まれる。わたしたちは自分たちの感情すべてをさらけ出し、女性たちを裏切ったりはしないが、別の場面では彼女たちにひどい仕打ちをしたりする。わたしたちは相手の話を聞くのが得意ではない。女の友だち連中がどうしようもない馬鹿に思えたりする。鈍感そのもの。ほかのみんながどうして面白いと思えるのかわたしたちはまるで理解できない……作家たちというのはひどい血統だ。女性たちはわたしたちにずっとよくしてくれた……ほとんどいつでもと言っていいだろう、いい作家の陰にはとんでもなく素敵な女が必ずいる。愛を奪い去れば、半分のアーティストの仕事は失敗に終わる……

そうだね、機械でパンチ穴を開ける仕事よりはマシだ。クビになることもない。もちろん、作家として夜ベッドに入っても、朝目が覚めたら何の値打ちもない人間になってしまっていることだってある。才能というものは時計がカチッと一秒を刻む間に消滅してしまう。しかし奮闘するだけのことはある。自分の戦場で死ぬことは素晴らしい。いったいどれほどの男や女たちが自分たちのいちばん得意なことを実際にやっているのだろうか？　平日の朝七時半のフリーウェイの光景こそ今世紀における恐怖というものだ。いずれにしても、そのうちのひとつだ。わたしたち誰もが他人の利益のために退屈で機械的な仕事をして自分たちの人生の貴重な時間を捧げ、そうできることに感謝するようにと言われ続けてきた。確かに、こうした涙を流さざるを得ないことのために、わたしたちは何かを書こうとし、わたしたちは救われているのだ。その代償はまるで理屈に合わないが、闘うことは素晴らしい。

賞賛の言葉を受ける瞬間が何度となく訪れる。用心するに越したことはないが、時にはしあわせな気分も味わい、ばかげた振る舞いに出るのもいい。そうしたっていいじゃないか。ほかの人たちはほとんどみんなやっているのだから。そうした瞬間にしあわせな気持ちになってはいけないという、どんな畏れ多い理由があるというのか？　そうなってもいいじゃないか。わたしたちは正反対の世界をくぐり抜けて来たのだ……ガスの火口からシューシューと音がしていたり、錆びたカミソリの刃を手にしてあの鏡の前に立っていたり。子供っぽくて馬鹿らしい。くそっ、たまにはヘミングウェイの気分にもなるだろう。例えば闘牛を見に行くとして、タバコは咥えたまま（わたしは半分はヘムで、半分はボガート気取り）、コートのポケットには上等のウィスキーのパイント瓶を忍ばせ、腕には、自分よりも二〇歳も若いピチピチとした女がしがみ付き、その女はおまえがいい勝負をしているとわかっていて、おまえの中では言葉が駆け巡っていて、今にもかたちになるのを待ち受けていて、おまえが彼女と一緒に歩いて中に入って行けば、燃え上がる炎、勢いづく火、石炭も真っ赤に燃え、疑うべくもなく、おまえは何もかも手に入れたかのように歩き、この時間この瞬間この時、彼女はおまえを愛している、ブコウスキー、そしておまえは王旗のロイヤル・スタンダードも首を締めるには十分な長さのリボンも手に入れていて、彼女は誇らしげに気高く、おまえに寄り添って歩き、最初の闘牛はすでに登場していて、彼らは寄ってたかって剣を突き刺し、牛を衰弱させ、こうした夏の日は過ぎ去って行き、こうしたほかの女たちみんなもまた、刑務所、自殺の鏡、葬式、寝室でひとりぼっちで過ごす夜、腐ったサラミの狼たちに引き裂かれ——ジェーン、ゲルトルード、バーバラ、フランセス、フランセスさえも、そしてリンダ、リンダ、リンダ。わたしは自分の中に渦巻いているもの何もかもを堰き止めておくことができない。わたしは空の底の真下で身動きが取れなくなっている。

おまえは今こうしたコラムを書いているところなんだよ、ブコウスキー。おまえはこの先いつまでこうしたコラムを書き続けることができるのかな?

わたしにはわからない。ドストエフスキーはやってのけた。わたしもやってのけられるだろう。

最近やったことの中でいちばんよかったことは何だい?

そうだな、ハリウッド・ブルヴァードで淋病にかかった女を買ったことかな。

おまえも淋病になったってこと?

いや、わたしは病気はもらわなかったから。

話変わって、わたしはいつか木曜日の夜にオリンピック・ブルヴァードであんたたちみんなに会うことになるだろう、たばこをボガートっぽく咥え、ビール片手で、もしもついていたら、恋人もわたしのそばにいる。ついていなかったら、わたしはひとりぼっちだろう。幸運を祈ってくれたまえ。日本人とメキシコ人のプロボクサーたちは根性が座っている。黒人と白人は拗ねたところがある。彼らは持って生まれた才能を発揮し続けているが、もはやとことん怒りには駆られていない。わたしは今も怒りに駆られているし面白がってもいる。まわりのほかのものを見ることによってしかわたしは自分が何者なのか伝えられない。わたしがあんたにビールをおごったとしたら、あんたもわたしにビールをおごってくれなくちゃだめだ。そうしなくちゃならないというわけではないが。闘牛とボクサーたちと言葉。突然わたしは気分がよくなった。すぐにそうではなくなるだろうが、今はその気分を味わおう。さあ今度はそっちから何か言っておくれよ。

スケベ親父の手記――『L・A・フリー・プレス』一九七三年六月一日

Notes Of A Dirty Old Man: L.A. FREE PRESS, June 1, 1973

彼がバーから電話をかけてくる。ジュークボックスの音楽が聞こえる。彼はサンフランシスコからこの街にやって来て、ファーリンゲティで必死に稼ぎまくろうとしたり、ボブ・カウフマンのためにポエトリー・リーディングをしたりしていた。デュークがこの街に来ていて、訪ねて行ってもいいか確かめているのだ。「おいでよ」と、わたしは答える。デューク・サンティーンがこの街に来ていて、家に向かっているとわたしはカレンに伝える。

デュークは路上の詩人だ。五〇年代前半から詩の女神ミューズをものにしようとしていた。書きさえすればいい詩を書くことができる。しかし独自のエネルギーを持ち続けていて、ハッタリをかましているわけではない。わたしは六二年型のコメットに乗り込んでビールを買いに出かける。戻って何本か飲み、デュークがやって来るのを待つ。

彼がやって来る。髪の毛は前よりも銀色になっていて、肩を落としてはいるが、彼は今もボクサーで、グラブで殴り合うことができ、それに大声で笑うこともでき、熱く燃え上がり、北にも南にも行ったことがあって、どうすればいいのかもよくわかっていて――彼の著書の中の一冊のタイトルは『アメリカの詩人はみんな刑務所の中にいる』というものだ。

デュークは書くことができる、疑いの余地はまったくない、九篇か一〇篇か書けばひとつぐらいはとんでもないやつが書けるが、一〇〇篇書いて九五篇が傑作だということはない。今以上に彼の本がもっと出版されるべきだ。わたしにはそれがよくわかっているし、彼自身もわかっているだろう。そんなわけで、わたしは彼をカレンに紹介する。カレンは彫刻家で、今はハリウッドの小劇場ですぐにもプロデュースされる芝居の仕事に取り掛かっているが、アンダーグラウンドの出版社から詩集も出していて、売り込み中の長編小説もある。わたしのまわりは才能のある者ばかりだ。

デュークが頭像をじっくり鑑賞する。「素晴らしい、素晴らしいよ！　ほんとうに才能があるよ」と、彼がカレンに伝える。

「その頭像はね」と、わたしがデュークに教える。「ジェファーズなんだ」

「ジェファーズ、そうなの？　あっちの頭像はどうなの？　あれもジェファーズかい？」

「違うよ、あれは彼女の父親だ」

「俺はロサンジェルスに戻って来たんだよね。街に出て最初に目に飛び込んで来るのはうんと短いスカートを穿いて歩いている女の子で、あまりにも短いから今にもおまんこが見えそうなんだ」

「ここはいい街だよ、デューク」

「フリスコでザ・フットを見たことがあるよ。すごいやつだ、最高だったね」

「ザ・フットだって？」

「アレン・ギンズバーグのことさ。彼は足を骨折していたんだ」

わたしたちはビールを飲む。デュークが手提げ鞄から四角いジャケットに入ったレコード盤を取り出す。「こいつは最高だよ。俺はこいつのエージェントになるんだ。聞いてみなよ。最高だぜ」

二人で耳を傾ける。カウボーイ・ソングの数々。そのほとんどが何かの真似のようで、ユニークさのかけらもない。それでも一曲だけはめちゃくちゃ良くて、チャンスにも恵まれることだろう。わたしたちはビールを飲む。

「サンセットを渡っていたんだ、こいつと俺と二人で、バーニーズから出て来たばかりで、するとおまわりが俺たちを呼び止めやがる。俺たちゃ酔っ払っていたんだ。俺はやつに触ろうと手を伸ばし、手を伸ばしてやつに触ろうとして、おまえにも友だちが必要だろうと言うと、そのくそったれ野郎は銃を抜いて俺に向けやがるんだ！」

わたしはデュークに何本かタバコをせびる。いつでも買うのを忘れてしまうのだ。

「俺が東部にいた時のこと、目も当てられない感じで糞を垂れてしまったんだ、ほら、場所が見つからなくてね。ひどい下痢だったから、思わず通りでしゃがみこんだら、おまわりがやって来て言うんだ。『こんなところで何やってんだ？』俺は答えたよ、『おまわりさん、俺が何をやっているように見えるんだい？　パンツの中に糞なんか垂れてほしくないだろう？』するとおまわりが言うんだ、『いや、するんならパンツの中に糞してくれよ！』」

わたしたちは大声で笑い、それからデュークが続ける。「これは今作ったばかりの話だよ」

「頼むよ、デューク」と、わたしが言う。「マジだと思っていたのに」

デュークが立ち上がる。腰のあたりにビール瓶を載せて持ち歩く独特のやり方を身につけている。彼ならではのものだ。立ったまま窓の外を見つめる。外は暗く、寒くなっている。わたしたちのいるところは貯水池の上の方だ。

「死んでから俺は本を出してもらえると思うな。死んでから俺はみんなに発見されるんだ」

その手の発言にうまく答えるのは難しい。二人とも何も言わない。デュークは窓の外を見続けている。ビール瓶は腰に載っかったままだ。

「原稿がぎっしり詰まったトランクを木の下に埋めたんだ」

「どこにある木なんだ？　デューク」

彼がどこか中西部の州名を言う。それから戻って来て椅子に座り、ビール瓶を持ち上げる。「死だ」と、彼が言う。「それから死が待ち受けている」彼が声を上げて笑う。「どうして俺たちみんなをひと思いに殺して終わりにしてくれないんだろう？」

デュークの銀髪が顔の両側に垂れ下がっている。今も情熱の炎を四六時中ずっと燃やし続けている男ならではの美しさと気高さが彼には備わっている。わたしはビールをもっと取り出す。デュークはたわごとを口走るが、そのほとんどは単なるたわごとで済むものではない。自分だけの世界に浸ってはいるが、彼よりもましな人間と街ですれ違えるのは、月に一回、あるいはもしかして年に一回もない。あるいは多分……いずれにしても。

「こっちにやって来たのは自分のタイプライターを質屋から出すためさ」と、彼が言う。

「いいか、デューク」と、わたしは言う。「何でもいいから、パートの仕事を見つけて、小さな部屋も見つけ、そこで書き始めればいいじゃないか。バーや詩人の溜まり場にばかり足を運ぶのはやめて、女たちのことも忘れて、書けばいいじゃないか？」

「自分にとっての最後の詩はもう書き上げちゃったんだ。もうおしまいなんだよ。今は歌を書いている。歌作りに夢中なんだ」

彼の靴の底はいくつも穴があいていたが、それでもわたしは彼に新たなタバコをせびる。

「ジニー、俺がこの前こっちに来ていた時に会っているよね？」

「ああ」

「そう、ジニーだよ、ある女の子の部屋に俺を連れて行ってくれたのが彼女で、一時間かちょっとどこかに出かけることになったけど、忘れ物をして取りに戻ったら、俺はすでにそこの女の子と一緒にベッドの中に入っていて、それでもジニーなら修羅場になったりしないで、ちゃんとわかってくれるんだ」

ビールはあっという間になくなってしまうようで、六本入り三パックなどそれがどうしたという感じで、デューク様とブク様にとってはそんなものは飲んだうちに入らない。わたしたちは買い足しに出かける。車の中で彼がカレンについて感想を言う。「彼女は文句なしだね。見た目は馬も乗りこなせそうだけど。でもあれがまさに女の中の女だ」

「ああ、彼女はバッチリだよ」

デュークとわたしは酒屋に入って店の男と打ち解けて会話をする。わたしたちのような変わり者を見たのはこの二〇年、三〇年で初めてらしい。わたしはタバコを買うことも忘れない。家に戻って、お喋りを再開する。

自分の作品は死んでから出版されるとデュークが今一度同じ話を繰り返して言う。彼がまたカウボーイのレコードをかける。中の一曲がとても気に入ったとわたしは彼に告げる。

「そうなんだ、こいつは淫らなやつなんだ」と、デュークが言う。「ステージに上がると、曲と曲の合間に大声で叫ぶんだ、『おまんこが舐めたい!』って」

カレンが自分の彫刻について少し喋り、それからわたしは競馬場で自分がなかなかうまくやっていると伝える。三〇年間賭け続けて来て、わたしはたった一〇〇〇〇ドルほどマイナスになっているだけだ。デュークが何人かの名前を話題にする。ケルアック、ギンズバーグ、ラマンティア、ファーリンゲティ、そのほかにも何人か。みんな彼がかつて知っていたか、今も知っているかどっちかの人物だ。ニール・キャサディとその他いろいろ。

「いろんな名前が部屋中を飛び交って俺の耳に飛び込んで来るよ、デューク」と、わたしは彼に言う。

「だから何だってんだ？　素敵なやつらだよ、みんな素敵なやつらだよ」

「そのとおりだよ、デューク」

わたしはもっとビールを持って来る。何だか悲しくなって、言葉少なくなる状況になってしまう。もうちょっとぐいぐい飲めば、もう少しましな気分になれる。「ちょっとしたゲームだよ」と、デュークが洩らす。「とんでもないゲームなんだよ」

わたしは口走る。「レオ・ドローチャーが言っていたな。『うまくやれるよりもラッキーな方がいい』って」

デュークは返事をしない。手にしたビールを見下ろしている。

「俺はうまくやれてついているのがいいな」と、わたしは言う。

わたしたちはどうやらいい気分ではなくなっているようだ。デュークが喋りたがっている時わたしは自分も努めて喋ろうとする。わたしたちはなおもほんの少しだけお喋りをし、それからデュークを予備の寝室へと案内する。たとえ自分の持ち家でなくても予備の寝室があるのはいいことだ。

朝になるとカレンがスクランブル・エッグとウィンナーの朝食を作ってくれる。我がデューク様は何時間も前に起きてうろつきまわっていた。顔はピカピカに磨き上げられていて、二日酔いの気配はまったくない。一刻も早く場所を移動して、またあれこれといろんなことをやりたくて仕方がない様子だ。すぐにもわたしたちは車に乗り込む。

「フリスコに戻らなくちゃ」

「わかったよ、相棒」

「ハリウッドとヴァインの交差点で落としておくれ」

「オーケー」

歌や詩が入った手提げ鞄と丸められた自分の絵の中の一枚をデュークは手にしている。わたしたちは車でハリウッド・ブルヴァードに向かい、わたしももはや浮かれてばかりはいられない。ビールとお喋りに興じる時はおしまいだ。太陽は昇り、ギラギラと強烈に照りつけ、日曜の朝のハリウッド・ブルヴァードはやたらと手強い。手強いだって？　いることが不可能なぐらいだ。しかしデュークが行きたがっているのはハリウッドとヴァインの交差点なのだ。デュークはロマン主義者なのだ。わたしたちは車を走らせ、到着すると車を路肩に寄せる。自分の財布の中を覗き込むと、一ドル札と一〇ドル札が一枚ずつしか入っていない。「デューク」と、わたしは声をかける、「一ドルでも一〇ドルでもどっちでもあげられるけど、一〇ドルはあげたくないなあ」

デュークが一ドル札を手にする。眠る場所がある作家から眠る場所のない作家への一ドル。車から降ろすと、銀髪の彼は手提げ鞄を持ち、降りた場所でわたしの方を向いて立っている。「じゃあな」と、彼が言う。「酒の海の底にいる俺を見つけてもらえるかもしれないから、俺のことを覚えておいてくれよ」

「もちろんだよ、相棒」

ハリウッドの手強い太陽の真っ只中に彼を置き去りにしてわたしは走り去る。ガルボとグレイブルとハーロウとW・C・フィールズの亡霊たちがあたりをさまよっている。Uターンして車の向きを変え、やつは行ってしまった、よし、やつは行ってしまったぞ、去って行ってしまった、いなくなってしまったぞと思いながら、家に向かって運転し、わたしは彼が行ってしまったことを嬉しく思いながらも同時にいなくなってしまって寂しい思いにも襲われている。家に帰ると、カレンに伝える、「あいつをハリウッドとヴァインの交差点で落っことしたんだ」

「文無しだったみたいね」と、彼女が言う。

「ちくしょうめ、あいつは筋金入りのやり手なんだ。あいつの黒い小さなノートを見るべきだよ、あらゆる人間の名前が書き込まれている。あいつはうまくやれるよ」

「大変なことなのよ、あんな風に生きて行くのは」

「そうするのが気に入っているんだよ。あいつはほかの生き方なんか望んじゃいないよ」

わたしはキッチンに行って、セブンアップを見つける。一息で半分飲んでしまう。とてもうまい。

わたしはひどい二日酔いなのだ。

さてと、作家たちがやって来てドアをノックすることになるが、それはたいていがひどい作家たちで、わたしが思い出すのはとりわけひどい一人の作家のことで、ビールをしこたま飲んだ後、そいつは怒りに駆られてしまったようで、こう口走ったのだ、「さあ、ブコウスキー、あんなたわごと全部俺たちが信じるなんて思っちゃいないだろうな!」「どんなたわごとだよ?」わたしは聞き返した。「どんな仕事でもやって、次から次へと女を取っ替え引っ替えしておまえが放浪生活をしていたっていうたわごとだよ、一〇年間まったく何も書かず、酒浸りになって、口からもケツからも血を吹き出して病院に担ぎ込まれたっていうたわごとだよ!」この男は本気で怒っていた。自分の人生では大したことなどほとんど何も起こらなかったから、ほかの人間がまるで違う人生を送ったりしていることなど信じられないのだ。その手の男たちはたいてい自分たちの人生を賭けて勝負したりしないし、そいつらに才能のかけらもないのもわたしのせいではない。それでひどい作品が生まれたり、ひどい作家が誕生したりしている。

いくつもの工場、と畜場、倉庫を最初は好きで選んだわけではなかったが、やがてはそこを選ぶしかなくなり、女たちも酒に溺れることもやはりそうだった。イエスとノー。それが成り行きで、成り行きは限定されたものだった。同じバーで昼も夜もずっと座り込んだり、サンドイッチの出前をしたり、路地でバーテンダーと喧嘩をしたりするのもまた同じ。これがわたしの文学のトレーニングで、狭い部屋でゴキブリと一緒に、あるいはネズミと一緒に暮らしたりすることも、ひもじい思いをしたり、自分自身を憐れんだり、自己嫌悪に陥ることもまた然り。しかしそこから物語が生まれ、詩が閃き、幸運に恵まれることもある。とてつもない幸運ではなくささやかな幸運で、もしもその幸運が、例えば五〇歳になった頃にようやく訪れるのだとしたら、わたしにとってはその方がずっといい。ハクスリーが『恋愛対位法（ポイント カウンター・ポイント）』の中でこう言っていたではないか、「誰でも二五歳で天才になれるが、五〇歳でそうなるには相当頑張らなければならない」多くの者が二五歳で天才呼ばわりされ、みんなに認められ、そして潰される。その道を辿る作家はそれほどたくさんいない。ひどい作家はいつまでもひたすら書き続け、いい作家は早々に潰される。ロック・スターたちが潰されるのと同じやり方で潰されるのだ。過剰にプロデュースされ、過大に賞賛され、必要以上に喧伝されることによって、俗物の間抜けどもにたかられることによって。神々はわたしによくしてくれた。わたしをアンダーグラウンドな存在のままにさせ続けてくれたのだ。

神々のおかげでわたしは現実の人生を生きられた。と畜場や工場での仕事を終えて部屋に戻り、不本意な詩を書くのは、わたしにとっては困難極まることだった。しかも不本意な詩を書く者は山ほどいる。わたしも今でもたまにはそんな詩を書いてしまう。厳しい人生を生きているからこそ厳しい一行が生み出されるのであり、厳しい一行、すなわち真実の一行は余計な装飾などをまったく必要とはしないのだ。

神々は今もわたしによくしてくれている。わたしは今もアンダーグラウンドだが、完全に無視され忘れ去られてしまうほどアンダーグラウンドではない。サンフランシスコでたった一度だけリーディングをした時、八〇〇人がやって来て、そのうちの一〇〇人はわたしに投げつけてやろうとゴミのバケツ持参でやって来ていた。一人につき二ドルもらえるのだから、そのゴミだってそれほど臭いわけじゃない。神々はそんなふうにわたしによくしてくれるから、聴衆の極端なまでの反応を――わたしを全面的に支持してくれるにせよ、とことん嫌うにせよ――引き出すことができる。これは幸運なことだ。ポエトリー・リーディングでわたしに向かって卑猥なことを叫ぶやつがいたとしたら、聴衆の中から誰かがボトルを手渡してくれる時とほとんど同じぐらいわたしは痛快な気分になってしまう。わたしがそんな目に遭うことはしょっちゅうだし、そのことを聴衆もよくわかっているのだ。わたしは丘の上に住んで妻がピアノを弾いていたりするきちんとした教授などではない。

誰であれ中傷されることからは逃れることができず、たいていの場合中傷する者はその対象を一刻も早く葬りたくてたまらないほかの作家だったりする。「ああ、あいつはもう忘れ去られてしまった存在だよ」、「ああ、あいつはとんでもない飲んだくれだ!」、「あいつは自分の女たちを殴るんだ」、「あいつはわたしを陥れようとしたよ」、「あいつは申請書に記入することなく奨学金をもらったんだ」、「あいつは最低だ」「あいつはホモ嫌いだ」、「あいつは嘘をつく」、「あいつは嫉妬深い」、「あいつは執念深い」、「あいつはビョーキだ」

こうした中傷野郎たちのほとんどがわたしのスタイルをそっくりそのままコピーしていたり、その影響を強く受けていたりする。詩を解き放したり、簡潔なものにして、もっと思いやりに満ち溢れたものにしたいからこそわたしは作品を投稿し発表していた。誰もが簡単についてこられるようにしたのだ。手紙を書けるのと同じやり方で誰でも詩が書ける、詩とはむしろ面白いもので、神聖なものに祭り上げる必要は一切ないということをわたしはみんなに教えたのだ。今やわたしはチャールズ・ブコウスキーのように書く者があまりにもたくさんいすぎて空恐ろしくなっている。もしくはチャールズ・ブコウスキーのように書こうと画策する者たちというべきか。しかし今もわたしは数多いる中で最良のチャールズ・ブコウスキーで、わたしの人生がそうであるようにわたしのスタイルも日々修正され、変わり続けているから、誰一人としてわたしに追いつけはしない。わたしを捕まえられるのはパパ・デスだけで、わたしは飲む酒の量を半分にするので、わたしが憎くてたまらない奴らはまだまだ苦しまなければならないことになる。わたしのコピーをしている者たちがアル中になって死んでいく中、わたしは真夜中に健康スパへとこっそり出かけていくというわけだ。おお、わたしは何と賢いことよ。

英雄たちを見つけ出すのはわたしにとってはあまりにも難しいことで、そこで自らの英雄を作り出さなければならない——わたし自身だ。それゆえに苦闘の夜を幾晩も過ごすことになる。日中もまた。人は柔軟でいなければならず、どんな変化も受け入れなければならないが、気まぐれに変われるというわけでもない。その行動は自然で、日々の暮らしの中から生み出されるものでなければならない。何やら神聖なことを言っているように受け取られてしまうのだとしたら申し訳ない限りだが、何を言いたいのかはわかってもらえると思う。成長し幅を広げた人間としてクヌット・ハムスンの多くの作品群は、最も興味深い一冊が彼の最初の作品の『飢え』だとしても、後につづく作品群も読めば賞賛せずにはいられなくなると思う。というのも成長、白い空気、幾つもの谷間、女たち、苦痛、ユーモア、そしてくだらないところなどまったくないことを誰もが感じ取ってしまえるからだ。いつかわたしが新たなるクヌット・ハムスンになれるとは思えない。わたしは怠け者すぎる。午後は寝転んでぐだぐだして、天井をじっと見つめていたり、もじゃもじゃの髭をこすったりしていたい。わたしは野望がないし、恐らくは一つの言葉を見つけ出すのにあまりにも時間をかけ過ぎてしまうが、わたしを賞賛する者たち、中傷する者たち、どちらにとっても、わたしは一つの決まった分野の中には閉じ込められていないので、チャールズ・ブコウスキーについて誰かが何かを語ったとしても、語れるのは昨日のチャールズ・ブコウスキーについてだけだ。そんなわたしを明日受け止められるかもしれないが、それが何者なのかあなたはしばらくはわからないことだろう。

告発者たちにわたしは言う、どんどん告発するがいい。褒め称えてくれる者たちにわたしは言う、せっせと褒め称えておくれ。わたしを愛してくれる女に、さあどんどん愛しておくれとわたしは言う。マリーナにわたしは言う、さあ、ちゃんと育って素敵な大人の女性になっておくれ。わたしの愛車にはこう言う、さあいつまでも走り続けておくれ、そうすればわたしは新車を買わなくて済む。わたしのタイプライターにはこう言う、さあ、もっともっといろんなことを教えておくれ、もっともっといろんなことを、新しいことを。さあ、さあ、さあ……

神聖だろうが、そうでなかろうが、要するにそういうことで、わたしに今言えるのはこれしかない。さあ、腹が減ったから、わたしはサンドイッチを食べることにしよう。辛いマスタードたっぷりがいいんだ、そうだろう？

スケベ親父の手記――『L・A・フリー・プレス』一九七四年六月二八日

Notes Of A Dirty Old Man: L.A. FREE PRESS, June 28, 1974

執筆するのに最適な場所を見つけること、それがいちばん大切だ。家賃は手頃で、壁は厚く、大家は細かいことには頓着しなくて、部屋を借りているのは、堕落した者、極貧、アル中、中産階級でもうんと下流の者たち。高層アパートの出現によって、専用の門を抜けて敷地に入っていくモーテル風の小さな共同アパートは、どんどんなくなってしまい、そうした場所につきものだったさまざまな魅力も、建物の消滅とともに消え去ってしまった。

わたしはデロングプレ・アヴェニューの通りに面したアパートで八年間暮らし、そこでは詩や小説が溢れ出た。正面の窓辺に座って、しょっちゅう表の通りを眺めやり、タイプを打っていた。まわりはビールの瓶だらけで、ラジオから流れるクラシック音楽に耳を傾け、裸足で、半ズボンを履いて座り、ビール腹がせり出していた。光と影と音に包まれ、わたし自身が響きを生み出していた。

わたしの大家は酔っ払いで、大家の女房も酔っ払いで、夜になると現れてわたしに誘いをかけてきた……「馬鹿みたいにタイプを打ちつづけるのはもうやめなよ、こんちくしょう野郎め、家に来て酔っ払おうじゃないか」そしてわたしは出かけて行く。ビールは飲み放題で、タバコも吸い放題、わたしは彼らに奢られっぱなしだ。彼らはわたしのことを気に入っていて、みんなで朝の三時か四時までお喋りをした。翌日彼らはわたしの部屋のドアをノックして、何かが入った袋を置いて行く。トマトや梨、りんごやオレンジ、たいていはトマトが入っていた。あるいは大家の女房が温かい料理を持ってしょっちゅうやって来てくれた――ビスケットとシャロット添えのビーフ・シチュー、グレイビー・ソースとマッシュポテト添えのフライド・チキンに豆のサラダとコーンブレッド。ドアをノックして、わたしの返事を確かめると、すぐに立ち去ってしまう。大家は六〇歳で、その妻は五八歳だった。わたしは毎週水曜日ごとに彼らの敷地のゴミの缶を、モーテルや裏のアパートから八缶から一〇缶ほど集めて出してやっていた。隣の部屋のアル中は毎朝四時にベッドから転げ落ちた。裏のアパートの一軒にはATD〔アルツハイマー型認知症〕の患者がいた。中央のアパートには男たちや女たち、子供達など一四人のプエルトリコ人が暮らしていた。彼らはほとんど物音を立てず、互いにぴったりとくっついて絨毯の上で眠っていた。

狂人たちがわたしのもとに現れた――ナチの連中、アナーキスト、画家、ミュージシャン、馬鹿者、天才、そしてどうしようもない作家たちも。誰もがわたしなら理解してくれるだろうと思って自分の考えていることを伝えようとする。ふとあたりを見回してみると絨毯の上に八人から一四人ほどの人間が座っていて、その中でわたしが知っているのは二、三人だけという夜もあったりした。怒りに駆られて、みんなを追い払うということもあった。かと思えば何もかもまったく覚えていない時もあった。わたしのものを盗もうとした者は誰もいなかったが、たった一人だけわたしの友だちのふりをした奴は、いつもわたしの本棚を漁って、初版本や稀覯本をこっそりシャツの中にしまい込んでいた。警察の手入れも頻繁にあったが、わたしが連行されたのは一度か二度、そう、二度だけだった。警察がショットガンを抱えてやって来たこともあったが、わたしは作家だと告げると、立ち去っていった。そう、暮らすのにも執筆するにもとてもいい場所だった。

それから愛が訪れ、わたしは引越しをして、その家でその女性と一緒に暮らすようになった。彼女はわたしにとてもよくしてくれ、二人の相性も良く、わたしは彼女の二人の子供たちも好きだった。広々としていて、日差しも遮られ、狂犬が一匹いて、裏庭も広く、まるでジャングルのようで、竹やクルミの木が生え、野生のバラの茂みに、イチジクの木、青々とした木々が茂り、リスも出没した。わたしの創作はそこでも捗り、愛の詩や愛の物語をいっぱい書いた。そうした作品をそれまではあまり書いていなかった。あたりを歩き回れば、太陽がわたしの中で輝いているかのようだった。とうとうわたしはあたたかな気分を味わうようになり、いろんなことがユーモアに満ち、ご機嫌で、うまくいくように思えた。自分の気持ちに何の疚しさも感じることはなかった。それでもそうしたことはうまく行かなくなるのが常で、結局はうまくいかなくなってしまった。一方、もしくは双方が恨みを抱いて憤慨し始める。かつては素晴らしいと思えたことが、もはやそう思えなくなってしまう。お互いに相手を責める——おまえのせいだ……おまえがやったんだ、おまえが言ったんだ、おまえはそんな振る舞いをすべきじゃなかったんだ、おまえが、おまえが……

わたしは急いで引越ししなければならなくなった。わたしは適当な場所、短い詩を書くだけで何とか暮らせるようところはどこかないかとあちこち探しまった。午後も朝もいっしょくたで気にせずに済むところ。毎月の家賃、保証金は二〇〇ドル、清掃代が七〇ドル、身元保証人。どこひとつとして人が住めるような場所には思えず、どの大家や管理人からも感じ取れるのは、強欲で、疑い深く、脳みそは空っぽと、最悪の気配ばかりだ。わたしのことをまともに見ようとすらしなかったやつさえいた。そいつはずっとテレビを見たままで、家賃がいくらか言うだけだった。わたしは自分が低脳で、湯や水が使えてトイレもある部屋を自分のものとして借りる権利を持ち合わせていない人間であるかのごとく、汚らわしい者扱いされた気分を味わい始めた。住めるような場所は実際どこにもなかった。わたしはくたびれ果ててしまい、とにかく誰かに金を払い、引越しを敢行した。

　モダンなアパートメントの二階の奥の方の部屋で、アパートメント24と呼ばれていた。中庭があって、管理人の夫婦が一階に住んでいて、彼らが留守にするようなことは決してなく、必ずどちらか一人がいて、たいていは妻の方で、彼女は白い服を着て、小さな茶色の袋を持って敷地を歩き回り、落ち葉をしょっちゅう拾い集めていた。地面に落ちる前に拾ってしまうのだ。顔にはおしろいをべったりと塗りたくり、いつでも完璧だった。口紅も濃く、しわがれ声で、その声はいつでも嘘八百を並べ立てていた。亭主はとんでもない大声の持ち主で、ドジャースや神やスーパーの商品の値段のことを大声でまくし立てていた。わたしがそこに引っ越した最初の夜、電話がかかって出てみると、管理人の亭主からで、わたしのラジオの音がうるさいと文句を言った。敷地じゅうに音が轟いているらしい。「敷地じゅうにあんたのラジオの音が響いているよ、ハンク」と、彼が言った。彼はお互いをファースト・ネームで呼び合おうと言い張っていた。わたしのラジオが大きな音で流れていることなど一度もなかった。わたしはラジオのスイッチを切った。すると誰かがアコーディオンを弾き始めた。「ああ、とても素晴らしい！」と、誰かが言う声が聞こえた。演奏している男はローレンス・ウェルクの曲をすべて弾きまくった。

　管理人の女房はいつでも敷地のどこかにいて、神出鬼没もいいところで、二日酔いの状態でわたしが階段を降りて行く時は、聞き耳をたて、彼女があたりにいないことを確かめ、それで何とか遭遇せずに済む。吸殻やゴミでいっぱいで、底が濡れて今にも破れそうになっている袋を持って、今にも吐きそうな気分で地上へと降り、裏の駐車場の車と車の隙間を抜けて、ゴミ捨て場に向かいかけると、突然ホウキを手にした彼女が飛び出してくる。「いいお天気ね、そうじゃなくって？」「ああ、そうだね」と、わたしは答える。「いいお天気だ」

彼女は郵便が配達される時間にはいつでも郵便箱のそばにいて、ホウキを手にして待ち構えていた。誰も自分の郵便物を自分で受け取ることができないのだ。あるいは誰か知らない人間が敷地に入って来たりすると、必ず彼女が尋ねる、「何か御用？」温暖な日には、彼女は並べられたデッキ・チェアーの一台に寝そべったりするのだが、わたしが暮らしていた間、温暖ではない日は一日もなかったように思える。誰かがやって来て彼女のそばに座れば、初めて自分たちの話や考えていることを聞いてもらえるようになるのだ。

モダンなアパートメントの住人たちはみんな同じだ。ゴシゴシと磨いたり、ワックスをかけたり、埃を払ったり、掃除機をかけたりすることにほとんどの時間を費やしている。何もかもがピカピカだ——ストーブも冷蔵庫もテーブルも。食器は食後すぐに洗われる。トイレに流れるのは青い水だ。タオルは一度使うたびに変えられる。ドアは開けられたままで、ブラインドも閉じられず、ランプのそばに座って無害なペーパーバックを静かに読んでいる、あるいは巨大なテレビの画面に映し出される笑い声が付け加えられたコミカルなホーム・ドラマを見ている住人たちの姿が目に飛び込んでくる。小さな装飾品やシダの鉢植えなど、何か吊り下げられるものを買って、隙間を埋めようとしている。ディスカウント・ストアのアクロンで過ごす日曜の午後が彼らの至福の時間だ。子供もいなければ、ペットも飼わず、酒に酔うのはクリスマスに新年と、せいぜい一年に二度だけ。

わたしの部屋には幅が五〇センチほどの小さなカウチが二台ある。そのうちの一台でいつもわたしは眠っている。どちらのカウチでもそこで女性とセックスをするのは無理だった。わたしは冷蔵庫の裏にゴキブリが一八匹いるのを発見し、わたしがタイプを打つと必ず階下の女が箒の柄を自分の部屋の天井にゴッゴッと打ち付けた。しかもいつでも誰かがわたしのドアをノックしてわたしがうるさくて迷惑だと苦情を言った。それからある日のこと、アパートメントのすべての借家人に、どの部屋も月の家賃が一律五ドル値上げになるという通知が届いた。その金額はわたしがいつも使っているゴキブリ退治のスプレーとほとんど同じだ。だんだん書けなくなり始め、とうとうほとんど何も書けなくなってしまった。わたしの編集者が電話をかけて来て、どんな作家にもスランプがあると言ってわたしの不安を取り除こうとしてくれた。まだ五年の猶予があるよと彼は言う。つまり五年間何も書かなくても、まだ面倒を見てくれるということだ。わたしは彼に感謝した……

そしてわたしは運よく出くわした。ハリウッドとウェスターンのすぐそばにこのアパートを見つけたのだ。たまたま中に入ったところ、ここを出ようとしている人物が引っ越しをしている最中だった。まさにわたしにぴったりの地域で――あたりはマッサージ店や風俗店だらけ、タコスの売店、ピザの店、サンドイッチの店。カツラやくたびれた櫛、汚れが全然落ちない石鹸、ヘアピンやローションなどを所狭しと並べている安売りのドラッグストア。夜も昼も立っている娼婦たち。つばの広い帽子をかぶって、カミソリのように鋭い鼻の持ち主の黒人のポン引きたち。真昼間に注射針の痕はないかと腕をチェックしてみんなに脅しをかける私服の警官たち。エロ本専門店、殺人、ゆすり、たかり、麻薬。ウェスタン・アヴェニューをハリウッド・ブルヴァードに向かって歩けば、わたしの中でまた太陽が輝き出す。わたしはまた恋に落ちているも同然だ。わたしの仲間たち、流れるわたしの時間、存分に味わう……

ここに引っ越してまだほんの一週間だが、昨日の夜自分のまわりを見回してみたら、ビールの空き瓶だらけ、ラジオがついていて、このアパートの何人かの住人がわたしの部屋を訪れていた。風俗店を経営している男、エロ本屋で働いている男が二人、そして近所のバーで踊っているダンサー。みんなで張り型やゆすりやたかり、大通りや裏通りで仕事をしている何人かの女たちの話をした。わたしたちは変態や善人、冷酷無情な人間のことを喋り合った。夜通し喋りまくり、タバコの煙がもうもうとして、大声で笑っても大丈夫。ビールがなくなってしまい、配達にやって来た若者はラリってぶっ飛んでいて、一時間ほど同席していった。わたしたちはチキンやポテトやコールスローやバンズも注文して持って来させた。夜は心地よく過ぎて行った。とうとうわたしはもうおひらきにしようと言った。わたしは朝の一一時からずっとビールを飲み続けていた。みんな酔いつぶれることもなくシャキッとしたまま帰って行った。わたしはトイレに行って小便をし、それからベッドに入った。ヘミングウェイだってここまでいい思いはできないだろう。光が差し込み始めていた。わたしはまたこの世界に恋をしている。ああ。

スケベ親父の手記――『L・A・フリー・プレス』一九七五年八月二二日

Notes of a Dirty Old Man: L.A. FREE PRESS, August 22, 1975

サンセット周辺、サンセットとウィルトンとがぶつかるあたり、フリーウェイの出入り口の近く、ガソリン・スタンドのそば、時々そこに出現するのはナチスのカギ十字をつけた制服を来た連中。真っ白なその顔はやたら楽しそうで、チラシを手渡している。ヘルメットも被っていて、中にはL・A・ラムズの選手にでもなれそうな大柄な若者もいる。いつでも戦闘態勢。アメリカのナチ党の党員たちだ。さてと、ここはハリウッド、だからB級映画の一場面のようだと思ってしまう者もいるようだが、ああやってあそこでほんとうに始まったんだよとやがては誰かが真実を教えてくれることだろう――本来なら映画館の隅っこの席で女の子にペッティングしているはずの若者たちがあの辺りでたむろして。気がつくとやつらはパリの大通りのカフェに座って、ことをおっ始めていたのだ。でももし共産党や社会党、ゲイの党や民主党や共和党を認めるのだとしたら、ナチの党が存在する権利はないとはちょっと言いにくくなってしまう。だからこそやつらが登場して来ているのだが、その狙いは死体焼却室やヒトラーが絶叫するパテのニュース映画の記憶を蘇らせ、普通の人たちをもっともっと苛つかせることで、だからこそ彼らは俳優のジャック・オーキーのベルボトム姿などを思い出させたりはしない制服を着ているのだ。

警察が三、四台のパトカーでその場に駆けつけることもある。ある日わたしがガソリン・スタンドで給油していたら、あたりの空気がやたらと張り詰めたことがあった。警官が七、八人、不測の事態に備えて、ピリピリと苛立ち、険しい顔をしている。ナチの党員たちが集合して隊列を組み、警官の一人と話しているリーダー以外は全員直立不動の姿勢をとっていた。やがてウィルトンのあたりに、ニューヨークのマルクス主義者たちの一団が現れた。インテリっぽいタイプで、痩身で、黒い髭を生やしたユダヤ人たちも何人かいる。身長はほとんどが一七〇センチぐらいで、日中の暑さの中でも黒いコートを着て、皺だらけの白いシャツの襟元ははだけたままで、誰もが叫んでいた。「おい、グレンデールに帰りな、くそったれ野郎ども！　ミュンヘンに帰れ！」

今にもぶつかり合って、大混乱となり、殺し合いすら起こりかねない気配が濃厚だ。言ってはいけない言葉がたったひとつ発せられたら、彼らは一団となって、お互いに襲いかかる。警官たち、マルクス主義者たち、ナチの信奉者たち。

車の中で座っているうち、昔から抱え続けている思いが蘇ってきた。どうやって人々はかくも力強く、絶対の厳しさと正しさで、まるで正反対のことを信じられるようになれるのか？　どうやって人は神の存在を確信したり、あるいはそれを否定したりすることができるようになるのか？　どんなことでも信じられるほど人が不幸な存在になってしまうのはどうしてなのか？　それなら何も信じないというのもまた信じるということになるではないのか？　トゥラララ。

わたしは車から降りて、ナチのリーダーと警官とが話をしている方へと歩いて行った。警官が先に近づいて来るわたしに気づき、ナチの男との話を中断した。警官がわたしを注視する。眉毛は赤く、日焼けローションを塗っているかのように見えた。わたしは一メートル離れた場所で立ち止まった。

「おい、何の用だ？」と、警官がわたしに尋ねた。

「パンフレットがほしいんだ。この男がどんな考えをしているのか知りたいんだ」

「渡すことはできないよ」

「どうして？」

「俺はこいつらを解散させる命令を受けていて、ここに五分後もいるやつは誰であれ逮捕されることになるんだ」

「だって俺はガソリンを入れているところなんだよ」

「ポンプのところにとまっているのはあんたの車かい？」

「そうだ」

「わかった。さっさとガソリンを入れて、ここから立ち去りな」

警官たちには殺されてしまうかもしれないし、ぶち込まれたこともこれまでにいやというほどあったが、わたしは彼らの存在に何か滑稽なものを感じずにはいられなかった。その力は絶対的でどこからも決して邪魔されることがないというまぎれもない事実が彼らを滑稽で嘲笑わずにはいられない存在にしているのだとわたしにはどうしても思えてしまう。誰にでもわかることだが、たとえたった一人の人間にだけでもそんな力が与えられたとしたら、それはとても危険なことで、与えられた人間はよからぬ考えなどは決して抱いたりしてはならないし、間違って使わないように、思慮分別を持って行使するよう、しっかり心がけなければならない。とは言え、ロサンジェルスのような大都会では、何千という男たちがそうした力を与えられ、銃や警棒、手錠や送受信ができるラジオ無線機を携え、パワー・アップされた車に乗って、わたしたちの中へと送り込まれてくる。そしてヘリコプター、変装、グリーン・ベレーの訓練に加えてガス弾、警察犬、そしてもっと危険な存在——女たち。

それでもなお滑稽な感覚は拭い去れない。かつてわたしは自分の居場所でパーティをして、しこたま酔っ払った。わたしは敷物の上で意識を失っていたが、パーティは続いていた。それから誰かに引っぱられ、わたしは意識を取り戻した。「ブコウスキー、誰かが訪ねて来て、あんたと話したがっているよ」敷物の上に寝転んだまま、わたしは目を開けて見上げた。帽子を粋に傾けて被り、葉巻をふかしている警官だった。

「あんた、ここの家主かい?」

「違うよ、おまわりさん。でも家賃を払っているのはわたしだ」

「そうか、いいかい、あんた、俺はここをよく知っている。前にも来たことがある」彼は葉巻を思いきり吸うと、口から離し、赤く燃えているその端を見つめた。それからまたくわえる。「前にも来たことがあるんだ、あんた、このことだけは言っておかなくちゃな。もう一度どこかから通報があったら、俺はあんたをブタ箱にぶち込むからな!」

「わかったよ、おまわりさん、よくわかりました……」

ナチの話に戻そう。わたしは自分の車に戻ってシートに座り、ガソリンを入れていた。給油をしながら目をやると、ナチのリーダーが警官から離れ、自分の軍団の前に立った。彼が何やら命令を下し、軍団は通りを行進して立ち去って行った。少し離れてニューヨークのマルクス主義者たちが続き、罵声を浴びせ続けていたが、彼らはちょっとした勝利の気分を味わっていた。騒動のもととなった者たち全員がウィルトンを北の方に向かって行き、わたしはガソリン代を払って、車でゆっくりと追いかけた。自分がいったい何にこんなにも引きつけられるのかよくわからなかった。ちょうど競走馬がゲートから飛び出すような、単なる動きに惹かれてのことなのだろう。

ウィルトンを一ブロックほど行くと、隊列は通りを横断し、大きなバンに向かって行進した。後部のドアが開き、ナチの連中が順序正しく整然と乗り込み、バンの両端の長い棚のようなシートに、互いに向かい合い、背筋をまっすぐにして座った。ドアが閉められ、ナチのリーダーと隊員が一人、運転席に乗り込んだ。マルクス主義者の一人が投げつけた石飛礫がバンの後部に当たって地面に落ちた。ナチの連中がいっぱい乗ったバンが動きだす。わたしは彼らの後を追いかけ、わたしの後をマルクス主義者たちを乗せた二台の車とパトカーとがついてくる。後ろを振り向くと、マルクス主義者の一人がわたしに向かって大声で叫んだ。「あのクソッタレどもをやっつけようぜ！」わたしは頷いて、また前方を見た。フランクリン通りにぶつかると、わたしは突然右折した。正反対の者同士、北に向かって走り続けた。女たちとの喧嘩のように、歴史も決して終わることはなかった。政治の歴史のことだ。多分あらゆることのバランスは秘密で謎のままだった。すべてが芝で雑草は一本も生えていないか、それともすべてが雑草で芝は一本も生えていないか、しかもわたしたちはすでに運命づけられていて、そこから逃れることはできないのだ。すべてが蜘蛛、蝿は一匹もいない。すべてが子羊、ライオンは一頭もいない。すべてはわたしであなたはどこにもいなくてわたしたちはみんなすでに運命づけられていた。

わたしはウェスタンで曲がって南へと向かい、酒屋の前で車をとめた。六パックのビールを二つ。すべてがあなたでわたしはどこにもいない。

スケベ親父の手記──「ライト・ブルーの一九六七年型フォルクスワーゲン TRV491 のスケベ運転手」『L・A・フリー・プレス』一九七五年一一月一一日

Notes of A Dirty Old Man: NOTES OF A DIRTY OLD DRIVER OF A LIGHT BLUE 1967 VOLKSWAGEN TRV 491, L. A. FREE PRESS, November 11, 1975

ロサンジェルスの大通りやさまざまな通りを車で走っていると、日々の暮らしや人々に関してのじれったい出来事にしょっちゅう出くわす。すぐにも本題に入らせてもらおう。多くのドライバーがする最も不愉快で気に触る行為のひとつは、車同士が接近した時に、自分たちの車の左側の前輪の一部を（しばしば車体の一部分までをも）ほんの少しこちらへと寄せてくることだ。彼らは今にも左折しようとしていて、強欲なのか、馬鹿なのか、不安なのか、脅したいのか、いずれにしても、こちらが走っている車線の一部にしゃしゃり出て行く手を塞ごうとする。やつらはこちらに止まってほしがっていて、止まった車の前を左折しようと考えているに違いない。それがうまくいった例をわたしは一度も見たことがない。どのドライバーもバックミラーやサイドミラーに素早く目をやり、右車線へと自分の車をほんの少しだけ戻す。

ほかにも不愉快極まりないのは、ただの右折がなかなかうまくできないドライバーだ。やつらは速度を落とし、ハンドルを強く握りしめる。時速八キロまで減速し、まるで嵐の中を進む巨大な船の操舵をしているかのように、右折するために車を左の方へと寄せる。そんな車の後について自分も右折すると、運転しているやつらの耳や首、車のバンパー・スティッカーをじっくりと時間をかけて観察することになってしまう。バンパー・スティッカーに書かれている言葉は、たいていは「クリスチャンは完璧ではない。ただ罪を許されているだけだ」といったようなものだ。

不愉快で気に触るタイプ、K-5bとは、自分の前の左車線にいるやつだ。太陽を夢見るやつらで右車線がふさがっているのに、かなりのスピードで曲がり角に向かって走っている。そいつの後を走っていれば、いずれは右車線に移っておさらばしてやろうと考えてしまう、そうすればそいつのバンパー・スティッカーをもう見なくて済む、たいていはこんな言葉が書かれているやつだ。「ムラムラきているなら警笛を鳴らせ」わたしのバンパー・スティッカーならさしずめこんな感じだろう。「イケないなら警笛を鳴らせ」それはともかくとして、タイプK-5bはやがてブレーキを踏むことになるが、ブレーキ・ライトは点くことがなく、左折のウィンカーもまた点滅しないか敢えて作動させないかで、すぐ後ろで行く手を塞がれてしまい、その間に右車線の太陽を夢見るやつらは走り去って行く。それから前の車が左折すると、信号は赤になってしまっている。

　タイプK-5cは左の車線にずっととどまり続け、右車線にはまたもや太陽を夢見るやつらがいて、ゴール・ラインまでの半分の距離、車線をずっと塞いでしまっているので、信号が変わる時に車線を変えて追い越せるはずだと信じて、タイプK-5cのすぐ後を走り続けることになる。しかしそううまくはいかない。信号が変わるまさにその時、そいつはいきなり左折のウィンカーを点滅させ、こちらはそいつの車の後ろで身動きが取れなくなってしまい、目に飛び込んでくるバンパー・スティッカーにはこう書かれている。「神は愛なり」

　タイプ45 KLxはお互いのことをまるで知らないのに、そのプシュケー（精神）は同じ幹から派生しているはずだ。二車線道路で（同じ方向に向かってと言うことだ）（そうでなければ運転免許の試験をすぐにも受けなければならなくなる）それぞれ一つの車線を走っている。しかも彼らは時速六〇キロの道を三〇キロで走る。それぞれの車の後ろには何台もの車が詰まって渋滞する。何かの陰謀のように思えて、誰もが訝らずにはいられない。たいていわたしは気がつくと先頭を行く一台か二台の車のすぐ後について走っている。我慢に我慢した末、ラッキーなら、わたしはそこを突破して、どちらかの車を追い越すことができる。そうしたらどうなるか？　ゆっくり走って渋滞を引き起こしていた車のうちの一台が突然わたしに追いつこうとアクセルを踏むのだ。

　完膚無きまでの醜悪さと冷淡さという人類の最悪の特徴が運転している時の習癖の中に現れる。世界の指導者たちを暗殺すれば世の中がいい方向に進むかもしれないと信じている者たちがいるだろうが――おそらくは世界の指導者でもなんでもない小物たちやたわけたドライバーたち、ゴルファーやスーパーのセーフウェイのレジ袋を持った男たちを消し去った方がより良い結果を得られるかもしれない、わたしとしてはどちらのやり方も賛成だが。しかしどちらか一つを選ばなければならないのだとしたら、わたしが提唱したいのは後者の方で、ヒョードル・ドストエフスキーや『罪と罰』や道徳のキリスト教的体系や何の行動もしないことがその対象となって消え去って行く。

　ああ、そうだ。さてさて。それからタイプ62 4faがいる。彼もしくは彼女は一つの車線を時速三〇キロで同じ方向に走り続けることになる。彼らはエドガー・ゲストの作品集を読むに値する者たちで、多分すでに読んでしまっているのだろうが、警笛を鳴らしたりしてはいけない――そんなことをすれば彼らを喜ばせてしまうことになる。いったん後退してからやつらのバンパーに向かって轟音を立てて突進するといったさまざまな隠し技をわたしは使う。別のやり方としてギアをニュートラルにして前の車の後についてゆっくりと走り、いきなりトップにしてエンジンの爆音を轟かせるという手もある。もちろん、こちらはつい反応してしまうわけだが、それがやつらの望みなのだ。タイプ62 4faは賢い。八キロほどずっと自分の車の後ろを走らせ続けた後、やつらがこれ見よがしにするたちの悪いやり方は、赤信号になるぎりぎりの瞬間に走り去ってしまうことで、こちらとしてはやつらの遠ざかって行くバンパー・スティッカーをただじっと見守るしかなくなってしまう。たいていはこんなことが書かれているバンパー・スティッカーだ。「もしニクソンがカムバックを果たしたりしたら、ばあちゃんのバスタブをおまえに磨かせて湯垢をすっかり落としてもらう」

運転免許試験のことを（先にだったか？）わたしは話題にした。筆記試験のことだ。簡単なことこの上ない。いつもの常識にただ頼ればいいだけの話だ。質問があり、それに対して決められた三つの答えの中から一つ選択するように言われる。しかしわたしがこれまでに受けた試験では、どの試験でも正しい答えが二つあって、一つだけが間違っている、そんな質問が必ず一つある。それは別に大したことではない。しかしイライラさせられてしまうのは確かで、それが意図的なひっかけだと思い込んだりしたら、もちろんそう思い込む方に問題があるのだ。しかしいつでもそんな質問が一つはある。例えば、

丘の上に向かって走っている時、どちらの方向にも行ける車線があっても中央分離帯のある高速道路では車線変更してはならない。

（a）もしもあなたが恋人と喧嘩をしているなら
（b）もしもあなたの犬が後部座席でクソをしてしまったなら
（c）もしもあなたが共産主義者のヒッチハイカーを乗せてしまっていたなら

（a）も（b）も正解なのは明白だが、どちらかにしてもどちらもにしても、どちらの答えにチェックを入れようが、正解はそれ以外のものになってしまう……

車の運転に関するおかしなことについてなら、セックスに関するおかしなことと同じくらいいつまでも長く、自慢と誇張とをたっぷりと交えて、人は話して（書いて）いることができる。街のどの通りであれ、他人の車と一緒に走らなければならないというだけで十分うんざりさせられるが、他人の車と一緒に走っているとそれぞれのドライバーたちの性格や特徴がどうしてもはっきりと出てしまう。そうしたブリキの箱の中で世にも奇妙なことが起こる。ブリキの箱の中にいろんなことが吸い込まれて行く。わたしにとっては廃車置場の方が人の墓場よりもより悲惨でリアルに思える。人の墓場は描写力に欠けている――騒がしい音を立てたりぶつかり合ったりしないし、太陽の光を反射したりしない。ただいなくなっただけ。処分された車、廃車置場はパンチを食らってふらふらになったボクサーのように闘い続けている。わたしはカーマニアではないが、人は人生を共にするものにいつしか恋してしまうものだ。精神的な勃起すらまったくすることなく自動車部品ショップのペップ・ボーイズに入って行ける者など誰もいないのではないだろうか。女性たちに関してはわたしは何か言える立場にはない。

ハリウッドとノルマンディの角にある酒屋の駐車場にとめたら、二度とエンジンがかかってくれない車にわたしは以前乗っていたことがある。その車は問題なく走ってくれるのだが、酒を買って車に戻り、エンジンをかけようとすると、いつでもエンジンがかからないのだ。酒屋の敷地外の駐車エリアまで車を押して行く羽目になり、そこから通りに出ると、ようやくエンジンがかかる。そんなことを三度か四度繰り返した後、わたしはその車をそのまま通りにとめておくようになってしまった。恐らくはキャブレターが故障していたといったような部品の問題だったのだろうが、実際はどうだったのかはわからずじまいだ。

あるいはもしかしてわたしがよくやってしまうことを車が気に入らなかったのかもしれない。恋人と喧嘩をして彼女の家を飛び出し、自分の車に飛び乗って発車させようとしたものの、ギアが前進に入らなかったことがあった。そんなトラブルに見舞われたことはそれまで一度もなかった。車はバックで走ろうとするだけだ。どうしても前には進んでくれなかった。変速機を確かめてみた。何の問題もない。車をずっとバックさせて自分の部屋まで帰ろうかと一瞬考えてしまった。しかしいくら狂気の沙汰でも不便なことこの上なかったら諦めざるを得ないではないか。そこでわたしは何とか機嫌を直し、彼女の家へと引き返した。「ねえ、ベイビー、ハハハ」と、わたしは話しかけた、「おかしなことになっちゃったよ。俺の車、バックでしか走れないんだ」「バックしかしないって?」「そうさ、帰れないんだ。いったいどうしてそうなっちゃったのかまるでわけがわからない」「ほんとなの、確かめさせて」

わたしは彼女を車のそばまで連れ出してから、車に乗り込んだ。「ほら、見てごらん」と、わたしは言った。「バックにしか走らないからね。ギアを前進にしても動こうとしないんだよ」

わたしがギアを前進に入れると、後ろで彼女が金切り声をあげた、「ねえ、いったいどこへ行くつもり？」

わたしはUターンして、通りの反対側に車をとめた。それから車から降りた。「いったいどういうことなんだろうな」

かくしてわたしたちは仲直りした——その時は……

そして車の天才たちもいる。ある男から今わたしが乗っている車を買った時、彼はその車に関するすべてをわたしに教えてくれた。「この車ではしょっちゅうトラブルに見舞われることになるよ。そこでそうなった時だけど、ダッシュボードの左の方にボタンが二つある。車の走り方がギクシャクしたり、走らなくなった時は、このひとつ目のボタンを押せばいい。厄介なことはすべて解決される。万一そうならなくても、ボタンを押し続けてみるんだ。それでもまだ解決しなかったら、最終的手段として二つ目のボタンを押す。何もかも自動的にうまく行くはずだ」二つ目のボタンを押さなければならない事態に何度かなったことがあるが、それでうまくいかなかったためしはなく、この車を他の人間に売る時、わたしはこのメッセージをちゃんとその相手に伝えた……

自動車の修理工たち、車体工場で働く者たち、ブレーキ専門の男たち、変速機の修理専門家たちはやたらと威張りちらしてしまうほど自信たっぷりで、それを誇示するやり方は医学博士や弁護士たちよりもずっと上をいっている。そしてバックミラーに映る赤いランプのことを忘れないように。まるで神様のような近寄り方で、警官が車の方へとやって来る。車に乗っている時に何かやってはいけないことをしてしまったからだ。しかし停車を命じられてよかったと思えてしまうほど、彼はきっと親切で思慮深く、放屁したり、ひどいジョークを言うようなことは決してない。一枚の紙切れを手渡すだけで、それが済むとさっさとバイクで走り去り、それからこちらは懲りずにまた同じことを繰り返してしまう。セックスのように。

この社会では何事も我慢強さが重要で、ちょっとばかしの幸運にも恵まれればいいが、いい車に乗って、いい女をものにしている男の上には紛うことなく特別な光が降り注ぐのだ。従属することへの愛と愛に対する従属。賢く動くものを選べばその人は自然と動かされることになる。そして来週にはまた下品なエロ話に戻ることにしよう。わたしはまだ正気を失ってはいない。そしてこの原稿を車に乗って『フリー・プレス』まで届けている時、バックミラーに靴紐で吊り下げている小さなメタル製のマルタ十字が跳びはねた。そしてわたしの自動車保険は一年間前払いで支払われている。

スケベ親父の手記――「ライト・ブルーの一九六七年型フォルクスワーゲンTRV491のスケベ運転手」『L・A・フリー・プレス』一九七五年一一月一一日

ザ・ビッグ・ドープ・リーディング

THE BIG DOPE READING

チケットが郵便で届き、わたしはフロリダの東海岸にあるこの小さな町へと飛行機でやって来た。搭乗客が降りるのを待ってからわたしは席を立ち、タラップを降りて行くと、いかにも詩が好きそうなタイプの二人の姿が目に入ったので、彼らの方へと歩み寄る。「チナスキーだ」と、わたしは声をかけた、すると彼らがにやりと何度も繰り返して笑った。みんなで先へと進み、バッグが出てくるのを待っていたが、その時にわたしは言った、「くそっ、ここで待つのはやめよう。バーに行こう」そしてわたしたちはバーに入った——クライドとトミーとわたしの三人で——するとそこには詩のファンたちがもっとたくさんいた。「みんなあなたに会いたがっていますよ、ダディ」わたしは彼らを見回した。たくさんの女たち、わたしのエロチックな愚にもつかないものを読んでみんな目がギラギラしている。わたしは彼女たちみんなを、顔から顔、からだからからだを、ちらっと見ていった。やたらとふくよかな女がいて、彼女はいつでもオーケーという感じだった。わたしはみんなに紹介された。「うわぁ、チナスキーさん」と、彼女たちの一人が言った。「『マイ・Xパート・ホック』というあなたの小説が好きでたまらないんです」

（わたしは短編小説や詩、長編小説を書く。いつもは読者を飽きさせないようにとセックスに絡めて自分の作品を書き、そこに引きつけておいてほかのこともいろいろと伝える。そしてこっそりと読者の心の中に入り込む。読者にモルヒネ

を与え、それから彼らの薄っぺらな魂を抜き取るのだ）

もう真夜中近くで、空港のバーは真夜中に閉店となるので、わたしたちは残っていた酒を飲み干した。トミーが飲み物の勘定を払い、わたしの荷物をピックアップしてからみんなでクライドの家へと向かった。クライドの家にはビールとコロンビア産のマリファナがいっぱいあり、ステレオからは退屈でうるさいだけの音楽が爆音で流されていた。わたしは部屋の中をふらふらして、女たちのからだをチェックしていった。

「ああ、チナスキーさん、自分の金玉を切り落としてアプリコットのようにトイレに流してしまう男のことを書いたあなたの詩が大好きなんです！」わたしが彼女にキスをすると、部屋のどこかでカメラのフラッシュがピカッと光った。

わたしは堕落して腐敗していた。まるで処女のおまんこでもあるかのようにわたしは彼女たちのお世辞をありがたがり涎を垂らして舐めまくった。わたしたちはマリファナを吸いまくり、酒を飲み続け、すぐにもみんなが立ち去り始めた。最初のポエトリー・リーディングは翌日の夜の九時からジズ・ウィズ・クラブで行われることになっている。その次の夜もまたやらなければならない。リーディング二回で五〇〇ドルに加えて飛行機代と宿代、多分食事にもありつけ、おそらくは女とやる機会にも恵まれるはずだ。ギンズバーグは一回のリーディングで一〇〇〇ドルもらっていたが、だからこそ彼は敷物の上に座り込み、マントラを唱え、大声で見事なまでに叫んだりしたのだ。わたしは酔っ払ってめちゃくちゃになってしまうだけだ。

それはともかくとして、人々は次から次へと立ち去り続け、時刻はすでに午前四時になっていて、カウチで寝るようにとわたしに言って、クライドも自分の寝室へと引き上げていった。わたしは頭に布切れを巻いている二二歳ぐらいの女性と部屋で二人きりになった。見事なボディをしていて、狂気じみた目つきで、知恵遅れの子供たちの話をずっとし続けていた。知恵遅れの子供たちの先生をしているので、いくらでもその話ができるのだ。わたしはカウチで彼女と並んで座っていた。しょっちゅう長いキスをして彼女が子供たちの話をし続けるのを中断させた。彼女はキスのやり方を心得ていた。それともわたしがキスのやり方を心得ていたのだろうか。いずれにしても二人のキスはやたらと激しくどこまでも好色だった。何てこった、天にも昇る心地にさせられるではないか。きみは言葉をどんどん与えてくれる。嘘偽りないたわごとがわたしをどんどんエスカレートさせる。さてと、キスを終えるたび、彼女はキスなどまるでしなかったかのようにまた知恵遅れの子供たちの話に戻り、それでわたしはますます燃え上がってしまう。頭に巻かれた布切れ、ギラギラとした狂気じみた目、それがどれほど相手を刺激するのか、彼女はそのことがよくわかっている。学校の先生たちはいつでもみんなを熱く燃え上がらせる。尼僧たちよりももっと熱く燃え上がらせるのだ。

　彼女の名前はホリーで、彼女が立ち去る時、わたしも一緒にクライドの家を後にした。彼女と一緒に車に乗り込み、彼女がエンジンをかけた、わたしたちはしっかりと抱き合った。到着するまで長い道のりで、車の中でホリーは知恵遅れの子供たちの話を、彼らが抱えている問題の数々を、どんなふうに彼らの手助けをし、どんなふうに彼らに接しているのかを延々と話し続け、その一方でわたしのペニスはどんどん硬く大きくなっていった。信号で止まった時、手を伸ばして彼女の頭に巻かれている布切れを取り去ると、彼女のブロンドの長い髪がこぼれ落ちた。「すごいね」と、わたしは言った。「どうしてそんなに素敵な髪の毛を隠しちゃっているの？　その髪の毛でならすぐにイってしまえるよ」

「パーティでタバコの煙まみれになってしまっているわ」と、彼女が答えた。

彼女のアパートメントの部屋はいちばん下の階にあって、ほとんど人目につかなかった。彼女が車を駐め、わたしたちは彼女の部屋へと向かった。ホリーが玄関のドアを開け、わたしは彼女の後について部屋の中に入った。「夫は一週間ほど町を離れているの。仕事でね。あなたが書いているものは夫に教えてもらったのよ。あなたのことをとても崇拝しているわ」

「そうなのかい？」

ホリーがバスルームに入り、わたしは寝室へと向かい、服を脱いでベッドの中に入った。「きみの夫はどれほど遠くにいるのかな？」と、わたしは尋ねた。

「六五キロ」

「嫉妬深いかい？」

「わからないわ。浮気をしたことなんて一度もなかったから」

トイレの水が流される音がした。暗闇の中、わたしのペニスに突き上げられてカバーがテントを張っている様子が目に入った。ホリーはまた一人知恵遅れの子供を抱え、これからちゃんと理解してあげようとしているのだ。バスルームから出てきた彼女は真っ裸だった。だからすぐにブランケットの下に潜り込んだ。わたしは思った、よしよし、これでまた書くネタができたぞ。彼女にぴったりからだを押しつけると、先生になった彼女の舌がわたしの口の中を素早く出たり入ったりした。その舌の中心をわたしは歯でしっかり捕まえて、吸いまくった。喉が詰まって、彼女は苦しそうに呼吸をするようになった。わたしは彼女のおまんこを弄んだ。ゆっくりと開かれ、どんどん濡れて行く。クリトリスを探り当て、指先でくるくる撫で回した。セリーヌはこんなことをしたことがあったのだろうか？　わたしは思った。それともヘミングウェイは？　恐らくヘミングウェイはそれほどたくさんの女性を相手にたっぷりとはしてやらなかったのではないだろうか。ヘミングウェイに欠けていたものはユーモアとビタミンEだ。だからこそ彼は自分の脳みそを銃弾で吹き飛ばし、オレンジ・ジュースの中に倒れ込んだのだ。しかも、彼はあまりにも早起きだった。正午になる前の世の中というものは、あまりにも多くの覇気に満ち溢れた者どもがまだまだエネルギーを完全に消費しきっていない状態なので、いつでもよりひどく見えてしまう。

頭を下げて彼女のおまんこを舐めようとすると、彼女は「だめよ、だめ！」と言いながらわたしを押しのけた。ほとんどの女はそうされるのが好きなのに、中には嫌いな女もいる。わたしは無理に続行しようとはしなかった。這い上がって彼女の髪の毛を掴み、彼女の頭を思いきり後ろへと引っ張り、思わず彼女が口を開けると、その唇の中へ自分の唇を押し付け、それから押し込んだ。まるで花の中心に入り込んで行くかのようだった。彼女は太陽に焼き付けられていて、その太陽とはわたしのことだった。彼女の口を吸い続けたわたしの唇は、今度は彼女の左の乳房、そして右の乳房を吸った。それからわたしは彼女のからだの向きを変え、わたしの右腕は彼女のからだの下、わたしの左腕は彼女のからだの上になり、彼女の両手を外側から掴んでぴったりひとつにくっつけた。あとはペニスを突き立ててずらせて行くだけでいい。目当ての場所はすぐにも見つけられる。穴の開いているところをペニスが見つけ、亀頭が中に入って行った。おまんこの穴がだんだん開いて行き、ペニスが根元まですっぽり沈み込む。締まりがあって、中は濡れていて、わたしはおまんこの中にペニスを沈め、じっとしたままでいた。彼女がのたうち始めたが、わたしはまだペニスを前後に動かさなかった。それからわたしはからだを動かすことなくペニスだけを強く跳ね上げた。わたしの得意技の一つだ。そうしてから今度はゆっくりとペニスを引き抜き、ペニス全体ではなく亀頭だけをおまんこの中に挿入してゆっくり動かした。「すごい！」と、彼女が言う。「やめないで！」わたしは彼女のおまんこの入り口あたりや内側をいたぶり続けた。ヘミングウェイはこんなやり方を知りっこなかっただろう、とわたしは思った、セリーヌも文章にしたことはなかったし、ヘンリー・ミラーもほんとうのおまんこのやり方をまったくわかっちゃいなかった。

ペニスの半分をようやく彼女の中に入れると、彼女が締めつけてくる。それからわたしはほとんど気づかれない感じでゆっくりと動きを加えていった。そのうち技を使うことをやめ、ただがむしゃらに動かし始めた。クライマックスに達しそうになると、その直前で動きを止め、ただじっとしていた。ほんの少し落ち着くと、また突撃開始だ。このやり方を四、五回繰り返すうち、もうどうしようもなくなって、彼女の中に放出した。最初にホリーが絶頂に達し、それに続いてわたしも達した。わたしたちは二人とも十代の若者たちのように大声で叫び、すごいぞ、なんてこった、わたしはついている、ほんとうについている、これぞ本物のセックスだと思いながら、彼女の素晴らしい髪の毛をじっと見つめて絶頂に達した。もはや誰であろうとわたしに敵う者はいない。

ホリーがベッドを離れ、バスルームに向かった。わたしは手を伸ばしてベッドの下に落ちていた自分の靴下の片方を拾い上げ、それでペニスを拭いてきれいにした。帰宅した彼女の夫にシーツについたひどいシミを発見されたりするのは御免だった。プロというものはいつでもちゃんと頭を働かせてそういうことをするのだ。イェーツやダンテはそんなやり方を絶対に心得てはいなかっただろう。

戻ってきたホリーは、わたしに背中を向けて眠りに落ちた。彼女は穏やかで静かないびきをかき、それが何ともセクシーで、わたしのペニスは半分ほど硬くなってしまい、また彼女の中に挿入した。中はあたたかくて心地よく、わたしはこう考えていた、ほら、どうだよ、チナスキー、おまえはまた自分よりも三〇歳若い女と一緒にベッドで寝ている、それなのにおまえときたらダンスもできなければ、玉突きやボウリングもできない。女たちはみんな永遠におまんこをしたがっていて、おまえが永遠にできると女たちに思われているかぎり、おまえは次から次へといろんな女たちとおまんこをやりまくれる、そしておまえがもうできないと女たちに気づかれたら、若い女たちみんなとの思い出を自分の中にしっかりと仕舞い込み、それをネタにして自分の五本の指でまた自分を慰めればいいのだ。

わたしが問題なのは、おまんこをした女たち全員に恋をしてしまうということだ。わたしはおまんこ上手だが、感情過多になってしまうところがある。わたしにしてみれば、女が自分のからだを差し出してくれると、彼女があたかも自分の魂を差し出してくれているように思ってしまうのだ。それが理由でわたしは熱く燃え上がってしまうところがある。それから性行為全体には死や殺人や征服といった隠れた意味が潜んでいる。とはいえ、たいていの場合、わたしは湧き起こる愛や慈しみを感じ、それに翻弄されてしまうのだ。

わたしはおまんこをした女にどこまでも興奮してからだの震えを抑えることができなかった。世間的にわたしはそうは見られていなく、それは高くつくことになるが、訂正することができなかった。たいていの人間はピクニックを忘れ去るのと同じようにおまんこのことを忘れてしまう。そんな態度がわたしにはどうにも理解できない。

わたしたちは目覚まし時計の音に起こされ、ホリーがその音を止めた。「ねえ」と、わたしは言った、「今日は一日休みにしようよ。さあ、眠ろう。あとでまたもう一戦やろうじゃないか」「だめよ」と、ホリーが答えた。「病欠を全部使ってしまったの。それに子供たちの世話もしなくちゃ」

わたしはカバーを引っ張り上げて、思いきりからだを伸ばした。

目がさめると、ホリーはもういなかった。わたしはベッドから出て彼女のアパートメントの中をうろつき回った。二日酔いだとわたしはいつでもムラムラしてしまう。酒を飲むといつでもムラムラしてしまう。飲まなくてもわたしはムラムラしてしまう。しかしその中でもいちばんムラムラさせられるのは、二日酔いの時だ。わたしは表の部屋にある椅子に並べて立てかけられている彼女の靴を見つけた。そこからは奇妙な寂しさとあたたかさが醸し出されていた――バター・トーストや崖から突き落とされる人間があげる悲鳴のような。

かかとと靴底は木でできていて、かかとは（悲しいほどに太かったが）高かった。その靴にわたしは興奮させられてしまった。わたしは脚や靴には目がない男なのだ。それに比べて乳房は、女たちにせがまれて吸いはするものの、それほどでもなかった。しかし脚や靴はわたしを燃え上がらせ、抗えなくなってしまう。

わたしは勃起していて、片方の靴を手に取ると、ペニスを擦りつけて出したり入れたりした。わたしのペニスの根元は木の部分に擦り付けられ、先端はかかとから伸びている柔らかな織物に包まれていた。

多分、とわたしは思った、いつの日かわたしは靴と結婚することだろう。

「汝、ヘンリーは、この靴をあなたの……」

わたしは自分のペニスを出し入れし、射精しそうになるのを何とかこらえた。精液の無駄遣いは避けなければならない。わたしはベッドルームに引き返し、クローゼットの中に何があるのか確かめた。ブルーのパンティを見つけ――シミはついていない――それをペニスに擦り付けて上下させた。とても気持ちが良かった。今にもイキそうになってしまった。

わたしがアメリカで最も偉大な詩人だと考えているやつもいるかもしれない、とわたしは思った。こんなことをしているとばれたらいったいどうなる？　運の尽きだ。わたしはパンティをクローゼットの中に投げ込んだ。それから靴が目に入った、片方だけ、先の尖ったハイ・ヒールだ。やたらとそそられる靴だった。わたしはその靴を取り上げ、それを相手にやり始めた。靴を相手にしながら部屋中を歩き回った。靴とやりながら、ぐるぐると何度か走り回ったりさえした。それから、もう我慢できなくなる直前、無理やり靴をペニスから引き剥がして、クローゼットに戻した。それから糞がしたくてたまらなくなった。わたしはトイレに行って用を足した。とんでもない量のビールのせいだ。わたしが便秘で死ぬことは絶対にないだろう。人が自分の糞を見て、最初に思うのは、ああ、自分には生きるチャンスがまた与えられたということだろう、それは疑うべくもないことだ。そしてまさに今わたしはそんな思いに襲われていた。それからもしも痔の持ち主だとしたら、チャンスは二倍だ。わたしは痔の持ち主だった。トイレット・ペーパーのホルダーに目をやると、そこにペーパーはなかった。わたしはキッチンに駆け込み、ティッシュの箱を見つけると、そこから八枚か一〇枚のティッシュを引っ張り出し、ガサゴソと音を立てて尻を拭いた。しっかりこすり取って、水を流そうとしたら糞とティッシュがトイレに詰まってしまった。いくらかは流れたものの水が逆流して、ティッシュや糞が浮き上がってきた。便器の淵ギリギリまで浮かび上がり、そこで何とかとどまった。もっと賢明なやり方があったはずなのに、わたしはもう一度水を流し、それで中身が溢れ出てしまった。トイレの床が糞とティッシュと水にまみれる。わたしは便器の水槽の蓋を外し、大きなボールやチェーン、黒いゴムのストッパーをあれこれと弄り始めた。

もう一度流してみる。それほど変わりはなかった——糞、ティッシュ、水がちゃんと流れ落ちて行かない。フロアーマットを持ち上げて、排泄物を拭き取り始める。ほとんど拭き取ることができた。新聞紙を使ってバラバラになった糞を掬い上げ、キッチンの流しの上で見つけた紙袋まで運び、その中に放り込んだ。引き返し、フロアー・マットに糞のシミがついていることに気づいた。裏返してみる。まだましだった。インディアンの織物のようだ。

わたしはクライドの電話番号を知っていた。彼は家にいた。「ねえ、クライド、ホリーのトイレが壊れてお手上げの状態なんだ。完全に打つ手なしという感じでビール糞がプカプカ浮かんでいる。あ、あ、何てこった、茶色のごますり野郎どもめ」

「あたりに吸引用のゴムカップはないのかい？」

「緑のも黒いのも青いのも赤いのも何もないよ」

「助っ人を送るよ」

クライドは現れず、やってきたのはトミーだった。クライドに行くようにとトミーは言われたのだ。赤い吸引用のゴムカップ持参だった。わたしたちは二人で座り込み、彼が持っていたコロンビア産の残りを吸った。

「光栄だよ、トミー。わたしが思うに、今回はアメリカのドラッグ売人が主催した最初のポエトリー・リーディングということになるよな」

「いい気分だな」と、トミーが言った。

わたしは吸引用のゴムカップを手にして、便器の中で作業をした。吸引は効果があった。何度か水を流すと、ちゃんと流れるようになった。わたしたちは座り込んでもう少しお喋りをし、それからトミーが車でわたしをクライドの家まで送ってくれると、そこでは六、七人が床の上に寝そべって、何か煙を吸ったり、酒を飲んだり、恐らくはヘロインをやったりしていた。

最初のリーディングはわたしがそれほど酔っ払っていなかったのでうまくいき、聴衆をだませばいいと考えているような者も、ただの一人もいなかった。しかしリーディングの後、知恵遅れの子供たちを教える別の教師の家でパーティが行われた。空港で見かけた太った女性で、自分が勝負に出るタイミングにかけてはひじょうにいい感覚を持っていた。カリという名前で、素晴らしく立派な太ももをしていた。彼女なら三頭の馬でも相手にできそうだった。わたしは馬ではなかったが、どんなことがあっても彼女のお相手ならしたかった。暇な時に男がするべきことは、球が切れた古い電球のことに思いを巡らすことなのか？　そこでわたしは彼女にキスをし、ドレスの上に置いた手を動かした。その家の中には三五人ほどがいたが、サインがはっきりと打ち出されていた。アメリカで最も偉大な詩人がカリの馬相手のようなおまんこを望んでいる。それはもう容認済みのことで、そばに座っているホリーは怒り狂ってわたしのことをじっと見つめていた。しかしわたしもトイレット・ペーパーがなかったことで彼女に対して怒っていた。

かくしてみんながその場から去り、残されたのはカリとわたしだけとなった。わたしはベッドに潜り込んで、彼女が服を脱ぐのをじっと見守った。

「素晴らしいリーディングだったわ」と、彼女が言う。「あなたの手にかかると詩はとてもシンプルでリアルで易しいもののように思えてしまうのね」

「天才とは」と、わたしは答えた。「深遠なことをシンプルなやり方で言える能力ということだよ」

「もっと教えてちょうだい」と、彼女が言った。

「真実よりももっと大切なのは忍耐だ」と、わたしは答えた。

「でも今いったい何が起こっているのかわたしに教えてちょうだい」

「何もかもわたしはとことんうまく行っている、ただそれだけのことさ。やがてはだめになってしまうとしても、ものごとがうまく行きそうな時はどんなことであれそれに乗っかるのさ。わたしにだって魂ってものがいくらかはあるけど、要するにわたしの運の方が魂にまさってしまうんだ」

　するとカリが真っ裸で目の前に立っていた。どこも豊かだった――豊かであるべきところはどこもかしこも。彼女がベッドに入ってきた。わたしはそのからだをしっかりと掴んだ。肉は少しも崩れない。ノルウェー人が理想とする女のからだだった。アイスランド人が理想とする女のからだ。女たち、女たち、女たち、少数のほんものの男たちを産み出すたぐいの女たち、リアルな鋳型にはめられて炉で焼き上げられたような肉体、奇跡を産み落とすヴァギナとそのきっかけを作りそれを受け入れる巨大な臀部と締まりのいいおまんこ。

　カリは声を上げて笑いながら、こう言い続けていた、「だめよ、だめ、激情に襲われるまでわたしはできないの、わたしはやれないのよ……」

　わたしは自分にできるほとんどの技を試してみた。彼女はキスがいちばん好きで、それはわたしとしても申し分なかった。キスかおまんこを舐めるのか、どちらの方がより興奮させられるのかわたしとしては今ひとつ確証が持てなかったが。しかしキスはとてもいい感じで、気がつくとわたしの歯が彼女の片方の耳をしっかりと挟み込んでいて、そうしたまままわたしはまるで毟り取るかのように彼女の髪の毛を強く引っ張り、とうとう彼女は抵抗することをやめて身を委ねてきた。

わたしは彼女の上に乗っかったが、最初はうまくいかなかった。うまく命中することができずにいると、彼女が手を添えて中に導いてくれた。わたしは酒を飲みすぎていて完全な勃起状態ではなかったが、いったん挿入できると、それからはうまくいって、ペニスは鋼のような硬さになった。とてもいいセックスだったが、一度わたしが身を引いて動くのをやめると、彼女がわたしを弄び始めた。わたしの金玉を独特のやり方で揺さぶる。ペニスの裏側の筋に沿って舌先を上下させたかと思うと、いきなり口の中にすっぽりとくわえ込むので、わたしはペニスを乱暴に引き抜いて、彼女の上に乗っかり、一五回ほどピストン運動をして——それはあまり親切な回数とは言えないが——絶頂に達してしまった——それもあまり気にすることではない——リーディングでくたくたになっていたし、わたしはホリーの方をずっと気に入っていたのだから。

カリは仕事に行くことができず、午前八時四五分頃に電話がかかってきて、彼女が電話機をわたしのもとへと持ってきた。

「どうしたんだい?」と、わたしは尋ねた。

「ザナからよ」と、彼女が答えた。

ザナはわたしのテキサスの恋人だ。多分彼女はほかのどんな女たちよりもわたしのことを気遣ってくれる。彼女は気立てが良く、意地の悪い女ではなく(仕事のない何日かを別にすれば)、わたしがこれまでに見たあらゆる人間たちの中で最も美しい瞳をしていた。彼女は素敵だったが呪われてもいて、それは主としてわたしと付き合っているからだった。いずれにしても、彼女は何とかうまくやっていて、わたしは自分が彼女をのこと愛していると思っていた。でも確信はなかったが。

「やあ、ベイビー、わたしは気分が良くないいんだ、でもきみの声が聞けてとても嬉しいよ」

「あなたに会いに飛んで行くわ」

「いいね、いいね」と、わたしは答えた。「それは素晴らしい。わたしはずっといい子だったからな」

ザナがわたしに到着の日時を教えてくれる、それは二日後で――わたしが二度目のリーディングを終えた後のことになる。わたしには精子の数をちゃんと整えるだけの余裕がまだ残されているというわけだ。彼女はクライドからここの電話番号を教えてもらっていた、あのトンマ野郎め。彼女は電話に出た女性が誰なのか尋ねたりしなかった。それが流儀というものだ。ザナなりの流儀だ。彼女はわたしを殺すこともできるのに。男にとってそれ以上人生に何を望めるというのだ？

二度目のリーディングのことは、その日はあまりにも早くから飲み始めてしまったので、まったく覚えていない。最後の詩を読んでいる途中で何とか意識を取り戻したのだ。わたしはその詩を読み終え、これでおしまいだと聴衆に告げた。彼らは大声で叫び続けた、「**もっと！　もっと！　もっと！**」そこでわたしはまた彼らを夢中にさせてしまったに違いない。わたしはステージから降り、クライドの家に戻り、そこでまたパーティが開かれた。わたしたちはコロンビア産を吸って、ビールを飲んだ。

人々が次々とやってきたが、わたしにうるさくからむ者は誰一人としていなかった。それから一人の男が現れ、その姿を見ただけで、わたしはそいつがごますり野郎だとわかった。彼の髭は完璧に刈り整えられていて、ベレー帽を、オレンジ色のベレー帽を被っていた。その表情は絶対的で容赦のない空虚さそのものだった。一筋だけではなく束になった放射線を放っていて、ドロドロで汚らわしい放射線ゆえ、誰もがその男から目をそらさずにはいられなかった。

彼がわたしの足元に座って自己紹介をした。

「わたしは詩人です」と、彼が言った。「あなたと同じように」

「あんたは詩人かもしれない」と、わたしは答えた。「でもわたしと同じような詩人ではないよ」

「それはともかく、あなたに聞きたいことがあります」

「いいよ」

「それで、チナスキーさん、あなたの作品を読ませていただきました。あなたは長い間成功することなく書き続けていました。あなたの作品が出版されないその時期、あなたは何をしていたんですか?」

「わたしは酒を飲み、誰も煩わせたりしなかったよ」

「そうですか、わたしは印刷業者で役者でもあります。出版の用意ができたと思っていて、自分の本を出そうとしています。それからいろんなところに出かけて行って自分の詩を朗読し、リーディングで自分の本を売ろうとしています。わたしは役者なので、自分の詩をとても上手に朗読できます」

「わかったよ」と、わたしは言った。

「問題はわたしがリーディングをしても誰も来てくれないということなんです」

「失礼」と、わたしは言った。立ち上がってバスルームに向かった。トイレから出ると、わたしは別の場所に座った。パーティはいつまでも続き、やがて人々は疲れてだんだんと退散するようになって来た。気がつくとわたしはアラシアという年の頃一八ぐらいの若い女性と一緒に座っていた。彼女はクライドの家の寝室を借りていて、そこで男と一緒に暮らし、恐らくはその男が家賃を払っているようだった。しかしその男がどこにいるのかわたしにはわからなかった。いずれにしても、アラシアとわたしは一緒に座ってお喋りを続け、わたしは片方の脚で彼女の脚の上の方を撫でながらこう言った、「やろうよ」

彼女が答えた、「だめよ」

「くそっ、何でもいいからやろうぜ」と、わたしは言った。

アラシアが答えた。「例えばどんなこと？」

「そうだな、手でやっておくれよ」

「そんなの、知らないわ」

「きみが傷つくようなことはまったくないんだよ、アラシア」

「知らないの。ばかみたいに思われるかもしれないけど」

「詩や人生について語り合うことも同じだよ」

「それが、わたしは知らないのよ」と、彼女が言った。

わたしはズボンを脱いで、カウチの上に寝そべった。ショーツから一物を取り出した。アラシアは自分の椅子に座ったまま、それをじっと見つめた。彼女が見続けるので、わたしは興奮して来た。ばかげたことだ。そのばかげたところがわたしを興奮させた。一物が大きくなってむくむくと持ち上がり始めた。一物が彼女の瞳に映っている。

「こういうことがすべてもとになっているの？」と、彼女が尋ねた。

「何のもとにだい？」

「あなたの長編小説や短編小説、あなたの詩、こうしたことすべてがもとになっているの？」

「そうだよ、カチカチに硬くなったペニス。触ってごらん、ベイビー、擦ってごらん。キスしてごらん。わたしは気が変になっちゃうよ！　どんどん大きくなるのをずっと見続けてくれたら、きみの目の前で噴出するから！　創作や芸術のことなんて忘れるんだ。男性作家はほとんどみんなペニスがあるんだよ、覚えておくがいい。擦っておくれよ、青い目のお嬢さん！」

アラシアが手を伸ばして、わたしの一物を握った。

「うわぁぁぁ」と、彼女が声を上げた。

「掌に唾を吐くんだ。擦っておくれ」

彼女が手を口元に持って行った。

「たっぷり唾を吐くんだ」と、わたしは言った。わたしのペニスは地震の中のチェロのように激しく脈打っていた、弦を響かせ、死者が八〇〇人にも及ぶ大地震だ。彼女の手が近づき、わたしのペニス全体を包み込んだ。わたしはとんでもない量のビールを飲んでいたが、揺るぎない信念があった。五五歳にもなる男だが、カトリックの祭壇奉仕者の若者のように発情していた。

「うわぁぁぁ」と、彼女が言った。

「どんどん大きくなっているよ」と、わたしは言った。「ほら」

「ええ」

「赤紫色をしている。血管が浮き出ているだろう？　わたしのペニスを強く引っ張って今にも尻の穴に突っ込んでしまいそうだ。わたしは痔なんだ。もっと強く擦っておくれ。もっと先の方までずらせて、ほとんど包み込むようにして、時には強く、いつまでもずっと擦ったりするんだ。ほら、こんなに反り返っているだろう？　くそっ、こいつは何て醜悪なんだ！」

アラシアはもう一言も口をきかなかった。一物をじっと見つめ、ひたすら擦り続けるだけだ。彼女の目はガラガラヘビを前にした生き物のように完全に点になってしまっていた。唇が開き始め、彼女の歯が見える。唇が離れるにつれ、アラシアの白くて歯並びのいい歯が見える。わたしは彼女の唇や目をじっと見つめ、やたらと興奮し始めた。彼女の擦り方はより激しくなり、彼女は身をどんどん屈めてくる。自分が今にも達しそうだとわかる。わたしは両手を伸ばして彼女の首の後ろを掴み、わたしのペニスの真上まで彼女の頭を引っ張り下ろした。彼女は抵抗して、頭をもとの位置まで戻そうとする。そんなことをされてわたしは怒りに襲われ、片手で彼女の頭を引っ張り下げ、もう一方の手で彼女の口を開け、その中に自分のペニスを無理やり押し込もうとした。うまく口の中に押し込むことができず、わたしの精液は彼女の頬のいたるところに飛び散った。

アラシアが勢いよく立ち上がった。彼女の顔の左側を精液が流れ落ちて行く。大量ではないが、流れ落ちているのがわかる。彼女も精液が流れ落ちていることに気づき、片手の手首の裏側でそれを拭い去った。それから彼女はバスルームに駆け込んだ。わたしはズボンを見つけると、それを穿き、しばらく待ってから立ち上がり、冷蔵庫に向かい、新しいビールの栓をひねって開けた。

彼女が出てくるまでしばらく時間がかかったので、わたしは手足を伸ばして横たわって思っていた、征服、征服、征服だ。

バスルームから出て来たアラシアはさっきよりも若く、これまでになくきれいに思えた。何ものにも触れられていない存在、不思議なまでに何ものにも冒されていない存在、まさに処女そのもののように見え、それはまさに当然のことで、というのもわたしは彼女に挿入するとしても、最悪のやり方でしか――精神的なやり方でしかできなかったからだ。女にとってはいつだって弄ばれるよりはただおまんこされるだけの方がずっとましだ。

彼女を見ていると、わたしはまたムラムラして来たが、わたしは自分がとことんついていてうまくやれたこともわかっていた。

彼女がわたしの前に立ちはだかってこう言った、「アメリカで最も偉大な詩人。自分が何者だか知りたい？　ほんとうの自分が何者なのか知りたい？」

「何かな？」

「あなたはくそばか野郎よ、大たわけ野郎、**くそったれのばか野郎め！**」

「ちょっと待ってくれよ、ベイビー。食べ物は口から入って尻から出るんだよ」

「くそばか野郎め、言っておくことがあるわ。あなたがわたしに何をしたのかマーティに言うからね！　くそばか野郎、大ばか野郎、くそったれのばか野郎！」

「マーティって誰だい？」

「わたしを愛してくれている男よ」

「ほんとうに？」

「あんたを殺すわよ！」

「いいよ」

「あんたは抜け目のない男、そうなんでしょ？」

「そうだよ」

アラシアは猛然として部屋から出て行った。脇腹をつけて寝そべっていたわたしは仰向けになり、こう考えていた、なあ、おまえ、おまえはほとんど何もかも取り戻したじゃないか。おまえはおまんこをしまくり、舐めまくり、肛門に突っ込みまくり、あらゆる穴にぶち込みまくった。おまえは王様にならなくちゃな。

アラシアが戻って来た。そっと近づいてくるのがわかった。「わたしからあなたへの思い出の品よ」

「ありがとう、ベイビー」

それはわたしの上に降りかかった。洗い桶一杯の冷水だ。とても大きな洗い桶だった。水は冷たく、とんでもない量だった。

アラシアが大声をあげて荒々しく笑い、わたしは床の上で大の字のままびしょ濡れになった。

「このあま」と、わたしは彼女に怒鳴った。「精液がまだ少しでも残っていたら、こんな目にあわせたおまえをレイプしてやる！」

彼女は大声で笑いながら自分の寝室に戻って行った。ドアが閉められても、笑い声はまだ聞こえていた。笑い声が聞こえなくなったかと思うと、また始まったりした。わたしは濡れた服を脱ぎ、カウチの枕を裏返し、すぐにも眠りに落ちた。

翌日わたしは空港でザナと会った。彼女は素敵で健康そうで、いかにもテキサスの女だという雰囲気を強く漂わせていた。トミーが車で来てくれていて、わたしたち二人をホリーの家まで送り届けてくれた。ホリーはザナとわたしが彼女の家で週末厄介になることを了承してくれた。彼女はどこかに出かけて行った。わたしたちはビールを飲んで、タバコを吸って一息ついた。トミーがコロンビア産を少しプレゼントしてくれ、わたしたちはトイレットペーパーも買い込んで来ていた。わたしたちと一緒に一服すると、トミーは帰って行った。それを使って抜こうとしたホリーの靴の片方が目に入り、わたしは考えた、さて、どうやってザナとおまんこしようか？　どうやらわたしは精液を出しきってしまったようだが、ほかの誰よりも彼女のことを愛していた。彼女は情熱的で品があり、わたしのことを思いやってくれ——恐らくは愛してくれていたのかもしれない。ちくしょう、どうしてわたしはお利口に待つことができなかったのだ？　さてと、やるべきことはひとつしか残っていない、しかもめったにはできないことだ。わたしたちは座り込んで、酒を飲んで、お喋りを続けた。

「わたしはいい子にしていたよ」と、彼女に話しかけた。

「そうだとわかってめちゃくちゃ嬉しいわ。この世には誰とでもいくらでもやれるスターたちがたくさんいるのよ。エルヴィスがどれだけのお相手をしなくちゃならないか考えてみて？　いくらでもできるから、ありがたいことにいつでもおったちっぱなしよ」と、彼女が言った。

「何でも全部そういうことになるのかな？」と、わたしは尋ねた。

「何のこと？」

「わたしの長編小説や短編小説、わたしの詩――全部そういうことになるのかな？　硬くてコチコチのちんぽこ」

「あなたったら」と、彼女が言った。「わたしってどっちの方が好きなのかしら、あなたの書くものなのかあなたのちんぽこなのか。そのどちらかがだめになってしまったら、わたしが真っ先に教えてあげるからね」

それから三、四時間後、わたしたちは一緒にベッドに入った。わたしに会うために彼女は何千キロも飛んで来たのだ。それは嬉しいことでもあり、恐ろしいことでもあった。わたしは彼女をしっかりと抱きしめ、彼女の髪の毛を弄び始めた。不思議なことに、わたしのペニスは硬くなってくれたものの、精液を出しきってしまった感覚は拭い去ることができなかった。唇にさっと触れて、すぐに離れるキスにもならないキスを彼女にした。わたしは彼女の髪の毛をぐいっと後ろに引っ張り、彼女の耳を吸い、首筋を軽く噛んだ。

それからわたしは唇を乳房へ、臍へ、それから彼女のおまんこの上、陰毛が生え始めている場所へと這わせて行った。陰毛を何本か噛んで引っ張った。それからいきなり鼻先を尻にくっつけて、あちこち擦り回した。彼女が呻き声を上げ始めたが、わたしはかまわず鼻先を動かし続けた。それからすぐには気づかれないように少しずつ舌を這わせ始める。離れたところから始め、弧を描いて全体を舐め回しながら、中心へとどんどん近づいて行った。それから触れるか触れないかという軽やかな感じで舌先を素早く上下させ、すぐにも彼女のクリトリスを捉えて擦り上げた。舌をおまんこの中にいい具合に突き入れ、それからまたクリトリスをそっと、いつまでも舐め続けた。わたしの車の後部座席で抵抗する力をなくし、わたしのなすがままにされている見知らぬ女、わたしは彼女をそんな女に仕立て上げていた。やりたくてたまらないのに彼女はどうすればいいのかわからない。わたしは舌をより強く押し付け、リズムをつけて彼女のクリトリスを舐め回した――一、二、三、素早く動かし、それから動きを止め、またもや一、二、三、素早く動かし、それから動きを止める。「**そうよ、そうよ、そうよ、そう、そう！**」彼女が声を上げる。それから彼女がオナラをした。「ごめんなさい」と、彼女が謝る。わたしが攻撃を再開すると、彼女がまたオナラをした。それからわたしは彼女のクリトリスを口の中に吸い込むと、彼女はそれに反応して、のたうち、転げ回る。口を上下に動かし、舌先をクリトリスの奥の方まで滑り込ませ、それから何度か口から出し、また吸い込んだ。彼女の両脚がわたしの頭を締め上げ、わたしたちは一体となって弾みまくる。わたしは魔法の技を何とかして使い続けようとしたが、やり続けるのがだんだん難しくなって来た。彼女が脚を外し、わたしは後ろに倒れ込んだ。

「いいかい、ベイビー」と、わたしは言った。「今夜はやれそうにないよ。リーディングを続け、飲みまくってしまった。もう燃え尽きてしまったんだ」

「ねえ、あなた」と、ザナが答えた。「いいわよ。わたしは大丈夫だから」

その後わたしたちは眠り、目を覚ますと、日曜日ではなく、その日の土曜日に出発することにした。運良く飛行機の予約も取れ、わたしたちはホリーに書き置きを残した。「浴槽や流し、水道や生ゴミ処理機、それにトイレを使わせてくれてありがとう。ほんの少しのコロンビア産、メスカリンのカプセルを一粒、そしてわたしたちの愛をおみやげに残していくよ。ザナとチナスキー」わたしたちは二枚のステーキ肉と四ロールのトイレット・ペーパーも残していった。

クライドが車でわたしたちを空港まで送ってくれ、わたしは五〇〇ドルを現金で、二〇ドル札と五〇ドル札ばかりだったが、受け取り、ホイットマンがどういうつもりでこんなことを言ったのかがよくわかった、「素晴らしい聴衆なしには素晴らしい詩人は生まれない」逆の方がもっといいとわたしにはわかっていたが。空港のバーでわたしはサンドイッチを二つ買い、それから二人でジェット機に搭乗した。飛行機はヒューストン経由で、そこでエンジンの故障が見つかった。乗客たち全員がカウンターの担当者の周りを、あたかも彼がすべての情報を握りしめた内なる神でもあるかのように、あっちへ行ったりこっちに来たりうろつき回った。フライト・ナンバーは七二番だった。

ザナとわたしはうんと離れたところにあるバーまで歩いて向かった。隅のテーブルに座り、ウォッカを飲み始めた。わたしはウォッカのセブンアップ割り、彼女はウォッカトニックだ。トルネードの警報が発令されてオヘア空港に閉じ込められた時のことをわたしは思い出した。誰もが空港に六時間半にわたって閉じ込められたのだ。大晦日の夜を別にすれば、あれほどたくさんの酔っ払いを見たのは初めてのことだった。一人の哀れな男がバーの外にずり落ちてしまい、シーソーに乗っているかのように、からだを前へ後ろへと揺らし始めた。誰もが彼から目が離せなくなってしまった。落ちた時、彼は考えられるかぎり最悪なかたちでフロアーに激突した——仰向けで、セメントに頭をぶつけ、何度か頭を上下に動かした後、びくともしなくなってしまった。彼のもとに最初に駆け寄ったうちの一人がわたしだったが、ほかの者たちの方がずっと素早い動きだった。最初に彼に近づいたのは、親切そうな年寄りの男で、白髪の長いあご髭を生やし、その髭には何か黄色いものがくっついて汚れていて、シカゴ・ホワイト・ソックスの野球帽を被っていた。彼が声をかける、「おい、大丈夫か？ すぐに助けを呼んでやるからな！」落ちた男のジャケットのポケットから財布が飛び出し、シャツの前に乗っかっているのを見つけると、彼は大声で叫びながら走り出した。「助けてくれ、助けてくれ、背中を痛めた男がいるんだ！」それから彼は角を曲がって、走り去ってしまった。

ザナとわたしはバーに座り込んで酒を飲みながら、エンジンの修理が終わるのを待ち続けた。わたしにとっては何のことだか今ひとつよくわからなかったが、二人でちょっとした言い合いもした。ザナは何のことだかよくわかっていたようだが、結局はわたしの方が黙り込んだ。彼女は喋り続け、わたしたちは飲み続けた。どれぐらい時間が過ぎたのかよくわからなかったが、一組の男女がバーに現れ、まっすぐわたしたちのテーブルにやって来て声をかけた、「七二便に乗る予定の最後に残ったお二人ですか？」

「そうだ」と、わたしは答えた。「わたしたちだよ」

「そうですか、出発の準備が整っています。急いでください！」

飲み代を置き、わたしたちは二人の後について走った。「ああ」と、ザナが言った、「そんなに早く走らないで。ほんとうはまだ準備が整っていないのよ。そんな言い方をするものなのよ」

「そうじゃないよ」と、わたしは答えた、「ほんとうに準備が整っているんだよ！」

わたしは彼女の手を取って引っ張った。「**急いで！　急いで！**」と、前を走る二人が振り返って大声で叫ぶ。わたしたちは酔っ払っていた。そんな状態で走るのはより大変なことだ。わたしたちは走り続けて飛行機のタラップに到着した。搭乗客全員が待っていた。窓の中からわたしたちを見つめている彼らの表情に愛や優しさを読み取ることはできなかった。操縦士が客席の入り口で待っていた。「**急いで！　急いで！**」と、彼が金切り声をあげ、わたしたちはステップを駆け上がって機内に入った。後方に二つ席が空いていた。シートベルトをすると、搭乗ステップが仕舞い込まれ、機体が動き始めた。すぐにもわたしたちは空を飛んでいた。無料の飲み物が提供されると、ザナが泣き始め、涙がどんどん零れ落ちる。これが麻薬の売人が主催したポエトリー・リーディングで起こった出来事の一部始終だ。ザナはようやく泣き止み、飛行機が彼女の街の空港に着陸して、わたしたちは機体から降りた最後の二人だった。ザナとわたしがスチュワーデスたちのそばを通り過ぎた時、そのうちの一人がわたしに尋ねた。「揉め事はもう解決したの？」わたしは彼女に答えた、「そんなことわたしたちにはありえないよ。揉めたことなんてないんだ」

　わたしたちは今も友だち同士だが、それが間違っていないことはますます強固に証明され続けている。

イースト・ハリウッド——新しいパリ

East Hollywood: The New Paris

紫色の山々の手前、スモッグに覆われて広がっている街がイースト・ハリウッドだ。ハリウッド・ブルヴァードから始まり、イースタン・アヴェニューの東からアルヴァラド・ストリートまで続き、サンタ・モニカ・ブルヴァードが南の境となっている。ここに来れば誰もが、あらゆる狭い区画の中に、南カリフォルニアの浮浪者や飲んだくれ、薬中や娼婦たちがひしめき合い、毒を撒き散らしている姿を目にすることができる。

わたしはそこで暮らしていた。真昼間にわたしはビールを飲みながら下着姿でタイプライターの前に座り、窓の外を通り過ぎる若い女たちの姿を追いかけてマスターベーションをしていた。五〇歳になって、わたしは普通の生き方とは縁を切った。わたしは仕事を辞め、プロの作家になることにした。夜は酒を飲み続け、朝早く起きたくなかったから、書くことで金を稼ぎたかったのだ。わたしが書くのが得意なのは卑猥な小説、レイプや殺人、すなわち多くの人たちが実際にやってみたいと思っているが、やるだけの勇気がないことについてで、わたしは彼らのためにそうしたことをまことしやかに書いて、読んだ者たちは股間をドロドロの白い精液で濡らし、それでこちらには金が入ってくるという算段だった。わたしは言葉が好きだった。コーラス・ガールたちのようにわたしは言葉を踊らせることができ、マシンガンの銃弾のように発射することもできた。かくしてわたしは精を出していた、もちろんたくさんの人たちが精を出してやっている、例えばあんたのおふくろさんが、あんたには言わないだけだが、おそらくは薄汚い裏通りで自分のあそこに男たちの一物を突っ込ませてせっせと稼いでいるように。

書くことに関してわたしが抱え込んでいる問題は、飲酒に邪魔をされてしまうということだ。わたしは一度か二度オナニーをし、缶ビールを五缶か六缶空けてから、スコッチを一パイント飲み干し、それからタイプライターに向かう。一時間か二時間タイプを打ち続けた後、わたしはその場に座ったまま飲み始める。なんだか怖くなってしまうのだ。編集者たちが文章の良し悪しがまったくわからないとんでもない大馬鹿者たちだとしたら？　そもそもが編集者とは何者なんだ？　どこかの裏通りでまったくからだを洗っていない三人のアラブ人たちから口の中と尻の穴とおまんこに同時に精液をぶちまけられている女が母親の男のことなのか。セリーヌがどうなったか確かめてみるがいい。やつらは彼の自転車を盗み、彼の靴に唾を吐き、彼の窓の外にヤギの小便が入った缶をいくつもぶら下げたのだ。

さてと、毎日酒を飲んでいると馬鹿者どもが顔を出す、頭がおかしくなったやつらだ。最初に登場するのはロルフ、ドイツ人。彼がドアをノックした。黒人の女の子のボニーと一緒だ。彼が声をかける、「やあ、何してるんだ？」そこでわたしが答える。「キリストが義足の中国人となって復活するのを待ち受けているところだよ」二人が部屋の中に入って来る。その様子から彼女の方はいい調子だとわかる。しかし男は何だかとてもおかしな様子だった。わたしはビールを一口飲んだ。

「おまえはきちがい病院に二度入ったんだろう？」わたしは彼に言った。

彼は声をあげて笑い、フロアーの上でぴょんぴょんジャンプした。それからおとなしくなった。二人が座り込んだ。するとロルフが言った、「なあ、俺たちにもビールをおくれよ」

わたしは立ち上がってキッチンに向かった。多分五、六歩ほど歩いた時だろうか、いきなり彼がわたしの背中に飛びかかり、左腕でわたしの首を絞めつけ、右手の拳でわたしを殴り始めた。彼は大声をあげて笑っている。わけのわからないことを大声で叫んでいた。拳を引いては何度もわたしを殴りつける。手加減することのない攻撃の仕方だ。「おまえのおふくろはいやらしい売春婦だ！」

彼はわたしを殴り続ける。

「ロルフ」と、わたしは声をかけた。

「ロルフ」と、わたしは言った。「やめろよ、わたしを怒らせるのか。ほら、おまえとおまえの彼女のためにビールを取りに行こうとしているのに、おまえときたらどこかの馬鹿野郎みたいにわたしの首にしっかりしがみついているじゃないか！」

彼はわたしを殴り続けていた。わたしは彼に手を伸ばし、首の後ろを掴んで、カウチの方に顔を向かせると、天井にめがけて思いきりぶん投げた。ボニーが横に跳ねて逃げ、ロルフがカウチにぶつかり、それからフロアーの上に転げ落ちた。彼はその場に座ってわたしを見上げる。目つきがぼんやりしてしまっている。

「ずるいよ」と、彼が言った。「ふざけていただけじゃないか。信頼してやって来たんだよ」

わたしはボニーに目をやった。「何でこんなダッフルバッグ男と一緒にいるんだよ?」

「わたしは彼を愛しているの」と、ボニーが答えた。

「ホットドッグに挟まれたくそちんこを愛しているのかい」と、わたしが言い返す。

それからわたしはロルフを見た。「立ちな、さあ、カタをつけてやる！」

「待ってくれよ」と、彼が言う。「俺たちゃあんたのことをよく知っているんだよ」

「そうかい？」

「ああ、俺はキングスレー・ドライブでマーマレード・スイッチっていう本屋をやっているんだ。そこでポエトリー・リーディングをやってもらいたいんだよ」

「いくらくれる？」

「上がりの半分」

「上がりの半分と酒が飲み放題」

「乗ったよ……」


その金曜日の夜八時。わたしは車で向かった。会場は満員だった。そこでリーディングをするのは初めてだったが、卑猥な小説や詩を書く人間としてわたしのことは町では知られていて、人をびっくりさせるような凶暴はことをしでかすという噂も立っていた。噂のいくつかはほんとうだったが、最も面白そうなものは事実ではなかった。わたしはただのやけっぱちになっている不幸な男にしかすぎない、それが真実だった。わたしは困惑していて、気分が悪く、孤独だったが、それでもとても現実的に考えることができた。逃げ出すか、戦うか、あるいは自殺するか、その三つの選択肢しか残されていない状況がいつまでも続くことに辟易としていた。それに美しい女たちは金持ちや有名人しか相手にせず、しかも美しい女たちはすぐにも美しくなくなってしまうのだ。何もかもすべてが七面鳥のクソがいっぱい詰まった大袋のようだった。

車を駐める場所がどこにもなく、わたしは道を挟んだスーパーマーケットの駐車場に車を駐めた。

一九六二年型のコメットだ、車の鍵をかける必要はない。車のエンジンをかけられる者はわたししかいなかった。

詩を束ねた紙挟みが入ったケースを抱えて車から降りた。すると金切り声が聞こえた。

「**ほらあのくそったれ野郎だ！　やってしまえ！**」

暗い通りを渡ってロルフと知らないデブの大男がわたしめがけてまっしぐらに走って来る。哀れなごますり野郎はわたしのことをいつでもアーネスト・ヘミングウェイに置き換えて考えていた。戦争での。二人がわたしに襲いかかった。わたしを引っ掴んで地べたにねじ伏せようとする。デブ男はすでに汗びっしょりだ。そいつがわたしの腹に肘打ちを食らわせた。

「**おまえの親父はオカマ野郎だ**」と、彼が大声で叫んだ。

わたしは自分の詩が入ったケースを投げ捨てた。デブ野郎は眼鏡をかけていて、わたしは彼を失明させたくなかったので、耳の後ろあたりを砕けんばかりに殴った。彼が目をしばたたかせ、放屁して、それから逃げて行った。わたしはロルフをやっつけることにした。駐車場にとまっていた車のボンネットに彼を押し付け、首を思いきり締めつけた。見事なまでに彼が目をひん剥く。暗闇の中でもわたしは彼の顔色が紫色になっていくのがわかった。そこでわたしは何人かに引き離された、その中にはリーディングにやって来た人たちもいた。わたしは自分の詩を拾い上げ、それらを朗読するために中に入った。いい聴衆だった。みんな卑猥な詩がお気に入りだった。リーディングが終わった後でわたしは言った、「ありがとう、これからうちでパーティをするから」

さてと、パーティだ、ほとんど毎晩開かれる。いつのことを書いているのかわからなくなるぐらいパーティのことはたくさん書いていて、そのどれもがなかなかのものばかりだ。そこでこの夜のパーティだが、わたしは敷物の中央に座り込み、まわりには人がたくさんいた。ほとんど知らない人たちばかりだったが、寝室やトイレの中、バスタブの中、キッチンといたるところに人がいて、ゲロを吐いたり、クソをしたり、何かを食べたり、酒を飲んだり、喧嘩をしたり、おまんこをしたりしていた。わたしはただ座り込んで酒を飲んでいた。女たちはおぞましくて、洗濯をしていなくてシミのついたパンティを見せ、おっぱいはヘソのあたりまで垂れ下がっていた。男たちもひどいものだった。ハイエナ、コヨーテ、コバンザメ、人の女を横取りするやつ、作家志望者たち。わたしは酒を飲みすぎ、おまけに連中があまりにも退屈なのでいつのまにか意識を失っていた……

それからわたしは目を覚ました。誰かにからだを揺さぶられたからだ。「ハンク！　ハンク！　おまわりたちだ！」

わたしは顔を上げた。警官が二人玄関に立っている。ショットガンを抱えた住民が一人、警官と一緒に立っていた。わたしは敷物のど真ん中で腹ばいになって寝転んでいた。わたしは頭を上げた。

「ああ、どうしたんですか？」

警官の一人は小柄で髭を生やしていた。葉巻を吸っている。帽子を粋な感じで斜めに被っている。

「あんたがこの家の持ち主？」

「いや、わたしはここを借りているんだ」

彼が部屋の中を見回した。洗濯をしていないシミのついたパンティをじっと見つめる。それから視線をまたわたしに戻した。

「いいか、あんた、俺は前にもここに来たことがあるんだぞ！　あんたのことは知っているんだ！

それにここに来るのはもううんざりなんだ！　このあたりではほんの少しだけ静かにしてほしいんだよ！　今夜またここに顔を出さなければならないようなことになったら、あんたをぶち込んでやるからな！」

それからショットガンを抱えていた住民が口を開いた。年配の男で、喉の左側には小さなトマトのようなできものがあった。そのトマトのできものは襟の上まで垂れ落ちている。

「こいつが」と、彼がわたしを見つめながら言った、「何もかもすべての元なんだ。二ヶ月前にこいつがこの近所に引っ越して来てからというもの、あたりに住んでいる真面目な住民たちがぐっすり眠れたことなど一晩もないんだよ！　パーティをやったり、悪態をついたり、グラスを割ったり、音楽をかけたり、恥知らずな女たちを連れ込んだり、そんなことばかりやっているんだ！　俺には**眠る権利がある**んだ！」

それから彼はショットガンを抱えあげると、銃口をわたしに向けた。警官たちはその場にじっと立ったままだ。わたしには信じられない出来事だ。安全装置が外される音がした。

わたしは右手を上げ、銃のようなかたちを作って、銃口をその住民に向け、そして声を出した。

「パン」

一人の娼婦が声をあげて笑った。住民がショットガンを下ろす。帽子を斜めに被った警官が言った、「忘れるなよ、今度苦情が来たら、あんたをぶち込んでやるからな！」

「そしてまたやったら」と、首にトマトが生えている住民が言った、「今度は誰も呼ばずに俺一人でやって来て、俺が自分でカタをつけるからな……」

彼らは立ち去り、わたしは少しは静かになるよう最小限の努力をした。その夜、警官たちも住民も引き返しては来なかった。それからも何度も別のパーティが開かれたが、彼らがやって来ることはもう二度となかった。わたしたちを懲らしめるために彼らがやった一夜のちょっとした芝居のようで、それから彼らはほかの上演地へと移って行ったのだ……

わたしの二度目のリーディングの場所はヴェニスで、イースト・ハリウッドではなかったが、大して変わりはない。海辺にあるバーが会場だった。一人で車を運転して出かけ、早めに到着し、半パイント瓶のウィスキーを取り出し、海のそばに座って飲んだ。

ボトルを飲み干すと、砂浜を歩き、バーに向かった。みんなが待っていた。マイクが置かれたちょっと高めの小さなテーブルがあり、わたしのために六パックのビールが二つ用意されていた。わたしは聴衆の中を通り抜けて行った……

「ブコウスキー!」

「おーい、ブコウスキー、ベイビー!」

すると青い労働者のシャツを着た、汗まみれの一人の若者が駆け寄って、わたしの手を握りしめた、

「なあ、俺のこと覚えているかい? ロニーだよ……なあ、覚えているかい?」

「ロニー」と、わたしは彼に向かって言った、「干からびた糞をカゴいっぱい食べたやつだな」

わたしはステージの上に上がり、大きな音を立ててビールの缶を開けた。一気飲みをすると、聴衆がやんやの喝采だ。わたしの作品を愛読している馬鹿者たちばかりだ。自分のためにわたしが作り上げた世界。今やわたしはその生贄だ。わたしは聴衆を見下ろし、若い女たちがいることに気づいた。彼女たちの多くがわたしに向かってヒューヒューと非難の声をあげたり怒鳴ったりして、わたしのことを男性優位主義者のブタ野郎呼ばわりしているが、その誰もがわたしとやりたいだけなのだ。彼女

たちはわたしとおまんこをしたがっていた。彼女たちはわたしのしなびた魂の根源を確かめたがっていた、あたかもそれが精液となってわたしのちんぽこの先から飛び出して来るかのように信じて。若い娘たちが何を望んでいるのかと言えば、彼女たちの考える死の世界へとわたしを追い込むことで、それもまた新たなゲームとなっていた。ベッドを共にした自分たちの中で、誰が一番おいしい思いをするのかという。

……わたしは聴衆に向かって朗読をし、すべて読み終えると、分け前の金をひっ掴み、すぐ近くの詩人の家でパーティがあることを告げた。走って自分の車に向かい、乗り込むと、一九六二年型のコメットならではの轟音を立てて走り去った。酔っ払っていて、ラジオをつけ、アクセルを思いきり踏み込んだ。闇に包まれたベニスの通りを走り続けると、みんながわたしについて来る、追っかけの集団だ。それからコメットは車道を走るのをやめて歩道を走り始め、歩道を車で走るのは実にいい気分だった。速度を時速一〇〇キロ近くまで上げると、みんなが通りを走って追いかけて来る。突然目の前に一軒の家が立っているではないか。わたしはハンドルを左に思いきり切ったが、フェンスにぶつかり、その一部を剥ぎ取ってしまう。通りにまた戻ったが、わたしの車のボンネットの上には、剥ぎ取られた何本かのフェンスの白い柵が、突如降って湧いた死者の骨のように乗っかっていた。それからカタカタ音を立てて落ちて行った。詩人の家に到着して、わたしが車から降りると、みんながわたしの後について来た……

頻繁にわたしの家に訪れようとする者たちの気を削ぐやり方をわたしは身につけていたが、それでもいつでも新しい者たちが何やかやとやって来るものだ。優しい目で髭を生やしたロビーはとてもいいやつのように思えた。つい真剣になりがちだが、どうやって笑えばいいのかを心得ていた。わたしの詩を集めた小冊子「邪悪にならなければわたしはいい気分にはなれない」を彼は出版してくれた。何部か売れたので、それでわたしたちは酒を買うことができた。ロビーも詩を書いていて、それはそれほど良くはなかったが、そのうち自分の友だちを連れて来るようになった――男ばかりだ。わたしたちはワインやビールを飲んでおしゃべりをした。しかし彼らは政治的だった。彼らが何者なのかわたしには今ひとつよくわからなかった。アナーキストか革命家かそのたぐいの者たちだった。

わたしはどんな政治的な立場にも立っていなかった。わたしは彼らにやりたいことを何でもどんどんやればいいと言った。けれども彼らは組織化されていて、献身的だった。オレゴンの丘に食料や武器を保管していて、そこには女たちもいた。

メンバーの一人のエドワードがわたしに言った、「ねえ、あなたは歴史の一部となるか、世間にとって無用な一コマになるかのどちらかだ。あなたは自分が利用されることを認めていて、利用されることをいったん認めてしまえば、あなたは世界をもっと素晴らしいものに変革するために行動しようとしているぼくたちをより困難な状況に追い込んでしまうことになるんだよ」

「わたしがやりたいことはといえば」と、わたしは答えた、「この紙切れの上にいろんなことをタイプする、それだけだよ」

「あなたは利己的だ」と、赤毛の若者が言った。「同胞の集まりに加わるべきだよ」

「同胞愛ってやつがわたしは嫌いなんだ」と、わたしは答えた。「一人ぼっちの方が気分がいいんだ」

「でも今ぼくらと一緒に飲んでいるじゃないか」

「ほかのみんなと同じようにアナーキストたちともすぐに一緒に酒を飲むよ」

「ぼくたちはアナーキストじゃないよ」と、ジャックと呼ばれている仲間が言った。「アナーキーとは政治的、社会的な混乱のことで、何もかもすべてを破壊しようとする意思のことでもある。ぼくたちは不正で腐敗したものだけをぶち壊したいんだ」

「わたしをじっと見るのをやめろよ」と、わたしは彼に言った。

「**くそったれめ！**」と、ジャック同志がわたしに向かって怒鳴った。

わたしたちは夜まで飲み続け、同志たちはわたしの目の前で自分たちの計画について議論し合った。光栄なことにわたしは彼らの信頼を得たということだ。そして彼らがわたしを信頼したことは間違ってはいなかった、というのもわたしは彼らのことを信じてはいなかったとは言え、自分が信じて行くような場所はどこにもなかったからだ。彼らは好感の持てる若者たちで、わたしと一緒になって酔っ払い、自分たちが飲む酒は自分たちで持って来ていて、それはわたしの家を訪れるほかの者たちにはほとんどあり得ないことだった。

突然、午前二時頃、ジャック同志がわたしだけを相手にするようになった。その頃には彼はへべれけに酔っ払っていて、こぼれ落ちた唾が顎からぶら下がっている。「するとあなたはぼくたちを信じていないということだね？」彼がわたしに尋ねた。

「そうだね」

「それなら」と、ジャック同志が言った、「くそくらえ！　**くそったれ、くそったれ、くそったれめ！**」しばしの沈黙が訪れ、それからほかの同志たちが喋り続けた。ジャック同志は目を剥いてわたしをじっと見つめている。わたしは敵なのだ。仲間になるか敵になるかだ。加わるか、夜の闇に向かってマスをかくかだ。

「**くそったれめ！**」彼がもう一度叫んだ。

カウチの上でほんの少し前かがみになり、右に傾いたかと思うと、敷物の上に滑り落ちた。完全に酔いつぶれてしまった。

「車はどこだい?」わたしはロビーに尋ねた。

わたしは近づいてジャック同志を抱え上げた。ロビーについて玄関のドアを抜け、夜の中に出た。車まではそれほど離れてはいなかった。ロビーが後部座席のドアを開け、わたしはそこのシートの上にジャック同志を押し込んだ。シートについたとたん彼が目を開け、わたしをじっと見つめる。

「**くそったれめ!**」彼が喚いた。

ロビーと一緒に戻って仲間たちと合流し、それからもうしばらく飲んで、それから彼らは帰って行った……

二日か三日後の夜遅く、ロビーがドアをノックした。彼を中に入れて、ビールを二缶開ける。ロビーがぐいっと飲む。

「ところで」と、彼が話し始めた。「あなたを殺すか殺さないか同志たちが投票で決めたんだ……」

「そんなことをしたのかい?」

「そうなんだ、それであなたは1票差で勝ったよ。四対三であなたを殺さないことになった」

「いいぞ。きみはどっちに投票したんだ?」

「あなたを殺さない方に投票したよ」

「ビールのお代わりはどうだい」

「ありがとう、いただくよ。でもすべて準備は整ったと伝えるためにぼくはここにやって来たんだ」

「何の準備が整ったんだ?」

「印刷物の配布さ」

「どの印刷物の？」

「ハンク、何もかも全部あなたに伝えたじゃないか」

「多分酔っ払っていたんだ。もう一度教えておくれ」

「いいよ」と、ロビーが言った、「ぼくは最後通告を書き上げたんだ。トラックに四〇部積んでいる。それを配るのをあなたは手伝ってくれなくちゃ。約束したんだよ」

「何の最後通告だい？」

「リチャード・ニクソンへの、『タイム・マガジン』への、テレビ各局への、何人かの州知事たち、上院や下院の議員たちへの、『ニューヨーク・タイムス』への、『クリスチャン・サイエンス・モニター』への、知るべきあらゆる人たちへの」

「何を知るべきなんだ？」

「大気汚染がなくならないかぎりぼくたちは街をひとつずつ吹き飛ばしていくんだ。ダムも爆破し、下水道も爆破し、どの街もひとつずつことごとく破壊して行くんだ、大気汚染が収まらないかぎり」

「いいか、イースト・ハリウッドを吹き飛ばす用意ができたら、二日ほど前にわたしに警告してくれないか？　クソにまみれて溺れるなんてことは絶対にしたくないからな」

「あなたには警告してあげるよ。ぼくたちは大気を清浄化させるんだ」

「そして街中にクソをばらまくってわけかい？」

「多数が救われるためには少数の犠牲もやむを得ないよ」

「そしてわたしはそうしたパンフレットを配るのを手伝うってきみに約束したのかい？」

「そうだよ、ある夜約束してくれたんだ。最後通告は今や全部すでに大きな封筒に入れられて、ファースト・クラスの速達のスタンプも押されている。同志たちにとってはかなりの出費だったんだ。パンフレットには二六ページにわたってぼくたちの要求が詳細に書かれている。あなたとぼくがこれからやることは、最後通告を町中の四〇個の郵便ポストすべてに一部ずつ投函することなんだ。一つの郵便ポストに全部投函したりしたら、捜査される危険性があるんだ」

「何てこった、ロビー、そんなことわたしはできないよ！　きみたちの計画をわたしは信じちゃいない！　そんなもの頭がおかしくて、無知この上なくて、汚れた大気が一〇年間で奪う人の命よりももっとたくさんの命をたった一年のうちに水やクソにまみれて溺れさせて奪ってしまうんだ！」

「あの夜ぼくに約束してくれたのに、ハンク」

「ほかの同志たちはみんないったいどうかしちゃったのかい？」

「ぼくはあなたに敬服しているんだ、ハンク。これはぼくだけでは手に負えないようなでっかいことなんだ。やる時はあなたと一緒にやりたいんだ」

「何もやらなくていいよ、間抜け野郎……」

哀れな狂信者はその場に座り込んで自分の靴をじっと見つめている。わたしは彼のそばから離れ、五分の一ガロン入りのウォッカの瓶とグラスを二個手に取った。

「さあ」と、わたしが言った。「こいつを飲めよ。今夜はカウチで眠ればいい、そして朝になったらきみのトラックで街のゴミ捨て場まで行って、それらの最後通告とやらをいちばんふさわしい場所に戻してやることにしよう」

わたしは自分たちのために二個のグラスに酒をなみなみと注いだ。

「あなたは工場で働き、路上にもいたんだ」と、彼が言った。「あなたの書いたものを初めて読んだ時、あなたはわたしたちと一緒の立場だけど、特別に優れた人間だってわかったんだ」

「おべっかを言うなよ、間抜け野郎。わたしはちゃんとしたところで糞をするのが好きなんだ。下水システムというのは人類の最も偉大な発明の一つだと思っているよ」

「ぼくたちは投票であなたを殺さないことに決めたんだよ、ハンク」

「そんなのありがたくも何ともないよ。わたしは自殺に対する強迫観念を抱いているんだ……」

……そんなわけで、わたしたちは五分の一ガロン瓶を飲み、それを飲み干し、それからわたしは立ち上がって言った、「さあ、行こうぜ」

「ぼくが投函するのを手伝ってくれるっていうこと?」と、ロビーが尋ねる。

「ただでゾクゾクできるじゃないか……」

「手伝ってくれるってわかっていたよ!」

わたしたちは家の外に出てトラックに乗り込んだ。平ぺったい荷台のトラックだったが、同志たちが丸い螺旋状のブリキでそこに手を加えていて、後部には別のブリキの塊がハンダでくっつけられていた。そしてわたしたちが座るシートの奥には四〇部の最後通告が積み上げられていた。

ロビーが運転した。最初の酒屋で車を駐め、一ガロンのジャグに入った安ワインを手に入れた。車を走らせる。

「ほら」と、ロビーが言った、「あそこに最初の郵便ポストがある!」

ハリウッドとヴァインの角だ。ロビーが車を寄せ、わたしは後ろに手を伸ばして最後通告を一部取り、車から降りて郵便ポストに投函した。わたしが車に戻って跳び乗ると、全速力で走り去る。

わたしは妙な感じがした。子供相手の強姦魔になったかのような気分だ。わたしたちはボトルを回しあった。

「素敵な夜だ」と、ロビーが言った。「宛名を確かめたかい？」

「ああ」

「最初の最後通告を受け取るのは誰だい？」

「リチャード・ニクソン」

それから次から次へと郵便ポストを回って行った。ロビーは地図を手にしていて、郵便ポストに投函する順番は慎重に計画されていた。やがてわたしたちは黒人の同志たちに敬意を表してワッツにも足を伸ばした。ワッツの郵便ポストにわたしは最後通告を投函し、車に戻って跳び乗る。

「わたしときたら」と、わたしは口に出した。「このトラックから跳び降りたり跳び乗ったりして、印刷物を郵便ポストに投げ込んでいる。しかも印刷物に書かれていることなど露ほども信じちゃいないのに。きみよりもわたしの方がうんと頭がおかしいよ」

最後通告の最後の一通が投函されると、ロビーがわたしを家まで送り届けてくれた。一緒に中に入り、ジャグに残ったワインを飲み干した。今夜はカウチで寝ていくようにと彼に言った。彼は感謝したが、自分は行かなければならないと言った。最後通告を投函して回った栄えある夜のことを同志たちに報告しなければならなかった。彼が立ち去ったので、わたしはドアに鍵をかけ、明かりをつけずにカウチに座り、缶ビールを飲んだ。立ち上がり、寝室に行き、靴を脱いで、ベッドの上に倒れ込んで眠った、着の身着のままで……

二ヶ月は過ぎていたに違いない、午後の一時頃にロビーがドアをノックした。とても悲しげな様子だった。

「座れよ」と、わたしが言った。「ビールを持ってきてやるから」

「勝手に飲んでおくれ」と、彼が答える。「ぼくはいらないから」

わたしはビールを取りに行って戻ると、彼の向かいに座った。

「うまく行かなかったよ」と、彼が言う。

「何がだよ?」

「あの最後通告に関して何もかもだよ、大統領も、新聞も、テレビも、雑誌も、州知事たちも、まったくだめだった。記事になることもなければ、話題になることもないし、噂すら一つも聞こえてこない」

「きみたちはほんとうにダイナマイトを持っていたのかい、実際にそれを使う知識も持ち合わせていたのかい?」

「ああ、そうだよ。ぼくらは何をすればいいのかわかっていた。ところが別の問題が持ち上がったんだ」

「どんなことが?」

「女たちだよ。食料や銃やダイナマイト、すべてを抱え込んでぼくらが隠れていたオレゴンの丘でうまく行かなくなってしまったんだ。何人かの同志たちは恋人と一緒だったんだけど、その同志たちを騙してそいつの女たちとやるやつらが出てきたんだ。するとほかの同志たちも別の女たちとやり始めた。すべての信頼が崩れ落ち、みんながお互いを憎み合い、喧嘩し合うようになったんだ。崩壊してしまったよ、何もかもすべてバラバラになってしまったんだ」

「ロビー、そういうことはいたるところで起こるのさ、よくある話さ」

「多分そうかもしれない、でもぼくらをバラバラにしてしまったんだ」

「酒が必要だな」

「ぼくはあなたとは違うんだ。ぼくのこの苦しみは酒なんかで紛れたりはしない」

「そうだよ、問題は何も解決はしない、別の領域へと導いてくれるだけだ」

「真っ正面から向き合うよ」

「うまくいくように」

ロビーはその場に突っ立ったままで、わたしたちは握手を交わした。それから去って行った。わたしは座り込んだ。エンジンがかかる音がした。それから彼は行ってしまった……

三、四週間後のこと、ある夜家に帰るとオレゴンの食料がポーチの上やドアに立てかけられて高く積み上げられていた。小麦粉や砂糖が入った袋、豆が入った袋、何百というスープの缶詰、塩、コーヒー、干し牛肉、トマトの缶詰、ミルクやクリームの缶詰、刻みタバコが入った袋、タバコの巻き紙。品物だけで、何の手紙もなかった、そして大気汚染……

次に現れたおかしなやつはわたしよりも一〇歳ほど年下の男のマーティン・ジョンソンで、自分は次なるマックスウェル・パーキンスになると言い張っていた。ほとんど禿頭と言ってもよく、両耳のあたりに赤毛のふさが少しだけくっついている。極端なまでに清潔で、自分自身をピカピカに磨き上げていて、わたしから見れば親切そうだが危険にも思える微笑みを浮かべていた。

「あなたはこのあたりでましな作家の一人だよ」と、彼が言う。「会えて嬉しいよ」

「まあ座れよ」と、わたしは彼に告げた。「ビールはどうだい？」

彼が腰を下ろす。「いらないよ、ありがとう。酒はそれほど飲まないんだ。ロバート・クリーリー18カクテルズを買ったばかりなんだ」

「よかったら近所にバーがあるよ」

彼はわたしの言ったことを無視した。「ぼくは出版社をスタートさせるんだ、レッド・ヴァルチャー・プレスという名前で、最初は片面刷りのブロードサイドから始めようとしている。何か見せてもらえる詩があるかな？」と、彼が尋ねた。

「そこのドアを開けてみなよ」と、わたしは戸棚を指差した。

マーティン・ジョンソンが立ち上がり、戸棚に歩み寄り、ドアを引き開けた。高く積み上げられた詩の山が一瞬揺さぶられ、敷物の上にこぼれ落ちた。

「ここにある詩全部あなたが書いたのかい？」と、彼が尋ねた。

「ああ」

「何で戸棚の中に突っ込まれたままなんだ？」

「それが、三編か四編詩を書き上げると、ドアを少しだけ開けて、中に突っ込むんだ」

「どうしてどこかに送ったりしないんだ？」と、彼が尋ねた。

「一銭にもならないんだよ。わたしはエロ小説を書いている」

「少し読ませてもらってもいいかな?」

「どうぞお好きに」

わたしはビールのお代わりを取りにキッチンに向かった。わたしはキッチンの窓の前に立ち、隣の家の小さな女の子が階段の上でローラー・スケートを履いているのを見つめた。わたしと向き合い、短いスカートを穿いている。八歳ぐらいだった。まさに小さなお嬢さんだ。彼女が立ち上がり、スケートで走り去って行くのを見守った。それからもといた部屋に戻った。マーティン・ジョンソンはフロアーの上に座り込んで詩を読んでいた。一つ詩を読み終えるたびに、彼はコメントをした。

「これはいいね……」

「これは素晴らしい……」

「これは不朽の名作だ……」

「これはいいね……」

彼はいつまでも読み続ける。それから読むのをやめた。「全部読む時間が今はないからまた来てもいいかな……」

「いいよ」

「とりあえずはこの詩をブロードサイドのかたちで出版したいんだけど」と、彼が言った。「昼下がり死の大通りをそぞろ歩く」というタイトルの詩だった。

「どうぞご自由に」と、わたしは言った。

その次に現れたおかしなやつは自分のことをレッド・ハンドと呼んでいた。二二歳で、はぐれ者、薄っぺらで、策に長け、おしゃべり好きだった。

「あなたの書いたものに出会ったんだ。これまでに見たことのないようなまっすぐで正直な言葉。あなたに会いに来ずにはいられなかったんだ」

「大丈夫だよ。ビールはどうだい？」

「もちろん」

わたしはその場を離れ彼のためにビールを一缶持ってきた。戻ると彼はシケモクを片手で巻いていた。もう片方の手でビールを受け取った。

「俺が着ていたコートを見てくれるかな？」

「ああ」

「新品のコートみたいに見えるだろう？　どこで手に入れたと思う？　街のゴミ捨て場さ！　びっくりだよ！　みんな何でも捨てちゃうんだよ。このコート、どこもだめになっていないのにさ。肩のところがちょっとだけほころびているんだ。これっぽっちのほころびだよ、それだけで買ったやつは捨ててしまったんだ。見つけて、着てみたんだ。何の問題もないよ、気になるところがちょっとあるだけ、それだけのことさ。ゴミ捨て場にはいいものがいっぱい捨てられている。何の問題もないいい品物をみんな捨てちゃうんだ。オレンジなんかもあって、全然食べられるんだ……」

「まあ座ってビールを飲めよ」

「あなたの書くものは正直でまっすぐだ。あるのはインチキばかりだよ。ボブ・ディランを知っているかい？　オクラホマの農民みたいに嘆き悲しんで歌っているだろう？　あれはありのままの彼なんかじゃないんだ。インチキなんだ。さあ、バーで酒をごちそうするよ」

「よしきた、レッド」

わたしたちはそれぞれ缶ビールを手にして通りを歩いた。目指すは曲がり角にあるザ・ゴアード・マタドールだ。午後二時半で、中はそんなに混んでいない。わたしたちは席についた。

「ウォッカ・セブン」と、わたしはバーテンダーに注文する。

「ウィスキー・アンド・ソーダ」と、レッドが言った。

バーテンダーがわたしたちの飲み物を用意し、レッドが金を払った。彼が話しかける、「いちばん最初にL・A・フリー・プレスであなたの書いているものを読んだんだ。いいことしか書かれていないよ、あのコラムは……」

「スケベ親父の手記だな」

「全部ほんとうの話なのかい?」

「九五パーセント」

「そうだと思ったよ」

ちょうどその時かなり酔っ払ったデブ男がトイレから出て来た。レッドのそばまで歩いてくると、彼はよろめき、レッドの背中に倒れ込んだ。それから一度体勢を戻したが、また倒れ込む。レッドがスツールからぴょんと立ち上がった。「おい、きさま!」

酔っ払いが振り返った。「どうしたんだい?」

「こっちへ来い」

「ほっときやがれ!」

「『こっちへ来い!』って言ったんだ」

酔っ払いがレッドのそばに歩み寄り、それから立ち止まった。

「さあ」と、レッドが言った。「謝りなよ」

「何を謝るんだ？」

「何をなんて俺に聞いたりするなよ！　『謝れ！』って言ったんだ」

「やだね」と、酔っ払いが答えた。

レッドが手を素早くポケットに突っ込み、飛出しナイフを取り出した。刃の縁に指を一本当て、指先と刃先とが男の腹に突きつけられている。

「さあ」と、レッドが言った。「謝れ！　さもなきゃてめえのケツと同じように、てめえの腹にもでかくて深い裂け目ができるぜ！」

「謝るよ」と、酔っ払いが言った。それから彼は自分の席に戻って行った。店の中はとても静かなままだった。レッドと私は酒を飲み終え店の外に出た。

家に戻る途中、一四メートルほど先の方をブーツを履いた大男が歩いていた。

「ほら、あの大バカ野郎ときたら」と、レッドが言った。「あんなふうにブーツは絶対に履かないぜ。どでかいレザーの踵、すごい音を立てているじゃないか！　後ろから何かが近づいたとしたってあいつは分かりっこないぜ。死んだも同然さ！　見ていてくれよ！」

レッドは音を立てずに走り出し、大男の背後に達した。彼の真後ろを歩きながら、首を絞めるふりをする。二〇秒か三〇秒かやり続けてもまるで気づかれない。それからレッドが首を絞める真似をやめ、引き返して来た。

「ほらね？　あいつなんてイチコロだぜ。くそったれ野郎にチャンスなんてありゃしない！」

「そのとおりだよ、レッド」

わたしたちは家に戻り、もう少しビールを飲んだ。レッドがわたしに旅の中での話をもっといろいろとしてくれた。彼は話し上手だった。彼の話を二、三、そのうち使うことにしよう。

「さてと」と、彼が言った。「もう行かなくちゃ。俺は今メキシコ女と一緒に住んでいて、そいつが面倒くさいんだよ！　いつでもやりたくてたまらなくて、こっちにしてみればお務めみたいなものさ。目の前に座ってこう言うんだ、『もうわたしとはやりたくないの、あんたって何者なの、くそったれのホモ野郎なの？』そいつがサード・ストリートのトンネルを歩いている時に出会ったんだよ、とてもきれいだったんだ。俺たちは仲良くなって、一緒に住み始めた。しょっちゅう汗まみれになってご奉仕しているというのに、そいつときたら満足できないんだよ。いつでも文句たらたらさ。俺はすぐにもまた旅に出るよ、もう耐えられないんだ……」

「いつでもおいでよ、レッド」

「あんたにこれをあげるよ」と彼は言って飛び出しナイフを取り出した。「光栄だよ、レッド、ありがとう」

それから彼はわたしの窓の外を通り過ぎ、歩道を西に向かい、立ち去って行った。すぐにも彼の足音は聞こえてこなくなった……

ある夜のこと、マーティン・ジョンソンが戻って来た。わたしの詩が印刷されたブロードサイドを両腕いっぱいに抱えている。

「どこかでサインしてもらえるかな？」と、彼が尋ねる。

「キッチンのテーブルかな……」

わたしたちはキッチンに入って行った。

「ビールの空き缶だらけだ」と、彼が言った。

「ちょっと待っておくれ」わたしは走ってビールの空き缶を裏のゴミ缶に持って行った。それから濡れ雑巾でタバコの灰の跡、ビールの沁み、ゲロの跡を拭き取ろうとした。結構時間がかかった。きれいに拭き取ることは不可能だった。

「そこまで飲まなきゃいけないのかい?」と、彼が尋ねる。「からだによくないよ」

「飲まなきゃ精神的に良くないんだ。酔っ払っている時に書けるんだよ」

マーティンがブロードサイドをテーブルの上に置き、わたしはサインをし始めた。

「あなたがサインをしている間にもう少しあなたの詩を見て見たいんだけど」と、彼が言った。

「見るがいいさ……」

わたしがそろそろサインをし終えようかという時、彼が新たな詩を持って来て、それをブロードサイドにしたいと言い、すればいいとわたしは答えた。彼がわたしに五〇ドルの小切手を切ってくれる。

「今サインしてくれたこのブロードサイドのお金だよ」

「ありがとよ、マーティン」

「あそこにある三枚の絵。あなたが描いたのかい?」彼が尋ねる。

「そうだよ」

「気に入ったよ。もっと描いてもらえるかな?」

「いいよ」

「あなたの個展を開いてくれるアート・ギャラリーがあると思うよ」

「絵を描くことにはそれほどがむしゃらにはなれないんだ」

「あなたが描こうとしているところを見てみたいな。ほら、絵の具と画用紙を買っておくれよ」

彼が新たに五〇ドルの小切手を切ってくれる。

「ほんとうに何も飲まなくていいのかい?」わたしは尋ねた。「いらないよ、ありがとう……」

それから彼はブロードサイドを持って立ち去ってしまった……

絵を描くことに関していいことが一つある。いつでもできるということだ。つまり、わたしにはできる。執筆するには気分がとてもいいか最悪かのどちらかでなければならないが、絵を描く時は気分が良かろうが、悪かろうが、そのどちらでもなかろうがどうでもいい。もちろん酔っ払っている時はわたしにしてみれば何もかもすべてがましで、それにはセックスも執筆も絵を描くことも、闘牛観戦も含まれる。ほかのことに関しては、どう転ぼうが同じことだ。しかし絵を描くこと、酒を飲んで酔っ払うこと、セックスをすること、執筆すること、それらは同じようでいて違っている。そこでわたしは絵を描き、酒を飲み、そこでは面白いことが起こった、踊りまくる若い娘たち。ラジオが大きな音で流れ、安物の葉巻、指についた絵の具、葉巻についた絵の具、葉巻を吸い、葉巻についた絵の具を飲み込み、ショウに夢中になるあまり何も気にしなくなり、酒や絵の具の毒を飲み込んだことで朝になってひどい気分に襲われて目が覚め、急いでバスルームに駆け込んで、吐いてからキッチンに行くと、そこにはいつのまにか仕上げた八点か九点の絵がフロアーの上に、四点か五点の絵がテーブルや流しの上にある。これはもうとんでもないサーカスだ。

そこでわたしは絵を描いた。そしてわたしは芸術のクラスでの二回の授業を思い出した、熱気などまったく感じられなかった。教師も生徒もみんな一緒くたのひとかたまりになってしまったかのようで、全員で仲良くやらなければならないという何とも説明し難い掟に身を任せつつ、実際には何もやっていないのだ。つまり、誰もがお互いにとても優しく、とても仲良しだった。狂気や絶望に立ち向かうというよりどちらかといえばピクニックや社交的な集まりのようだった。

そこでわたしは酒を飲んで酔っ払っては絵を描き、絵を描いては酒を飲んで酔っ払った。わたしはチューブから直接絵の具を出して描き、抑揚をつけるのにまどろっこしすぎて絵筆など使ってはいられなかった。チューブから直接絵の具を取り出し、分厚く波打つように塗りたくっていたので、絵の具が乾くまで何日もかかった。描き上がった絵はいたるところにあった。キッチン、寝室、バスルーム、居間の床の上。

パーティの参加者たちがやって来ると、わたしは彼らを追い払った。

「おいおい、わたしの絵を踏んじゃうよ……」

わたしは電話機を分解して、ベルとハンマーの間にトイレット・ペーパーを詰め込んだ。キッチンのドアの上にあるドアベルの打ち金のところにもトイレット・ペーパーを詰め込んだ。

わたしはマスキング・テープを手に入れ、いろんな絵を壁じゅういたるところにテープで貼り始め、壁にスペースがなくなってしまうと、今度は天井のあちこちに絵を貼り始めた。わたしの絵のほとんどは動物たちや人々を描いたもので、それらがすべてわたしの周囲やわたしの上にぶら下がっていた。ある夜のこと酔っ払ったわたしはサンセット・ブルヴァードにあるバーへと繰り出し、そこでとてもいかした女性をひっかけ、自分の家へと連れて帰ると、彼女が声をあげた、「うわぁ、どうしたの、これは何なの？　あなたって狂ってるわ、そうでしょう？」

「狂っていると思う時もあるし、そう思わない時もあるよ」と、わたしは彼女に告げた。

「わたし、帰るわ」そう言って、彼女は帰ってしまった……


マーティンと彼の妻のクララが訪ねて来た。ノックの音が聞こえ、ドアのブラインドを通して彼だと確かめ、二人を家の中に入れた。マーティンとクララが絵を見ながら室内をうろつき回る。

「ずっと描いていたんだね」と、マーティンが言った。

「ああ」と、わたしは答えた。

「これもらえるかな?」絵の中の一枚を手にしてマーティンがわたしに尋ねた。

「ああ」と、わたしは答えた。

「これもらえるかしら?」と、クララがたずねた。

「ああ」

「これももらえるかい?」と、マーティンが尋ねた。

「だめだ、それは自分のためにとっているんだ」

二人ともわたしと一緒にビールを飲んだ。「描き続けておくれ」と、マーティンが言った。「あなたのために個展を開けるようにするから」

「わかった」と、わたしは答えた。マーティンは数枚の絵の代金として一五〇ドルの小切手を切り、画材を買えるようにと別に五〇ドルの小切手も切った。彼らは帰って行った……


翌日わたしは座り込んで絵を見つめていた。自分の絵が嫌いになり始めた。鋭さや巧緻さに欠けている。荒っぽくて生々しいのはいいが、それが露骨に出すぎていると、まるでラス・ヴェガスのネオンそっくりになってしまう。わたしはわたしの作品を掲げて美術教師がクラスのみんなに言っていたことを思い出した。

「ここに色を恐れていないやつがいるぞ」

しかし色だけで済むという話ではない。わたしは絵を見続け、それらがますます嫌いになって来た。わたしは酒を飲み始め、好きになれない絵を取り外し始めた。絵を剥がしながら部屋から部屋へと移動した。すぐにも残った絵は五、六点だけになった。それからわたしはそれらも取り外してしまった。わたしにはもう何もない。黄昏が深まる。わたしは飲み続けた。

それからわたしはあることを思いついた。絵をバスタブの熱い湯に浸すことで濃く派手に塗りすぎた色を薄めることができるのではないか。わたしはバスタブに湯を満たし、大きな絵を持って来た。バスタブの中に絵を押し込む。いいぞ、うまくいくではないか。わたしは絵を取り出し、台所の角のテーブルの上まで持って行った。いくつかの絵の具のチューブの蓋を開けて、あちらこちらに少しだけ色を加えてみた。いいぞ。

わたしは自分が描いた絵を次から次へとバスタブへと運び始め、その中に浸した。取り出すと、その絵に少し色を加え、ほかは何も手を加えないままにした。すぐにもわたしが描いた絵すべてがバスタブに浸かり、入浴したことになった。誰もわたしのこの技法に気づくことはないだろう。わたしはうんとましな気分になってベッドに入った……

翌朝目が覚めて、自分の作品を見つめ、わたしは気分が悪くなった。わたしは吐かずにはいられなくなった。それから絵をビリビリに引き裂き始め、裏に二つあるわたしのゴミ缶に突っ込んだ。すぐにもゴミ缶がいっぱいになったが、かまうことなくわたしは残りの絵もクシャクシャに丸め、アパートの敷地内にある空のゴミ缶を見つけ次第、そこに次から次へと突っ込んで捨てていった。

それからわたしは電話機を分解して、ベルのところに押し込んだトイレット・ペーパーを取り去り、玄関のドアベルもまた鳴るようにした。

わたしはどう転んでもヴァン・ゴッホにはなれないし、ダリにすらなれっこない。窓辺に置かれたタイプライターのもとに戻り、窓辺を行き交う若い娘を見守っていればいいのだ。その日のうちにわたしは車で競馬場に出かけ、八〇ドルもすってしまった。その夜わたしはしらふのまま眠り、いつもなら酒を飲まずに眠る最初の夜は目が冴えてまったく眠ることができないのに、その夜は一度も起きることなくぐっすり眠ることができた。自分にとことん愛想をつかしてくたびれ果てていたのだ。目が覚めてもわたしはベッドから出なかった。ベッドの中にいてただ天井をじっと見つめていた。午後三時頃、電話がかかってきた。マーティン・ジョンソンからだった。

「やあ、電話がまた通じるようになったんだね」

「ああ」

「絵の方は順調かい?」

「もうやめたよ」

「どういうことだい?」

「すべて熱い湯をためたバスタブの中に放り込んだんだ」

「まさか? それからどうしたんだい?」

「ゴミとして捨ててしまったよ」

「何だって? 冗談を言っているんだろう」

「ほんとうだよ、ビールの空き缶や読み捨てた競馬新聞に塗れているよ」

「二〇〇〇ドルを捨てたも同然だぞ！」

「絵が気に入らなかったんだよ」

「とてもいいものばかりだったのに。ねえ、ゴミの収集はいつやって来るんだい？」

「水曜の朝、九時頃かな。今はもう水曜の午後だ」

「ねえ、お願いがあるんだけど？　ゴミ缶を見て来ておくれよ。まだゴミが入ったままかどうか確かめて来ておくれ」

わたしは起き上がり、家の裏に出て行った。ゴミ缶は空っぽだった。

また電話に戻った。

「ゴミ収集人が来た後だったよ。すっからかんになっていた」

「嫌な気分だ」と、マーティンが言った、「言わずにはいられないよ、あなたがそんなことをするなんて腹が立ってしょうがないよ」

「わかったよ、ベイビー」わたしはそう言って電話を切った……


マーティンは絵のことからは立ち直り、新しい詩を手に入れようとまた来るようになった。レッド・ハンドもまたやって来て、旅の中での新しい話をわたしにしてくれる。ほかの者たち、男たちも女たちもまたやって来て、みんなで一緒に酒を飲んで酔っ払った。

不毛の時で、盛大に賭け事をするにはもってこいの時で、イースト・ハリウッドのアパートの表の部屋にやって来る者たちはほとんどが来るのが当然の者たちばかりで、わたしは打ちひしがれて、たくましく、アル中状態で、彼らのおかげでわたしはずいぶんと自分の時間を無駄に費やしたが、それを言うなら彼らもまたわたしに書くべき材料と光とを届けてくれたのだ。さまざまな声、さまざまな顔。彼らの不安とむかつかずにはいられない愚行、そしてたまには驚くべき創意工夫の才。彼らのおかげでわたしはひとりでいて得られるよりもずっと多くのものを得ることができた、ひとりでいるに越したことはないのだとしても……

その後すぐにわたしはイースト・ハリウッドから引越してしまった。何が起こったのかと言えば、要するにわたしは相手を捕まえたのだ。しがみつくものがなければ、くじけてしまい、その人間はだめになってしまう。わたしは自分よりも二〇歳も若い美しい女性と一緒になった。通りを歩いていたり、カフェに座っていたり、あるいはどんな状況であれ、見かけたとしたら男たちみんなが見つめずにはいられない、そんな女性だ。「美女と野獣」、わたしたちのことを彼女はそう説明した。そんな彼女にもいくつか欠点があった。彼女は正気ではなく、ブーツで隠してはいるものの足首がやたらと太く、世間の目が自分を美しいと思っているかどうかそればかりをしょっちゅう気にしていた。わたしは彼女と付き合い始めた。彼女はわたしを試し、わたしは彼女を試していた。しかし彼女の方がずっとハンターだった。この愛しい女はわたしの中に潜む可能性を見出したのだ。わたしの魂のありかを探り当て、自分の魂の力でそれを虜にできると気づくと、彼女は見事に虜にしてとことん貪り尽くしたのだ。その一方で、そんなふうになるのに身を任せながら、わたしも彼女や彼女の魂を精一杯もてなすことができた。

そこで、いいかな、みんなが理解していないのは、芸術と呼ばれるジャンルの中で仕事をする者たちは、自分たちのエネルギーの最良の部分をそのために取っておくということだ。だから、わたしは彼女の母親や義理の父親、あるいは彼女の姉妹や友人たちのために特別にエネルギーを使ったりはしなかった。「この人はなろうと思えば魅力的な人間になれるのに」と、彼女が言った。「たいていはそうしないというだけのことなのよ」

彼女は大きな持ち家があって、彼女の二人の子供たちは二階で眠っていた。わたしは彼女以上に子供たちの方が好きだった。裏庭は広くて竹が密生していて、数え切れないほどたくさんの竹が空に向かって伸び、いたるところから芽が吹き出ていた。「このとんでもない竹林を一掃しなくちゃ」と、彼女は言った。そこはわたしのプライベート・ジャングルだった。どこかのマヌケ野郎のようにわたしはしょっちゅうその中で座っていた。この前は朝の三時というのに座り込んだまま、裸で寒さに震えながら、缶ビールのお代わりに手をつけていた。ナイトガウンを着た彼女が現れ、からだは重そうで、足音は太く、ドタドタと大きな足音を立て、小さな夜行性の生き物たちを怖がらせながら、藪や茂みをかき分けて近づいて来た。

彼女はわたしの前に立ち、少しからだを傾けると、はだけたガウンから尻の一部が見え、多くの男たちを虜にしたその肉体が露わになった。見事なからだ、素晴らしい女性、とんでもない生き物だ。彼女が声を出すと、同時に息をする音も聞こえた。

「いったいどうしたっていうのよ?」

わたしは答えた、「わからないよ」

そしてわたしはいまだにわからないままだ!

ギャンブラー

The Gambler

電話がかかってきたのは午前四時半で、受話器を取るとそれはスタルツからで、彼がこう言った、

「やっちまったよ。やつらに金を奪われてしまった」

「誰がおまえの金を奪ったんだ?」

「やつらだよ」

「強奪されたってことかい」

「違うよ、またルーレットをやったんだ」

「すっからかんにされちまったのか?」

「ああ、一五〇〇〇――」

「なんてこった、ベッドで寝ていろって言っただろう!」

「やつら、俺の部屋に女を送り込んだんだよ」

「だからどうなんだよ?」

「やつらは仕組みやがったんだ、やりやがったぜ――」

「誰が?」

「店のやつらさ」

「いったい何の話だよ？」

「それが、俺はその女とやって、それからどうしても眠れなくて、下に降りて行ったんだ」

「わかった、それじゃもう眠れるじゃないか――」

「ダメだよ、眠れないよ、だって一文無しだから」

わたしは返事をしなかった。ただベッドの端に腰をかけていただけで、ネオンの光がわたしの醜く出っ張った腹の上で点滅していた。

「金持っていないかな？」彼が尋ねる。

「八〇〇〇ドルの札束の上にわたしは座っているよ」

「あんたに俺の車を売るからさ。何とかしなくちゃならないんだよ」

「車なんか持っていないじゃないか」

「腕時計がある」

「いいか、わたしはまた眠るよ。一〇時か一一時になったら会おうぜ」

わたしは電話を切った。頭痛がした。ヴェガスなんて大嫌いだ。スタルツに口説かれてわたしはヴェガスにやって来ていた。工面できたのは二〇〇〇ドルだけだった。ルーレットをやったが、赤か黒かを選ぶとても単純なシステムだ。うまくいくように思えた。

わたしはベッドの上で大の字になって寝そべった。ドアをノックする音が聞こえた。わたしはパンツ一枚の姿だった。ドアへと向かい、チェーンをかけたままで開けた。

若い女だ。

「ねえ、素敵な人」と、彼女が言った。「この街でわたしは口でやるのがいちばんうまいのよ――」

「ヤマアラシでもしゃぶってな」と答えて、わたしはドアを閉めた。

「このオヤジめ」と、ドアの向こうで彼女が悪態をつく。「こんなクソたわけがよくも生きていられるわね」

午前五時三〇分頃、また電話がかかってきた。スタルツだった。

「おい、若い女がやってきて俺にフェラチオをしてくれたんだ！　めちゃくちゃすごかったよ！　昔タンジールでやってもらったやつよりもすごかったかもね」

「その娘に金はどうやって払ったんだ？」

「小切手を切ってやったよ」

「眠りやがれ」

「あの黒と赤のシステムはうまくいかないな。ルーレットが回るごとに確率は半々で、店の取り分よりも少ないんだ」

「わたしのシステムは変動を根拠にしているよ」

「オーケィ、今すぐ下に降りて行こう。俺はもう賭けないから。あんたがやるのを見守るだけにするよ」

「見守りたいならわたしが眠っているところにしておくれ」と、わたしは言って電話を切った。

六、七分後にまた電話がかかってきた。

「眠れないんだよ」と、彼が言った。

「新聞を手に入れろよ」と、わたしは彼に告げた、「それからシャワーを浴びて、ベッドに入って、新聞を読むんだ。求人欄を読みなよ、ノックアウトさせられて、それで眠れるよ」

「もっといいことを思いついたよ」

「そうかい？　何だよ？」

「センズリをかくよ」

「おまえはすでにおまんこをしてフェラチオもしてもらったはずだがな」

「そうだよ、でもセンズリさえかけば俺は眠ることができるんだ」

「そうか、頼むよ」と、わたしは言った、「せっせとかくがいい！」

わたしのドアを誰かがドンドンと激しく叩く音がしたのは、午前九時三〇分頃だった。火事かもしれないとわたしは思った。ドアに駆け寄って開けた。自分が全裸だったことを忘れていた。

「おや、おや」と、大男が言った、「野蛮人のコナンってわけかい！」

彼の隣には別の大男が立っていた。男たちの姿を見て、こいつらは自分たちのからだが大きいことを享受しているだけなのかもしれないという考えが浮かび上がった。

違う、享受しているどころではない——彼らはうんざりしきっているのだ。

「何があるのだとしても」と、わたしは彼らに伝えた、「要らないからな」

わたしが閉めようとしたドアを大男のうちの一人がひと叩きし、ドアがわたしの顔面にぶつかり、わたしは部屋の奥へとはじき飛ばされた。わたしは鼻から血を滴らせながら立ち上がった。わたしは八〇〇〇ドルをせしめたせいで踏み込まれてしまったのだろう、それは決して見過ごすことのできない大金だからだ。そこでわたしはベッドに向かい、その端に腰掛け、シーツで鼻血を拭うと、自分の靴の中に手を伸ばし、ナイフを掴んで鞘を取って立ち上がった。

「落ち着けよ、コナン」と、二人の大男の中で大きい方の男が言った。「俺たちはホテルの安全を守る警備員だ」

「そうなのかい？」と、わたしは尋ねた。「それがほんとうなら、わたしの安全を保障してくれているようにはまるで思えないけどね」

大きい方の男がI・Dのようなものをちらつかせ、少し小さい方の大男も同じようにそのようなものをちらつかせ、どちらの顔写真も自分たちの大きさを誇示するかのように微笑みを浮かべていた。

「そんなものどこでだって作れるよ」と、わたしは言った。「あんたたちが部屋中をうろつき回って盗みを働いたりしないってどうしたらわかるんだ？」

「しないよ」と、大きい方の大男が言った、「そんなことするわけがないじゃないか。だけどあんたにはここから出て行ってもらわなくちゃな！」

「どうしてだよ？　わたしが勝ったからかい？」

「違うよ、あんたとスタルツは仲間だからだ」

「どういうことだい？」

「どうしてかっていうと一時間ほど前にチップを盗もうとしたやつをひっ捕まえたんだ」

「それにわたしも絡んでいるのかい？」

「代理人としてな」

「やつはどこにいるんだ？　留置所かい？」

「いや、違うよ」と、大きい方の男が言った。「やつなんかのために留置所を使うのは無駄遣いというもんだ」

「まったく、そうだね」と、小さい方の大男が言った。

「いったいどうしたんだよ？」

「やつとちょっと話し合ってやったんだ」

「ほんとうに？」

「ああ。それであんたにはこのホテルから三〇分以内に出てもらわなくちゃならないんだ、さもないとあんたともちょっと話し合わなくちゃならなくなってしまうのさ！」

「よくわかったよ」

「言うとおりにするのがいちばんだ」

二人は向きを変え、部屋から出て行った。

わたしは荷物をまとめ、階下に降りて自分の車に向かった。荷物をトランクに投げ込み、ドアの鍵を開けると、スタルツがシートに座り込んで新聞のレース結果を読んでいた。わたしは彼の隣に座った。

「どうやって中に入ったんだよ？」わたしは彼に尋ねた。

「酔っ払っていたんじゃないのか。助手席側のドアの鍵を閉め忘れていたぜ」

「ひどいご面相じゃないか」

「ひどいどころじゃないぜ」

スタルツは唇が腫れ上がっていて、喋るのがやっとという感じだった。片方の目の周りには黒い痣。

「どこの骨も折れていないのかい？」

「多分折れていないと思うよ。だけど俺が戻ってきたら、やつら俺の両脚をへし折るって言いやがった。青いチップを三枚かすめただけだというのによ」

「どうしてそんなことをしたんだ？」

「何かやらずにはいられなかったんだ、それにあんたをベッドから引っ張り出せなかったし」

「そうか」と、わたしは彼に言った。「やってしまったってわけだな」

わたしは車をスタートさせ、L・Aに向かった。


退却の旅といったところで、だんだん暑くなり、スタルツは新聞を読み続けていたが、そこにはレースの結果とその日の出走馬が載っているだけだった。ほかに読むところはほとんど何もなかった。

「ちょうど今繋駕競走が行われているところだよ」と、彼が言った。

わたしは返事をしなかった。

「この前は連勝単式で当てたんだぜ」と、スタルツが言った。

わたしは彼の話題を変えさせたかった。

「なあ、スタルツ、女のことを考えたりすることはあるのかい？」

「女かい？　何のために女が必要なんだ？」

「ギャンブルのことを忘れられるじゃないか」

「俺はギャンブルがしたいんだ。勝とうが負けようがどうでもいい、ただギャンブルがしたいだけなんだ」

「ただただ消耗させられるだけで面白くも何ともないじゃないか」

「ほかに何があるって言うんだい？　何もかもすべて面白くも何ともないぜ」

「偉大な芸術作品っていうのはどうだい？」

「ああ、あんなものくそでしかない」

「おまえの言うとおりだと思うよ」

「当たることだってあるんだよ」と、スタルツが言った。

「どれぐらいの割合で？」

「五分五分で言ってみてそのうちの四二パーセントぐらいかな」

「おまえは八パーセントの外れの方だよ」

「負けるとつらくてたまらない。勝つと気分が悪いんだ」

わたしは車を運転し続け、スタルツは自分は女など必要ないが、女ならいつでも誰かに恵まれているみたいだと話しかけた。その誰もがどこか似た感じだ。みんな若くて明るくて美人の娘たちだ。だが誰もがすぐにいなくなってしまう。彼女たちから金を借りて、返さずじまいになってしまうからだ。

「八〇〇〇ドルも勝ったんだろう、そうじゃないのかい？」彼がわたしに尋ねる。

「それぐらいかな。トランクの中のバッグに入っているよ」

「五〇〇ドル貸しておくれよ」

「勝手にほざいてろ」

「人間らしさを失ってしまったのかい」

「失わずにはいられないよ」

うんと長時間車を運転し続けなければならなかった……ハンドルを握りながら二度ほど眠りそうになってしまった。道からほとんどはみ出してしまいそうになった後で、わたしはハンドルの上に落ちかかっていた顔を上げ、スタルツに尋ねた、「なあ、ちょっとだけこいつを転がしてもらえるかな？」

「やってみるよ、相棒」

わたしたちは車を停め、席を代わり、スタルツがハンドルを握ってまた車をスタートさせた。

「えーい、ちくしょうめ」と、彼が言う、「ああ、くそっ」

「どうしたんだ?」

「あばら骨がやられちゃってるみたいだ! ハンドルを動かせないよ!」

車が道から逸れ始める。わたしはハンドルを握って、元に戻した。足を伸ばして、ブレーキを踏んだ。車がガクンとして、路上で止まった。

ストルツは運転席に座ったまま脇腹を抱え込んでいる。

「なあ、俺は運転できないよ」

「大丈夫だ、スタルツ、わたしが運転して何とか帰れると思うよ。さあ、また席を交代しよう」

「ほんとうに感謝のかぎりだよ、相棒」と、彼が言う。「いくら感謝してもしきれないぐらいだっていつかわかってもらえると思うよ」

わたしは車から降り、ハンドルを握るためにぐるっと回って反対側に行こうとしていると、彼は車を発車させてしまった。まっしぐらに走り去って行く。

わたしは砂漠のど真ん中の路上に一人ぽつんと立ち尽くし、スタルツとわたしの車が走り去って行くのをじっと見つめていた、しかもトランクには八〇〇〇ドルが入ったわたしのバッグがある。

一六〇キロも行けばどこか町に出るのかどうか、それもまったくわからなかった。

わたしはとにかく歩き始めた。すると車が近づいてくる音がする。わたしは路上に立ったままで、手を振ってその車を止める気力すら湧いてこなかった。車はわたしのそばを走り抜けて行ってしまった。見えたのは葉巻をふかしたデブの男の姿だけだった。

わたしはもう少し歩き続けた。

また車が近づいてきた時、わたしは振り返って親指を突き立てた。結果は同じだ。違うのは二台目の車はスノーコーンを食べているちびが運転していたということだけだ。

この砂漠でわたしは死んでしまうかもしれないと考えながら歩き続けた。

そのことは特には気にならなかった——死ぬのは大したことではない。そうなるまでが煩わしいのだ。

歩き続けながら、わたしは自分がもうできなくなって寂しく思うであろういろんなことを考えた、おかしなことばかりだった。例えば朝の一〇時に冷えきったトイレで糞をすること、あるいは自分が飼っている猫のためにキャット・フードの缶詰を開けることとかビールを飲みながらテレビでボクシングの好試合を見ること。はたまた渋滞しているフリーウェイで速度や距離をちゃんと計算して、ほかの車の間を縫うようにして手際よく車を走らせ、同時にパトカーに追われていないかどうかをバック・ミラーで確かめること。それとも飲むものも食べるものも何一つなかった日々のことをいつも必ず思い出しながら、高級ワインをケース買いして車に運ぶこと。

一台の車が近寄ってきた。わたしは信じられなかった。

青い目の上に緑の帽子をかぶった小柄でかわいい女の子で微笑みを浮かべている……

「こんな砂漠のど真ん中で宝探しでもしているの、先輩?」

「ちょっと違うね。脱水症状になりながら、L・Aに向かって数センチずつ前進しているんだ」

「乗りなさいよ、パパ、問題解決よ。わたしはこの車でL・A直行よ」

わたしが乗り込むと同時に車は滑るように動きだす。車内はエアコンがよく効き、冷えていて、若い女の子はこざっぱりとした緑色のドレスを着て、脚も見せている。

「信じられないよ」と、わたしはその娘に言った。「いろいろあっても人生は捨てたもんじゃないね――」

するとわたしのすぐ後ろから声が聞こえた。後部座席からだ。

「人生はとんでもなくひどいままだよ、くそったれ！」

わたしは思わず振り向いた。

「振り向くな！　俺の方を見るんじゃない！　俺の方を見たらおまえはおだぶつだぞ、くそったれ野郎め！」

わたしはまっすぐ前の方を見た。

「わかったよ」と、わたしは言った、「次は何を命令するんだい？　くそったれめ」

「俺をくそったれ呼ばわりするな！　切り札を持っているのはこの俺だからな！」

「わたしはパスするよ」と、わたしは彼に告げた。

若くてかわいい娘はひたすら車を運転し続ける。

すると男がこう言った。「よし、おまえの尻のポケットにゆっくり手を伸ばすんだ、慌てたりするんじゃないぞ、それで財布を取り出してその手を上の方まで上げるんだ、俺がそいつをいただくからな！」

わたしは言われるとおりにした。高く掲げた財布を、男はわたしの手首をへし折るかのような激しい勢いで掴み取った。わたしは手を下ろした。

「いいか」と、わたしは言った。「わたしは自分の車を盗まれたばかりで、八〇〇〇ドルもかっぱらわれたんだ――」

「そんな駄法螺は聞きたくもないぜ」

後部座席に座った彼はわたしの財布を開き、そこに入っていた札ビラとクレジット・カードを抜き取った。そいつに住所まで知られてしまったというわけだ。家に戻ったら何もかもすべて掻っ攫われて、一巻きのトイレット・ペーパーしか残っていないかもしれない。

それから彼が声を上げて笑った。「この運転免許証によると、おまえは六三歳だ。この爺いめ、どっちかって言うと七三歳みたいに見えるぜ！」

「付き合うやつらのせいであっという間に歳を取ってしまったんだ。それに、人間らしさのかけらもないって言われてしまったんだ」

「人間らしさだって？　何をたわけたこと言ってんだよ？」

「何でもないよ」

若くてかわいい娘がわたしを舐めるように見た。「わたしとやれるって思ったみたいね？」皮肉っぽく彼女が尋ねる。

「あんたとやるだって？　とんでもないよ、エルマーズ・グルーオールの接着スプレーをあんたのおまんこに吹きつけようとしていただけだよ」

「やい、じじい！　口に気をつけやがれ！」男が大声で喚いた。

若くてかわいい娘は吸っていたタバコを怒りに満ちた仕草で車の灰皿に押し付けて消した。

「こんな年寄り、どうしてさっさと消しちゃわないのよ、ヘイワード？」

「俺の名前を口に出すな、この売女め！　俺の名前を口に出すな！　この脳足りんの性悪の売女め！」

わたしは言った、「あんたの名前は聞かなかったよ！　ほんとうだよ、ヘイワード！」

ヘイワードの悪態が車内に響き渡る中、車はかまわず走り続けた。やがて彼が口を噤んだ。それから言った、「よし、この馬鹿野郎！」

そしてわたしの財布が宙を飛んできた。車の床の上に落ちる。わたしは財布を拾い上げて、中を確かめた。すっからかんだ。レザーの外側だけだ。

人生は何度も何度も繰り返し始まるものだ。時には。

「よし、このアマ」と、ヘイワードが言った、「車を止めな！」

彼女が車を止めた。わたしたちは車内に座ったままだ。

「よし、このアマ、車から降りてやることをやんな」

彼女がドアを開け、車から降りた。彼女が降りたとたん、わたしは左手を伸ばしてイグニッション・キーを掴んだ。

首筋に銃口が突きつけられたのを感じて、わたしはじっとした。

「余計なことを考えるんじゃないぞ」と、ヘイワードが言った、「やり方もわからないくせに、おとなしくしていないとあんたはそこにじっと座ったままではいられなくなるぜ！」

その時彼女がまた車に乗り込んで来た。

「よし」と、ヘイワードが言った。「こいつを転がすんだ！」彼女が車をスタートさせ、すぐにも快調な走りになった。

「よし、この馬鹿野郎」と、ヘイワードが言った、「降りな！」

「乗っていいようと思うんだが――」

「おまえは思ったりできる立場じゃないんだって言っただろう！　さあ、爺い、これから五つ数えるからな！」

わたしの首筋に銃口が突きつけられている。

「五つ数え終わるまでに飛び降りなかったら、この世であれこれ思い煩うこともうできなくなるってわけさ！」

彼が数え始める。

「一つ！」

「二つ！」

「三つ！」

彼が「四つ」と言おうとした時、わたしはドアを蹴って外に身を乗り出し、車から落ちるまさにその時思いきり足を蹴り上げ、わたしの足は女の頭に命中した。わたしは宙に放り出され、それから転げ回った。彼女がブレーキを踏んだらしく、車が滑る音が聞こえる。ようやく転がらずに済むようになり、気がつくとわたしは顔を地面につけて横たわり、口の中は砂だらけになっていた。

顔を上げると、車がゆっくりとわたしの方に向かって走ってくる。ヘイワードが窓から顔を出し、彼が手にしている銃が目に入る。

「くそったれ野郎！」

わたし目がけて銃弾が発射される。弾き飛ばされた汚れた砂が小さな原子爆弾のキノコ雲のようになってわたしのまわりでいくつも吹き上がる。それから車が旋回して戻ってくる。轟音を立ててまたわたしのすぐそばを走り抜ける。わたしはネヴァダの砂漠の砂が巻き上がる中、何とかしてナンバー・プレートを読み取ってやろうと、必死で目を開けた。

ナンバー・プレートには赤いパンティが被せられていた。

ヘイワードの銃弾はわたしを仕留めることができなかった。わたしは立ち上がり、投げやりな感じで砂埃を払い、またL・A目指して歩き始めた。

イースト・ハリウッドの女たらし

The Ladies Man Of East Hollywood

あいつはそういう男だった。トッド・ハドソンはいつでもうんざりさせられるような同じやり口で人を非難してばかりいた。彼と初めて会ったのは確かデロングプレにあるわたしのアパートで開かれたパーティでのことだった。〝パーティ〟というのはふさわしい言葉ではない。わたしは自分の部屋のドアをただ開けっ放しにしていただけだ。ほとんど毎晩誰かがやって来て座り込んでは酒を飲んでいた。ほとんど知らないやつらばかりだった。どうしてそんなことをするのか、自分に言い聞かせていた理由は、自分が書くものの材料を見つけようとしていたからだった。もちろんそれはたわけた話で、わたしはできるかぎりいつでも酔っ払っていられる言い訳をただほしいだけだった。

その夜トッドは部屋に入って来て女ともだちと一緒に座っていた。二人の雰囲気がみんなとは違っていたので、わたしはすぐに気がついた。二人ともきれいで高級そうな服を着ていて、トッドは自分のボトル、オールド・グランダッドのパイント瓶を持ち込んでいた。彼の連れの女性はストッキングを履き、靴はハイヒールだった。ブロンドの髪の毛をお洒落にカットしていた。ほかの女たちはほとんど誰もがいくつも上のサイズのシミのついたスラックスを穿いていた。みんなまん丸のおかしな顔をしていて、髪は短く刈り上げている。誰もが自分はウィメンズ・リブだと言い張っていた。自分たちの失敗を男のせいにしている。彼女たちはみんなとても抑圧されていて、怒りを爆発させ、退屈なだけで面白くも何ともなかった。誰もが去勢された男たちと一緒にいて、その男たちはそれぞれ自分たちは詩人、何かの革命家、画家、ソングライター、歌手、あるいは社会からはみ出したそのたぐいの人間だと名乗っていた。誰もが同じで見分けがつかない。痩せていて、病人のようなやぎひげを生やしていて、よれよれの長髪で、とんでもなく不器用、額は汗でテカテカに光り、やたらと微笑み、小便が近く、自分たちの彼女が言うことにおとなしく耳を傾けていた。

私はトッドのそばに歩み寄った。

「どうなんだい、絶好調みたいだな?」

「とんでもないよ」と、彼が答えた。「飲み物はどうだい?」わたしはポルトとビールをミックスさせた自分の酒をぐいっと飲み干し、グラスを空っぽにした。この一〇年間というものわたしはグランダッドを一滴も飲んでいなかった。トッドがグラスにたっぷりと注いでくれる。

「リッシーだ」と、彼が顔を自分の連れの女性の方に少し向けて紹介する。

「こんにちわ」と、彼女が魅惑的な仕草で脚を組みながら言った。

「気をつけろ!」わたしは金切り声をあげた。

何かが近づいて来る気配がした。ゲスな人間たちとつるんで生きているゲスな人間だからこそ感じ取れる気配だ。バックミラーがあってこそ交通渋滞をうまく切り抜けられる感じに似ている。

わたしは間違ってはいなかった。すぐそばにゲス野郎がいた。黙ったまま、下卑た仕草で後ろ向きによろけ、両手を無様にバタバタと動かしている、邪悪で悲惨なことこの上ない、中身がからっぽの肉の塊。飲み物をこぼされないようにとわたしが肩で男を押しとどめると、そいつは反対方向のコーヒー・テーブルの上によろけ、安酒に溺れて酩酊状態になったまま倒れ込んでしまった。

わたしはその男のことを知っていた。詩のワークショップを主催していて、母親と一緒に暮らしている。

　わたしは彼に歩み寄り、ズボンの尻とシャツの襟をつまんで引き起こし、ポーチまで引きずって行って、夜の中へと放り投げた。たいていいつも一晩に一回か二回はそんなことをわたしはしていた。丁寧に言ったとしてもそんなやつらは絶対に出ていかない。〝丁寧で礼儀正しい〟やり方などそういうやつらには通用しないのだ。

　わたしはトッドとリッシーと一緒に座って酒を飲んだ。時々わたしは立ち上がって誰かをドアの外に押し出した。面倒なことにはならなかった。すぐにも部屋の中にいるのはわたしたち三人だけになった。いずれにしてもトッドは芸術にはまったく関心がなかった。ほかのことでうまくいかなくて今度こそはと芸術の世界に足を突っ込み、そこでもやっぱりうまくいかないやつらがあまりにもたくさんいすぎる。それでトッドはまるで関心を示さないのだ。トッドに一ポイントだ。いや、二ポイントだ、リッシーを連れて来ているから。トッドにマイナスのポイントがあるとすれば、彼は感情を示さない母親のようなところがあることだ。何か感じたとしても、彼はそれを財布の中の運転免許証の裏に隠し込んだままだ。そして、リッシーだが、そう、彼女のような女の中の女のような存在にわたしがここまで接近するのは、この一〇年間一度もないことだった。グランダッドと同じように。

　わたしたちは酒を飲んで、お喋りを続けた。会話はそれほど冴え渡ったものではなかった。芸術っぽい話になることすらあった。

「ヘンリー・ミラーを知っているかい？」トッドが尋ねた。

「そいつは誰だい？」わたしは答えた。

わたしたちはグランダッドを飲み干し、今度はわたしの安物のワインに手をつけていて、二人とも気分が悪そうな様子を見せるようになった。

「もう行かなくちゃ」と、トッドが言った。

彼がわたしに名刺を手渡してくれる。彼はポルノの本屋をやっていた。「そのうち顔を出しておくれよ」と、彼が言った。

「とんでもないよ」と、わたしは答えた。「敷居が高すぎる」

「賄賂であんたを買収するよ」

「どうやって？」

「明日の夜女房を寄越すから」

「リッシーかい？」

「違うよ、リッシーは俺の女房じゃない」

「バスルームをお借りできるかしら？」と、リッシーが言った。

「どうぞ」と、わたしは答えた。

リッシーがバスルームに向かった。

「あんたの女房って」と、わたしは尋ねた。「リッシーみたいな女かい？」

「実は、もっといい女だよ」

「じゃあどんなところが良くないんだ？」

「彼女は気が変なんだ。とても気分屋で、自分の世界に入り込んでしまう」

「それは御免蒙るよ。気がおかしなやつらとはさんざん一緒に暮らして来たからね」

「美人だぜ。燃えるような激しい目をしている。長髪で完璧なボディだ」

「今言っただろう……」

「気が変だなんて絶対に気づかないよ。そうでいなくちゃならない時はおかしなところはちゃんと抑え込めるんだ。完璧に隠すことができる。そんな感情の持ち主だって勘違いするだけなんだ。ぶっかってくるのは、うんと親しくなってからだけさ」

「わかった、寄越しておくれ」

「じゃあ本屋に来てくれるんだな?」

「ああ……」

リッシーが戻って来た。

「何なのよ、ここのバスルームときたらとんでもないわ! ありとあらゆるきたないものがこびりついている!」

「ごめんよ」と、わたしは言った、「メイドがごみ収集人と駆け落ちしてしまったんだ」

それを最後に二人は去って行き、わたしはエールと白ワインを混ぜてナイトキャップを作り、自分の未来に思いを馳せた……

実際の話、わたしが実現させたいと思っていることなど何一つとしてなかった。人間にはたくさんの弱点があるが、その中でも主要な二つを挙げるなら、時間どおりにやって来られないこと、そして約束をなおざりにしてしまっても平気なことだった。ほかにも浅ましいまでに忠実さのかけらもないこともあるが、ここでわたしたちがこだわっているのは約束に関することだ。生身の人間を届けるというトッドの約束だ。

いずれにしても、約束の夜わたしはドアは閉めておくという方針を貫くことにした。酔っ払いやコバンザメ野郎、インチキ野郎や人を食い物にするやつ、心の歪んだやつらや魂のかけらもないやつらがやって来たら、わたしはそいつらをことごとく追い払った。特別扱いをしなければならないやつも中にはいたが、そういうやつには仕方なくビールをごちそうした。そのほかのやつらは、初めてされる仕打ちではないので、ちゃんと心得ていて、たとえここよりは劣るとしても、新たな心の拠り所を見つけようとおとなしく立ち去って行った。

そんな時にトッドがやって来た。まさにぴったりのタイミングで。ヘッドライトが下向きになったかと思うとまた上を向き、彼の車がわたしのアパートの前の芝生に入って来て、それから彼はエンジンを切った。ドアを開けて車から降りた彼はタバコをくわえたままで、それから生身の女がからだを滑らせて車の中から現れた、まずはハイ・ヒール、それから足首、膝やとこしえに男の気を狂わせる太ももがチラッと見えたかと思うと、彼女は月明かりの中にしゃきっとして立ち、長くてふさふさとした見事な髪の毛を振り乱した。尻は小さく引き締まっていて、こざっぱりとしていて、ひょろっとしていて……わたしの玄関のドアに向かって大股で歩いて来る…くだんのトッドと連れ立って……

そっとノックする音がする……彼女のノックだ……わたしはドアを開けた……トッドは夜の中に消え去ってしまう。たった一言だけ残して……

「彼女は……イングリッドだよ……」

何てこった。

彼女が室内に入って来る。黄金の輝きだ。荒々しい絵に描かれているように目がギラギラと光っている。こうしたものを手に入れようと男たちは何世紀にもわたって人を殺したり命を落としたりしてきたのだ。つまり、何と言うか、わたしは完膚なきまでに打ちのめされてしまったのだ。わたしはわけのわからない現実に向き合おうとしていた——長く伸びる腸、排泄物、幻想の中の両腕のない子供たちが合わせる調子、どこでもない場所の通りにうず高く積み上げられたボロボロのゴミの山。それらの光景が次々と浮かび上がる。それから消え去る。彼女はまだ目の前にいた、ますます現実感を増して。

「すまないね」と、わたしは言った。「きれいな場所じゃなくて」

イングリッドが声をあげて笑った。

「気に入ったわ」

「お座りよ。何か飲み物を持って来てあげる」

わたしはキッチンに向かった。グラスを二つ丁寧に洗うことまでしてしまった。ウォッカがあった。わたしはキッチンから一式持って来て、コーヒーテーブルの上に置いた。

わたしはほとんどビールばかりだったが昼からずっと飲んでいた。ボトルの封を切り、飲み物を二杯作った。

「何か食べたかい?」わたしは尋ねた。

「まだよ……」

「まずはこいつを飲もう……いい店を知っている……」

わたしは彼女を車に乗せてサンセットまで行き、アントニオの店に入った。わたしは駐車係の男に言った、「気をつけておくれよ。ギアをすり減らさないようにね」

「まさか、とんでもないですよ」と、一二年落ちのわたしの車にチラッと目をやりながら男が答えた、「この車の何ひとつとしてすり減らしたりしませんから……」

そうか、とわたしは思った、こうしてチップをたんまりと稼ぐんだな、調子のいいやつめ……

店内に入ってテーブルについた。彼女がポーターハウス・ステーキを注文した。わたしもポーターハウス・ステーキを注文する。酒を飲みながら、彼女がお喋りを始める。静かな声で喋るので、わたしはよく聞き取れなかったし、どっちみちちゃんと聞こうともしていなかった。しかし彼女は調子が良さそうだった。ちょっとしたパニックに襲われているかのようにも思えた。わたしだって頭がおかしくなっていた。わたしに彼女を治すことなんてできない。わたしは自分自身ですら治せないのだ。

それからわたしは話がどんなことになっているのかに気づいた。わたしが妊娠している時、トッドがその別の女を連れ込んで、わたしたちはみんなで一緒に暮らすことに……」

「いいかな」と、わたしは言った、「きみが厄介なことを抱え込んでしまったことには同情するよ。でも知りたいことがあるんだ。トッドはどうやってこんな美女ばかりものにするんだい？　あいつに何があるっていうんだい？」

「何もありゃしないわ」

「それはほんとうだとは思えないな。つまり、どうやって彼は女たちをうまくものにするんだい？」

「ただものにするだけなの。疑いを持ったりしない、ただそれだけ。たいていの男たちは自分たちが手に入れられないと思っているからそれで手が出なくなってしまうのよ」

わたしはもう二杯、酒のお代わりを注文した。彼女は飲み物を掲げ、わたしをじっと見つめながら飲み干した。目の色は青く、その青さが微妙に変化した。わたしは魅了させられていた。わたしは自分の殻を脱ぎ捨て、その青さの中で泳ぎまわるだけだ。

「わたしには赤ちゃんがいるの。とても可愛い女の子よ」と、イングリッドが話しかける、「今月の終わりにはわたしの離婚の決着がつくわ。わたしと結婚してくれないかしら」

「光栄だよ、わかるよね。でもきみと知り合ってまだ三〇分しか経っていないよ」

「わたしはいっぱいいいろんな人生であなたのことを知っているわ。ある人生ではわたしは白鳥だったこともあって、その時あなたは鷲で、わたしたちはつがいで一緒に水を跳ね飛ばしたり風の中を飛び回っていたりしたのよ」

ステーキが運ばれて来て、テーブルの上に置かれた。わたしはもう二杯酒のお代わりを注文した。わたしは空腹ではなかった。イングリッドもそれほど腹が減っていなかったのだと思う。彼女は自分の皿を持ち上げて空中に放り投げた。

「こんなクソみたいなステーキ食べたくない！　みんな哀れで**かわいそーーーーな動物**をこんなことのために殺しているのよ！　**すごくいやだわ！**」

「わたしも同感だよ、ベイビー……」

ウェイターが飛んで来てわたしたちをじっと見つめる。わたしは彼に軽くウィンクをして手を振った。散らばった残骸の後片付けをするためにウェイターの助手がやって来たのでわたしは彼に五ドル札をそっと手渡した。わたしは自分のステーキを別のテーブルへと運び、どっかりと腰をおろした。勘定をしようとちょっと頷いてウェイターを呼び寄せた。残っている持ち金がすっかりなくなってしまうことになるだろう、おまけにわたしは家賃の支払日からすでに三日も過ぎてしまっていた。

すでにめちゃくちゃな気分にさせられてしまっていたので、ここはもうおとなしくして間抜けな男のままでいたほうがいいだろう……

わたしの部屋に戻って、また二人でウォッカを飲み、イングリッドはまあまあ落ち着きを取り戻したように思えた。もう一度警察が駆けつけるようなことがあればそれで終わりだと大家に宣告されていたので、わたしはひどいことが何も起こらないようにと願っていた。

半分ほど酒を飲んだところでイングリッドが言った、「やりましょうよ。寝室はどこ?」

「そうだね」わたしは答えた。「いいとも……」

ベッドは左の方に傾いて下がっていた。気を緩めたりしたら転げ落ちてしまうことがある。

イングリッドが着ているものを乱暴に脱ぎ捨て、そこには……親愛なる読者諸君よ、期待されても無理だよ、わたしには表現しきれない……

「飲みすぎちゃったよ」と、わたしは彼女に言った。

わたしたちはリビング・ルームに戻り、もう少しウォッカを飲んだ。それからわたしは意地悪になった。

「服を着てハイヒールを履くんだ!」わたしは命令した。

彼女はさっさと歩いて寝室に行き、そのとおりにした。しっかりとした足取りで戻って来る。

「ここに座れ!」わたしは命令した。

イングリッドが従った。

「脚を組んでスカートを尻まで捲り上げるんだ!」

イングリッドが従った。

「**この売春婦め！**」わたしは怒鳴りつけた。

「そうなの」と、彼女が答えた。「わたしってそうだと思うわ」

「**ダメだ！　ダメだ！　ダメだ！**」

「何ですって？」

「自分が売春婦だって認めちゃだめだ。それじゃ台無しになってしまう。自分が売春婦だってことを拒否するんだ！」

「いいわ、わたしは売春婦なんかじゃない」

「違うよ、おまえは売春婦だ！」

「違うわ、わたしは売春婦じゃないの！」

「おまえは売春婦だ、売春婦だ、この**売女**め！」

わたしは立ち上がり、髪の毛を掴んでカウチに座っている彼女を引っ張り起こした。彼女の顔を平手打ちする。もう一度ビンタした。

「**俺のチンポをしゃぶりやがれ**、**この売女め！**」

わたしが一物を引っ張り出すと、彼女は前に屈み込んで口にくわえた。とても上手だった。炎の中で焼かれる蛇の尾っぽのように狂気に駆られた彼女の舌が激しくうごめき回る。わたしは雄豚のようになって彼女の顎の奥深くへとペニスを押し込んだ。

その後彼女とは二度と会うことがなかった。

それでもわたしはトッドとの約束は守った。わたしはポルノ書店の場所を探し当てた。自分が住んでいるところから遠くはなかった。わたしは店内に足を踏み入れた。入り口のレジの高い椅子の上にホモセクシャルの男が座っていた。意地が悪くやたらと傲慢な感じだ。自分に手を出してこられないかぎり、ホモセクシャルなどわたしはまるで気にしてはいなかった。わたしは醜い男だったので、そのような目にあうことは滅多になかった。

そいつはただこう言った、「入店するのに一ドルいただきますよ。後は閉店までいても大丈夫だから」

「なあ、わたしは借りを返しに来ただけなんだよ。ここに来るってトッドに伝えているんだが」

「トッドは今手が離せないんですよ」

確かにトッドは忙しくて手が離せない状態だった。彼は頭のてっぺんまでボロを纏ったとんでもなくみすぼらしい様子の男を憎悪をむき出しにしながら無理やり出口の方へ追いやろうとしていた。

「**この痴呆のクソ野郎め！**」トッドが大声で怒鳴る。「**もう二度とここへ来るなよ！　嘘じゃなくて、このあたりでまたおまえを見かけたら、銃でぶっ飛ばしてやるからな！**」

トッドは惨めで不幸なこの男の尻を思いきり、容赦なく蹴飛ばすと、ホモセクシャルの男が手すりに囲まれた中で立って見張りをしているレジ席へと近づき、手を伸ばして四五口径のピストルを取り出した。

「**おまえの汚らわしい口をぶっ飛ばしてやる！**」

男はドアから飛び出した。その後わたしはその男の姿を見かけることはもう二度となかった。

トッドが四五口径のピストルを元あった場所に戻した。

それから彼はわたしを本屋の奥に連れて行った。映画を見る機材をわたしに見せてくれる。

「こいつを見ながら画面に向かって**センズリをかく**やつらがいるんだぜ！　俺が表で忙しくしていることもあるからな。そして奥に戻って来たら、**精液がべっとり**とぶちまけられているんだ！　精液よりも臭くてひどいものはないぜ、たとえ糞だろうがな！　戻って来てやつらをとっ捕まえることもあるんだ。逃げられてしまうこともある。そうすりゃおみやげに何が残っていると思う？　コテコテになってこびりついた精液さ！　くそっ、やってられないぜ」

こうしたことすべてがいつしか立ち消えになってしまった。わたしはしばらくの間トッドにも彼の妻にも会わなかった。エロ小説を書くことで金が稼げ始めたので、わたしはもっと家賃の高い部屋に住めるようにもなった。エロ小説はほとんどメルローズ・アヴェニューにあるいくつもの出版社から出回っていて、それぞれ子会社のようなものも持っていた。わたしはおまんこをしたりしゃぶったりする小説を書いて三七五ドル稼ぎ、それと同じものを七五ドルか五〇ドルで読み捨ての安っぽい新聞や雑誌に再掲載させてもらえないかという依頼が来て、問題ない、やればいいとわたしは返事していた。それでわたしはまた工場に戻って働かずに済んでいたし、新たに自殺を試みるようなこともせずに済んでいたというわけだ。これらの素晴らしきくそったれ野郎どもに祝福を。

それはともかくとして、トッドがまた姿を現した。わたしはもうパーティに明け暮れる夜を過ごさなくなっていて、ただひとりでとことん飲みまくるようになっていた。すると彼がまたドアの前に、別の美女を連れてやって来たのだ。「うわぁ、チナスキーさんなのね」と、彼女が言った。「とってもワクワクしちゃうわ！」

「わたしもだよ、ベイビー、何を飲んでいるのかな？」

女たらしのトッドはまた新たな相手をものにしたというわけだ。

「メルセデスだよ」と、彼がわたしに紹介した。

天国からやって来た蛇のように彼女がくねくねと家の中に入り込む。

酒に酔わせて、トッドがその蛇をわたしのもとへと無理やり連れて来たのだ。

「俺たちのアパートに空室が出たんだけど、まだ誰も知らないんだ。男が引っ越したばかりで、これはほんとうにお得な物件だよ。男はすでに出て行ったけど、そいつの持ち物をいくらかそこに残したままなんだ。大家とも話がついていて、鍵も預かっている。ちょっと見に来ればいいじゃないか？」

そこで、わたしは言われるとおりにした。物件を確かめた。今いるところよりずっとましだった。しかも月の家賃は五〇ドルも安かった。しかもしょっちゅうメルセデスの姿を拝めると来ている。

「いいね」と、わたしはトッドに言った。「一つだけ条件がある、わたしを煩わせたりしないよな？」

「まさか、とんでもないよ……あんたの部屋はあんたのもんだ。あんたが俺に会いたくなったら、いつでもいるから。絶対にあんたを煩わせたりしないよ」

「わかった」と、わたしは彼が本気でそう言っていると思って答えた。

いや、まったくそうだと信じたわけではない、しかし少なくともいくらかは。

かくして、わたしは女たらしのトッドのアパートに移り住むことになった……

最初の一週間は問題なかった。彼がわたしを煩わせるようなことはなかった。電話も移し、新しい酒屋も見つけた。キッチンの片隅の小さなテーブルの上にはタイプライターが置ける。家賃も下がって、わたしは詩にしっかり取り組めるというわけだ。ほかの誰よりもうまく書けるとしても、おまんこの話を書くのはわたしはもううんざりだった。わたしがやっていたのは、現実に起こった話を書き、そこにおまんこをしたりしゃぶったりの場面をいっぱい盛り込み、それでも物語をちゃんと成立させるということだった。詩の場合は自分の好きなように書ける、というのも詩に金を払うものなど誰一人としていないからだ。

それから水曜日の夜が訪れた。競馬場から戻って来たばかりで、へとへとだった。毎晩二時、三時まで飲んでいた。しかしそれが功を奏し、いい作品をしっかり書けていた。

わたしはバスタブに浸かってからだを伸ばしていた。いつも湯をとても熱くして、石鹸を使うことは滅多になかった。冷たいビールを一缶持ち込んでいた。からだの外側は熱い湯に浸かりながら冷たいビールをからだの内側に流し込む。その時電話がかかって来た。

わたしにはもはや決まった相手がいなかった。一度か二度セックスをしたことのある五人くらいにわたしは電話番号を教えていた。つまらないセックスばかりだった。無駄なセックス。それでもむかつくような思いをさせられたもののかつての名誉が忘れられず時折電話をかけて来ようとする女がいたりする。

いったいどのろくでもない女が電話をかけて来たのかと訝りながら、わたしは垂れ下がった金玉をぶらぶらさせ、バスタブの縁を跨いで外に出た。

「ああ、チナスキーだ」と、わたしは電話に出た。

「やあ、トッドだよ。今何をしてる?」

「帰って来たばかりだよ、トッド。尻餅をついてしまったよ。ひどくぶつけてしまった」

「うちにおいでよ。あんたに会いたいんだ」

「なあ、いいか、わたしがいつ書くと思っているんだ?」

「書くことがどうだとかそんなたわけたことを俺には言わないでおくれよ。あんたならいつだって書けるだろう」

「閃いた時しか書けないんだよ。わたしは今閃いているんだ」

「いいものをいっぱい用意しているんだぜ。夜通し楽しもうぜ。俺のルームメイトのローラにも会わせたいんだ。メルセデスを捨てて俺はその娘に走ったんだぜ。このローラと来たら、シルエットをチラッと見ただけであんたはたまらず射精しちゃうよ。彼女もあんたに会いたがっているんだ」

「わかったよ、トッド、明日の夜だったら何とか都合がつけられると思うよ。一〇時に行くよ……」

不朽の名声を得た男と呼ばれる意気地なし野郎のことなどいったい誰が気にするものかと思いながらわたしは電話を切った……


　またしても登場だ、今度はローラか。トッドがまたしでかした。女を変えるたびに前よりは少しだけましになる。しかも知的だ。彼の女たちはみんな俗っぽいところはあったものの少なからずユーモアを解し、強く迫ってくるところがあるが、強すぎるということはなく、あまりにも強く迫りすぎて、からだには惹かれているのにその前に気持ちの方が萎えてしまうということもない。トッドはいいブレンド具合の女たちを見つけていた。しかし彼はいったいどこで見つけるというのか？　わたしが見かける女たちと言えば、みんな孤独で意地の悪い女たちばかりで、才能だけでなく何一ついいものを持って生まれていないのでよこしまな考えをしていた。この地上にゴミのように捨てられた存在の一人として、わたし自身も醜い人間だったが、むしろわたしはそのことを気に入っていた。しかしアメリカで女として生まれた場合は状況はもっと厳しい。醜い女は見下されて、醜い男たちも同じように見下されていたが、男たちの場合はそんな馬鹿げたことをするやつらをやっつけてやろうとし、たいていそうしていた。

　トッドはレコード・プレイヤーをかけて部屋中に音楽が聞こえるようにしていた。ローラは部屋の隅で気取って立ち、少し微笑みを浮かべ、歌詞を口ずさみ、元気そうだった。少しハイになっているように思えた。しかしこれ見よがしに下卑た振る舞いをすることはなかった。もしくは下品さを見せびらかすような。ヘミングウェイなら何と言うだろうか？　あまりよくないね、ぐらいだろうか。さあ、わたしの手助けをしておくれ。

トッドはガラスのコーヒー・テーブルの上にコカインのラインを引いていた。白いコカインのまわりは彼が自分のポルノ・ショップから持って来たいくつもの張り形が囲んでいる。

彼が笑い声をあげた。「若い娘たちの中には、白人の女の子たちだけど、店にやって来ても黒い張り形しか欲しがらない子がいるんだよ。だから俺はその子たちに黒いやつを売るけどね」

「大きいやつかい？」

「ああ。神話を信じているのさ」

「神話なのかい？」

「そうだといいけど……」

ローラが座り込み、わたしたちはコカインを鼻で吸った。わたしはコカインがそれほど好きではなかった。効き目がすぐになくなってしまうのでがっかりさせられる。コカインはすぐにぶっ飛んですぐに醒めたい臆病なやつらのためのもので、だからこそ彼らはそれに縛り付けられたりはしないのだ。一晩に八回か一〇回セックスをするようなもので、それでもほんとうにイクことは一度もないのだ。おそらく純正のコカインなら違うのだろうが、わたしはそれには縁がなかった。

トッドが顔を上げた。

「俺はこいつを売っているんだ。あんたは友だちだから、半額でいいよ」

「商売をしているのかい」

「トッドはあなたを愛しているのよ」と、ローラが言った。「心の底からね。彼はあなたの本を全部持っているわ」

「そうなのかい？」

「そうよ」

「そうなんだよ、なあ、サインがほしいんだけど？」

「何がもらえるかな？」

「ローラの膝に触っていいよ……」

「ほんとうかい？」

トッドが寝室に行き、ペーパーバックを六、七冊持って戻って来た。

「ベッドで母親と一緒にわたしがニワトリとファックした夜」、「きみの耐水性のおまんこがクアーズを吹き出す」、「グレタ・ガルボと一緒の涅槃のびっこ」、「しゃぶっておくれ、しゃぶってあげる、しゃぶって、しゃぶって」ほかも似たようなもの《イルク》ばかりだ。大評判《インク》。

「こんなくだらないものにはサインできないよ。つまり、シェイクスピアはひどいものを書いていたけど、彼はそれにまったく気づいちゃいなかった。わたしがひどいものを書く時は自分でもひどいってよくわかっているんだ」

「あんたを買収させておくれよ。俺はハッパも扱っているんだ……」

トッドが包みを投げて寄越した、ほとんどが種と茎だ。

わたしはサインをし始めた。

わたしたちはあと三回か四回コカインを順番に吸い、それからわたしは自分の部屋に帰った。タイプライターの前に座ると、キーがわたしをじっと見つめ、わたしも見返した。女たらしのトッドのくそ野郎め。わたしは何を持っていたというのだ？　彼にはコカインがあった。わたしはズボンを脱いでパンツ姿になって種と茎だけのマリファナタバコを巻いた。何だかおかしかった。赤く熱く燃え上がった種が巻き紙からこぼれ、わたしの下着のシャツの上や、そのあたりに落ちてわたしはやけどをしそうになる。わたしは乱暴に払いのけた。機嫌を直して、寝室に行って眠るためにわたしは缶ビールを五缶か六缶飲まなければならなかった……翌朝確かめてみると赤く小さな火傷の痕が胸や腹のいたるところにあった……


ある夜わたしは自分のお相手の一人、アーセラと一緒に座っていた。アーセラは赤毛の長い髪で、その髪の毛は尻まで届いていた。彼女はクスリ中毒だった。鋭くてとても利口だったが、悪意に満ちていた。彼女の赤い長髪を眺めながら飲むのが好きだった。セックスもしたことがあるが、それが第一の目的ではなかった。アーセラと一緒の時は、わたしはただリラックスしていて、彼女がどうしてとんでもなく無情な人間になってしまったのか、それを探り当てたかった。わたしはそこまで無情には絶対になりたくなかったし、恐らくいろいろと学ぶことで自分は極限まで行かずに済んでいると思っていた。そしてひとかどの人間になれないとしてもそれでこの世のくだらない喜びがうんと遠ざかってしまうようなことは決してないのだ。

彼女はイースト・ハリウッドの女たらしことトッド・ハドソンと、ある夜彼がローラと一緒にやって来た時に会っていた。その夜わたしはトッドが見事にフィットした服を着ていることに気がついていた。つまり生地のあらゆる部分が彼の小さな尻にぴったりくっついていたのだ。そして小さなニットのシャツも彼のからだにぴったりと貼り付いていた。ベルトの穴も文句なしだった。わたしのベルトときたら、垂れ下がりたわんでいる。わたしのシャツのボタンは取れていた。シャツにはタバコの火で焼けた穴がある。わたしは髪の毛を梳かすのを忘れていたし、髭もちゃんと切り揃えていなかった。わたしのズボンの裾は長すぎるか短すぎるかどっちかだった。下着のパンツは股のあたりまでまくれ上がり、酒を飲むので顔はいつも赤く腫れていた。トッドはまるで紙の切り抜き人形のようだった。彼が放屁したとしても恐らくバニラの香りが漂うことだろう。

電話がかかってきた。トッドだった。木曜日の夜だ。ローラは火曜と木曜と土曜の夜にナイトクラブでヌード・ダンサーをしていた。今言ったとおり、木曜日の夜だった。トッドはひとりで寂しいのだ。

「なあ、何をしているんだい?」彼が尋ねた。

「くたびれているんだよ」

「こっちに来ればいいじゃないか?」

「ダメだよ、行きたくないんだ」

「なあ、来いったら、いいから!」

「ダメだよ……」

「そうか、**くそったれめ!**」彼はそう言って電話を切った。

わたしはアーセラのそばに戻った。

「トッドだったでしょう、そうじゃない？」

「そうだよ」

「あんたに会いたがっていたでしょう、そうじゃない？」

「ああ」

「あんたは彼の気持ちを傷つけたのよ」

「バカバカしい、今夜はあいつの女が仕事に出ているんだ。それでどうしようもなくなっているのさ……」

「彼女は何時まで仕事なの？」

「午前二時までだよ」

「あんたは彼の気持ちを傷つけたのよ！　わたしは彼に会いに行ってくるわ！」

「好きにしな」

彼女はハンドバッグを引っ掴むと、ドアを開け、バタンと音を立てて閉め、去って行った。

わたしの気持ちはどうなんだ？　わたしは思った。

そうか、そんなことを考えても詮無いことだ、わたしは隣の部屋に行って箪入れの中に隠していたフィフス瓶からグラスにスコッチをなみなみと注いだ。こんな時に切り札となる友がいるのはいつでも素晴らしい。そんな友のような存在がなかったら打ちのめされてしまうこともある。

スコッチを飲み終えると、わたしは靴を脱ぎ、爪先立ちで歩いてトッドの部屋に向かった。ブラインドの隙間から室内を覗き見ると、張り形に囲まれてコカインがうず高く積み上げられていた。アーセラは女たらしに今にもおまんこをされるところだった。正直な話、わたしは傷ついた。それからわたしはオリンピック・オーディトリアムでボクシングの試合が行われていることを思い出した。わたしは自分の部屋に戻って、グラスに半分注いだスコッチとチェイサーのビールを飲み、車で会場へと向かった……

二日後の夜わたしは値引きされたコカインを手に入れにトッドの部屋に行った。ほとんどが茎と種ばかりのいつものマリファナの袋も併せて買った。トッドはいつものように特別仕立てのパリッとして清潔な服装をしていた。この男はいつでも汚れ知らずで、シミひとつなかった。髭を剃り残していることもなければ、鼻毛が出ていることもない。彼こそがミスター・クールだ。彼の映画の機材の前で例の男が射精してしまった時以外、彼が取り乱している場面を見たことは一度もない。彼は雑誌の『ニューヨーク』を読んでいるところだった。ローラはダンスの練習をしていた。彼女は衣裳を変えようと踊りながら別の部屋に向かった。

トッドが顔を上げた。「なあ、あの夜あんたは俺たちと一緒にいるべきだったよ。漫画家たちに会いに行ったんだ。あんたに電話をしたんだけど、いなかったか電話に出なかっただけなのか……あの漫画家たちはみんなそんじょそこらにいるようなやつらじゃない。クラム以外はほとんど全員いたよ。いずれにしても、俺はそこでちょっと商売したんだ。誰もが鼻で吸い始めた。俺たちはある男の家にいたんだけど、少しして俺はそいつの女房と散歩に出かけたんだ。彼女をここに連れ込んで、俺は彼女と一発やって、また家に送り届けたんだ」

「彼女のことはよく知っていたのかい？」

「前に五分ほど会ったことがあったかなあ……」

「どうやったらやれるんだい？」

「何をだよ?」

「葉っぱが地面に舞い落ちるまでの短い時間でやれるなんて……」

トッドが微笑みを浮かべる。「いいかい、なあ、そんなの朝飯前だよ……」

ちょうどその時ローラが踊りながら戻って来て、トッドがコカインのラインを少し引いた。いつでも彼はコカインを売りつけるよりもラインを引くのがうまく、それでわたしは居座ってしまうのだ。彼の家にはビールやジンもあった。それだけでなく、わたしは女たらしがどうやってうまくやるのかをその場で学んでいた。そこでわかったことがひとつある。彼の会話力によるのではない、それはむしろとても冴えないものだった。おそらくは彼が何を口にしないかによるのだ。ほんの短い一言でみんなを永遠に遠ざけてしまう、そんな癖がわたしにはあった。あまり気にしてはいなかったが、それでうんとたくさんの女たちとのチャンスをふいにしてしまった。多分それもまたなかなかいいやり方なのだろう。そしてわたしのような男たちは、おそらくはそんな風に思い込みたいのだろう。

夜は更けて行った。大したことは何も起こらなかった。自分のポルノ・ショップでわたしが詩のリーディングをするのはどうかとトッドが提案した。

みんなで何時間もダラダラと時間を費やしている時、わたしはトッドのことを考えずにはいられなかった。自分がやったいろんなセックスのことを彼はわたしに話してくれたが、その中で特別なものがあったとか、ひどいものがあったとか彼がいちいち言及することは決してなく、女への思いやりの言葉も一言もなかった。おそらく敢えてそれには触れないというのが彼のスタイルなのだろう。冷たくされて燃え上がる女たちだっているのだ。それが世の習わしだと受け止めている。しかし彼がどんなことをしたにせよ、どんなものを身につけていたにせよ、すべて彼に有利に働いたのだ。イースト・ハリウッドのファック師匠。しかも彼はそれほど巨根ではなかった。わたしが好奇心にかられ、彼の持ち物がどんなだったかアーセラに電話をして尋ねた時、彼女はこんな風に答えたのだ。「彼には張り形を使ってもらわなくちゃね」と、彼女はわたしに教えてくれた。

夜は更けて行った。ジン、コカインとビール、マリファナ。ローラがヌード・ダンスの店に来る変態たちの話をした。ほんとうの間抜けばかりで、やたらとチップをはずみ、すぐに恋をしてしまうと彼女は言い張った。わたしは競馬場の話を少しだけした。突然別の話になったりした。トッドが嘲笑を浮かべ、からだを前に乗り出して言った、「なあ、あんたはいつでも自分がおまんこを舐めるのがどれほど上手かって話をするね」

「うわあ、よせよ、トッド……」

「ほんとうだぜ、あんたはハイになるといつだって自分がどれほどおまんこ舐めがうまいか自慢しているぜ！」

「彼の言うとおりよ、ハンク」と、ローラが言った。

昔わたしがアラメダにある工場で働いていた頃、ある日のこと、自分たちがどれほどおまんこを舐めるのが上手か男たちみんなが自慢しあうようになって、その時ビッグ・トミーというやつが言った一言をわたしは決して忘れることができない。「おい、おまんこを舐めるやつは誰でもちんぽもしゃぶるようになるんだぜ！」

どういうわけかその言葉がわたしの脳裏から消え去らなかった。おまんこを舐めなかったら別れると言い張るある若い娘に催促されてわたしはそうせざるをえなかった。四年後、彼女には去られてしまったが、わたしはおまんこ舐めのテクニックをどんどん上達させ、夢中になるうちわたしの技は達人の域に達してもいたが、ほんとうのところ、わたしはその行為がそれほど好きではなかった。

「ちょっと思いついたんだけど」と、トッドが話しかける、「俺がおまんこを舐めているところを見て、うまいか下手か教えてもらえないかな」

「うわあ、滅相もないよ、そんなこと……」

「だめだよ、俺は本気だぜ」

ローラが颯爽とした足取りで寝室へと向かった。トッドが後に続く。わたしはジンとセルツァー炭酸水をグラスに注いだ。頭の上では「絞首台への行進」の曲が流れている。

「おーい」トッドが叫んだ、「さあ、見てくれよ！」

彼がやり始める。彼自身に似て、やり方もそつがなさすぎる。

「だめだよ」と、わたしは言った、「もっと情熱的に！　正気をなくして！　とことんやるんだ！」

トッドはそうしようとする。めちゃくちゃ下手だった。少しも面白くないジョークのようだ。いくらやってもどうしようもない感じで、わたしは不快にすらなってしまう。ローラは切り抜かれたダンボールみたいな感じで脚を広げて横たわっているだけだ。

「それじゃどうしようもないよ、どうやるか教えてやるよ！」

トッドが離れる。「よしきた、教えておくれ！」

わたしはジンをぐいっと飲み干し、跳びかかった。わたしは記憶を蘇らせ、いつものヴァン・ゴッホ手法でやり始めた。思いきりじらせてから激しく舐めまくり、それから少し動きを弱め、再び激しく攻撃し、ちょっと休んだかと思うと、また攻撃を再開し、最後はその攻撃をまったく緩めることなく、すべてを破壊尽くさんばかりに攻めて攻めて攻めまくる。ローラは失神状態になっている。そろそろ自分は身を引いて続きはトッドにやらせようとしたものの、どうしてもそうすることができず、気がつくと舐めまくる頭がまた入れ替わり、わたしのペニスがおまんこの中に深く突っ込まれ、ローラはわたしの背中に思い切り爪を立てていて、そこでトッドの喚き声が聞こえた。

「そこまでだ、このくそったれ野郎め！　ここから出て行きやがれ！　今すぐだ！」

わたしは顔を上げた。トッドが全裸で立っていて、四五口径のピストルをわたしに突きつけている。

「ここからとっとと出て行きやがれ！」

安全装置が外される音が聞こえた。彼が四五口径のピストルの銃口をわたしの臍に突き当てている。

わたしはベッドから這い出た。

「おい、落ち着けよ、ダディ・トッド！　冷静じゃなくなっているぜ、ダディ！」

「**『出て行け！　今すぐ！』って言ったんだ**」

わたしは自分の服を拾い上げて脇の下に抱え込んだ。寝室から飛び出したが、四五口径のピストルを持ったトッドが後についてくる。玄関のドアを開けて、わたしは戸外の夜の中に飛び出した。振り返らなかった。裏手にあるわたしの部屋に向かって歩いた。すでに早朝になっていて、あたりに人の気配はなかった。わたしのペニスは大人しくなってふにゃりと垂れ下がっていた。鍵束を取り出そうとズボンに手を伸ばしたが、どこにもない。くそっ。途中のどこかで落っことしてしまったのだ。わたしは下着のパンツを穿き、鍵束が落ちていないか歩道を探し始めた。来た道をすべて辿り返してみたが、鍵束を発見することはできなかった。朝の気温はどんどん下がって行く。トッドの部屋の玄関まで引き返してドアをノックした。何の返事もない。おそらく二人はせっせとやっているところなのだろう。彼のためにわたしが奮闘して彼女をうんとその気にさせてやったことは間違いない。
わたしはもう一度ノックした。
トッドが喋っている声が聞こえた。「**あのくそったれ野郎に鍵を渡してやれ！**」それから
ドアが開いた。全裸のローラが立っていた。何も言わずに彼女がわたしに鍵束を手渡す。それから
彼女はドアを閉めた。
わたしは鍵束と金玉をぶらぶら揺らせて歩きながら自分の部屋に戻った。中に入り、エールを二缶
飲み、それから眠った……

あの夜の出来事に関してその後話題になることはまったくなかった。まるで何ごとも起こらなかったかのようだ。一方、わたしのコカイン癖は、割引価格にもかかわらずわたしの資金を逼迫させるようになった。わたしは詩を書くことをひとまずうっちゃり、エロ小説の執筆に戻った。わたしのエロ小説はたいていが滑稽なもので、例えば主人公の男が金玉をベッドのヘッドボードに釘で打ち付けられ、そいつの男嫌いの恋人にゴキブリ退治のスプレー缶を吹き付けられてじわじわと殺されそうになっていて、その彼女は電話で何人もの女友だちに自分がやった男たちはみんな誰も二度とやろうとしてくれないと訴えている、そんな話だった。
それはともかく、ある夜のことわたしはまたトッドの部屋にいた。ローラはヌード・ダンスの店での仕事に出かけていた。のんびり過ごせる夜だった。わたしたちはビールを飲んでいた。ポルノ・ショップを何軒もチェーンで開きたいとトッドが言い、そのうちの一つをわたしに任せたがった。彼が言い張るには、自分が信頼できる数少ない男たちのうちの一人、それがわたしだということだ。よく考え

てみるよとわたしは彼に返事した。それから誰かがドアをノックした。ノックの音というものは雄弁で、しっかり耳を傾ければどんな人間がノックしているのかを読み取ることができる。不吉で険悪な気配が伝わるいやな感じのノックだった。要するに、そのノックからいい気配は読み取れなかったということだ。まったくいささかも。

トッドが玄関のドアに向かった。彼はドアに二重にチェーンをかけていた。そのうちの一つを外し、少しだけドアを開けて、誰が来たのか確かめる。それからわたしの方を振り返って見た。

「元締めだ、俺のボスだよ」

「それなら帰るよ、今すぐ」

「いや、いておくれ、大丈夫だから」

「何てこった」と、わたしは口走った。

トッドがドアを開けた。まずは痩せっぽちの男が部屋の中に入って来た。彼の小さなネズミのような目が部屋の中の様子を確かめる。彼が寝室にすーっと入って行く。缶の中を確かめる。壁や敷物の下も。ランプの傘も取り外す。冷蔵庫まで開けて中を確かめる。それからどでかい男が入って来た。大きくて太っている。くたびれて汚れた黒の安物のスーツ姿だ。汗をかいていた。悪魔などというものはおそらく存在しないのだろうが、いるとしたらまさにそんな感じだ。ミスター・悪魔。人殺しの臭いをプンプンさせている。痒くてムズムズするからとただそれだけの理由で人を殺そうとするようなタイプの男だ。そんな気配がわたしにはびんびん伝わって来た。その気配が相手に取り付くので、わたしは恐怖も感じていた。人殺しの気配が波打ちのたうちながらその男からまっすぐ伝わってくる。映画の中や実生活の中、あるいはどんなところでもこんな感じの男をわたしは一度も見たことがなかった。誰にも思いつくことができない存在だ。それが目の前に立っている。

彼がトッドを見つめた。「**こいつは何者だ**？」

「彼なら大丈夫だよ……」

「そいつのお目当ては何なんだ？　何をしているんだ？」

「彼は作家だよ。ただビールを飲んでいるだけだよ」

「立ち去れってそいつに言え！」

大男の額から汗が吹き出し、顔の上を流れ落ちている。痩せた男が近づいて来て、大男のすぐ隣に立った。クリント・イーストウッドならどうするだろうか？

わたしはビールを飲み干し、トッドに目をやった。「エールが欲しいな」

トッドがキッチンに向かって歩いて行く。

「おい、いったいどういうつもりなんだ？」と、大男が言った。「**エール**が欲しいだって？　何様のつもりなんだよ？」

トッドがわたしのエールを手にして戻って来た、わたしのいちばんお気に入りの緑の缶のエールだ。

わたしはプルタブを引っ張り開け、ぐいっと一口飲んだ。

「こいつは何者なんだ？　こいつはいったい何がお望みなんだ？」大男がトッドに尋ねた。

「言ったじゃないか」と、トッドが答える。「問題ないって」それから彼が弱々しく微笑んだ。「彼にはローラのおまんこすら舐めさせてやったんだよ」

「そんなこと俺にとっちゃまったく関係のない話だ！　俺の兄貴はこいつにそっくりなくそったれ野郎に殺されたんだ！」

わたしはエールをごくりと飲んだ。正直な話、わたしは怖かった、死ではなく、目の前のこの大男が。たとえ大嫌いなやつであろうとわたしはほとんどの人間のことを理解することができた。しかしこの大男に関しては、まったく理解のしようがなかった。何ひとつ思いつかず、掴みようがない。五〇年か六〇年生きてみればほとんどあらゆるたぐいの人間と出会えると誰もが思う。しかしいつでも例外というものが目の前に現れることがあって、その時自分が何を知っていようが、それまでどんな経験をしていようが、まったく役に立たないのだ。

「もう行くよ」と、わたしは言った。「あと一口飲んだら」

「さっさと飲め」と、大男が言った。

「そうだ」痩せた男がついに口を開いた。

これにはうんとではなく少しむかついたが、少しでもむかついたのでわたしは急いで飲もうとしていたエールをわざとゆっくり飲むようにした。目の前には、トッド、痩せ男、大男が立っていて、わたしがエール缶を飲むのをじっと見守っている。

「よし、と」わたしは言った。「帰るよ」

それからわたしは立ち上がり、タバコを箱から一本引っ張り出すと唇に挟んだ。

「誰か火はあるかい?」わたしは尋ねた。

大男が前に進み出て、わたしが口にくわえていたタバコを奪い取るとそれをくしゃくしゃに押し潰し、それから大きな手が近づいて来たかと思うとわたしの顎を掴み、思わずわたしが口を開くと、その中にぐしゃぐしゃになったタバコを押し込み、力づくで口を閉じさせた。わたしの舌が歯の間に出ていたので、わたしはすぐにも血が出たのがわかった。それに痛みにも襲われる。

「さあ、帰るんだ、いいな?」大男が迫る。

わたしは言うとおりにした。歩道を歩き去って行く時大男がトッドに尋ねている声が聞こえた、「あいつはいったい**何者**なんだ?……」

ところで、その出来事に関しては、トッドとわたしはそれほどではないが後でちょっとだけ話をした。そうこうするうち、ほとんどわかっていたことだが、トッドはわたしの女友だちの一人に手を出した。しかしヘマをすることもあって、彼の相手をした女友だちの一人は「あいつってゼリー入りのドーナツみたいだったわ」と、わたしに教えてくれた。わたしに金があろうとなかろうと、彼はずっとイースト・ハリウッドのおまんこ王のままで、女たちもみんなただのコカイン中毒の売春婦たちではなかった。要するに、わたしはあれこれ考えずにはいられなかった。彼の貧相な股にズボンがピチピチに食い込んでいるのを彼女たちは気に入っていたのか? もしくはいつもピカピカに磨かれたピンピンに尖ったつま先がギラギラ光る彼の靴のせいなのか? あるいは靴下留めでとめられた彼の靴下のせい? それともメジロのような顔つきで太陽から拝借したかのような黄色い色が混じる髪の毛をいつも風になびかせているからか? はたまた決して歳を取らない男のような体臭をしているからか? いつでもクールで、のんびりくつろいでいて、物知りで……他のみんなが決して知らないことを知っているからか? 大まかに言って、わたしは彼のことを女たらしのあるべき姿の手本のように受け止めていた。しかも彼はばかではなかった。面白みはないがばかではない。他の人たちが騙されるいろんなことに彼は騙されたりしなかった。彼なりに鋭い知覚と理解力とを持ち合わせていた。実際の話、五、六人の男たちがいるとして、その中でトッドは夜の話し相手にはいちばんもってこいの人物だった。いちばん気安い話し相手だ。ただわたしが困惑させられるのは、彼がいったんやる気になれば、どれほどおかしな女でも素早くベッド・インしてしまう、そのやり方だった。彼がいつも使う何かパスワードがあるようにわたしには思え、それを突き止めようと、わたしは作家のふりをしているような感じで、いつもそばにいて、彼のおまんこの秘訣の真髄を探り当てたくてたまらず、そこにはありきたりのわかりきったこと以上の何かが潜んでいるように思えていた。もしかしてわたしにも活用できる何か、あるいはわたしたちみんなが大笑いしてしまうような何か……

さて、木曜日の夜のことだったと思う、もしかして金曜日だったかもしれないが、わたしは繋駕競走の競馬に出かけていて、かなり酔っ払って車で戻って来た。競馬をやる時は滅多に酒を飲まないのだが、その夜は飲んでしまった。わたしの女友だちの一人がヴェガスに行って結婚しようと言い張ってわたしに絡み始めた。そんな風に始まって彼女はしつこく言い張り続けた。狂気も少し入っている。わたし狼狽させられた。わたしの金が目当てなどではない。実際の話、彼女はイースト・ハリウッドの女たらしとやったことがある女の中の一人だった。彼女が言い続ける、「二人の気が変わる前に今すぐ結婚しようよ！」しかももっとひどいことに、この女は誰とでもすぐにおまんこをしてしまうたぐいの女の中の一人だった。ピザ配達の男たち、狂信的な宗教かぶれたち、交響楽団のバイオリン弾きたち、シロアリ駆除の男たち、市長や町長たち、洗車場の男たち。わたしの人生はすでに地獄のまっただ中、それもいちばんひどい地獄の中だった。四、五回自殺に失敗していたが、それでもまだ希望は捨ててはいなかった。しかしこの女と結婚したりすればダンテの「地獄編」の三倍の地獄を味わうことはわかっている。そこでわたしは彼女から逃げ出そうと繋駕競走の競馬に車で出かけたのだ。

彼女のたわごとをすべて消し去ってしまおうとわたしはそこのバーでさんざん酒を飲み、おまけに恐らくは二〇〇ドルほどすってしまった……。

わたしはゆっくりと車を敷地内に入れた。自分の今の生活がどんなものかじっくりと考えてみれば、わたしはまだまだ何事も成し遂げてはいなかった。タバコも切らしていた。いろんなことがひどくなるばかりだが、ひどくなればなるほど行き場はどこにもなくなってしまう。精神科医のもとへ行けば、医者は本に書いてあることを読んで聞かせるだけで、その医者の顔を見てみれば、自分が喋っていることをそいつが何一つ理解していないことに気づかされる。単なる自己満足の人間を相手にして語りかけているだけだ。そうなると気が狂いそうな時にほんとうに必要なのは、その人間が何を言っているのかをちゃんと読み取ることができるもう一人別の気が狂った人間しかなく、それは本を読むことによってではなく、街の中で暮らすことによって可能となるのだ。

アパートの周辺での駐車はいつも難しかったが、この夜はいつもにも増してそうだった。アパートの前に大きな人だかりができていて、やれやれ、こんちくしょうめ、とわたしは思わずにはいられなかった。

角を回ったところに車を駐めなければならず、そこから歩いて引き返した。人だかりはまだしていて、さっきよりも人数が増えている。わたしは人だかりがとにかく嫌いだった。誰もがわけのわからない状態になってしまい、一つの場所に殺到する人数が増えれば増えるほど、そのわけのわからない感じはますますひどいものになっていく。群衆とはいくつもの頭や足やいろんなものがくっついた死そのものだった。

わたしは自分のアパートに辿り着かなければならなかった。そこは、前にも言ったように、敷地の奥の方にある。人だかりに近づくと、一人の男が別の男にこう言っているのが聞こえた。「誰かがあいつにめちゃくちゃ撃ちまくったんだ。そいつはどこかに逃げてしまった。どこにずらかったのか誰にもわかりゃしないよ。知っているやつがいるとは思えないな」

パトカーのライトがぐるぐる回っている。救急車も来ていた。警官たちが人だかりを後ろに押し戻していた。

「下がるんだ、おい、さもなきゃてめえの金玉を叩き潰すぜ！」

「押すなよ！　民主主義の世の中じゃないか！」

「下がれ！　あと一言でも何か言ったらてめえの歯を全部へし折ってやる！」

私服の警官たちがモーテルの入り口から出たり入ったりしていた。建物の中ではカメラのフラッシュが焚かれている。するとドアの中からローラが連行されて出て来た。何と言うことだ、手錠をかけられている。私服警官たちが彼女を挟んでドアの外で一瞬立ち止まった。月明かりとぐるぐる回るパトカーの光が彼女の顔を照らし出す。彼女は何も言わず黙っているが、涙が顔じゅう流れ落ちている。マスかきだらけの土曜の夜のクラブの時もおよびもつかないほど、彼女がここまでむき出しの裸の姿をさらけ出しているのは初めてのことだろう。彼女があてにできるのはこのわたしだとわかっていた。彼女が助けを必要としていることがわたしにはわかっていた。しかしわたしはとんでもなく酔っ払っていた。トラ箱にぶち込まれるか、もっとひどい仕打ちを受けるはずだ。パトカーに彼女が連行されていくのをわたしはただ見守っていた。

それから死体が運び出されて来た。群集の興奮がピークになる。テレビが始まって以来、誰もがテレビで見て来たものよりもずっとすごいことが目の前で起こっている。

彼は黒い袋に入れられていたが、それでもどこかかっこよかった。両足はきちんと揃えられ、頭もまっすぐな状態で、やはり非の打ち所がない。一巻の終わりだ。彼はワゴンまで運ばれると、ワゴンのドアが開けられて中に押し入れられ、ワゴンは大急ぎの事態ででもあるかのように、サイレンを鳴らして走り去った。死体がどんなふうに扱われるのかわたしはまったく知らなかった。ひとつわかったということだ。わたしは毎日一つ新しいことを知り、二つ忘れて行く。

人だかりはばらけることはなく、誰もがその場に残ったまま、自分はどんな状況でどんな恐怖に襲われたのか、ますます雄弁になっている。「まいったよ、俺は座ってラジオのジョニー・カーソンの番組を聞いていたんだ……」

わたしはアパートの裏手をぐるりと回り、隣のアパートの建物の車寄せの道を歩き、後ろの方から低いチェーンリンクフェンスを乗り越え、九メートルぐらい歩いて自分の部屋の玄関までたどり着いた。

部屋の中に入り、服を脱いで、パンツ一枚の姿になって六パックのエールが一つ半入っている冷蔵庫へと向かった。一缶取り出し、引き返して音を立てて開けると、灰皿の中のシケモクを見つけ、それに火をつけた。突然あの大男ならわたしの始末をちゃんとしてくれるかもしれないという考えが閃いた。しかし今さらかつての自殺願望を引っ張り出してももはや大した意味はない。実行しないかぎりは。ケリをつけるならやはり自分の手でやるのがいい。自らの手ではなく、自分の大嫌いな誰かの手で殺されるなんて不面目この上ないではないか。

しかしわたしはトッドの殺人に何だか欺かれたような気分になっていた。おそらくわたしは彼の秘密に入り込もうとは決してしていなかったのだ、つまりどうやって彼が女たちとあれほど朝飯前にやれていたのかという秘密に。その世界にいるほとんどの男たちはアーティストではないとしても、あれはまさにアートだった。トッドはまったく困ることなく、退屈千万とも言えるやり方でただやりまくっていただけだ。数え切れないほどのたくさんの女たちがどうして彼の術中にはまり、自分たちの脚を大きく開くのか、その答えはわたしには永遠にわからないだろう。

わたしはすでにエールを四缶飲み、パンツ一枚でひとり座り込み、五缶目に手をつけた。実際の話、わたしは座り込んで残っていたエールを全部飲み干してしまった。それから朝日が昇って来た。その光が汚れたブラインドの隙間から入って来る。

トッド、このくそったれ野郎め、とわたしは思った、どうしてわたしに教えてくれなかったのだ？　おまえの女性遍歴に新たな一人が加わることはもはやない。この世に生を受け一度もセックスをすることもなく死んでいく者がどれほどたくさんいるかおまえにはわからないのか？　そしておまえときたらまったくナンセンスなことでもあるかのように次から次へと女たちのパンティを剥ぎ取り、大股びらきにさせておまんこを眺めている、次から次へと飽きることなく……そしておまえは地獄の門を潜ってもおそらく最初にやっているのはおまんこだろう……どうしておまえはわたしに教えてくれなかったのだ？　それとも、教えることなど何もなかったのか？

わたしはバスルームに向かい、小便をし、両手を、顔を、それから髪の毛を水で濡らした。歯ブラシを手に取り、それにちらっと目をやってから、洗面台の中に投げ捨てた。寝室に戻って、仰向けになってベッドの上で大の字になると、ベッドの脚がギシギシガタガタと派手な音を立て、いつものように崩壊寸前の状態になったが、宇宙の恩寵のおかげで何とかもう一晩は持ちこたえてくれそうだ。

わたしはひどい気分で何一つわからないまま、またしても新たな目覚めを迎えることだろう。

手がつけられない奴

The Bully

着陸前にハリーは何とかもういっぱい飲み物にありつくことができた。ティナにまた会えるということは彼にとってはそれほど嬉しいことではなかった。二人が別れた後、彼女はこの砂漠の町へと移り住んでいた。結婚している姉のアンと一緒に暮らしていて、彼女はハリーのことがあまり気に入っていないようだった。アンはいつになってもうまくいかない作家で、ハリーはついていた作家だった。ティナと決して結婚しなかったということでも、彼はついていた。ティナは色情狂で頭の中はいつでもそのことでいっぱいだった。セックスだけが彼女にとってはただ一つの究極の真実で、ハリーは彼女の飽くなき情欲を満たそうと本に書かれている、あるいは本以外から仕入れたありとあらゆる技を試していた。しかし彼女の欲望に応えることをなおざりにして、しばしば酒やギャンブルに走ってしまい、ある日のこと彼はとうとう彼女から最後通牒を突きつけられてしまったのだ。「酒やギャンブルをやめるかわたしと別れるかどっちかよ」

もちろん、酒やギャンブルをやめるのはとんでもない馬鹿者だけで、かくして二人の関係は終焉を迎えてしまった。

それでもなお、ティナは魅力的な女だった。見事な尻や脚、髪の毛や乳房、燃え上がるように激しい目をしていて、そこでハリーは彼女にまた会おうと飛行機に乗ってしまっている。しょっちゅう彼女から電話がかかってきて、しつこくせがまれ、懇願された彼は、飛行機で彼女のもとへと向かい、四回か五回お相手をして（二日間で？）、それで帰ればいいだろうと、言いなりになってしまったのだ。それだけでなく、彼は自分が住んでいる街にいる女友だちと少し距離を置いて休む必要があり、その女は色情狂ではなかったが、他の男たちと対抗させて彼を弄ばずにはいられず、それで彼の精神や感情を疲弊させていた。そんな状況なので、彼はすぐにも他の男たちに彼女を丸投げしたくてたまらなくなっていた。彼が飛行機で飛び去ることで、彼女の前には新たな道が開かれるというわけだ。女との関係で厄介なのは、一人と別れたとたん、その代わりを引き受けようと新たな女が必ず現れることだ。体制を立て直す余裕など微塵も与えてはくれない……

いつもと同じように、ハリーは飛行機から降りた最後の乗客だった。分析したことは一度もなかったがそういう習癖になっていた。おそらくは自己中心癖、神経過敏症と何らかの関係があるのだろうし、加えてたくさんの人間の頭の後ろや耳の後ろ、肘や尻やそうしたものすべてを見ながら飛行機の通路にずっと立っていなければならないのが大嫌いだということもあった。

ＬＡＸ〔ロサンジェルス国際空港〕に比べるとそこは小さな空港で、滑走路を歩き始めた彼はすぐにも駐車場の格子のフェンスの向こうに立っているティナを見つけた。旅行鞄を手にして出口を通り抜けるとそこにはティナがいた。ハリーがニヤリと笑うと、彼女が駆け寄り、二人は抱き合い、キスをし、彼女の舌が彼の口でせわしく動き回る。ティナがありきたりの歓迎の挨拶をするようなことはありえないのだ。どうやらカウボーイたちは彼女に余計な手出しをしていないようだった。砂漠の町は夜の九時三五分を迎えていた。

車の中には犬がいた。彼がジョックを好きだったことをティナはよくわかっていた。ジョックも彼のことを覚えていて、助手席で彼にくっついて離れず、尻尾を激しく振り回して、飛び跳ねたり、からだを捩ったりする。ハリーはジョックを抱きしめ、撫でながら話しかけ、それから後部座席の自分の旅行鞄の隣へと移動させた。

車のエンジンがかかり、二人は彼女の姉の家に向かって出発した。ティナの唇から思わず微笑みがこぼれている。ハリーにしてみれば、それは勝利の微笑みのように思えた。

「元気そうね、ハリー。きっと酒の量を減らしたからね」

「きみも元気そうだよ、ティナ、これまででいちばん。でも違うんだ、酒は前と同じように飲んでいるよ……」

「ここにいる間は少し控えてもらえるといいな」

「わかったよ、ティナ、空港まで引き返しておくれ！」

「何ですって？」彼女が聞き返す。

「何てこった、また同じことをおっ始めるのか！」

「あなたのためを思って言ったのよ、ハリー。あなたはもう若くはないんだから。飲み続けていると死んじゃうわよ」

「飲まないとわたしは死んでしまうんだ！　さあ、こいつをUターンさせて、引き返すんだ！」

「いやよ」

「『いやよ』だと、この馬鹿野郎！」ハリーが怒鳴りつけた。彼はハンドルに挿さっていたキーをオフにし、緊急ブレーキをかけた。車が道路から飛び出し、高い茂みを押し倒しながら突き進み、それからとまった。

ティナはしばらく正面を向いたままだったが、それから口を開いた。「わかったわ、ハリー、ダッシュボードの小物入れの中にスコッチのパイント瓶があるから」

ハリーが小物入れを乱暴に開け、ボトルを見つけると、シールを剥がし、キャップを開け、ぐいと一口飲んだ。

ヘッドライトが点いたままなのに気づいたハリーがスイッチに手を伸ばして消した。

「きみは素敵だよ、ベイビー」

「ねえ、ハリー、わたしたちまた一緒に暮らせばいいじゃないの？」

「人は一緒に暮らして生きたりはしないんだ、一緒に死んでそれと同時に別々に死ぬんだよ」

「あなたってシニカルないやなやつなのね、ハリー……」

「現実っていうのはシニカルなことばかりなんだ」

「しかもあなたにはこんなユーモラスなところもある……」

「ティナ、わたしにおかしなところなんて何もないよ。きみはわたしのことをあれこれ評価しすぎているよ。自分がいったい何をやっているのかわたしはまったくわかっちゃいないんだ……」

「あなたはわたしをその気にさせるわ、ハリー……」

ハリーがもう一口スコッチを飲んだ。

酒を飲むことでいいことがひとつ。ボトルにいちいち話しかけなくてもいいことだ。

それから――彼女が彼の上に覆いかぶさり――ズボンの前あきのジッパーを下ろした。

「いったい何をやっているんだ？」

「ねえ、ほら。わたしの可愛いお友だち！」

「わたしに優しくしないでおくれよ、ティナ……」

「この息子ちゃんは最近どうしていたのかしら？」

「いちばんいいことをしないようにとがんばっていたんだよ」

ハリーは彼女の舌が自分のペニスのキノコのかたちをした最も敏感なところをあちこち何度も軽やかに動き回るのに身を任せた。彼はもう一口スコッチを飲んだ。

これがティナに関していちばん厄介なことだった。彼女はボストンの西南部でしゃぶるのがいちばん上手なのだ。彼女は彼のズボンの中に手を入れ、すべてを外に引っ張り出した。彼女の舌が金玉の上を這い回り、それから狂った蛇のようにペニスの裏の筋に沿って這い上がり、その舌は容赦なしで底なしの究極の技を使って亀頭の上をぐるぐるぐるぐると何度も這いずり回る、彼はその動きを感じまくっていた。

ハリーは気をそらすことにした。

彼は車窓から地面の方に目を向けて、あたりの不毛な土地を見つめた。しかし彼女は攻め続ける。大量の糞を、スプーンいっぱい、どんどん食べていくところを思い浮かべてみようとした。

だめだ。彼女は攻め続けている。

ジョックはフロント・シートの背に両方の前足を当て、前を見ながらクンクン鳴いていた。愛しきジョックは情欲のムンムンする匂いにまみれているのだ。ハリーは手を伸ばして、ジョックを後ろに押しのけ、もう一口スコッチを飲んだ。飲み終えてから前を見ると、月にもじっと見られていることに気づいた。

それからハリーはうめき始め、すると――彼女がペニスの中心を思いきり強く噛んだ――

「このくそったれの売女め！」

彼女の頭のてっぺんを彼が平手で――強く――叩き、それが効いた。彼女はとことん情欲の虜となって激しさを少しも緩めることなく、それでもうんと丁寧にやり始めた。ハリーが我慢の限界に達する。四一二匹の野うさぎ、六七二匹のヘビ、そして一〇六八七匹の何やらかやらに囲まれ、彼は砂漠のど真ん中に射精した。

ティナはすぐにも身を起こすと、頭上のライトを点け、バックミラーを覗き込みながら口紅を塗り始め、その顔にはまたもや勝利の微かな笑みが浮かんでいた。


それから彼女は車のエンジンをかけ、ヘッドライトをつけ、轟音を立てて出発したが、ボンネットの上に茂みの葉がいっぱいついた大きな枝が絡みついたままだった。目の前に何か障害物がないかじっと見つめながら彼女は運転を続けた。彼女は二二歳の時に電気ショックの治療を受けていた……


牧場の外に車を駐めている時、ハリーは家の明かりが点いていることに気づいた。アンと彼女の夫のレッドドーが彼が来るのを待っていた。ハリーがレッドドーと会うのは初めてだった。ティナは彼のことをできるだけ紹介しないようにしようとしていたのだ。

「喧嘩でいいところまでいっているのにあなたが負けてしまったのを何度か見てきたわ、ハリー、でもレッドドーは桁違いよ。彼はこの町いちばんの暴れ者なの。このあたりの病院のベッドはガン患者よりも彼に送り込まれた人間の方が多いの」

「面倒なことはまったく望んじゃいないよ、ティナ。わたしは今中編小説に取り掛かっているところで、それを完成させたいんだ」

「この手の男たちはどんなことでも理由にしちゃうのよ。わたしたちが何度かやる前にぶちのめされてしまったりしないでね」

ハリーがスコッチをもう一口飲んだ。「わたしのからだの心配をしてくれるなんて感謝するよ、ティナ」

二人は車から降りて家の中に入って行った。

レッドドーとアンがキッチンのテーブルに座って二人がやって来るのを待っていた。二人とも酒をかなり飲んでいる様子だった。テーブルの上にはウィスキーのフィフス瓶が置かれている。ラジオがついていて、カントリー&ウェスタンが流れていた。レッドドーがラジオのスイッチを切った。「座りな、シティ・ボーイ」

ハリーが手を突き出した。レッドドーはその手を握るかに見せかけて、ハリーの手にビールのキャップを突きつけた。

「これをどうしろって言うんだい?」ハリーが尋ねた。

「知らないよ。てめえのケツにでも突っ込んでおきなってことかな」

ハリーは振り返って自分の後ろに立っているティナを見つめた。「さっきも言ったけど、もう一度言うよ、どうかわたしを車であのクソ空港まで送り届けてくれないか?」

「どうしたんだよ?」レッドドーが尋ねる。「怖いのか?」

「それほどじゃないけど少しね」

レッドドーが彼に向かってフィフス瓶を差し出した。「飲むかい?」

ハリーが腰を下ろした。「いいとも」

「ハリー」と、ティナが言った。「どうか彼と一緒にお酒を飲まないで！」

「誰と一緒に飲もうと、酒の味に変わりはないよ……」

アンが立ち上がり、ガラスのコップを手にして戻ってきた。

「どれぐらい？」レッドドーが聞く。

「てっぺんまで」

「チェイサーにビールは？」

「ありがたいね」

彼の目の前でハリーがグラスいっぱいのウィスキーを半分飲み、それから缶ビールに口をつけた。

レッドドーが見守る。「酒が飲めても男にはなれないぞ」

「何だとなれるんだ？」

「持って生まれたものってやつがあるんだ、それだけの話さ」

「要するに、スカンクみたいにかい？」

「おい！」葉巻に火をつけていたレッドドーが顔を上げた。「お道具は何があったかな？　こいつは遊びたがっているぜ、そうだろう？」

レッドドーは大男というわけではまったくなく、身長はおそらく一六〇センチもなかったが、やたらとガッチリしたからだつきだった。ほとんど正方形のようにも見えるが、もちろん、実際はそんなことはなかった。しかし横幅があって、筋肉モリモリで――脂肪も少しついていたが――そんなことが可能だとすれば、つくべきところにだけちゃんとついているように思えた。しかも、彼はとてつもなく小さな頭をしていた。

いったいどうやったらここまで小さい頭をぶちのめせるというのか？　と、ハリーは思った。拳骨でクルミの殻を叩き割ろうとするようなものだ。あまりにも不公平すぎる。そして目の前に座っている彼の妻のアンは太りすぎで、欲求不満を抱えているどころの話ではなく、毎年毎年ニューヨーク・シティのいろんな出版社にとんでもない数の長編小説を郵送しているのに全部ボツにされ続け、自分自身やこの世界を憎悪していた。

彼女が一発当ててくれたらとハリーはいつも願っていた、そうすれば彼にあれこれ干渉するのもやめるだろう。それに彼は彼女の作品を何ページか、自分勝手な熱望がユーモアのかけらもない調子で書かれたり、嘘八百の性的な逸脱の話が書かれたりしている何ページかを読んだことがあった。偉大な作家になりたいという彼女の激しく突き上げるような願望はただただ彼女を凡庸な世界へと送り込んでいるように思えた。

その彼女が今敵意をあらわにしてハリーを睨みつけている。「あなたは今もどうしようもないものを書いて、それでお金をもらっているの？」

「ああ、そうだよ、定期的にね」

「あんたの本がここにも一冊あるよ」と、レッドドーが言った。「そいつを鶏小屋に紐で吊るしているんだ。その中に男が小さな女の子をレイプする話があったなあ。あんなものをあんたは作品って言うのかい？」

「そうだよ」

ティナがやって来て座った。ペプシ・コーラを手にしている。それを氷が半分まで入ったグラスに注いだ。

「ねえ、ハリー、もう寝ましょうよ。朝またお喋りできるから」

「わたしは夜型の人間なんだよ、ティナ、朝はまったく調子が出ない」

「あなたとレッドドーとで絶対に揉めてほしくないの」

「あと何杯か飲んでみてどうなるかだな……」

レッドドーが葉巻の煙をテーブル越しにハリーに向かって勢いよく吹きつけた。

「あんたはティナの相手にはちょっと老けすぎていると思わないのかい？」

「老けているっていうのは辞書の中にあるただの言葉にしかすぎないよ」

「違うぜ、老けているっていうのは何かが起こるって意味になることもあるんだ」

「あんたの言ってることが正しいかもな」

アンが姿を消した。それからまた戻って来る。手には紙の束を持っている。彼女がそれをハリーの前に差し出した。「わたしの新しい小説の第一章よ。読んでみてよ」

自分勝手なやり方だ。でも誰もがそうしていた――こんな風に。

ハリーがグラスの酒を飲み干し、レッドドーに目をやった。「お代わりはくれないのかい？」

「何だと、よく見やがれ！」とレッドドーが言って、グラスをいっぱいにした。

ハリーは読み出した、何かいいところがあることを願って。そんなものはまったくない。ここまで退屈なものを必死になって書こうという衝動はいったいどこから湧き起こって来るのか？　自分がちゃんと書けないと思っている作家などこの世には一人もいない。しかしせめて一人ぐらい共感するものがいなければ始まらない。しかもとんでもなく多くのくだらない作家たちが本を出している。多分彼もその一人なのかもしれない。しかしハリーはアンの書くものが気に入らなかった。泥沼にはまり込んで喚いたり悪口を言っているだけで――退屈で何の役にも立たない表現のオン・パレードだ。

彼は紙の束をアンに戻した。「いいところも少しあるけど、でも全体的に、わたしは好きにはなれないね」

「どこがよくないと言うの？」アンが尋ねる。

「わからないよ。フォークナーとトーマス・ウルフとありきたりのメロドラマとを混ぜ合わせているみたいだね」

「そうかもな」と、レッドドーがテーブルの上に身を乗り出しながら言った、「男が小さな女の子をレイプする話をこいつも書くべきなのかもしれないな？」

「真実を書くのであれば彼女は自分の書きたいことどんなことでも書けるよ」

「真実だって？　それはいったいどういう意味の言葉なんだ？　おまえは自分が真実とやらを探り当てたとでも思っているのかい？　俺はそうは思えないな」

「酒を飲んで落ち着けよ」

「俺の家で俺にどうこうしろって指図なんかするな！」

「なあ、レッド、わたしたちは仲良くやっていけるよ。ちょっとリラックスしようぜ。やつらはいつだって爆弾を落としかねないんだ。わたしたちはみんなこのとんでもない状況からもう逃げ出せないんだよ。お互いとことんやっつけ合うことなんてまったくする必要がないんだよ。大笑いして最後の瞬間を迎える方がいいんじゃないのか？　それがいちばんだろう？」

「おい、くそったれ」と、レッドドーが言った、「いいことを教えてやろう。神は自分を信じる者しか守ろうとはしないんだよ」

「レッド、多分神なんていないのかもな」

レッドドーが立ち上がった。「**そこまでだ！**」

「何だって？」

「**俺の家の中で誰であれそんなことを言わせるもんか！**」

そう言うと、彼がテーブルの上を飛び越えて来る、どでかくて羽根も生えていない酒浸りのからだのくせに。ハリーが急いでからだを左に躱すと、筋肉（と脂肪）の塊が顔面から床の上に突っ込み、壁まで横滑りすると、それからまた立ち上がり、息を切らしながら、胸を突き出し、眉毛を歪めた。テーブルの下に転がり込んで反対側に逃れたハリーの方にレッドドーが向かって来る。

「レッド、冗談を言っただけだよ。神は絶対どこかにいる、そうだろう？」

レッドドーはテーブルの向こう側でからだを激しく揺さぶり震わせている。「おまえは臆病者だ！」

「そのとおりだよ。それに聞いてくれよ、わたしがあんたの義理の妹とちっともやりたがっていないとわかったら、少しは気分がよくなるんじゃないか。あいつがわたしとやりたがっているだけなんだ」

ティナが金切り声をあげ、持っていたペプシ・コーラの瓶をハリーめがけて投げつけた。瓶が彼の頭に命中して、床の上に落ちた。ハリーの頭蓋骨の中で鐘がキンコンと小さく鳴り響く音がする。テーブルを回り込むかのように、レッドドーが数歩前に進んだ。

「いいか、レッド、男たちはみんな兄弟だ。同じ血が流れ、同じ指をしていて、同じケツの穴をしていて、同じ悲しみを抱え込んでいる。それを考えてみてくれよ！」

「はぁ？」

レッドドーはわけもわからなければ、次に何をすればいいのかもわからない様子でその場に立ち尽くしていた。前進すべきか後退すべきか決めかねていたが、それからテーブルの向こう側の椅子に座り込んだ。ハリーは彼の反対側に座った。アンとティナは立って様子を見守っていた。

「たっぷり注いでおくれよ、レッド」

「いいよ」

彼が二人のコップに淵まで並々と酒を注いだ。フィフス瓶が空っぽになった。

ハリーが自分のグラスを掲げた。「二人に乾杯！」

二人はグラスをカチッとぶつけ、どちらも半分まで一気に飲んだ。

レッドがハリーを見つめた。「いいか、シティ・ボーイ、おまえが気に入ったぜ。とんでもないことでも自分の思っていることを言うがいい」

「あんたも自分の考えていることを言いなよ、レッド」

「それが大切だな、そうだろう？」

「ああ」

「俺の女房とはやりたくないんだな、そうなのか？」

「やりたくないよ、レッド」

「いずれにせよおまえは醜男だ。俺はまったく心配していないぜ」

「ありがとよ、レッド」

突然レッドが頭をテーブルの上に突っ伏し、それで酒のグラスがひっくり返った。彼は酔い潰れてしまった……

ハリーは自分の酒を飲み干すと、立ち上がり、あたりを見回すと、そこにはアンがいた。

「おやすみ、アン」

それからティナが彼の手を取って案内する。二人は来客用の寝室に入った。いい部屋だ。

ハリーがベッドの端に腰掛け、靴を脱いだ。ティナはクローゼットのそばで服を脱いでいた。

「幸運な夜だったわね、ハリー」

「わたしは幸運を食い物にして生きているんだ。それがわたしの滋養になる」

「わかってるわ、あなたにはわたしがいて幸運よね、ハリー」

「もちろんだよ、ティナ」

ハリーは服を脱ぐとカバーを捲って清潔なシーツの間にからだを滑り込ませた。人生はそれほどひどいものじゃない。L・Aにいる女友だちと今切れることができたとしたら、彼はもう一度一からやり直せる。そんなことを考えながら彼は眠りに落ちて行った……

午前三時か四時か、そんな時間になっていたはずだ——いずれにしても、目が覚めるとティナが彼の上に乗っかっていた。自分がびんびんに勃起していることに彼はびっくりした。彼女は頭を大きく後ろに反らせ、よがり声をあげている。彼は一緒に楽しむことにした。

「いいぞ、ベイビー、ブロンコを乗りこなせ!」

しかし彼がやりたいことはと言えば、L・Aに戻って、テレビで独白するジョニー・カーソンを見て、けなしまくる、ただそれだけだった。しかしそこが自分のいるべき場所だ。孤独を夢見る綿菓子のように甘くて何ひとつ感じることのない世界。しかも厄介なことや面倒なこともまったく何もない。

ハリーは手を伸ばして、ティナの尻の肉を鷲掴みにして、声をかけた、「やりまくるんだ、ベイビー、この最高にいかした売女め……」

侵入者

暑い土曜の夜、時間も遅かった。ケーブル・テレビではわざわざ見るほどのものは何も流されていなかったが、それでも二人はまったく期待しないまま、ひたすら見続けていた。ハリーは赤ワインのボトルを一本飲んでしまい、アンも半分ほど飲んでいた。

それから彼らは寝室に移動して眠ろうとしていたが、なかなか眠れなかった。つまらないテレビを見ていて眠くなってしまうのは、見ている時だけにかぎるのだ。しかし彼らの愛犬のレッドアイは眠っていた。実のところ、いびきまでかいていた。ラグの上で。レッドアイはひどいテレビのことなどいちいち覚えていたりはしないのだ。

眠れない時間はすぐにも三〇分にもなり……それからほとんど一時間にもなって……そして……ようやくハリーは眠りの世界にゆっくりと引き込まれそうになっていた……

眠りよ……ああ、眠りよ……

その時アンが彼を揺さぶり起こす……「**ハリー！　ハリー！**」

「はぁー？　どうしたんだ？」

「**目よ！**」

「何だって？」

「**目よ！　窓の外から中をじっと覗き込んでいる目が見えたのよ！**」

「どの窓だよ？」

「**あの窓よ！　右の方よ！　茂みのあたり！　茂みのすぐ上から目がわたしをじっと見つめていたの！**」

「もういなくなったのかい？」

「ええ……」

「じゃあ眠ろうじゃないか」

「**ハリー、あの目が何だったのか確かめてくれなくちゃ！　怖くてたまらないわ**」

「わかったよ、わかったよ……」

ハリーはパジャマにローブを羽織り、スリッパのまま、懐中電灯とバットを持って庭の捜索に乗り出した。その様子をアンが窓の中からじっと見守っている。彼は懐中電灯の光をあてながら、茂みの中にバットを突っ込んで掻き回した。

「よし、覗き魔の野郎、出て来い！　そんなに痛めつけたりしないから！　今すぐ出て来い、ゆっくり話し合おうじゃないか！　わたしも昔は覗き魔だったけど、今はもうまともになったんだよ。さあ、出て来いよ、わたしが体験した素晴らしいことを一緒に話し合おうじゃないか！」

「ハリー」と、アンが窓の中から叱りつけた。「ふざけている場合じゃないのよ！　気をつけて！」

ハリーは懐中電灯の光をあてて茂みの中を突つき続けた。「出て来いよ、ベイビー！　一緒に家の中に入ってポルノ映画を見ようじゃないか！」

あたりには誰もいないようだった。ハリーは家の中に引き返そうと向きを変えた。

ちょうどその時だった、何かが彼の背後を駆け抜ける物音がした。

「**ちくしょうめ！**」ハリーが大声で叫んだ。

彼はその何かに向かってバットを振り回したが、当たらなかった。その何かは高く、それもとんでもなく高く跳び上がり、裏口のドアの上にある細い出っ張りに着地した。出っ張りはうんと狭かったが、そこに何とか乗っかかっている。

ハリーはそばに近寄り、懐中電灯の光を上の方に当てた。そして彼も**目の存在**に気づいた……**凶暴で、恐ろしく、正気ではない目の存在に。**

「ハリー、ハリー……いったい何者なの？　気をつけてよ！……」

ハリーの懐中電灯の光がその何かをしっかり捉えた。

「アン、くそ憎たらしい**猿**だよ！」

「猿ですって？」

「ああ、猿だよ……」

「そうなの、すぐにそっちに行くわ……」

「裏口のドアから出てくるんじゃないぞ……そこにいるから、ドアの上の……狭い出っ張りの上に……」

「窓から外に出るわ……」

「中にいろよ……噛み付くかもしれないぜ……」

「大丈夫よ、出て行くわ……」

網戸が押し開けられる音がしたかと思うと、アンが窓から茂みの上に這いずり出て、ハリーのそばにやって来る……

「うわぁー、ネグリジェを破いちゃったわ……」彼女が彼の隣に立った。

「そいつはどこにいるの？」

ハリーが懐中電灯の光を当てる。「あの上の方だよ……ほら……」

「あら、可哀想に……怯えちゃっているじゃないの！」

ハリーが言った、「動物園か消防署か動物管理局か、とにかくどこかに連絡するよ！」

「あら、ハリー、こんな夜遅くはだめよ！」

「いつだったらいいのか思いつかないよ」

「ハリー、恐怖で死にそうになっているわよ！　見てごらんなさいよ！」

「そうだね」

「自分のことをわかってもらって……可愛がってもらいたいだけなのよ……」

「檻に入れて保護してあげなくちゃな……それで元気になるんじゃないか」

「ダメよ、待って、ハリー、お願い……すぐに戻ってくるから……」

アンはまた窓から家の中に這って入り込む。

ハリーは猿に光を当て続けた。実際のところ、そいつは彼を怖がらせた、ほんの少しだが。動きがあまりにも素早かったし、頭が弱そうに思えた。こういう生き物は何をしでかすかまったくわからない。光を当てられていても攻撃するかもしれない。

そいつの目が彼をじっと見つめ続けていた。赤い目の色をしている。かと思えば淡いオレンジ色になった。それから充電をしているかのように、うんと奥の方から黄色い光が発せられる。すべての色が警戒していることを伝えている。

するとアンが引き返して来た。

「バナナを持って来たわ……」

「バナナだって?」

「そうよ、かわいそうにこの子はきっと**お腹を空かせて**いるのよ!」

アンが前に進む。バナナを二本持っている。そのうちのひとつを地面の上に投げ出した。それから残った方の一本の皮を半分ほど剥いて猿に向かって掲げた。

「降りておいで……降りておいで、かわいそうに……降りて来てバナナをお食べ!」

「アン、こいつは降りて来たりしないよ! どこかしかるべきところに電話するから!」

「降りておいで、ボゾ、おいしいバナナをお食べよ! さあ、降りておいで、ボゾ!」

「ボゾって名前で呼ぶのかい?」

「ボゾはバナナが大好きなのよ、そうでしょう、ボゾ?」

「アン、そいつは絶対に……」

ボゾが弧を描いて勢いよく跳び降りた。地面の上に立ってじっとしている。それから電光石火の動きで、地面の上を素早く駆け回る。しかし猿はアンの手の中のバナナを奪わなかった。もう一本のバナナを掴みあげると、少し走り去ってから、皮を剥き、ぐいっと飲み込んだ。

「かわいそうなボゾ、お腹がペコペコなのよ!」

「よしきた、アン、もう一本のバナナもあげて、家の中に入ろう」

「何ですって? このかわいそうな子を一晩中表にほっぽり出したままでなんかいられないわ」

「どうしてだめなんだ？　こいつはジャングルからやって来たんだぞ！　夜が大好きなんだ！」

「ハリー、夜通し一人ぼっちで表にいるこの子のことを思ったらわたしは絶対に眠れやしないわ！」

「わたしだってこいつを家の中に入れたりしたら絶対に眠れないよ！」

猿は芝生の上に座り込み、じっとしたまま、二人の様子を見守っていた。

「それに」と、ハリーが言った、「こいつは家の中になんか入らないよ。野生の動物なんだ」

「ああ、かわいそうに……きっと中に入るわよ……ちょっと見ててみなさいよ……」

アンが歩き去り、裏口のドアを開け、それから皮を半分剥いたバナナを自分のからだの前でぶらぶらさせながらボゾの方に近づいていった。

「さあ、ボゾ、中にお入り。中にはバナナがいっぱいあるわよ、ボゾ。さあ……」

ボゾがバナナの方に近づいた。アンが後ずさりする。ボゾがついて行く。アンが後ろ向きのまま家の中に入る階段を上り始める。バナナをぶらぶらさせたままだ。ボゾがついて行く。

「おいで、ボゾ。いい子だよ、ボゾ……」

後ろ向きのままアンが家の中に入り、猿も彼女について入って行った。

ハリーが家の中に入ると、ボゾはバナナを食べ終えようとしていた。それから皮を見下ろし、不快な声をあげたかと思うと、自分の頭越しにそれを投げ捨てた。

それから猿はレッドアイのドッグフードの皿に近づいて行く。皿の上にはドッグフードが少し残っていた。ボゾが屈み込み、皿の上に頭を突っ込んで食べ始めた。尻を上の方に突き上げていて、その尻は醜く、赤くて、いたるところ引っ掻き傷があって、血が滲み出ていた。

「こいつらが肉を食べるなんて思ってもみなかったよ」と、ハリーが言明した。

「ペコペコなのよ、かわいそうに……」

「朝になったら誰かに電話するから。きっとどこかから逃げ出したんだよ……」

「ハリー、ここがこの子の居場所なのよ。運命の女神様がこの子を送り届けてくださったの」

「そうか、それなら運命の女神様も運が尽きたんだな……」

「ハリー、わたしはずっと赤ちゃんがほしくてたまらなかったの……」

「ああ、何を血迷ったことを！……」

ボゾがドッグフードを食べ終え、ゆっくりと居間に移動する。アンとハリーが後について行った。

「この子を見てごらんなさいよ、ハリー！　まるで自分の家にいるかのようよ！」

「バナナとドッグフードで満腹なんだよ……」

ボゾがカウチの背もたれの上に跳び乗った。そこで前屈みになって目を閉じた。

「ほら、ハリー、眠りそうよ！」

突然……ボゾが漏らした。カウチの背もたれの上で排便したのだ。下痢をしているようで、長くてネバネバと糸を引く濡れて汚れたものが排泄される。ゴムが燃える時やアンモニアと同じ臭いがした。

するとボゾが排泄物の中にまみれ、何本もの指で少しすくい上げると……その指を口のまわりに擦りつけた。

それから、嬉しそうに金切り声をあげ、敷物の上に跳び移る。

「あいつを追い出さなくちゃ！」と、ハリーが言った。

「わたしがきれいに掃除するから！　ハリー、このかわいそうな子は自分ではどうすることもできないのよ！」

アンが掃除道具を取りにキッチンに駆け込んだ。

ちょうどその時……レッドアイが部屋の中に入ってきた。犬だ。レッドアイは晩年を迎えた、脊柱が湾曲した年寄りの雑種犬だった。昔は愛が壊れそうになった時のかすがいにもなるほど力強い存在だったが、時間は無情にも過ぎ去ってしまう。犬が猿に目をやり、クンクン鳴きながらゆっくりと後ずさりした。ゆっくりと這うようにして後ずさりして行き、どんどん身をかがめ、最後には卑屈になって退却し、ゲームにはまったく加わることなく姿を消してしまった。

ボゾは小さなターザンのような勝利の雄叫びをあげ、片手で自分の胸を叩いた。それから叩くのをやめると、自分の手を見て、何かが指にくっついていることに気づいた。勝利の爆発的な喜びの中、一匹のノミが逃げ出して爪の中に入り込んでいて、ボゾは屈み込むと、自分にとってとこしえの敵となるこの存在を食べた。

さてさて、とハリーは思った、これで自分はこのとんでもない猿と向き合わざるを得なくなったというわけだ。


次の日は日曜日で、ハリーはテレビでプロのフットボールの試合を見ながらビールを飲んでいた。アンとボゾは家から出たり入ったりして遊んでいる。とんでもないことや手に負えないようなことは何も起こらなかった……いや、ボゾは冷蔵庫の上に糞をしたのだ。

フットボールの試合は素晴らしく、ハリーはほとんど猿のことを忘れていた。レッドアイが彼のそばにいて、震えていたが、ほんとうのところは必死になって自分が失った過去を取り戻そうとしていただけなのだ。ハリーが手を差し伸べ、老いた雑種犬を撫でてやる……

「心配しなくていいよ、あのとんでもないやつは追い払ってやるから……」

そして彼は缶ビールを飲み干した。

どうやらアンは彼に映画に連れて行ってもらおうとはしていないようだ。彼女はすでに自分の映画を楽しんでいるのだ。主演はあの赤いケツの愚鈍な毛の塊。

小便をしようとハリーはテレビの前を離れた。

犬がワンワン吠える声や猿がキャッキャッと鳴く声が聞こえたので、彼は急いで出てこなければならなかった。ボゾがレッドアイの背中に乗っかって攻め立てている。犬は気が触れたようになって部屋の中を駆け回っていた。

ハリーが飛びかかってタックルをし、みんなフロアーの上を舞った。犬と猿と人間の男だ。

レッドアイは隣の部屋に飛ぶようにして逃げて行った。

猿はコーヒーテーブルの上に跳びあがり、バナナを掴むと皮を剥き、ガブリと食べた……

その夜遅く、ハリーとアンはベッドで一緒に寝ていた。

二人はもう三週間もご無沙汰だった。それはともかくとして、二人はやり始めた。

ハリーはせっせと頑張った。うんと長い間で初めて、彼は自分がまともになったと感じていた。セックスは決して恐れるようなものではない。実に面白いものだ。

かつて彼はとてつもないセックスの達人だった。あるいはそのように思われていただけかもしれない。

そういうこともあって、ことはなかなかうまく運んでいた。

すると……アンがクスクス笑い出した……その笑いはどんどん大げさなものになっていく……

「いったいどうしたんだよ？」ハリーが尋ねた。

彼が気勢を削がされる。

「見て！　急いで！」アンが言った。

ハリーが振り向いた。

ボゾがずっと見守っていた。

ドレッサーの上に座ってマスターベーションをしている。彼の持ち物は赤くて、細くて長く伸びていて、それを激しく擦っている。目は焦点が定まらず放心している。

ボゾが小さく金切り声をあげた。達してしまったのだ。ドレッサーから跳び降りて、部屋の中から走り去る。

アンのクスクス笑いはまだ止まらなかった。

「ほんとうにおかしくてたまらなかったわ！」

「そうかい？」

「ベイビー、あの子はイカずにはいられなくなっちゃったのよ！」

次の朝目が覚めると、ハリーは電話に手を伸ばし、病欠の連絡をした。

「何が原因なのかはよくわからないんだよ」と、彼は具合を伝えた、「でも何かの病気、それも何かひどい病気になってしまったみたいなんだよ……」

彼はゆっくりと電話を切った。

「いったいどうしたの？」アンが尋ねる。「いったいどこが具合悪くなっちゃったの、ハリー？　どうすればいいかしら？」

「何もしなくていいよ。あの猿野郎はどこにいるんだ？」

「家の中のどこかにいるわ。全部鍵をかけたから外には出られないわ」

「あいつをここから追い出してやる！　わたしたちは野生の動物を住まわせているんだよ！　ここじゃそんなことをするのは無理なんだ！　あいつを追い払わないと！」

「ああ、ハリー、お願い！　あの子はとっても可愛いじゃないの！　あの子に必要なのは愛だけなの！」

「あいつに必要なのは檻と飼育係だけだよ！」

アンが起きてバスルームに向かった。彼女がドアを閉める。しばらくしてアンがさめざめと泣いている声が聞こえた。

ハリーがドアのそばに近づき、ドア越しに話しかけた。「ごめんよ、アン、あいつにとっても愛嬌があることはわかっている……でもな……あいつはわたしたちの生活をめちゃくちゃにしているんだ！あいつは追い払わなくちゃだめだよ……」

ドアの向こうで泣き叫ぶ声がする。ハリーはひどい気分になったが、ベッドルームに戻り、服を着始めた。まずやらなければならないのは猿を見つけることだ。それからレッドアイを動物病院に連れて行く時に使っているキャリング・ケースの中にそいつを入れる。そこに入れたら、動物管理局に電話をかけよう。

ハリーは家の外に出て、ガレージからキャリング・ケースを引っ張り出した。ベニヤ板でできた頑丈な代物で大きな網目の窓が付いている。ボゾを運ぶのには十分な大きさだ。彼はケースを家の中に運び入れ、キッチンに置いた。

ボゾはどこにも見当たらなかった。

ハリーはバナナを二本見つけた。

「ボゾ、ベイビー、どこにいるのかな、出ておいでよ！　さあ、朝ごはんをお食べ！　ボゾ！　おいしいバナナだよ！　熟れておいしいバナナだよ！」

あのくそったれはどこにいるんだ？

そして彼は発見した。テレビの上で眠っているではないか。毛皮を着た小人のようだ。確かに愛嬌もあるし、低級な無邪気さのようなものも備わっている。

あの寝姿ゆえ、ボゾはしっかりと点を稼いでいる。

ハリーはそばにそっと近づき、耳を掴んだ。ボゾが目を開け、ハリーを見つめる。猿は今にも微笑みそうだった。

「バナナはどうだい、坊や？」

ボゾがゆっくりと起き上がると、テレビの上に座って、両脚をテレビの画面の前でブラブラさせる。まだ半分眠っている状態だ。

ハリーがバナナの皮を剥いた。

「さあ、坊や、食べてごらん……」

ボゾがバナナを少し齧り、噛んで飲み下すと、首の後ろを掻き、ハリーをじっと見つめた。ハリーが残りのバナナを全部を彼にあげた。それから二本目のバナナの皮を剥き、それも与えた。

猿はとてもリラックスしている様子だった。

「ボゾや、さあ、パパのところにおいで……」

ハリーが両手を回して動物を抱え上げた。ボゾの両腕がハリーの首に絡みつく。

ハリーはゆっくりと猿をキッチンへ、キャリング・ケースの方へと連れて行った。

もしかしてわたしたちはこいつを手放すべきではないのかもしれない、とハリーは考えた。

いや、わたしは強固な意志でしっかりしなければ。こいつはわたしたちの心をボロボロに引き裂こうと夜中に現れるような、そんな存在なのだ。わたしたちの生活もぐしゃぐしゃにしてしまう。もちろんのこと、たとえその気ではなくても……とはいえ……

彼はボゾをケースの前のフロアーの上に下ろした。ケースのドアは開いている。

「さあ、ボゾ……中に入って確かめてごらん。おまえのためのちっちゃなおもちゃの家だよ……そこに入ってくれたらみんなもっともっとしあわせな気持ちになれるんだ……そうなんだよ……」

ボゾはその場に立ち尽くして入り口を見つめている。動こうとはしない……

ハリーはボゾの赤くて醜い尻に手を伸ばし、そっと押して中に入れようとした。

猿がほとんどケースの中に入りかけようとしたちょうどその時……

「**だめよ、だめ、ボゾ! そこに入っちゃだめ! ボゾ、逃げて! ボゾ! 気をつけて! 逃げるのよ!**」

アンだ、すぐ後ろに立っている。

猿はびっくりしていた。からだを捻って今にも後ろに跳んで下がろうとしている……

ハリーがボゾに勢いよく掴みかかり、しっかりと捕まえた。身動きが取れなくなる。ボゾが逃れようとからだをくねくね動かし、足で蹴飛ばし、金切り声をあげるが、ハリーはしっかりと捕まえたままだ。

ハリーはボゾをゆっくりとケースの入り口の方に押しやって行った。猿は力が強く、激しく抵抗したが、ハリーはケースの入り口の奥へと強く押し込んだ……

するとアンが両腕をハリーの首に回し、彼を後ろに引っ張ってボゾを逃がせてやろうとした……

「だめよ！」彼女が金切り声で叫ぶ、**「だめ、だめ、だめよ！　そこに入れたりなんかしちゃだめ！」**

そこでハリーは猿とアンとを相手にして戦う羽目になった。

ボゾを左腕でしっかりと捕まえ、右手を使ってアンの相手をした。

ボゾがくねくねともがきながらハリーの左腕の中から逃げ出そうとし、彼は猿をちゃんと捕まえようとアンとやり合うことをひとまずやめる。

ハリーが自由になった右腕を動かして、動物の頭を右手で押さえつけ、左腕は猿の腰のあたりに回していたので、頭のてっぺんを押さえ込んでもっとしっかり捕まえようとするが、猿は身をくねらせて這い上がり、今にも逃げ出しそうになってしまう……

その戦いの中で、ボゾの頭のてっぺんを押さえつけていたハリーの右手は、そこから滑り落ち、猿の顔や鼻や口を覆うようになった……

猿がハリーの人差し指に思いきり噛みつき……指の肉も骨も完全に引き裂かれてしまう。指が関節の付け根からすっかり噛みちぎられてしまった。

ハリーは床の上を転げ回った……**この世の終わりと思える恐怖と痛みに襲われて悲痛な叫び声をあげながら**……その間に猿は開け放たれたままになっていた裏口のドアから逃げ去ってしまった……

ボゾはハリーの指を口にくわえたままどこかに逃げ去ってしまったのだ……

ハリーは手を腹の上に押し付けて床の上に座り込んでいた。

「タオルを持って来い！　タオルを持って来い！　オキシドールを持って来い！」

彼は深く息を吸い込み、吐き出す。

「救急車を呼んでくれ！」

それから、奇妙なことに、痛みがほとんどしなくなった。指の付け根のあたりが何かに噛まれているかのようなそんな感覚がした。ズキズキしてはいるものの、指が凍てついた空気の中に晒されているかのような、わけのわからない冷たさにも襲われていた。

アンが応急手当ての小さなセットや手当の仕方のパンフレットなどいろんなものを抱えてバスルームから駆けつけた。

「ああ、何てこと、ハリー、みんなわたしのせいよ、わたしが悪いのよ！　愛しているわ、ハリー、愛しているわ！　ああ、あのバカ猿め！　いったいわたしが何をしたというの？」

「大丈夫だよ、ベイビー、自分を責めるんじゃない。めちゃくちゃついていなかったんだ。ほら、オキシドールをおくれよ！」

ハリーはシャツの上から手を引き離し、一瞬目をやり……一部がなくなってしまっているのを見るのは何とも変な感じで……それから指が齧り取られたところにオキシドールを振りかけた。

「脱脂綿を持ってきておくれよ、ベイビー、それに包帯も……」

ハリーはとんでもない事態だというのにとても冷静で落ち着いていていて、それで自分自身に向かって問いかけずにはいられなかった、おまえはこんなことになっているのにどうしてそんなに落ち着いていられるのだ？

すると自分の心の声が聞こえた、知ったことか。

「絆創膏を、頼むよ……」

ハリーが不器用に巻きつける。

「はさみを、頼むよ……」

「ああ、ハリー……」

「電話で救急車を呼んでおくれ、アン……緊急治療室に行かなくちゃ……」

アンが電話をかけようと寝室へと移動する。ハリーが彼女を追い越して走って玄関のドアに向かった……

「ハリー、どこへ行くの？」

「あの猿を捕まえなくちゃ、わたしの指をくわえたままなんだ！」

「ハリー、いったいどういうこと？」

彼が玄関口で一瞬立ち止まった。

「切断された部分をすぐに縫ってくっつけたらもとに戻るっていうじゃないか！」

ハリーは庭に飛び出して行った。

「ボゾ、いい子だ、どこにいるんだ、ボゾ？　怒ってなんかいないよ、ボゾ！　ボゾ、いい子だ、さあ、出ておいで、バナナが山ほどあるよ、犬にも乗っかって遊べるよ、どこにうんちしてもいいからね、全然大丈夫だよ……ボゾ、さあ、おいで、ボゾ！」

ハリーが庭じゅうを走って探し回る……一時しのぎの包帯に血が滲み出し始めた。真っ白なミトンの手袋がだんだんと赤くなって行くかのようだった。手はもはやズキズキと疼くことがなくなった。疼きや痛みはこめかみへと移っている……

くそっ、と彼は思った、もしかしてあのクソ猿は狂犬病かもしれない……

「ボゾ、出ておいで、ボゾ、みんなおまえが大好きなんだよ！」

庭に動物がいる気配はまったくなかった。

ハリーは急いで私道の車寄せの道まで出て、そこで一瞬立ち止まったかと思うと、一か八かで右に曲がって、ジョンソン家に向かって歩いて行った。ジョンソン家の奥さんは白くてまん丸な顔、太い脚、色褪せた真珠のボタンのような目をした白髪の女性で、その彼女が家の前に立って芝生の水やりをしていた。ホースの先から水が弧を描いて飛び出し、芝生の同じ場所ばかりをびしょびしょに濡らしている。ジョンソン夫人は水の音と勢いにすっかり心を奪われていた。

「**ジョンソンさんの奥さん！**」

「あら、おはよう、エヴァンスさん……いいお天気ね、そうじゃなくて？」

「ジョンソンさんの奥さん、猿を見かけませんでしたか？」

「何をですって？」

「猿を見ませんでしたか？」

「あら、あるわよ、何匹も見たことがあるわよ」

「いや、たった今です！　このあたりで！　**今！**」

「どうして？」

「どうしてかですって？　**ジョンソンさんの奥さん、そのくそったれの猿野郎にわたしは指を奪われたんですよ！**」

「お願いだからわたしの前で下品な言葉を使うのはやめてちょうだい、エヴァンスさんったら！」

「**くそっ、こんちきしょうめ！**」

ハリーが彼女のそばを駆け抜けて、彼女の家の車寄せの道に侵入する。

「どこへ行くの？」

彼女はホースを地面に投げ捨て、彼の後を追いかけた。

「**わたしの庭から出なさい！**」

ハリーは彼女の庭の中を走り回り、探して、探しまくった……

何もいなかった。

彼は向きを変えてまた車寄せの道を走って戻りジョンソン夫人の脇を通り過ぎた。

「**あなたがわたしにどんな無礼な振る舞いをしたか主人に言いつけますからね！　あんたの腐ったケツを蹴っ飛ばしてもらうわ！**」

何てこった、とその場から逃げ出しながらハリーは思った、彼女はわたしの血が滴る手にまったく気づきさえしなかったではないか……ああ、もうどうしようもない、あの獣を見つけることは絶対にできないだろう……おそらくあいつはわたしの指なんてもはやどこかに投げ捨ててしまっているだろう……とはいえわたしは探し続けなければ……時間の猶予はもうほとんどない……

自分たちの家の前に立っているアンの姿が目に入った。

「**ハリー、救急車を呼んだわよ！　今こっちに向かっているわ！**」

「あれがとう、ベイビー、来たら待つように言っておくれ！　すぐに戻るから！」
「愛しているわよ、ハリー……ほんとうにごめんなさい、ああ、何てこと、ほんとうにごめんなさい！」
「大丈夫だよ、ベイビー、すぐに戻るから！」

ハリーは住宅街を今度は左のほうに向かって走った。ヘンダーソン家の車寄せの道を駆け下りた。雇われの庭師をしている痩せた男で、どちらかといえば今の暮らしに満足していて、落ち葉を吹き飛ばす機械を使ってさまざまなゴミを掃除しているところだった。ハリーが庭師に駆け寄ると、彼は自分に向かって走って来る、片方の白い手の先が真っ赤に染まっている何か得体の知れない存在に気がつく。彼が悲鳴をあげ、落ち葉を吹き飛ばす機械を持ち上げたかと思うと、ハリーに向かって強烈な風を吹きつけた。

「くそっ」と、ハリーが悪態をつく。

彼は向きを変え、車寄せの道を走って引き返し、また通りに出た。

通りのど真ん中に立って、あたりを見回しながら、彼は思った、あの指を取り戻してもきっともう手遅れだろう。

その時、左の方、半ブロックほど行ったあたり、アイスクリーム販売のトラックの前に人だかりができているのが目に入った。ほとんどが子どもたちで大人たちも何人かいる。

そしてアイスクリームのトラックの上に何か小さな種類の生き物がいた。

ハリーが通りを駆けて行く。

人だかりがしているところに着くと、そこにボゾがいた……アイスクリームのトラックの上にちょこんと座っている。

そして、その口の端からぶら下がっているのは、ハリーの人差し指だった。

ボゾは座り込んで、ほとんど夢見心地だ。

「いいか」と、ハリーが言った、「あれはわたしの猿だ。さあ、ちょっと下がっておくれ……あいつを怖がらせないでおくれよ、お願いだから……」

「こっちに来るならぼくのアイスクリームをあげてもいいよ」と、左の鼻の穴から鼻汁を少し垂らしている小さな男の子が言った。

「ありがとう、坊や、でもわたしが全部自分でやるから……」

「ねえ、おじさん、あの子の口からぶら下がっているのは何なの？」

と、小さな女の子が尋ねた。

「何かなんて気にしなくていいからね……何にしても、それはわたしのもので、わたしはこの子を捕まえなくちゃならないんだよ……いいかな？」

「いいわよ、おじさん……どうして手が血まみれなの？」

「何でもないよ……さあ、みんな、どうか後ろに下がっておくれ……この子を怖がらせちゃうから……」

そこに集まっているみんなはとても親切だった。大人も子どもたちもみんな、後ろに引き下がった。それほど遠くまでではなかったが、みんな後ろに下がってくれた。

ハリーはトラックのてっぺんに目をやった。

「ボゾ、わたしだよ……覚えているよね？　さあ、降りておいで……そしてちょうだい……そいつを……口にくわえているやつを。そうしてくれたら、わたしたちはいつまでも友だち同士だよ、約束するよ！　ボゾ、聞いているのかい？」

「あの子が口にくわえているのは何なの、おじさん？」と、さっきと同じ女の子が聞き返した。

「**こんちくしょうめ、わたしの指先だよ！　さあ、これでよくわかっただろう？**」

「あなたの指をどうしようっていうの、おじさん？」

座り込んでさっきと同じように夢見心地のままでいるボゾをハリーがじっと見つめる。

ハリーが向きを変えてアイスクリームのトラックの運転手に目をやった。

「何かおくれよ、何か甘くておいしいやつ！　何かそんなやつ……もしもあんたが猿だとして……降りて来て食べたくなるようなやつを！」

「はぁ？」

「わかった、どうでもいいや……アイスクリーム・バーをおくれ！」

「何味がいいですか？」

「バナナだ」

運転手が品物を用意しようとトラックの奥の方に向かった。

ハリーがまた猿を見上げた。

「**ボゾ！　お腹が空いているんだろう！　何か食べさせたいんだよ！　わかったかい？　何か食べるものをあげるからね、わかったかい？　食べるんだよ！**」

ボゾがちょっと声をあげた。

ハリーが微笑んだ。

それからボゾは口にくわえていた指を取り出し、少し見つめてから、また口の中に戻して噛み始めた。

「うわぁ、くそっ！　だめだ！　やめろやめろやめろ！」

ボゾは噛み続ける。運転手がハリーのもとに戻って来て、「あいにくとバナナが……」と言いながら、アイスクリーム・バーを彼に手渡そうとする。

ハリーが手ではたいてバーを道の上に落とした。ハリーがトラックの横から上に登ろうとしたが、横側はつるつるで、掴むものが何もなかった。

ハリーは登るのをやめた。

彼の血まみれの手がトラックの横側に押し付けられたので、醜くて奇妙な跡がついている。

ハリーはそこに頭をくっつけ、しばしじっとしていた。

「ああ、くそっ……ああ、何てこった……」

それから彼はトラックの横側につけていた頭を引き戻した。改めてトラックのてっぺんを見直す。

ボゾはおいしそうにくしゃくしゃと噛み続け今にも呑み込もうとしているところだった……

それから口を丸めたかと思うと吐き出した……

小さな骨が空中を飛んでアスファルトの上に落っこちた。ハリーはそれを見つめ、すぐに目を背けた。

彼は自分の家に向かって通りを歩き始めた。

すると後ろから声がした。

「ねえ、おじさん、この猿をどうするつもりなの？」

ハリーが振り返った。

左の鼻の穴から鼻汁を垂らしていた男の子だ。

「おまえのものにしていいぞ……」

「**うわあ！　すごいや、うわあ、すごいや！**」

ハリーはまた自分の家に向かって歩き始めた。

車寄せに救急車が停まっているのが見える。人影も二、三人……もしかして四人か……そこで待っている……もっといるかもしれない。何もかもがぼんやりとし始める。人影のうちの一人はどうやら自分の妻だと見分けがついた。

「**ハリー、救急車が待っているわ！　そっちまで行った方がいい？**」

彼は片腕を頭の上まで振り上げた、手が血まみれになっている方の腕だ……

「**いいよ、いいよ！　すぐそっちに行くから！**」

おかしなことに、彼は大したことは何も起こっていない気分に襲われていた。

しかしとんでもないことが起こったと彼にはよくわかっていた。

歩きながら彼は手をからだの横に下ろしたままにしていた、問題の手だ、そして見ないようにしていた。

彼が通り過ぎた時ジョンソン夫人は芝生のさっきと同じ場所に水をやり続けていた。

「**うちの主人が**」と、彼の姿が目に入ると彼女が金切り声をあげた、「**あんたの腐ったケツを蹴っ飛ばすからね！**」

救急車に向かってただただ歩き続けるしかなかった。

詩人ごっこ

Playing And Being The Poet

一九九二年四月一二日　午後一一時四二分

さてと何から書き始めようか？　そうだ、あれはニーチェだった、詩人とは何かと問われて、こう答えたのは、「詩人かい？　詩人は嘘をつきすぎる」

過去に書かれた詩や同時代の詩を読めば、この酷評は実に正鵠を射ていると思える。あまりにも気取ったり、威張りくさったりしすぎているようで……自分が神に選ばれて遣わされた使者でもあるかのごとく振る舞って、詩人ごっこをしている。もしも神がほとんどの詩人たちを選んでいるのだとすれば、それなら神たちはとんでもなくひどくて間違った選択をしているのだとわたしは信じて疑わない。もちろん、あらゆる芸術に嘘や誇張や詭弁やごまかしはつきものだが、自分たちの特別な分野を汚すことが最も得意なのは詩人たちだとだとわたしは確信している。

しかもわたしは詩というものは書くよりも批評する方がずっと簡単だということをここで先に認めておこう。わたしがうんと若かった頃、『シウォーニー』や『ケニヨン・レヴュー』に掲載されていた詩についての批評文を読むのが面白くてたまらなかった。批評家たちはみんなとてももてはやされている存在で、とんでもない俗物ばかりで、とことん守られてもいれば排他的で、ほかの批評家たちに対して――時には――驚くほど意地悪になったり敵意を剥き出しにしたりした。彼らは最も洗練された言葉を用いて手際よく、お互いを完膚なきまでにやっつけ合っていて、わたし自身の言葉がどちらかといえば粗野で直接的すぎるがゆえに、そしてむしろそれを気に入ってもいたのだが、わたしは彼らのやっていることに感心しきりで、そのやり方には驚嘆せずにはいられなかった。ああ、そんなにも紳士的で礼儀正しいやり方でお互いをくそったれ呼ばわり、間抜け呼ばわりしているのだ。それでも、突き詰めていけば、詩のどこが間違っていてよくないのか、そしてそれをどうやったら解決できるのかという見識をいくらかは持ち合わせていた。しかし、どうだ、こうした雑誌に実際に掲載されている詩を読んでみれば、とんでもなくひどい作品で――もったいぶっていて、弱々しく、要領を得なくて、わかりにくく、退屈で……まさに書物に対する侮辱そのものだ。闘争心もなければ、危険な賭けに出るようなこともまったくなかった。腐りかけたミルクだ。慎重で用心ばかりしていて惨め臭いといったらありゃしない。しかも批評家自身が詩に挑戦したとすれば、批評文では必ず飛び出す大言壮語や激しい剣幕は完全に影を潜めてしまう。まるで自分たちの魂とやらいうものをどこかに置き忘れて来なければ、詩の分野には踏み込めないかのようだった。詩とは最終的なテストの場所で、そのテストに合格した優秀で力のある者たちは、同時代であろうと、過去何世紀に遡ろうとも、ほとんどと言っていいほどいないのだ。

詩とは人がどんなところで暮らしていたのか、どんな生き方をしたのか、その中から生まれ、それが人に詩を書かせるのだ。ほとんどの人間はすでに五歳の時に死へと向かう過程に足を踏み入れていて、一年一年歳月が過ぎて行くごとに、ありきたりで何もかも骨抜きにされてしまうような生き方は自分はしたくない、何とかして現状を打破し、そこから抜け出すチャンスを窺おうと、当初の思いを持ち続けられる人間の割合はどんどん少なくなって行く。一般的に言って、すでに人生経験をしていて、これからもアウトサイダー的な人生経験を続けようとしている者たちは、そうした生き方をするがゆえに孤立せざるを得なくなり、ビューティフルなヒッピーか、自分にしかわからない夢を抱き続ける夢想家になってしまうのがオチだ。おそらくは幸運に恵まれることもあるだろうが、日々わたしたちはいろんな選択を迫られているので、機会を逃すこともあり、生きることを否定するような、間違った選択をあまりにもしょっちゅうしていると、埋葬されるよりもずっと前に死んだも同然の状態になってしまうことだろう。

詩で最も輝く者たちはそれを書かずにはいられない者たち、そして結果がどうであれ書き続けようとする者たちだ。というのも、書かなければ、何か別のことが起こってしまう。殺人、自殺、発狂、それが何かは神のみぞ知るだ。言葉を書きとめるという行為は、奇跡の行為で、神の恩寵にして、幸運に恵まれ、音楽が鳴り響き、いつまでも続いて行く。空間を切り開き、たわごとを暴き、あなた自身を救うと同時にほかの人たちをも救う。詩を書いているうちに有名になったとしても、そんなことは無視して、次に書く一行が自分にとっての最初の一行であるかのように書き続けなければならない。

それにまた、ほんとうに数えるほどしかいないが、認めることのできるほかの作家たちもいる。わたしの場合、ほかのみんながやめろと言っている時に、やれと後押ししてくれるのは多分六、七人しかいない。

そして褒め称えられたとしても絶対に無視しなければならないが、時にはほんの少しだけいい気分になるのを自らに許すことがあってもいいだろう。オーストラリアの監獄に入れられている囚人からわたしは手紙をもらったことがあって、彼はこう書いていた、「監房から監房へと回し読みされているのはあなたの本だけです」

だが、詩を書くことについてわたしはここでもう十分語り尽くした。今夜はまだほかに何か書く時間がある。何缶かのビール、葉巻を一本、ラジオから流れるクラシック音楽。またあとでね。

——チャールズ・ブコウスキー

謝辞

デイヴィッド・ステファン・カロン

『英雄なんかどこにもいない』は、以前にわたしが編纂したブコウスキーの未発表作品集『ワインの染みがついたノートからの断片』の姉妹編で、前作に取り組む中でわたしを支えてくれた多くの素晴らしい人たちにまたしても恩義を受けている。原稿のままで出版されていなかった「ああ、解放よ、自由よ、月の百合よ！」を収録する許可を与えてくれたカリフォルニア大学サンタバーバラ校ダヴィッドソン図書館特別収蔵図書課のエド・フィールズ、最後の最後までわからなかったビブリオグラフィーに関する謎を解明する上で大きな助けになってくれたＵＳＣ（南カリフォルニア大学）の専門的文書保管室、ドヒニー・メモリアル図書館のクロード・ザカリーに感謝を捧げる。アリゾナ大学図書館特別収蔵課のロジャー・マイヤーズとエリカ・カスタノに感謝を、そこでわたしは出版されていなかったエッセイ『恐怖の館』を発見した。アン・アーバーのミシガン大学の特別収蔵課、ラバディ・コレクション代表のジュリー・ヘラーダ、そしてイースタン・ミシガン大学の図書館相互貸借制度のスタッフのみなさんに感謝する。カート・ジョンソンに宛てたブコウスキーの手紙はブラウン大学図書館にあったもので、一〇年前にわたしが作業を始めた時にジェイミー・ボランが丁寧に対応してくれ、大きな助けとなった。我が友、アベル・デブリットにも感謝を捧げる、彼とは嬉しいことに昨年の夏、スペインで遂に会うことができた。アベルは寛大にも何編かの優れた小説やエッセイをわたしに送ってくれ、彼の先駆的な博士論文からもわたしは多くを学ぶことができた。ドイツのチャールズ・ブコウスキー・ゲセルシャフト代表のロニ・ブラウンは『Jahrbücher』（チャールズ・ブコウスキー・ゲセルシャフト発行のブコウスキー年鑑のこと）に対するわたしの依頼に応えてくれ、わたしがアンデルナッハに滞在していた時は素晴らしい案内者になってくれた。天使たちに囲まれる中、わたしをしゃんとさせ続けてくれているヘンリー・コービンに心からの感謝を。インスピレーションの源、勇ましく、命の輝きに満ち、モンテーニュ、プルタルク、ラ・ロシュフコー、E・M・シオラン、そしてトーマス・ウルフをわたしに読み聞かせてくれ、中国料理の最新のレシピもそっと教えてくれる、文学を愛し、楽しむ我が八九歳の父、ピエール・カロンに感謝を。わたしの兄、アリエル・カロンと彼の妻パット、わたしの甥たち、アレキサンダー、ニコラス、そしてマイケルに感謝を。いつものようにマリア・ベイにはあらゆることで感謝を。シティ・ライツのエレイン・カッツェンバーガー、ステイシー・ルイス、ロバート・シャラード、そしてとりわけヒップで繊細で才気溢れるわたしの優秀な編集者、ギャレット・カプレス、わたしは彼らに大いに助けられ、励まされた。わたしの仕事を信じ続けてくれるジョン・マーティン、思慮深くて優しさと思いやりと親切さの塊のリンダ・リー・ブコウスキーに感謝を。

出典

"The Reason Behind Reason," Matrix, vol. 9, no. 2, Summer 1946.

"Love,Love, Love," Matrix, vol. 9, nos. 3-4, Winter 1946-47.

"Cacoethes Scribendi," Matrix, vol. 10, nos. 3-4, Fall-Winter 1947.

"The Rapist's Story," Harlequin, vol. 2, no. 1, 1957.

"80 Airplanes Don't Put You in the Clear," Harlequin, vol. 2, no. 1, 1957.

"Manifesto : A Call for Our Own Critics," Nomad, no. 5/6, 1960.

"Peace, Baby, Is Hard Sell," Renaissance 4, 1962.

"Examining My Peers," Literary Times (Chicago), vol. 3, no. 4, May, 1964.

"If I Could Only Be Asleep," Open City Press, vol. 1, no. 6, January 6-13, 1965.

"The Old Pro," Ole, no. 5, 1966.

"Allen Ginsberg/Louis Zukofsky," Ole, no. 7, May 1967.

"Notes of a Dirty Old Man," Open City, no. 32, December 8-14, 1967.

"Bukowski on Bukowski," Open City, no. 92, February 23-March 1, 1969.

"The Absence of the Hero," Klacto 23/International, Frankfurt, 1969.

"Christ With Barbecue Sauce," Candid Press, December 27, 1970.

"The Cat in the Closet," Nola Express no. 51, March 20-April 2,1970.
"More Notes of a Dirty Old Man," December 6, 1970, Candid Press.
"Ah, Liberation, Liberty, Lilies on the Moon!" 未発表原稿 , UCSB, 1971.
"Sound and Passion," Adam, vol. 15, no. 3, March 1971.
"I Just Write Poetry So I Can Go to Bed With Girls," Rogue, No. 29, April 1971.
"The House of Horrors," 未発表原稿 , 1971, University of Arizona Library.
"Untitled essay on d.a. levy," The Serif, Vol. VIII, no. 4, December 1971.
"Henry Miller Lives in Pacific Palisades and I Live on Skid Row, Still Writing About Sex," Knight, vol. 9, no. 7, 1972.
"A Foreword to These Poems," Anthology of L.A. Poets, eds. Charles Bukowski, Neeli Cherry & Paul Vangelisti, Laugh Literary/Red Hill Press, 1972.
"The Outsider : Tribute to Jon Edgar Webb," Wormwood Review, vol. 12, no. 1, issue 45, 1972.
"Vern's Wife," Fling, vol. 15, no. 2, May 1972.
"Notes of A Dirty Old Man," Nola, No. 104, April 14-27, 1972.
"He Beats His Women," Second Coming : Special Charles Bukowski Issue, vol. 2, no. 3, 1973.
"Notes of A Dirty Old Man," L.A. Free Press, June 1, 1973.
"Notes of A Dirty Old Man," L.A. Free Press, June 28, 1974.
"Notes of a Dirty Old Man," L.A. Free Press, August 22, 1975.
"Notes of a Dirty Old Man : Notes of a dirty old driver of a light blue 1967 Volkswagen TRV 491," L.A. Free

Press, Nov. 7, 1975.
"The Big Dope Reading," Hustler, March 1977.
"East Hollywood : The New Paris, " Second Coming, Vol. 10, no. 1/2, 1981.
"The Gambler," High Times, November1983.
"The Ladies Man of East Hollywood," Oui, February/March 1985.
"The Bully," 英語では未発表 , 1985.
"The Invader," 英語では未発表 , 1986.
"Playing and Being the Poet," Explorations '92, 1992.

訳者あとがき

本書は二〇一〇年にサンフランシスコのシティ・ライツ・ブックスから出版されたチャールズ・ブコウスキーの『Absence of The Hero』の全訳だ。二年前の二〇〇八年に同じくシティ・ライツ・ブックスから出版された『Portions From A Wine-Stained Notebook』の姉妹編《コンパニオン・ヴォリューム》で、その本には「Uncollected Stories And Essays, 1944-1990」、本書には「Uncollected Stories And Essays, Volume 2: 1946-1992」というサブ・タイトルがつけられている。どちらの本もデイヴィッド・ステファン・カロンが編纂したブコウスキーの単行本未収録、未公開の短編小説やエッセイのアンソロジーだ。

三六編が収録された『Portions From A Wine-Stained Notebook』は二〇一六年に『ワインの染みがついたノートからの断片』というタイトルで日本語版が出版され、ぼくはその「訳者あとがき」で「ブコウスキーの没後一四年目にして出版された、単行本未収録の作品や未公開だった作品が集められた一冊ということで、これは〝残り物〟が寄せ集められた〝B級コレクション〟ではないかと憶測する人もいるかもしれない」、「しかし本書を読めば、そうした独断と偏見に満ちた人たちは目から鱗が落ちる思いをするに違いない」、「本書では敢えて〝奇跡〟と言ってもいいほどの、濃密で本質的なブコウスキー体験をすることができる」と書いた。

このことは三九編が収録されているこの姉妹編の『英雄なんかどこにもいない』に関しても断言で

きて、本書では〝残り物〟というだけでなく〝続編〟という偏見までもが加わってしまうのかもしれないが、それを勢いよく吹き飛ばしてしまうパワフルで充実した内容となっている。編纂者のデイヴィッドの「序文」での言葉を引用させてもらえば、「誰もが無関心な宇宙の中」での「孤立」、「恐怖に満ちた子供時代」の「再生」、「とんでもなく際どいエロチックなテーマ」への「挑戦」、「アメリカの詩壇のさまざまな『流派』とは無縁の孤高の創作者」、「六〇年代のカウンター・カルチャーの鮮烈な記録」、「言葉で絵を描く試み」への「挑戦」、「日々襲いかかる恐怖に対する決してすり減ることのない感受性と写真やドキュメンタリーのように正確な迫真性」、「傷つきやすい、傷ついた自分自身を、皮肉を振りまくことで鍛え上げ、破壊的で、嘲笑的で、不敬極まりない、鋭敏な観察力を発揮して、強固な存在へと作り変え」ること、「馬鹿者を演じることでわたしたちを楽しませようとしている」、「子供時代に失っていたものを愛を通じて取り戻そうとしているが、それでも同時に愛やセックスを通じて救いを懸命に見つけ出そうとする試みをからか」う、「人生を詩的に生きるということ」など、ブコウスキーの創作の世界の、そしてブコウスキーという人間そのものの真髄を峻烈に伝える〝残されていた〟作品、〝忘れ去られていた〟作品、それこそ〝ずっと隠されていた〟宝物が、時間や労力を厭わず、探究心を絶やさず、根気を持ち続け、何よりもブコウスキーへの愛に満ちたデイヴィッドの丹念な〝発掘〟作業によって、またしてもこうして一冊の本に纏め上げられたのだ。

チャールズ・ブコウスキーは一九九四年三月九日にこの世を去ったが、その後二二年、二〇一六年までに出版された没後作品集に関しては『ワインの染みがついたノートからの断片』の「訳者あとがき」で紹介した。そしてその後も新しい没後作品集が何冊か出版されている。

二〇一六年一〇月には「並外れたブコウスキー学者」とデイヴィッドが呼ぶスペインのアベル・デブリットが選び編集したブコウスキーの詩集『Essential Bukowski: Poetry』がアメリカのEccoから出版され、二〇一七年一一月にはやはりアベルの編纂によるブコウスキーの未収録未発表詩集『Storm For The Living and The Dead』が同じくEccoから出版されている。

そして二〇一八年六月にはデイヴィッドが単行本未収録だったブコウスキーの物語（「スケベ親父の手記」シリーズが中心）や仲間の本に寄せた序文やエッセイ、それにインタビューなどを集めて編集した、これもまた『ワインの染みがついたノートからの断片』や本書の姉妹編と言える『The Mathematics of the Breath and the Way: On Writers and Writing』がシティ・ライツ・ブックスから出版された。その本も翻訳されて日本でも三部作が完結されるのが楽しみだ。それと共に、日本ではブコウスキーの詩集はまだ数冊しか翻訳されて出版されていないので、『Essential Bukowski: Poetry』か、ブコウスキーにとって最も重要だった編集者、ブラック・スパロウ・プレスのジョン・マーティンが編纂して二〇〇七年にEccoから出版された『The Pleasures of The Damned Poems, 1951-1993』か、詩人ブコウスキーの全生涯からの主要な詩作が選ばれて収録されている「ザ・ベスト・オブ・チャールズ・ブコウスキー・ポエトリー」の詩集も、詩人ブコウスキーの全体像が日本語で確かめられるよう、ぜひとも翻訳出版されることを願っている。

ブコウスキーに関する別の情報として、『ワインの染みがついたノートからの断片』の「訳者あとがき」で、「俳優のジェイムス・フランコが監督と脚本をつとめ、『Ham on Rye（くそったれ！　少年時代）』の映画化が進められていて、二〇一三年頃にはすでに撮影が開始された」ということをお伝えした。

多くの人がその完成、公開を心待ちにしていたことと思う。しかしとても残念なことに、二〇一四年の秋に伝えられた新しい情報によると、映画は『Bukowski』という別タイトルで完成したものの、『Ham on Rye』の映画化の権利を持っていると主張するシリル・ハンフリーズという人物が現れて訴訟を起こし、映画は厳密には『Ham on Rye』の映画化ではなくブコウスキーの実人生をもとにしたものだとジェイムス側が抗弁したものの認められず、完成した映画はいまだ公開の目処が立っていないということだ。

ちなみに二〇一三年に完成したアメリカ映画『Bukowski』は、監督がジェイムス・フランコ、脚本がジェイムスとアダム・レイジャー（Adam Rager）。俳優はチャールズ・ブコウスキー役がジョシュ・ペック（Josh Peck）、父親のヘンリー役がティム・ブレイク・ネルソン（Tim Blake Nelson）、母親のキャサリン役がシャナン・ドハーティー（Shannen Doherty）とアレックス・キングストン（Alex Kingston）、ボールディ役がグレアム・パトリック・マーティン（Graham Patrick Martin）、リリー・ジェーン役がエラ・アンダースン（Ella Anderson）、そして女優役がカミラ・モローネ（Camila Morrone）となっている。この映画が日の目を見ることを強く願わずにはいられない。

二〇〇八年の『ワインの染みがついたノートからの断片』は二〇一一年に翻訳の話をいただいてから五年もの歳月をかけてしまい、原書の出版から八年後の二〇一六年に出版、二〇一〇年の本書も『ワインの染みがついたノートからの断片』出版後、四年もの歳月をかけ、原書の出版から一〇年後にようやく出版に至ると、とんでもなく長い時間がかかってしまった。これはすべて訳者の責任だ。ほんとうに申しわけありません。

『ワインの染みがついたノートからの断片』の時と同じく、この遅々とした進行状況の中、訳者を見捨てることなく根気よく付き合ってくださり、翻訳の中身や文章に関しても親身に相談に乗ってくださった青土社の菱沼達也さんには心から感謝します。

一九九四年三月九日、ブコウスキーがこの世を去ったのは七三歳の時、そしてこの超スロー・ペースの訳者はもうすぐ七一歳になるではないか。

この事実に気づいて愕然とさせられた。どんなこともゆっくりのんびりやっていてはだめだ。どんなことをやるにせよ、これからは心を入れ替え、かぎられた時間の中でどんどん立ち向かって行くことにする。

中川五郎

二〇二〇年四月二九日

英雄なんかどこにもいない

未収録＋未公開作品集

2020年7月30日　第1刷印刷
2020年8月15日　第1刷発行

著　者　チャールズ・ブコウスキー
編　者　デイヴィッド・ステファン・カロン
訳　者　中川五郎

発行人　清水一人
発行所　青土社
東京都千代田区神田神保町1-29　市瀬ビル　〒101-0051
［電話］03-3291-9831（編集）　03-3294-7829（営業）
［振替］00190-7-192955

印刷・製本　双文社印刷

装　丁　岡孝治

ISBN 978-4-7917-7293-3　C0097　Printed in Japan